유황불

열림원 논술 한국문학 05

유황불

양귀자

열림원

| 차 례 |

유황불 07

녹 43

한계령 79

지하 생활자 121

원미동 시인 167

비 오는 날이면 가리봉동에 가야 한다 203

숨은 꽃 247

찻집 여자 337

생애와 문학 냉엄한 현실과 나약한 인간 388

논술 392

유황불

작은 알의 세계에 안주해 있던
소녀가 유황불처럼 무서운 세상 속으로
걸어 나가면서 겪는 두려움과 혼란.

"애가 갈수록 왜 이 모양이야"

유황불처럼 무서운 세상에 내던져진 한 소녀의 성장통

이 소설은 작가가 비교적 초창기(1984)에 발표한 작품으로, 어린 시절 자신의 경험을 바탕으로 쓴 자전적인 성장소설입니다.

성장소설이란 한 사람이 자신이 속한 가정과 사회의 현실에 새롭게 눈떠가며 마음속의 키를 키우는 과정에서 겪는 성숙의 아픔을 그린 것입니다. 이러한 성장소설을 제대로 읽기 위해서는 작은 알의 세계에 안주해 있던 어린아이가 자신이 모르던 세상 속으로 걸어 나가며 겪는 여러 가지 혼란스러운 경험들을 이해해야 합니다. 그리고 그 와중에 필연적으로 수반되는 아픔과 그 아픔들이 주인공의 내면에 어떻게 자리 잡는가를 눈여겨보아야 합니다.

이 소설을 이끌어가는 서술자는 이제 초등학교 2학년인 어린아이입니다. 세상의 어둠과 본원적인 삶의 고독에 막 눈을 뜨게 된 시점이라고 볼 수 있습니다. 그 나이 또래들이 모두 그렇겠지만, 서술자는 어머니의 치마폭에서만 자라다가 초등학교에 입학하며 세상과 처음 정면으로 맞닥뜨립니다. 더구나 이사와 전학까지 겹쳐 서술자는 세상이 더욱 두렵게 느껴졌을 것입니다. 이처럼 낯선 세상에서 두려움에 떨고 있던 서술자에게 은자라는 친구가 등장하여 세상을 가르쳐줍니다. 그러나 은자가 가르쳐주고 있는 세상은 이전에 자신이 알던 세계와 너무나 다릅니다. 어머니가 마귀새끼라고 지칭하고 있는 은자와 연관된 여러 사건들은 흡사 지옥의 유황불처럼 무섭고 낯설게 다가옵니다. 그러나 어머니가 마귀의 세상이라고 경계심을 심어주었던 그 세상은 곧 우리네 삶의 피할 수 없는 현실이며 마침내 우리 모두가 살아내고, 살아가야 할 세상이 되어 어린 서술자 앞에 놓입니다.

이처럼 세상을 유황불처럼 무서운 세계로 인식한 어린 서술자는 성장하여 어른이 되었을 때 세상을 어떻게 보게 될까요? 그리고 그 어린 서술자가 작가가 되었을 때 작가의 작품 속 배경이 되는 세계는 유황불에서 보게 된 세상을 어떻게 반영하고 있을까요? 바로 이러한 질문들을 던져볼 수 있기에 「유황불」은 양귀자의 작품세계를 이해하는 데 무척 중요한 열쇠가 되는 작품이라고 볼 수 있습니다.

그래서 이 작품과 직접적인 연관을 갖고 있는 「한계령」뿐만 아니라 다른 작품에서 나타난 작가가 보는 세상과 연관 지어 이 작품을 이해한다면 훨씬 재미있게 감상할 수 있을 것입니다.

유황불

잠에서 깨었을 때는 이미 밝은 기운이 곳곳에서 솟아버린 늦은 시각
이었다. 너무 늦잠을 잤기 때문일까. 주위는 거짓말처럼 조용했고 부엌
쪽에서만 가끔 그릇 부딪치는 소리가 들려왔다. 나는 깜짝 놀라서 거의
울상을 짓고 자리에서 일어났다. 어느새 말짱 이불도 개켜져 장롱 속에
넣어진 듯 방 안은 깨끗했다. 무엇을 더 확인할 필요가 없었다. 햇살은
깊숙이 들어와 창호지를 적셔놓았고, 새롭게 정수리에 부어지던 신선한
기운도 녹아 없어져 닳아빠진 공기만 남아 있었다. 나는 황급히 책가방
을 어깨에 메고 신발주머니를 집어들고 와르륵 마루의 밀창문을 열어젖
혔다. 그러곤 여기저기 나동그라져 있는 운동화짝을 짝짝이로 꿰어차곤
대문까지 달려갔다.

그때 나는 집 앞의 기린봉 위에 걸려 붉게 물들어 있는 해를 보았다.
이상했다. 저것은 매일 아침 볼 수 있는, 노란빛의 깨끗한 빛살을 겹겹

이 두르고 있던 눈부신 해가 아니었다. 그것은 쇠잔[1]해질 대로 쇠잔해진, 그러나 타오르는 빛깔만큼은 선명하기 그지없는 붉은 덩어리였다.

"어딜 가니?"

우물가로 물을 버리러 나왔던 엄마가 내 뒤꼭지에 대고 소리쳤다.

"늦었단 말야. 깨우지도 않고……."

금방이라도 울어버리고 말 듯 퉁퉁 부어 있는 내 얼굴을 어머니는 멍하니 지켜보았다. 그리고 이내 기적과 바퀴 소리로 온 동네를 뒤흔들고 마는 여수행 특급이 가쁜 숨을 몰아쉬며 지나갔다. 저 기차는 5시 40분에 역에서 출발한다는 것을 나는 알고 있었다.

다시 기린봉을 보았다. 붉은 덩어리 주변으로 솜사탕처럼 퍼져가고 있는 낙조[2], 서쪽 산기슭의 밑자락에 어둔 그림자가 괴어 있었다. 저 산자락에 피어 있는 진달래를 보면서 철로변의 나물을 캔 것이 바로 오늘 낮의 일이었다는 사실을 깨달은 것은 그때였다. 나는 신발주머니를 내던지고 으앙 노을을 향해 울음을 터뜨렸다. 어머니는 두레박을 우물 속에다 던지며 웃었다.

봄날은 길었다. 국민학교 2학년이었던 나는 언제나 오전 수업으로 학교를 파했다. 따사로운 볕살을 쬐며 공터에서 공기줍기를 하다가 지루해진 은자와 나는 철길 둑에 푸지게[3] 솟아난 어린 쑥들을 캐었다.

기차에서 빠져나온 여러 가지 오물들을 먹어서인지 그곳엔 유독히 쑥이며 냉이가 많았다. 은자는 때때로 기다란 못을 레일 위에 얹어놓고

---

1) 쇠잔(衰殘) 쇠하여 힘이나 세력이 점점 약해짐.
2) 낙조(落照) 저녁 햇빛. 석양(夕陽).
3) 푸지다 매우 많아서 넉넉하다.

기차가 지나가길 기다렸다. 기차 꼬리가 우리 곁으로 스쳐지나가기가 무섭게 은자는 냉큼 달려갔다. 못은 어김없이 납작하게 눌려져 있고, 은자는 달구어진 못의 뜨거운 열기를 손바닥 안에서 즐겼다. 그애가 만들어준 납작못으로 나는 냉이의 뿌리를 파헤쳤다. 멀리 보이는 기린봉의 진달래는 더없이 고왔다. 하지만 역의 저탄장[4]에서 날아온 시커먼 석탄가루를 뒤집어쓰고 있는 냉이의 들쑥날쑥한 이파리는 그다지 곱지 못했다.

어머니는 내가 캐온 봄나물을 모두 쓰레기통에 집어넣었다. 똥만 먹고 자라난 거야. 똥 오줌 떨어지는 것을 받아먹고 자란 나물을 어찌 먹니.

"은자네는 먹는다는데?"

내 말에 어머니는 담박 이맛살을 찌푸렸다. 어머니는 은자네 식구들 모두를 마귀라고 불렀다. 교회를 다니는 어머니에게 있어서 사람들은 형제거나 마귀, 이 두 종류 이외엔 없었다. 손버릇이 나쁘다고 소문난 은자를 오빠들은 그래서 새끼마귀라고 놀려댔다. 나는 어머니가 똥 오줌 먹은 더러운 나물이어서가 아니라, 새끼마귀와 함께 어울려 캐온 나물이어서 쓰레기통에 버린 것이라고 생각했다. 먹을 수 있는 것을 버리다니, 나는 화가 나서 운동화짝을 거칠게 벗어던지곤 방으로 들어가 낮잠을 자버렸다.

은자네는 철길에 딱 붙어서 찐빵가게를 열고 있었다. 찐빵이나 만두, 국수 같은 것을 파는 그애네 가게는 북향이어서 늘 어둡고 추적추적한 습기에 젖어 있었다. 밀가루를 반죽해서 만두나 찐빵을 만드는 일은 대

---

[4] 저탄장(貯炭場) 석탄이나 숯을 저장하는 장소.

개 그애네 아버지가 했다. 중학교를 졸업한 뒤, 장사를 거드는 은자 언니가 만두를 나르거나 엽차잔에 물을 따라 주었다. 그애의 엄마는 노상 입에 담배를 물고 의자에 앉아 늙은 고양이처럼 졸고 있었다. 은자의 말에 의하면 밤마다 되풀이되는 아버지의 술주정 때문에 고단해서 그러는 것이라 했다.

그 집의 단골은 주로 철길 건너에 있는 남자 중고등학교의 까까머리 남학생들이었다. 한창때의 남학생들은 맛이 있건 없건 우적우적 잘도 먹었고, 그래서 그 집 찐빵 맛은 도통 젬병[5]이었다.

어머니는 아예 은자네 빵은 손도 못 대게 했다. 술로 범벅이 되어 시궁창에서 뒹굴다 나온 옷으로, 다음 날이면 밀가루 반죽을 한답시고 주물럭거리다 머리 속을 박박 긁어대는 그애의 아버지 때문이었다. 하기야 은자 엄마도 특별히 다를 것은 없었다. 가게 유리창엔 흙먼지가 사계절 내내 요란한 무늬를 그렸고, 가게 뒤에 붙은 살림채는 철길 쪽으로 부엌이 나 있는데 열려진 쪽문으로 들여다보면 치우지 않은 밥상에 온종일 파리 떼가 진을 치고 있었다.

은자를 생각하면 언제나 먼저 만화가 떠오른다. 내가 만화에 맛을 들인 까닭을 설명하자면, 어차피 철길 옆의 집으로 이사를 오던 때부터로 기억을 더듬어야 했다.

남으로 내려가거나, 반대로 북쪽을 향해 올라가는 기차들이 하루에도 수십 차례씩 지축을 뒤흔들며 지나가는 철로변의 집으로 이사를 온 것은 내가 국민학교에 갓 입학한 뒤였다. 느닷없이 단행한 이사였고, 비로

5) 젬병 형편없는 것을 속되게 이르는 말.

소 형편이 조금 나아져 제법 큰 집을 갖게 된 까닭으로 어머니는 경황이 없었다.

그래서 내 전학수속은 차일피일 미루어졌고 나는 어머니가 일러준 대로 철길을 따라 아침마다 혼자 길을 걸었다. 철길만 따라 주욱 걷다가, 그 목욕탕이 보이는 건널목에서…… 알지? 기차가 오면 얼른 아래로 내려가 납작 엎드려야 해. 알았지? 할 수 있지? 넌 이제 어린애가 아냐. 나는 식구들의 조롱을 받지 않으려고 안간힘을 쓰며 등굣길에 올랐다.

이사하기 전에는 매번 어머니의 손을 잡고, 가슴에는 흰 손수건을 길게 접어 핀으로 꽂고 학교엘 갔다. 만 여섯 살이 취학연령이었지만 나는 만 여섯 살이 되려면 다섯 달을 더 기다려야 했다. 그러나 어머니는 별로 힘들이지 않고 나를 국민학교에 집어넣었다. 오빠들도 그렇게 했지만 공부를 잘하여 모두 일류중학교에 척척 붙었다는 자신감이 어머니에게는 있었다. 다만 걱정되는 것은 나의 그 흔해빠지고 질긴, 그러면서도 번번이 철철 넘치는 눈물을 만들어내는 울음보였다.

어머니는 교실 안에 나를 밀어넣으면서 나지막하게 당부하는 것도 잊지 않았다. 울면 안 돼. 어머니는 교실 밖에서 나를 지켰고 나는 가끔가다 겁에 질린 시선으로 어머니의 눈길을 붙잡으려고 애썼다. 어머니는 참빗으로 매끈하게 빗어 넘긴 쪽머리를 교실 쪽으로 향하고 밖을 보다가 이내 내 눈길을 알아채고 고개를 돌렸다. 햇빛을 받아 치약처럼 희게 보이던 은비녀의 광택은 한순간 내 눈을 부시게 했지만 어머니는 거기에 있었다.

하지만 새집으로 이사온 뒤 상황은 달라졌다. 나는 이제 어린애가 아니었다. 세월의 때로 녹이 슬어 불그죽죽해진 침목6)을 하나하나 세어 가면서, 나 모르게 속력을 내고 있는 하행선 열차가 따라오고 있지나 않은지 살펴가며, 끝도 없이 길게 누워 있는 두 줄의 레일을 따라 걷는 등굣길은 내가 최초로 만난 자립의 길이었고 그래서 더욱 공포의 길이었다.

교문을 나서면 뜀박질로 단숨에 뛰어갈 거리에 집을 두고 있지 않은 나는 그동안 애써 가라앉혔던 눈물샘을 다시 왕성하게 일구었다. 치약처럼 희게 빛나던 어머니의 은비녀를 보려면 침목을 수천 개씩 밟아서 가야 했고 그 거리만큼의 약점을 짊어진 나는 걸핏하면 울었다. 지우개를 빼앗기고 울었으며 뒷자리 애가 잡아당기는 머리칼 때문에 울었다.

열흘쯤 지나 새 학교로 전학을 한 뒤에도 별로 달라진 것은 없었다. 다만 혼자 숨어서 울어야 했다는 것 외엔. 지우개를 빼앗아 가는 아이도 없었고 머리칼을 잡아당기는 아이도 없었다. 1학년 1학기를 거의 마칠 무렵이었던 아이들은 벌써 자기들끼리 똘똘 뭉쳐져 있었다. 머리칼이라도 잡아당겨 주었더라면. 이유도 없이 무조건 울 수는 없었다. 울 기회도 주지 않는 새 학교 역시 나는 싫었다.

공부에 취미가 붙으면 학교생활이 재밌어질 것이라는 큰오빠의 의견에 따라 새집에 이사 온 뒤 나는 꼼짝도 못 하고 밤낮으로 글자를 깨우치고 읽기를 배웠다. 낮에는 주로 어머니가, 밤에는 오빠들이 맹렬하게 공부를 강요한 결과 2학기에 올라가기도 전에 나는 이미 지성적인, 혹은 인간의 본질 따위의 말까지도 익혔다. 다섯이나 되는 오빠들이 중구난방[7]으로 학습교재를 선택해 이것저것 가르쳐준 결과였다.

그것으로 나는 만화 보는 법을 터득했다. 주로 3, 4학년들 틈에 끼어

---

6) 침목(枕木) 철도의 선로 밑에 까는 목재나 콘크리트로 된 토막.
7) 중구난방(衆口難防) 뭇사람의 말을 이루 다 막기가 어려움.

만화를 보면서 나머지 글자들은 저절로 깨우쳤다. 십 원짜리 동전 하나만 생기면 몇 시간이고 어두컴컴한 만화가게에 틀어박혀 있었다. 그때 처음으로 엄희자를 발견했고 김세종을 알았다. 특히 엄희자 만화의 그 매력적인 발레리나들은 나를 매료시켰다. 그 당시 나의 꿈은 엄마 없는 아름다운 소녀 발레리나였다.

만화에의 탐닉은 2학년이 되어서도 여전했다. 그 시절의 만화는 언제나 연작8)이었다. 일주일쯤의 간격으로 2편 3편 4편이 나오고, 인기가 있다 싶으면 제2부 1편으로 끝없이 이어졌다. 나는 언제나 누구의 무슨 만화 몇 편이 오늘쯤 나올 텐데 하는 생각으로 머릿속이 복잡했다.

만화가게에서 자주 부딪치던 은자가 찐빵집 딸임을 알고 놀라기도 했고, 열두 살이나 된 아이가 여태껏 3학년이라는 데 두 번씩 놀란 것도 그 무렵이었다. 한동네 아이를 몰라볼 만큼 나는 만화 이외의 것에는 관심을 두고 있지 않았던 것이다.

하지만 은자하고 단짝이 되어 놀기 시작한 것은 그러고도 얼마쯤 지난 후였다. 완연한 봄기운에 모두들 겉옷들을 벗어던지던 3월 중순쯤의 어느 날이었다. 나는 식구들과 함께 저녁밥을 먹고 있었다. 그 무렵 어머니는 혼자 고생하는 큰오빠를 위해 대청에 방을 들여서 어른 하숙생을 두고 있었다. 늦게 들어오던 하숙생 아저씨 하나가 밖에 친구가 와 있다고 일러주었다. 나는 오빠들에게 뺏기지 않으려고 내 밥그릇 위에 얹어둔 고등어토막을 못 미더워하며 젓가락을 든 채로 대문 밖에 나가보았다.

---

8) 연작 한 작가가 주인공이 같은 중·단편소설을 몇 편 쓴 다음, 그것을 연결하여 하나의 장편으로 만드는 일. 또는 그런 작품.

어둠 속에 서 있는 아이는 은자였다. 뜻밖이었다. 그때까진 가끔 얼굴이 마주치면 씩 웃고 마는 사이였으니까. 그애가 소곤거렸다. 나 돈이 생겼어. 만화 보러 가자. 그애의 몸에선 찐빵 냄새가 풍겨왔다. 입에서도 만두 속의 돼지고기 냄새가 났다. 만화라면 사양할 내가 아니었다. 나는 잠자코 그애의 뒤를 따랐다.

철길을 건너 주욱 올라가면 새로 생긴 만화가게가 하나 있었다. 우리는 텅 비어 있는 만화가게에 들어가서 보고 싶은 만큼 책을 골라 오른편에 높이 쌓아 두었다. 젓가락은 주머니에 찔러넣고서. 얼마나 시간이 흘렀을까. 오른편 쪽 만화가 거지반 왼쪽으로 옮겨져 갔고 지폐를 내보이며 은자는 또 만화를 골랐다. 그때 하품을 삼키며 주인 남자가 말했다.

"애들아, 내일 와서 보렴. 이제 곧 사이렌이 불 텐데……."

나는 정신이 번쩍 들었다. 12시 10분 전이었다. 주머니 속에서 젓가락 한 짝이 요란한 소리를 내며 떨어졌다. 밥그릇에 얹어놓고 나온 고등어토막이 생각났고 어머니의 화난 얼굴이 떠올랐다. 아버지 없는 자식이라는 손가락질을 제일 겁내하는 어머니는 엄할 때 담임선생님보다 무서웠다. 내 얼굴은 하얗게 질려갔다. 12시 10분 전은커녕, 밤 9시까지라도 거리에 있어본 적이 없었던 때였다.

바들바들 떨며 거리로 나와 보니 세상은 이미 암흑이었다. 저 멀리 철길이 보이고 백열구를 환히 밝힌 건널목 망대[9] 옆에 어머니가 서 있었다. 나는 숨을 헉 들이마셨다. 피가 맺히도록 맞아야 할 종아리보다는 어머니의 화난 얼굴이 더 무서웠다. 둘째오빠는 손으로 나팔을 만들어

[9] 망대 망을 보기 위해 세운 높은 대.

내 이름을 불러대고 있었다. 그제서야 나는 은자가 생각났다. 그애는 아무 일도 없다는 듯 콧노래까지 흥얼거리며 내 곁에 있었다. 그애네 집도 진작 어둠에 싸여버렸지만 아무도 그애를 찾아 나서지는 않았다. 그애 또한 얼마든지 태평스런 얼굴이었다.

이만큼 늦은 밤에 귀가해도 걱정하지 않는 아이, 종아리를 맞거나 꾸지람을 들을 필요가 없는 아이, 나는 은자가 정녕코 위대하게 보였다. 그애는 열두 살짜리 거인이었다. 이윽고 통금을 알리는 사이렌이 울렸다. 사이렌 소리에 놀란 나는 울먹이는 소리를 내지르며 어머니에게 뛰어갔다. 어머니에게 끌려가면서 문득 뒤돌아보니 은자는 그때까지도 그림자처럼 우두커니 서서 돌아가는 나를 지켜보고 있었다. 어둠 속에 홀로 남아 내 뒤를 지켜주던 은자의 모습은 나를 압도했고 그날부터 나는 맹목적으로 그애의 추종자가 되었다.

은자는 노래를 썩 잘 불렀다. 삼거리 큰길에서 몇 발자국만 들어오면 버려진 채로 있는 넓은 공터의 풀밭이 있었다. 한때는 역의 저탄인부들이 몇씩 짝을 지어 잠도 자곤 했다는 누추한 움막도 풀밭의 끝에 방치되어 있었다. 이제 막 푸릇푸릇 살아나기 시작한 풀밭에 앉아 은자는 노래를 부르곤 했다. 거기라면 앞은 자동차가 다니는 큰길이었고 옆으로는 철길, 뒤는 넓디넓은 역 구내여서 그애의 노래를 훔쳐들을 만한 사람은 없었다. 그곳에는 백년도 넘었다는 커다란 버드나무가 한 그루 있었는데 우리는 곧잘 나무 둥치 뒤에 작은 몸을 숨기고 음악회를 열었다.

그애의 꿈은 가수였다. 겨우내 입었던 보푸라기 투성이의 곤색 스웨터에 제 언니가 물려준 여학교 교복 바지를 입은 은자의 키는 유달리 커 보였다. 청중은 하나였지만 노래는 심각했다. 그대 나를 버어리고 어느

님에에 품에 갔나. 가슴에 상처어 잊을 길 없네, 그대여어, 이 밤도 나는 목메어 우네…… 어디서 보았는지 눈은 살풋이 내리깔고 두 손을 가슴에 묻었다. 뺨에 대었다 하는 품이 영락없이 진짜 가수 같았다.

"가수가 되려면 말야, 날마다 목청을 닦아야 된다구. 라디오에 나오는 노래라면 난 뭐든지 부를 수 있단다. 가수가 되어 돈을 벌면 최고로 예쁜 옷만 골라 입을 거야. 눈썹도 이렇게 그릴 거고……."

눈썹 그리는 흉내를 낸다고 팔을 쳐들면 터진 겨드랑이 틈새로 땟국물 흐르는 내복이 보였다.

"어떻게 하면 빨리 가수가 될 수 있지?"

나는 어서 빨리 은자가 가수가 되어 엄희자 만화에 나오는 발레리나처럼 멋진 옷을 입고 있는 모습이 보고 싶어 침을 꿀꺽 삼켰다. 그대여, 이 밤도 나는 목메어 우네를 부르는 은자의 음성은 너무나 슬프고 가슴 아팠으므로 그애가 가수가 되는 일은 시간 문제라는 생각이었다.

"빽이 있어야 돼. 빽만 잘 잡으면 난 내일이라도 가수가 되어 라디오에 나갈 거야."

그애가 어찌나 강렬한 발음으로 '빽'이라고 말했던지, 지금도 나는 그 목소리를 기억할 수 있었다.

그 당시 우리들이 즐겨 쓰는 말 중의 하나가 '빽'이었다. 빽이 있는 사람이라면 역시 나는 하숙생 주씨를 떠올리지 않을 수 없다. 그는 화물을 운송하는 통운의 창고지기였는데, 지난해에 장마로 몇 뙈기 안 되는 논밭이 모두 자갈밭이 되어 홧김에 도시로 나와 창고지기로 월급을 받고 있는 사람이었다.

그는 밤낮을 이틀 교대로 창고를 지켰는데, 그가 지키는 물건이 무어냐고 물으면 어마어마한 것이라고만 시침을 뗐다. 장마로 인한 흉년이 극심해 해동하기 전부터 그해는 유난히 쌀값이 비쌌다. 그렇다고 밀가루가 흔한 것도 아니어서 긴긴 보릿고개에 굶는 이도 많은 때였다. 우리 집도 역시 점심은 으레 수제비나 칼국수였는데, 시장에서도 밀가루가 귀해 돈을 주고도 쉽게 구할 수 없을 때 주씨는 슬그머니 밀가루를 몇 포대씩 사들고 왔다. 그것도 가게의 반값 정도에. 어머니는 긴긴 봄날의 허기증을 메우기 위해 쑥을 넣은 밀가루떡 같은 것을 곧잘 만들었는데 주씨에겐 특별히 몇 개 더 선심을 썼고, 생선국이면 가운데 토막은 그에게 주었다. 밀가루라면 얼마든지 척척 사다줄 수 있는 주씨 같은 이를 하숙생으로 둔 것에 어머니는 대단히 만족해했다. 어떻게 해서 밀가루를 사올 수 있는지를 내가 물으면 어머니는 비밀이나 되는 것처럼 소곤거렸다.

"저 양반은 그래 봬도 빽줄이 세단다."

주씨가 밤낮으로 지키고 있는 물건이 밀가루나 설탕 같은 것이라곤 상상도 안 해봤던 나는 창고를 지키는 사람 정도는 되어야 비로소 빽을 잡는 거라고 믿게 되었다.

"주씨 아저씨처럼?"

주씨 아저씨처럼 빽이 있으면 가수가 될 수도 있느냐는 나의 물음이었다. 은자네 집 역시 주씨 덕에 계속해서 찐빵이나 만두를 만들 수 있었기 때문에 그애 아버지 또한 주씨 앞에선 언제나 허리를 굽실거렸다.

은자는 콧등을 잔뜩 찌푸리며 나를 경멸에 찬 시선으로 내려다보았다.

"이 바보야, 뒷구멍으로 밀가루나 훔쳐 파는 창고지기 따위가 무슨 빽이 있니?"

그애는 뭐든 다 어른처럼 알고 있었다. 나는 그애의 말이라면 무엇이든 다 믿었다. 뒷구멍으로 밀가루를 빼오는 것 정도의 빽으론 가수를 만들어줄 수 없다는 사실을 알게 된 나는 적잖이 실망했다. 그러나 은자는 조금도 절망하지 않고 날마다 나를 앉혀놓고 노래연습을 했다.

비가 오는 날이거나, 버드나무 아래를 노인들이 먼저 차지해버리거나 하면 노래 연습장소는 은자네 집 옆의 망대로 옮겨졌다. 그것은 흡사 성냥갑처럼 네모나게 생긴 작은 집이었다. 건널목을 지키는 간수가 들어앉고 나면 우리 같은 꼬마들이나 서넛 앉을 만한 걸상이 하나 있을 뿐 아무것도 없었다.

우리는 그 집을 망대라고 불렀는데 대개는 아무도 없이 텅 비어 있기 마련이었다. 지난해 가을에 있었던 충돌사고로 늙은 간수가 다리를 다쳐 그만둔 뒤 임시로 건널목을 지키고 있는 간수는 아주 젊었다. 이제 스무 살이 넘었을까 말까한 간수는 노상 은자네 찐빵집에 붙어 살았다. 꽉 닫힌 유리문 안에 있으면서도 기차 오는 시각은 어찌나 잘 아는지, 멀리 기적이 울렸다 하면 그는 번개같이 뛰어나와 차단기를 내렸다. 그가 뛰어나온 찐빵집 유리문짝엔 볼이 사과처럼 붉은 은자네 언니가 매달려 생글생글 웃고 있었다.

"저치는 우리 언니를 짝사랑한단다."

은자는 자랑스럽게 알려주곤 했는데, 내가 보기엔 그애 언니도 간수를 좋아하는 것 같았다. 그래서 행여 그렇다고 넌지시 말이라도 할라치면 은자는 펄쩍 뛰었다.

"우리 언니는 중앙동에 있는 다방 레지[10]가 될 거야. 아버지가 다 말해두었다구. 이제 여름이 되면 머리를 이렇게 퍼머하고는 레지하러 간다. 레지가 뭔 줄 알아?"

나는 고개를 흔들었다.

"레지는 다방에서 커피를 날라 주는 여자야. 예뻐야 레지가 된단다. 예쁘지 않으면 절대 안 돼. 우리 언니는 예쁘니까 돈도 많이 준댔어."

은자 언니는 사실로 예뻤다. 사과처럼 붉은 뺨도 그렇고, 쭉 뻗은 다리도 노상 맨다리로 내놓고 다닐 만큼 살결이 고왔다. 은자 언니가 다방에 취직이 되면 은자는 내게 다방을 구경시켜 주겠다고 약속을 했다. 나는 다방이란 곳이 무얼 하는 장소인지 도무지 알 수가 없었으므로 하루 속히 다방 구경을 갈 수 있도록 여름을 기다렸다.

하지만 여름은 우리 집 식구한테는 결코 반가운 계절이 못 되었다. 이사오자마자 겪은 지난 장마 때도 그랬지만 그해 여름 역시 일찍부터 시작된 장마 때문에 어머니는 걱정이 태산 같았다. 그것은 북쪽 대문 앞에 흐르는 폭이 꽤 넓은 하천 때문이었다. 남으로 앉은 집은 등허리 쪽에 막상 대문이 하나 더 달려 있었다. 마당 끝의 서쪽 대문은 출입을 위한 쪽문인 셈이고 북쪽으로 난 대문이 진짜 정문이었다. 그렇지만 그 대문은 애당초[11] 쓸모가 없었다. 문 앞은 서너 행보를 떼어놓을 만큼의 좁은 둑길을 남겨놓고는 이내 하천이었다. 다리 또한 철교를 통하거나 더 아래쪽으로 내려가야 했기 때문에 그 대문을 사용하는 일은 극히 드물었다.

장마는 초반에서부터 거세었다. 하루는 땡볕이 들고 또 하루는 폭우가 쏟아졌다. 은자와 나는 학교가 파하면 이내 망대 속에 틀어박혀 만화

10) 레지(register) 다방 같은 데서 손님을 접대하며, 차를 나르는 여자.
11) 애당초 일의 맨 처음. 애초.

책이나 보았다. 은자의 머리칼이나 옷에서는 언제라도 찐빵 냄새가 퀴퀴하게 풍겼지만, 추적추적한 비 때문에 그즈음에는 참을 수 없을 만큼 역겨웠다. 그러나 나는 싫은 내색을 하지는 않았다. 그애는 곧 발레리나보다 멋진 가수가 될 것이었고, 이 비만 그치면 나에게 다방 구경도 시켜 주기로 다짐이 되어 있는 터였다. 그애를 화나게 만들 생각은 조금치도 없었다. 젊은 간수는 우비를 뒤집어쓰고 차단기를 내렸는데 은자 언니는 이미 퍼머까지 굽실굽실 해놓아서 얼마든지 다방에 나갈 만큼 예뻤다.

하루 건너 쏟아지는 비가 쉴새없이 퍼붓기 시작한 것은 그해 6월이 다 갈 무렵이었을 것이다. 금방이라도 둑을 넘어 밀쳐 들어오고야 말 것처럼 하천의 물이 범람하자, 오빠들과 하숙생들은 모래가마니를 만들어 북쪽 대문에 차곡차곡 쟁여놓았다. 물이 넘치는 날이면 걷잡을 수 없이 되고야 말 것이다. 나는 놀러 나갈 생각도 못 하고 어머니와 함께 골목 끝에 나가 무서운 기세로 흐르는 물을 지켜보았다. 둑 옆에 집을 둔 다른 이웃들도 구멍 뚫린 하늘을 원망하며 수시로 물이 넘치지 않나 살피러 나왔다.

신문을 밥보다 좋아한다고 해서 신문쟁이로 불리는 하숙생 최씨 말에 의하면 이미 전국 곳곳에서 물난리가 나 야단이라고 했다. 어머니는 밥을 푸다가도 뛰어나와 물의 높이를 살피곤 했다. 하지만 물은 곧 넘칠 듯하면서도 워낙이 빠르게 흘러갔기 때문에 넘치지는 않았다. 하룻밤을 자고 일어나 봐도 흙탕물은 여전히 발밑에서 찰랑거렸고, 또 하룻밤을 자고 일어나도 그만큼이었다. 눈에 띄게 빗줄기가 약해진 까닭이었다. 어머니는 말했다.

"하나님이 다 알아서 보살펴 주시는 덕이야. 홍수도 가뭄도 모두 하나님 뜻이지."

그러다 어느 하루 무섭게 비가 쏟아졌고, 은자와 함께 물구경을 나와 보니 흙탕물 속에 온갖 것이 다 떠내려왔다. 사람들이 우르르 몰려들어 기다란 장대로 새것인 장화며, 쓸 만한 소쿠리나 널빤지를 건져냈다. 은자는 잽싸게 자루 달린 물컵을 하나 건져 올리고선 좋아 어쩔 줄 몰라했다. 빨간색 컵은 겉에 예쁜 강아지가 그려져 있는 새것이었다.

그때 사람들이 우와 함성을 터뜨렸다. 철교 밑을 보니 오동통하게 살이 찐 돼지가 한 마리 떠내려오지 않으려고 안간힘을 쓰며 발버둥을 치고 있었다. 어른들이 하천 양쪽에서 장대를 뻗쳐 떠내려오는 돼지를 일단 제자리에 멈추게 했다. 몰려 서 있던 사람들이 발을 구르며 소리를 쳤고 돼지 또한 지지 않으려고 꽥꽥 비명을 질렀다. 그때 누군가 소리쳤다.

"이봐, 돌맹이로 쳐서 죽여! 산 채로는 못 끌어올린다고."

어른들이 돼지 머리를 향해 돌을 던지기 시작했다. 거센 물결 때문에 돼지는 이리저리 흔들렸고, 흔들거리면서도 멈추지 않는 발버둥질 때문에 장대로 가로막고 있던 어른들이 힘들어 죽겠다는 시늉을 했다.

그 순간 어디선가 날아온 돌덩어리가 정통으로 돼지의 머리를 맞추었다. 이윽고 또 하나의 돌덩이가 돼지의 안면을 강타하면서 이내 핏물이 번져갔다. 죽었다! 야! 죽었어. 이제 끌어올려! 사람들이 발을 굴렀다. 어른들이 몰려들어 꿈틀거리는 돼지를 가장자리로 몰아붙였다. 물살의 힘 때문에 그 일은 상당히 오래 걸렸다.

은자도 사람들 틈에 끼어 열심히 돌을 던졌으나 나는 차마 그렇게 할 수가 없었다. 나는 돼지의 그 작은 눈을 보았던 것이다. 돼지는 울고 있었다. 울면 안 돼. 나는 어머니가 내게 했던 것처럼 나지막하게 부르짖었을 뿐이었다.

돼지는 죽었다. 사람들이 던진 돌에 맞아서. 그러나 사람들은 돼지고기를 먹을 수가 없었다. 간신히 둑에까지 밀어내는 데 성공했으나, 어디선가 갑자기 솟구쳐올라 물살을 휘몰고온 커다란 양은 함지박에 부딪혀 돼지는 어른들이 만든 장대 그물에서 벗어났다. 그러곤 이내 흙탕물 속으로 가라앉아버렸으나 얼마 후 둥싯둥싯 검은 털을 간간이 보여주면서 아래로 흘러갔다.

"저 돼지는 이제 바다로 갈 거야."

은자가 아쉽다는 듯 말했다. 그해 여름, 장마 때문에 맞아죽은 돼지는 바다로 떠난 것이다. 나는 흙탕물을 바라보며 한동안 바다로 간 돼지를 생각했다.

어쨌든 장마는 무사히 넘긴 셈이었다. 하지만 다른 곳은 그렇지 않은 모양이었다. 최씨 아저씨가 신문에서 읽은 바에 따르면 거제도인지 어느 섬에서인지 산사태가 나 백여 명이나 되는 사람들이 죽었다고 했다.

"세상에 백 명씩이나 생매장을 당하다니…… 전쟁 속에서도 용케 살아남은 사람들인데, 쯧쯧쯧……."

어머니는 혀를 차며 놀라워했다. 전쟁 속에서도 용케 살아남은 사람들이란 말은 어머니의 입버릇이었다. 고향에서 가장 최악의 공포까지 경험하며 끝내 견디어온 전쟁이었다. 개나 돼지처럼 많은 사람들이 죽어갔는데 목숨을 건질 수 있었다는 게 도무지 믿어지지 않는다고 했다.

더욱 믿을 수 없는 것은, 그렇게 부지해온 목숨을 허망하게 잃어버린

아버지의 죽음이었다. 전쟁이 끝나고 도시로 나와 몇 년간을 힘겹게 일해 겨우 자리를 잡아가는 중에, 그 많은 자식들을 남기고 아버지는 세상을 떴다. 그것은 내가 네 살 때의 일이었다. 오빠들 말에 의하면 아버지의 임종을 지키는 자리에서 나는 막대기에 끼워진 사탕을 빨아먹고 있었다고 했다.

장마가 끝나자마자 불볕더위가 달려들었다. 큰오빠의 월급날이면 줄에 매달린 수박이 우물 속에 담그어지고 오빠들은 집에 오기가 무섭게 내게 등멱[12]을 해달라고 말했다. 두레박 하나 가득 담긴 물을 좍 끼얹으면 오스스 돋는 오빠 등허리의 소름들. 우물 옆에 심어진 앵두나무 잎사귀 사이에는 모기가 숨어 있었고, 모기장 밖으로 하늘을 쳐다보면 곧잘 은하수도 흘렀다. 어머니는 식구들이 모이기를 기다려 잘 익은 수박을 갈랐다. 마루에 걸터앉아 푸아푸아 씨를 뱉어내면, 마당 귀퉁이에 엎디어 있던 메리거나 복구인 강아지가 쪼르르 달려와 씨를 핥아보았다.

공터 옆에 방치되어 있던 더러운 움막에서 시체가 발견된 것은 그 무렵이었다. 여름방학도 며칠 남지 않은 무더운 여름날 터진 살인사건은 한동안 온 도시의 화젯거리가 되었다. 은자 언니가 다방에 취직이 되어 나간 것도 그 무렵이었고 은자가 새로 사 입은 원피스를 입고 뽐내던 것도 그때였다.

은자 아버지가 술에 취해 나간 뒤 이틀 동안이나 돌아오지 않는다는 말을 은자한테 듣던 날, 한 떼의 사람들이 지켜보는 가운데 경찰들이 몰려와 움막의 흙벽 속에서 은자 아버지를 꺼내놓았다. 어머니는 끔찍해

---

[12] 등멱 등목, 목물과 같은 말임. 몸의 허리 위에서부터 목까지를 물로 씻는 일.

서 구경을 가지 않았지만, 오빠들은 그 모습을 하나도 빼놓지 않고 지켜보았다. 나는 어머니의 치맛자락에 매달려 먼 빛으로 그들을 보았다. 늙은 고양이 같던 은자 어머니가 팔짝팔짝 뛰고 있는 것도 보았다.

은자는 보이지 않았다. 조금 전까지만 해도 우리는 그 움막이 바라보이는 공터 풀밭에 앉아 작은 음악회를 열고 있었다. 그애는 새로 사 입은 원피스 자락을 치켜올리며 간드러진 목소리로 〈노란 샤쓰 입은 사나이〉를 불렀다. 그애가 시키는 대로 앙코르를 부르고 박수를 치면, 은자는 살짝 고개를 숙였다가 이내 아주 슬픈 얼굴로 〈검은 상처의 블루스〉를 불렀다. 그대 나를 버리고 어느 님의 품에 갔나…… 〈검은 상처의 블루스〉는 언제나 나를 감동시켰다. 은자의 목소리는 그 노래 때문에 생겨난 것이라고 믿어질 정도였다.

작은 음악회를 마치고 나는 집으로 돌아와 식구들과 함께 점심으로 수제비를 먹고 있던 참이었다. 은자는 아버지의 죽음을 알고나 있는 것인지…… 나는 공포로 인해 숨이 막힐 것 같으면서도, 그애마저 이 순간 어디선가 막대기에 끼여 있는 사탕을 빨아먹고 있어서는 안 된다는 생각을 하고 있었다.

경찰들이 공터 풀밭을 중심으로 해서 그 주변을 몇 날 동안 수색을 하는 사이 나는 여름방학을 맞게 되었다. 흙탕물로 더럽혀진 채인 은자네 찐빵가게는 문을 닫았다. 은자 언니는 몰라보도록 예뻐진 모습으로 가끔 집에 들렀고, 은자 어머니는 붉게 충혈된 눈으로 부엌 쪽문 앞에 나앉아 지나가는 사람들마다에 퉤퉤 침을 뱉었다.

은자는 별반 달라진 게 없는 것처럼 보였다. 집에 들어가기를 싫어하는 게 조금 더 심해졌을 뿐, 아버지 이야기는 꺼내지 않았다. 내가 조심스레 그날 어디에 갔었느냐고 물었을 때 그애는 히죽이 웃기까지 했다.

"라디오 방송국에 갔었어. 서울에서 가수들이 많이 내려왔다구. 공개 방송을 했단 말야."

은자로서는 아버지가 죽었다는 사실보다 가수들을 많이 만나본 것이 더 중요하다는 것을 나는 이해할 수 있었다. 누구든 나처럼 그애의 노래를 수백 번씩 들어볼 수 있었다면 아마도 이해할 수 있으리라. 은자에겐 노래 이상으로 소중한 것은 없었다. 그애가 나를 친구로 만든 것도 따지고 보면 노래 때문이었다. 그애는 청중이 필요했던 것이다. 그러기로는 이사 온 지 얼마 되지 않은 내가 필요했다. 다른 아이들은 그애가 도둑년이란 사실을 들어 벌레 보듯이 피해 다녔으니까.

여름이어서도 그랬지만 우리는 좁아터진 망대 안에서는 더 이상 놀지 않았다. 대신 갈 곳을 잃은 젊은 간수가 자리를 지키고 앉아 수척한 얼굴로 철길 위만 멍하니 내다보고 있었다. 공터 풀밭 역시 우리들이 찾아가 음악회를 열 장소가 아니었다. 그곳은 이미 시체의 냄새로 죽어버린 땅이었다.

살인사건 때문에 나는 다방을 구경할 수 없게 되었다. 은자 언니는 여전히 다방에 다니고 있었지만 나는 은자에게 약속을 상기시키는 일 따위는 하지 않았다. 아버지의 죽음 앞에서 사탕을 먹고 있던 나보다, 가수 구경을 가는 것이 더 나쁘다는 생각이 조금씩 들었기 때문이었다.

흙벽 속에 발라져 있던 은자 아버지는 돌팔매질에 맞아 죽어 바다로 간 돼지보다 더욱 참혹했다. 그가 비듬을 섞어 찐빵을 만들었던 것도, 어느 날인가 내게 꿀밤을 한 대 준 것도 나는 다 용서하기로 했다. 그를 용서한 것이라면 다방 구경도 가서는 안 되었다. 용서와 구경 사이에 무슨 관계가 있는 것인지는 국민학교 2학년으로선 더 이상 알아낼 수 없었다. 다만 나는 죽은 사람이 꿈속에서라도 나타나 나를 괴롭힐까봐 미리미리 그를 다 용서해주었다.

정말이지 그 무렵엔 꿈도 많았다. 그것도 모두 악몽이었다. 높은 산꼭대기에서 구름에 밀려 툭 떨어지기도 하고, 학교 변소에서 보았다는 달갈귀신이 꿈속에 나타나 붉은 종이를 흔들기도 했다. 아침에 일어나 꿈 이야기를 하면 어머니는 못된 애와 어울려 다니느라고 마귀가 틈탄 것이라 말했다. 어머니는 내가 주일학교에 열성이지 않은 것도 모두 마귀 탓이라고 힐난했다.

더 이상 마귀와 어울려 다닌다면 마지막 심판날, 하늘이 내리는 불과 유황에 휩싸여 지옥으로 떨어지게 될 거라고 무서운 경고도 서슴지 않았다. 지옥으로 떨어지는 나를 구할 수 있는 어떤 힘도 어머니에게는 없다고 했다. 천국으로 가는 사다리는 단 한 사람씩밖에 매달릴 수 없다는 사실과, 어머니의 사다리는 어머니 혼자만의 것임을 알게 된 나는 더더욱 두려웠다. 어머니가 들려주는 지옥의 유황불[13]과 천국의 사다리 때문에라도 나는 밤마다 악몽을 꾸지 않을 수 없었다.

신문쟁이 최씨는 어머니와는 다른 견해를 갖고 있었다. 내 또래 아이들은 모두 자라기 위해 그런 꿈을 꾼다는 것이었다. 꿈을 꿀 때마다 손가락 한 마디만큼씩 키가 클 것이라고 나를 위로했다. 나는 최씨 아저씨가 대단히 유식한 사람이라고 믿고 있었기 때문에 그의 말을 믿으려 애썼다. 최씨는 저녁밥상에서 종종 그날치의 신문을 읽어주곤 했는데, 그

---

13) 유황불(硫黃―) 황이 탈 때 생기는 파란 불.

무렵엔 주로 새 대통령이 선출될 거라는 내용이 많았다. 창고지기 주씨는 일자무식을 감추기 위해 가장 열심히 그의 이야기를 들었고 제법 질문도 많았다.

"투표를 하겠구만그랴. 암. 투표를 해야 하구말구."

주씨의 고개가 끄덕여지면 최씨는 신바람이 나서 선거법을 설명했다. 최씨는 모든 것을 신문에서 배웠고, 신문에 나오지 않는 이야기는 절대 믿지 않았다. 그가 제일 존경하는 인물은 미국의 케네디 대통령이었는데 혼자 존경하는 것만으로는 모자라 오빠들이나 주씨에게도 그를 존경하도록 입에 침이 마르게 칭찬했다. 그 설득력 또한 대단해서 막내오빠는 학교에서 존경하는 위인을 조사할 때 케네디를 써냈다고 했다.

여름방학 동안은 거의 은자를 만날 수가 없었다. 어머니의 감시가 심해졌기 때문이었다. 은자를 만나지 않겠다는 약속을 한 까닭에 만화책만큼은 집으로 빌려와 읽어도 좋다는 허락이 떨어졌다. 나는 은자네 집이 궁금해서 만화가게에 갈 때마다 찐빵집 유리문을 기웃거려 보았지만 아무도 만날 수가 없었다. 길가에 앉아 침을 뱉어대던 은자 어머니는 어두운 골방에 누워 있는지 그림자도 보이지 않았다. 나는 웬일인지 은자 어머니마저 죽어버리고야 말 것이라는 느낌을 떨쳐버릴 수가 없었다. 그렇게 길길이 뛰던 것으로 보나, 넋이 나가 침을 퉤퉤 뱉어내던 것으로 보나 내 느낌은 틀림없을 것 같았다.

"오빠, 오빠. 은자네 엄마 죽었다고 그래?"

오빠들이 밖에서 들어오기만 하면 나는 그것부터 물었다. 오빠들은 대답 대신 내 머리통만 쿡쿡 쥐어박았다.

"애가 갈수록 왜 이 모양이야."

나는 망대 안에 틀어박혀 바깥만 멍하니 내다보고 앉아 있는 젊은 간수에게도 곧잘 은자 소식을 물었다. 그는 조그맣게 부르는 소리에도 깜짝 놀라 벌떡 일어나곤 했다. 그에게 얻어낸 것이라곤 은자 엄마가 아파 누워 있다는 말 한마디뿐이었다. 그렇지만 그애 엄마는 아주 큰 병에 들었을 거야. 나는 그애 엄마가 죽게 될 때를 상상해보았다. 이번에야말로 은자는 가수 구경을 가지 않고 엉엉 울면서 슬퍼할 것이었다.

아침저녁으로 제법 선선한 바람이 일렁이면서 나는 2학년 2학기를 시작하게 되었다. 개학식날 발꿈치를 들어올리고 3학년 쪽을 살펴보았지만 은자를 보지는 못했다. 그애를 만난 것은 학교가 파하고 집으로 돌아올 때였다. 그애는 저만큼에서 나를 기다리고 있다간 나를 보자마자 뛰어와 입을 열었다.

"나, 노래자랑에 나갈 거야. 너도 구경오지 않겠니?"

나는 어이가 없었다. 내가 기대했던 말은 그런 게 아니었다. 우리 엄마가 아퍼. 죽을지도 몰라. 어쩌면 좋니. 이런 말이 나오리라고 생각했던 나는 적잖이 실망을 해서 고개를 흔들었다.

"싫어. 그런 구경 따윈 하고 싶지 않아."

내가 그애의 노래를 듣고 싶지 않다고 말한 것은 그때가 처음이었다. 머쓱해진 은자를 남겨두고 나는 집으로 돌아오고 말았다. 그러나 더욱 더 나를 실망시킨 것은 은자 어머니였다.

지난봄에 그랬던 것처럼 속치마만 입고서 빨래를 널고 있던 그녀는 지나가는 이웃 아낙네에게 이렇게 소리치고 있었다. 이거 봐. 그 집에 우리 찐빵 외상값 있는 거 알지?

은자는 아마 노래자랑에 나갔을 것이다. 아니 어쩌면 그만두었을지도 모른다. 그 뒤 은자는 내게 더 이상 노래자랑 이야기를 꺼내지 않았다. 은자라면 노래자랑에서 일등을 했을 터이고 일등을 했다면 나한테 말해 주지 않을 리 없었다. 그래서 나는 은자가 노래자랑 대회에 나가지 않은 것은 내 탓이라고 생각했다. 아마 다시는 그애의 노래를 들을 수 없게 될지도 몰랐다. 공터 풀밭에서 자주 불러주었던 〈검은 상처의 블루스〉가 생각났지만 나는 꾹꾹 눌러 참았다. 예전과는 모든 사실이 다르다는 느낌 때문이었다. 은자나 은자 엄마처럼 나마저 그애의 아버지를 잊어서는 안 될 것 같다는 생각이었고, 그래서 은자와 나는 따로따로의 가슴을 품고 어느 날 문득 서먹해졌다.

여름은 들이닥친 것이 그랬던 것처럼 쉽게 물러갔다. 그 여름의 끝에는 추석명절이 기다리고 있었다. 오빠들은 양말과 운동화가 추석빔의 전부였지만 나는 언제나 예외였다. 촘촘히 주름이 잡힌 하늘하늘한 나일론 치마에 주황빛 스웨터, 기다란 흰 양말, 그리고 비닐가죽으로 만든 구두까지, 머리서부터 발끝까지 새것으로 장만해주었다. 우리들은 새로 얻은 옷이며 새 신을 신고 아침밥을 먹자마자 성묫길에 올랐다. 큰오빠는 양복에 넥타이도 매었다. 둘째오빠는 돗자리를 기다랗게 들고, 셋째오빠는 술병을 들었다. 넷째오빠는 지짐이며 송편, 산적 따위가 담겨진 찬합을 들면 막내오빠는 사과와 배가 담긴 광주리를 들었다. 나는 가게로 뛰어가 누가사탕을 한 움큼 사서 주머니에 넣고 하나씩 꺼내 쫄깃쫄깃한 맛을 즐기며 오빠들의 뒤를 따랐다.

어머니는 골목 끝까지 나와서 머리에 묶은 리본을 바로 달아주고 치마허리를 잘 올려주고 나선 이렇게 말했다.

"오빠들은 절을 하더라도 너는 절대 아버지 묘 앞에서 절하면 안 돼.

알았지?"

내가 왜냐고 물으면 어머니는 예수님을 믿는 착한 아기니까 그렇게 해야 한다고 했다. 그러면 오빠들은 마귀새끼냐고 나는 또 물었다. 어머니는 아들들은 원래 조상 앞에서 큰절을 올리도록 되어 있는 거라고 말했다.

어머니는 절대 아버지 산소에 가지 않았다. 술병이며 과일들을 챙겨주고 나면 우리들끼리 큰오빠 지휘 아래 성묘를 가는 것이다. 땅속에 묻힌 자가 남겨놓은 기다란 가족의 행렬…… 우리는 그 행렬을 끌고 걸어서 도시의 끝에 놓인 공동묘지에 갔다. 사람들이 하얗게 덮여 있는 산은 한 시간쯤 걷고 나면 눈앞에 들어왔다. 그때부턴 논둑길을 따라 조금만 걸으면 되었다. 아버지는 산 중턱에 누워 있었다.

우리들이 논둑길로 접어들면 앞장섰던 큰오빠는 슬쩍 뒤로 물러나 샛길로 해서 산밑 동네로 갔다. 수숫대들이 껑충껑충 솟아 있는 마을 입구에는 싸리 울타리로 담장을 엮은 낡은 초가들이 보였고, 울타리 앞에 분홍 치마저고리를 입은 예쁜 처녀가 서 있었다. 큰오빠는 처녀와 나란히 서서 우리들 쪽을 쳐다보며 무언가 도란도란 이야기를 나누었고, 우리들이 중턱의 아버지 묘까지 다다라서 돗자리를 펴고 음식들을 나누어놓기 시작하면 이마의 땀을 닦으면서 뛰어와 가쁜 숨을 몰아쉬었다.

나는 그 동그란 흙더미 속에 아버지가 누워 있다는 것을 얼른 실감할 수 없었다. 오빠들은 아버지 묘 앞에선 유난히 부드럽고 상냥하게 나를 대해주었다. 오빠 다섯이 한꺼번에 주욱 서서 절을 올리고 나면 큰오빠가 말했다.

"자, 너도 아버지께 인사드려야지."

나는 어머니 말이 떠올라 머뭇거렸다. 그 시절이나 지금이나, 내게 있어 어머니처럼 좋고도 두려운 존재는 없었다. 하지만 그해 추석에 나는 아버지 산소 앞에서 큰절을 했다. 큰오빠 눈이 조금 빨개지고 둘째오빠는 웃자란 풀을 뽑아내며 못 본 척했다. 나는 마음속으로 가만히 말해보았다. 아버지, 그날 사탕을 먹고 있었던 것 용서해주세요. 다시는 안 그럴게요.

오빠들이 산소 주위에 술을 뿌리고 고기들을 던지는 동안 나는 사과나 송편을 먹었다. 그리고 뒤돌아보면 저만치 아래 수숫대 사이로 분홍 저고리가 보였다. 나는 괜히 부끄러워 먹던 떡조각을 치마 뒤에 감추고 오빠들 사이에 숨어버리곤 했다.

추석만 지나면 가을은 미꾸라지 빠져나가듯 재빠르게 꼬리를 감추는 법이었다. 그해 가을은 유난히도 빨랐다. 어찌나 많은 일들이 일어났는지 나는 그 가을 동안 한 번도 만화가게에 틀어박혀 있어보지를 못했다.

선거에서 이긴 새 대통령 이야기로 꽃을 피우던 무렵이었다. 여름에 있었던 끔찍한 살인사건도 슬몃 잊혀져가는 판에, 갑자기 젊은 간수가 망대 안에 앉아 있다가 달려든 경찰들에게 묶여 갔다. 온 동네 사람들이 다 몰려나와 살인범을 바라보며 치를 떨었다. 파리 목숨 해치듯, 사람들을 닥치는 대로 죽인 살인마 고재봉이나 꼭 같은 놈이라고 혀를 내둘렀다. 경찰들이 달려들어 수갑을 채울 때 발악하듯이 외치는 소리를 들었다는 누군가의 말에 사람들은 또 한 번 치를 떨었다.

"그 자식은 사람도 아니예요! 자기 딸을 팔아먹었다구요. 돈에 환장해서 자기 딸을 팔아먹었다구요!"

어머니는 말했다. 시집갈 나이에 있는 딸을 다방에 팔아먹은 애비나, 장인 될 사람을 죽인 간수나 모두 지옥의 유황불에 떨어질 것이라고.

우리들은 한동안 고재봉과 젊은 간수에 대한 이야기로 시간을 보냈다. 달걀귀신이 주는 막연한 공포에 비해 살인범에 관한 이야기는 며칠을 계속해도 언제나 새롭게 소름이 돋았다. 내가 알고 있는 사람이, 나와 이야기를 나누던 사람이 살인범이란 사실은 오래도록 내 머리에 남아 악몽으로 되풀이되풀이 살아남았다.

그리고 연달아서 은자가 도망을 간 사건이 일어났다. 집에 있는 쓸 만한 것들을 모두 챙겨 서울로 야반도주한 그애는 가수가 되어 성공하면 돌아오겠다는 쪽지를 남겼다. 그애가 불러주던 〈검은 상처의 블루스〉는 영영 들을 길이 없게 되고 말았다. 그대여…… 이 밤도 나는 목메어 우네. 그애 또한 어디선가 목메어 울지도 모른다는 생각에 나 또한 목이 메어 몇 날을 침울하게 보내야만 했다. 아마 그애는 가수로 성공할 것이었다. 나는 믿었다. 그러나 그 믿음이 내 우울을 구원해주지는 못했다.

그 가을엔 나쁜 일만 일어났던 건 아니었다. 홀어머니와 함께 다섯 동생을 부양했던 큰오빠가 결혼을 했던 것이다. 우리는 학교에서 조퇴를 맡아가지고 신바람이 나서 식장으로 달려갔다. 흰 면사포를 쓴 아름다운 신부는 수숫대 사이로 우리를 지켜보던 분홍 저고리의 처녀였다.

새 식구가 하나 들어옴으로 해서 어머니는 방을 비우기 위해 하숙생들을 내보내기로 했다. 대신 오빠들과 같은 방을 쓸 수 있는 또래의 남학생들을 들이기로 결정을 보았다.

창고지기 주씨는 어차피 창고지기에서 목이 달아나 시골로 내려갈 판이었다. 신문쟁이 최씨는 묵은 신문철을 싸들고 다른 집으로 떠났다.

신문쟁이 최씨가 떠나자마자 그가 가장 존경하는 인물이었던 미국의 케네디 대통령이 피살되었다는 이야기가 오빠들이 모인 자리에서 분분히 [14]오가고 있었다.

그 가을을 보내면서도 나는 은자가 돌아오리라는 기대를 버리지 않고 있었다. 낯선 간수가 지키고 있는 망대 안을 들여다보거나, 노인네들이 모여앉아 해바라기[15]를 하고 있는 공터의 풀밭을 지날 때마다 나는 은자의 노래를 떠올렸다.

그러나 겨울이 가고 봄이 왔을 때도 은자는 돌아오지 않았다. 은자 어머니는 다시 찐빵가게를 열었다. 그애가 가수가 되었다고 일러주는 사람은 아무도 없었다. 소식이나마 알고 있는 사람조차 아무도 없었다.

철로변 둑길에 어린 쑥들이 푸지게 솟아나던 봄날, 나는 3학년이 되었다.

---

14) 분분하다(紛紛 —) 뒤숭숭하게 시끄럽다. 소문·의견이 많아 갈피를 잡을 수 없다.
15) 해바라기 추울 때 양지바른 곳에 나와 햇볕을 쬐는 일.

1 이 소설의 제목인 '유황불'이 의미하는 것은 무엇일까요?

이 글의 서술자로 등장하는 초등학교 2학년인 어린 소녀는 교회를 다니는 엄마로부터 유황불 이야기를 듣고 자랍니다. 마귀의 유혹에 굴복하여 악의 소굴에 빠지는 사람은 죽어서 유황불이 이글거리는 지옥에가게 된다는 수없는 경고를 엄마에게서 들으며 유황불은 절대적인 공포와 두려움의 대상으로 각인됩니다.

그런데 어린 시절 겪은 여러 경험으로 말미암아 유황불이 이글거리는무서운 곳은 나쁜 사람이 죽어서 만나는 지옥이 아니라 바로 우리가 살고 있는 어두운 현실임을 알게 됩니다. 서술자는 자신의 어린 시절 친구였던 은자의 노래를 들으며 세상을 배우고, 큰오빠의 헌신과 가족들의 단결로 어려운 생활을 꿋꿋하게 이겨나갑니다. 그러나 은자 주변을둘러싸고 일어났던 비극적인 사건들로 인해 이 세상이 지옥만큼 두렵고 혼란스럽다는 것을 깨닫게 됩니다.

2 이 글에 드러난 두 세계를 대비하고 우리 현실의 세계와 연관 지어 설명해보세요.

서술자의 어머니는 파리 떼가 들끓는 찐빵가게에서 비듬도 털지 않고 만두를 빚던 은자네 가족들을 마귀라고 부릅니다. 저녁이면 날마다 술을 마시고 아내를 때리던 은자 아버지나, 부모 몰래 돈을 훔쳐 만화를 보는 은자는 모두 마귀가 유혹하는 삶을 살고 있다고 보는 것이죠. 그러던 중 은자네 아버지는 딸을 다방에 레지로 팔아넘겼다는 이유로 사위가 될 뻔한 간수에게 살해당하고 맙니다. 그러나 아버지가 죽은 와중에도 은자는 가수 구경을 가고 노래자랑을 나갑니다. 이런 비극적인 현실이 유황불이 이글거리는 어둠의 세계라면 어머니는 이를 종교적으로 초월하고 도피하여 살고 있는 세계로 나타납니다. 이 두 세계 중 서술자가 살아가야 하는 세상은 은자가 속해 있는 어둠의 세계입니다. 친구인 은자와 헤어진다고 해서 혼탁한 어둠의 세계를 피해갈 수는 없습니다. 세상은 이미 부조리와 폭력이 난무하는 어둠으로 가득 차 있기 때문입니다. 그래서 이 소설을 자세히 읽다보면 혼란스럽고 힘든 세상을 꿋꿋하게 헤치고 나아가는 것이 중요한 삶의 문제라는 것을 깨달을 수 있습니다.

3 이 소설의 배경으로 등장하는 철길이 의미하는 것은 무엇인가요?

서술자는 전학을 오면서 철길을 따라 등하교를 하게 됩니다. 오래된 침목의 개수를 세며 집으로 돌아오고, 봄이면 그 옆에서 자란 쑥과 냉이를 캡니다. 이 철길은 작품 속에서 서술자가 만난 최초의 '자립과 공포의 길'로 나타납니다. 사람은 나이가 들어가면 조금씩 세상 속으로 발을 옮겨야 하고 그 안에서 세상의 어둠과 싸워가며 자신을 키우는 고달프고도 숙명적인 여정을 시작해야 합니다. 이 글에서 철도는 엄마의 보호 아래 살고 있던 서술자가 자신이 알지 못한 세상으로 나아가 만나게 되는 최초의 길을 상징하고 있습니다. 외로움과 두려움에 떨며 인생의 여정이 끝없이 이어진 철도를 밟고 더 큰 세상으로 나아가게 될 것입니다.

4 은자가 부르는 노래의 의미는 무엇일까요?

은자는 성장환경이 좋지 않습니다. 앞서 지적했듯이 파리 떼가 우글거리는 찐빵가게에서 세상의 어둠에 익숙해져 있는 아이입니다. '열두 살짜리 거인', '어른처럼' 이 세상에 대해 알 것을 어지간히 알아버린 은자는 자신의 가게에서 돈을 훔칠 줄도 알고, 자신의 간절한 꿈인 가수로 성장하려면 무엇보다 '빽' 이 있어야 한다는 것도 잘 알고 있습니다. 그런 은자는 아버지의 죽음 이후 가출하여 세상의 혼란과 어둠 속으로 한 발자국 더 깊이 들어갑니다. 이때 어둠 속에 홀로 놓인 은자가 가진 것은 오로지 노래밖에 없습니다. 여기에서 은자의 노래는 자신의 상처를 달래주는 위안이자 포기할 수 없는 삶의 희망으로 나타납니다. 은자가 즐겨 불렀던 〈검은 상처의 블루스〉라는 노래 또한 은자의 비극적인 아픔을 감싸고 위로하는 안식처요, 희망이었던 것입니다.

5 이 작품에서 희망을 나타내는 부분들을 찾아보세요.

양귀자의 유년 시절의 체험이 그대로 드러난 이 작품은 제목이 말해주듯이 혼란과 두려움의 색채가 진하게 깔려 있습니다. 죽음과 홍수, 살인과 도피란 단어로 얼룩진 현실의 삶은 비극적일 수밖에 없지만, 그 속에서도 희망의 싹은 자라납니다. 추석날 성묘를 가는 길에 큰오빠는 분홍 치마 저고리를 입은 색시와 연애를 하고 사랑의 결실로 결혼을 합니다. 친구인 은자도 자신의 꿈을 찾아 떠나갑니다. 이러한 장면들은 현실의 어둠 속에서도 굴복되지 않는 미래의 꿈을 보여줍니다. 이 소설의 마지막 부분에 씌어진 '철로변 둑길에 어린 쑥들이 푸지게 솟아나던 봄날, 나는 3학년이 되었다'는 내용도 어려운 시간들을 보내고 한결 성숙해져 있는 서술자의 모습을 연상케 함으로써 혼란스러운 경험이 단순한 비극으로 끝나지 않고 세상의 어둠을 응시하고 미래를 향해 한 걸음 나아가는 의미를 담아내고 있습니다.

6 이 작품으로 미루어보건대 세상을 유황불로 보게 된 작가의 어린 시절의 경험은 다른 문학작품에 어떤 영향을 미쳤을까요?

작가의 작품세계를 면밀하게 따져보면 「유황불」에서 보이는 어둡고 암울한 세상은 다른 작품에도 많은 영향을 미쳤음을 알 수 있습니다. 작가가 가장 활발하게 작품을 발표하던 1980년대는 대체로 혼란스러운 시기였습니다. 세상의 어둠과 부정적인 면을 일찍 알아버린 작가는 정처 없는 그 시대 속에 함몰되지 않고 늘 약한 자들 편에 서서 그들의 세계를 대변하려고 애씁니다. 그러기에 그의 소설에서는 가난하고 소외받는 소시민들이 많이 등장하고 그들의 눈물겨운 삶의 진실이 투영됩니다. 세상이 아무리 부정적인 모습일지라도 그 이면에 감추어진 따뜻함을 잃지 않는 작가의 세상을 향한 애정 어린 연민은, 어린 시절의 체험 속에서 형성된 작가의식으로 보여집니다.

녹

사회의 작은 부품이나 다름없는
말단 봉급생활자의 소외와 비애.

"부탁 하나 들어주시렵니까"

냉혹한 현실에서 살아남아야 하는 현대인의 비애

이 작품은 양귀자의 첫 창작집 『귀머거리 새』에 실려 있는 작품으로 냉혹한 도시에서 생존경쟁을 하며 살아가는 샐러리맨의 삶의 비애가 잘 나타나 있습니다. 삭막하고 비정한 현실에서 자신의 꿈과는 전혀 다른 방향의 삶을 살아가는 말단 봉급생활자를 통해 거대한 도시에서 자신의 개성을 전혀 발휘하지 못한 채 사회의 작은 부품처럼 살아가야 하는 현대인의 어둡고 소외된 삶의 모습을 잘 그려내고 있습니다.

이 글이 발표된 1985년은 우리 사회가 근대화에 성공하여 자본주의의 틀이 잡힌 시기라고 볼 수 있습니다. 거대한 사회의 틀 안에서 치열한 경쟁으로 능력껏 살아가야 하는 현대인들은 자신의 꿈과 이상보다는 현실에 충실하며 살아가야 합니다. 그러나 현실적인 제약 때문에 자신의 꿈을 접은 채 스스로 삶을 선택하지 못하고 끊임없이 어떤 일을 강요

받을 때 사람은 고통스러울 수밖에 없습니다. 주인공 역시 자신에게 강요된 삶에 대한 심리적 괴리감으로 괴로워합니다. 이러한 괴로움은 자신이 살고 있는 사회에서 스스로 소외되어 있다고 생각하기에 더욱 커져갑니다. 자신이 원하지 않는 자동차를 할부로 구입하고, 자신이 하고 싶지 않은 일을 하면서 그러나 생존을 위해 그것들을 거부하지 못한 채 살고 있습니다. 이런 삶의 모습을 통해 작가는 거대한 도시에서 심리적으로 왜소하고 무력해지는 현대인의 소외감을 잘 포착하여 표현하고 있습니다. 결국 자본의 논리에 따라 급속하게 변하는 도시사회에서 겉으로는 풍요롭고 행복한 삶을 살고 있는 것처럼 보이지만, 속으로는 마음이 병들어가는 현대인의 문제점이 잘 나타나 있다고 볼 수 있습니다.

그러나 인간은 본질적으로 꿈을 꾸는 존재입니다. 그리고 잘못된 점에 대해서는 저항하는 존재입니다. 만약 잘못된 점에 대한 저항을 멈추고, 더 나은 세계에 대한 꿈조차 잃어버린다면 그 사람은 살아 있어도 죽은 사람과 마찬가지입니다. 이 작품에서도 주인공은 자신이 살아가려면 자신에게 주어진 일을 운명처럼 순종해야 한다고 이성적으로는 생각하고 있지만, 자신의 삶에 대해 저항의 몸짓을 멈추지 않습니다. 물론 그 저항의 몸짓은 무척 소극적이고, 은유적으로 나타납니다. 그것은 바로 녹을 닦는 일입니다. 쇠붙이에서 자꾸 생기는 녹들과 녹을 닦는 시간을 점점 늘리면서 녹 닦기에 빠져드는 주인공의 모습에서 현대사회의 부조리와 그것에 대한 저항의 몸짓을 읽어낼 수 있습니다.

녹

　운전석에 앉자마자 이내 기다렸다는 듯이 뒷덜미의 힘줄 부근에 수런수런 경련이 이는 느낌이었다. 그것은 아주 미세한 떨림으로 시작하여 삽시간에 뒷목을 경직시켜 버리고 말았는데 그것 때문에라도 그는 오래도록 손을 뒤로 돌려 굳어가는 뒷목덜미를 자근자근 주무르며 시간을 지체시키고 있었다.

　굳이 돌아보지 않더라도 아내는 시방 2층 베란다에 매달려 아이들에게 바이바이를 시키면서 남편의 자랑스런 출근을 지켜보고 있을 것이었다. 변두리동네의 18평 연립주택에 사는 이들에겐 아무래도 호사일 수밖에 없는 베이지색 승용차를 손수 운전하고 출근하는 남편의 모습이 싫지만은 않은 듯 아내는 이미 오래전부터 출근배웅만은 기꺼이, 인내심을 가지고 지켜보는 버릇을 익히고 있었다.

　그는 이제 목덜미를 주무르던 오른손으로 다시 코를 문지르고 있었다. 이것 또한 그가 차를 시동시키기 직전에 늘상 하는 몸짓이었다. 뒷목의 뻐근함을 어느 정도 가라앉히고 나면 어김없이 콧등이 스멀스멀 가렵기 시작하고, 그 다음엔 두 다리의 힘줄이 왠지 힘주이는 듯 조금씩 땅기곤 했다. 이 모든 것을 일일이 주무르고 쓰다듬고 하는 일을 귀찮게 여기지는 않았다. 어쩌면 이것은 그만이 터득한 워밍업 같은 것이기도 하고 또는 몸으로 풀어내는 주문이기도 하였으니까.

어쨌거나 콧등을 문지르는 그의 손에서는 휘발유 같기도 하고 싸구려 약장수들이 주걱으로 퍼담아주는 습진치료용 연고 같기도 한 냄새가 풍겨오고 있었다. 다섯 살짜리 큰애의 자전거에 솟아오른 붉은 녹을 닦아주느라고 아침나절 내내 녹 닦는 약을 손가락에 묻혀놓고 있었던 까닭이었다. 그것이 그의 여가를 차지하는 중요한 일거리로 등장한 것도 이미 오래전의 일이었다. 반질반질 광이 오르게 닦아놓았다 싶어도 다음날이면 으레 손잡이거나 받침대에 흉터처럼 총총 녹이 솟아올라 있곤 하였다. 녀석은 자전거를 끌고 시궁창에 처박히기도 하고 물장난도 해대는 모양이었다. 물기를 잘 손질해 닦아놓을 만큼의 나이도 아닌 까닭에, 게다가 젖먹이 치다꺼리에 노상 바쁜 아내를 탓할 수도 없는 까닭에 불그죽죽한 반점은 어차피 그의 차지로 남아 있는 셈이었다.

기어를 중립에 넣고, 클러치에 닿아 있는 왼발에 힘을 주며 그는 마지막으로 뒷목을 두어 번 탁탁 두들겨주었다. 키를 꽂아 돌리는 사이 그동안을 못 참고 코끝이 가렵기도 하였으나 이제 더 이상은 자신의 몸이 내지르는 어리광을 받아줄 수가 없었다. 이 시각을 놓치면 신호대기의 운이 제아무리 좋더라도 지각은 피할 수 없는 노릇이었다. 운전대의 전면에 새파랗게 돋아난 계기판[1]의 불빛과 함께 그는 어쩔 수 없이 뻐근한 뒷목과 스멀스멀 가려운 코끝을 모른 체하며 그날 하루치의 삶을 스타트시켜버려야 했다.

시궁창이거나 물장난으로 인하여 생긴 녹은 아닐 거야. 차량의 물결 속에서 주행선을 따라 달리다가 그는 문득 아이의 자전거를 생각해내었다. 굳이 삼만리표를 외면하고 자신의 기억 속에도 끼어 있지 않은 태광표 자전거를 산 것이 잘못이란 사실을 그는 시인하기로 했다. 삼만리표라면 광고비로 얼마나 많은 돈을 부어넣고 있는지 잘 알고 있었기에 4천 원이 더 싼 삼류업체를 고른 것은 바로 그 자신이었다. 주인 남자의 긴 설득에도 불구하고, 옆집도 앞집도 바로 이 삼만리표를 샀더라는 아내의 의견도 묵살하고 그는 태광표만을 우겨대었다.

사실로 말하면 그는 별로 우김성이 없는 사내였다. 그것도 집안일이라면 더욱이나 자신의 고집을 내세우는 일 따위의 피곤한 짓은 애당초 하려 들지 않는 가장이었다. 아내에게 맡겨두어도 그만한 살림규모에 하자가 생길 이유가 없었다. 큰애의 자전거를 사는 일에서 부득불 태광표를 고른 이유를 대라면 그가 우연히 그 자리에 동참했다는 것, 그것뿐일 터였다.

동참한 자가 바로 잡지의 광고를 대는 광고국 사원이라는 것을 감안한다면 그것을 이해하기는 쉽다. 더욱이 그가 삼만리표의 차기계약 갱신에 실패했던 경력도 지녔고, 그 뒤끝을 맞추기 위해 모모완구사의 봉제인형 광고를 쫓아 수원까지 일주일은 족히 왕복했던 과거가 있는 사람이라는 것을 알게 된다면 더 한층 이해하기 쉬울 것이다.

---

1) 계기판(計器板) 기계 장치의 작동 상태를 알리거나 재는 눈금을 새긴 판. 계기반.

하지만 4천 원의 웃돈이 모조리 광고비로만 충당되었던 것은 아닌 모양이었다. 새로 산 자전거에 열흘이 채 못 되어 광택이 사라지고 녹이 내비치는 것을 보면서 그는 절레절레 고개를 흔들었다. 이것도 아니고 저것도 아니면서 때로 세상은 이것도 맞고 저것도 맞는다는 사실을 눈앞에 보고 있는 셈이었다. 정류소 앞이거나 지하도 입구에서 난전을 벌여놓고, 청동촛대나 그을음 투성이의 찌그러진 냄비 따위를 문지르는 길가의 상인에게서 닥치는 대로 녹제거제를 사들이는 버릇이 생긴 것도 말하자면 태광표를 선택한 자신을 변명하려는 것 이외 그 아무것도 아니었다.

주행선만을 따라 달리는 일은 아주 지루한 노릇이었다. 그것은 마치 아무런 트릭도 없이 밋밋하게 제 점수나 맞추고 마는 민화투 같은 놀음이었다. 한 치의 틈도 없이 빼곡하게 들어찬 차도 위에서 앞차의 깜박이등만을 따라 멈추고 혹은 달리고 하는 일의 맥없음을 당할 때마다 그가 떠올리는 것은 으레 삼단 삼약의 민화투였다. 동창모임에서나 아니면 기껏 무릎맞춤을 하고 구석진 곳에 모인 동료 녀석들 사이에서 곧잘 벌어지곤 하던 화투판에서 민화투 같은 모양새는 아예 어울리지도 않는다. 옥죄고 또 옥죄어서 판돈[2]을 불리기 위해 안간힘을 쓰는 고스톱만이 놀음판의 전부가 되어버린 까닭에 그 또한 심심찮게 고도리를 잡거나 판쓸이도 해가면서 서너 번의 고우는 부를 수 있을 만큼의 꾼이 되어가고 있는 중이었다.

바꾸어 말하면 광고국 사원에 있어서 고스톱 정도만큼의 잡기(雜技)는 필수과목이었다. 그의 안포켓에 들어 있는 수첩의 페이지를 넘겨보

---

[2] 판돈 노름판에 태워놓은 돈. 또는 노름판에 내어놓은 모든 돈.

라. 김씨에서 황씨에 이르기까지의 온갖 잡다한 성을 가진 무수한 타인들의 경조사가 밑줄까지 그어져가며 얼마나 정성 들여 메모되어 있는지. 그는 거의 매일같이 수첩의 지시대로 화환이나 화분을, 혹은 거울이나 액자 따위를, 또는 애도와 축하의 금일봉 봉투를 전달하는 일을 해내야만 한다. 전달하는 데서 그치는 것만이 아니라 초상집이면 어김없이 눌러앉아 밤샘을 해가며 고스톱을 쳐야 하고 바둑에 취미가 있는 작자의 여가시간에 붙들리면 기다란 대국[3]도 치러야 한다.

그중에서도 고스톱은 으뜸이었다. 이 도시에 사는 현대의 샐러리맨들은 한결같이 이 놀음에서 헤어나지 못하고 있다는 것이 그의 판단인데 그도 그럴 것이 밤새 술을 마셨다는 사람들을 만나면 대개는 전날 저녁의 판돈이 어디로 어떻게 휩쓸렸나에 대해 장광설[4]을 늘어놓기 일쑤였다. 이제 민화투란 어쩌면 저어기 고향의 곰보댁 안방에서 아낙네들의 십 원짜리 동전으로 계산되는 유치한 장난이 되어버렸는지도 모른다. 고향이라니. 그는 핸들 잡은 손에 슬몃 힘을 주며 한숨을 쉬었다. 벌써부터 지근지근 쑤셔오는 머리와 멍멍한 소음과, 이 탁한 공기 속에서 그는 무지개를 보듯 고향을 생각했다.

그는 이제 여덟 개째의 신호등을 거쳐온 뒤였다. 앞으로 남은 아홉을 지나면 회사의 벽에 박힌 수입산 대리석들이 보일 것이다. 아홉이라. 그는 아홉수[5]를 맞을 때마다 끊임없이 안전을 강조하던 노모를 떠올렸다. 그 노모가 간 지도 벌써 이태[6]째이다. 예전엔 열아홉이나 스물아홉의

3) 대국(對局) 마주 보고 앉아서 바둑이나 장기를 둠.
4) 장광설(長廣舌) 쓸데없이 너저분하게 오래 지껄이는 말.
5) 아홉수 '9, 19, 29'와 같이 아홉이 든 수(남자 나이에 이 수가 들면 결혼이나 이사 등을 꺼림).
6) 이태 두 해.

나이에 들어 있는 아홉수만을 걱정하던 당신이 세상을 버리던 해에는 느닷없이 근심복이 늘어 매달 꼭 세 번씩은 이 아홉수를 염려하기에 이르렀다. 그가 팔자에 없는 오너드라이버[7]가 되어서 운전대를 붙잡은 까닭이었다. 애야, 오늘이 아흐렛날이구나. 어이구, 벌써 스무아흐레다. 조심, 또 조심해야 한다. 어머니는 차가 시야에서 사라질 때까지라도 입술 밑에 조심, 또 조심을 깔아두어야만 안심이 된다 하였다.

그렇군. 오늘이 바로 그 열아흐렛날이로군. 그는 손목시계의 전광판에 아로새겨지는 날짜를 들여다보았다. 그렇다면 별로 좋은 날은 아니었다. 게다가 오늘은 저 서기자가 일러준 대로 B전자를 찾아가서 사우나도 함께하며 일이 되어가는 낌새를 알아내야만 했다. 하필이면 서기자가 자기에게만 넌지시 찾아와 정보를 흘려준 것에 대해 그는 깊이 생각지 않기로 한 터였다. 깊이 들어가 그 의미를 헤아리고 가려내어 알맹이를 들여다보게 되었을 때 갖게 될 느낌이란 상상만 해도 역겨웠다.

로터리에서 좌회전 신호와 딱 맞아 떨어져 멈추지 않고 그대로 달릴 수 있게 된 것을 보면 오늘의 아홉수는 그런대로 흉조[8]만은 아닌 듯싶었다. 그는 앞차의 좌회전 깜박이등을 쳐다보며 비로소 여유를 가지고 허리를 추켜세워 뻐근한 목덜미를 잠시 뒤로 젖혔다. 이대로라면 지각의 염려는 하지 않아도 좋았다. 그것은 곧장 국장의 헬끔거리는 눈길과 이어지는 괴로움에서 벗어나도 좋다는 이야기와 통하게 된다. 바지런해야 해. 국장은 잔소리 많은 시어머니처럼 노상 '바지런'이란 말로 사원들을 얽매어왔는데 스스로가 8시 이후의 출근을 무슨 금기처럼 여기고

7) 오너드라이버 자가운전자.
8) 흉조(凶兆) 불길한 징조.

있는 사람이기도 하였다.

　광고국 사원에게는 차를 주차장에 끌어넣는 시간까지도 일단은 쫓기는 출근시간 속에서 빼내야만 한다. 다른 부서에도 오너드라이버는 많았다. 어지간한 윗자리라면 대개는 회사에서 내주는 운전기사도 있기 마련이니까 이 시간대에 순탄하게 주차시키는 일이란 것도 쉽지 않았다. 그것도 차를 가진 축들 중에서는 가장 말단에 속하는 터인지라 삼가 예의와 양보까지도 검사겸사 내보내야 한다. 이래서 광고국 사원들은 그들만의 주차장을 요구할 수밖에 없게 된다. 또한 한 시간 남짓 후면 으레 차를 빼내 다시 거리로 나가야 하는 그들의 입장이고 보면 주차 위치에도 신경을 써야만 했다. 이 모든 것이 주제넘게 차를 지니고 있는 연유라고 믿는 그에게는 열쇠를 뽑아들고 나올 때마다 매번 물 흐르는 듯한 한숨을 한 번 내쉬어야만 직성이 풀리는 버릇이 있었다. 지각을 하지 않기 위해서는 자가용족이 되는 것보다 만원버스 쪽이 훨씬 이롭다. 서울이란 곳의 엄청난 교통량을 들먹이지 않고라도 그는 만원버스를 타고 짐짝처럼 처박혀 회사에 실려 오는 것이 어울린다고 생각하는 사람이었다.

　첫달에 이미 숙제처럼 부여받은 것이 운전면허 취득이었다. 단기간 동안에 그것을 취득하기 위해서라면 근무시간에도 교습을 받을 수 있다고 했다. 그는 놀라웠다. 광고라는 매체가 가장 현대적인 것임은 알고 있었지만 운전면허가 첫 번째의 과제가 되어야 한다는 사실을 미리 알고 있지는 못하였다. 더욱 놀라운 것은 그와 같이 입사한 여섯의 동료들 중에는 기왕에 면허를 취득한 자가 셋이었다. 나머지 셋 중의 하나도 면허만 못 땄을 뿐이지 차를 움직이는 것 정도는 벌써 마스터한 사람이었다. 그들에게 운전이란 영어회화처럼 출세 지향자의 조건 속에 빠짐없이 선행되어져 왔던 항목이었다.

다음에는 차를 사라는 명령이 떨어졌다. 입사 두 달만에 그는 전격적으로 베이지색 승용차의 주인이 되어버렸다. 회사에서는 차값을 대부해 주었고 월급에서 매달 꼬박꼬박 차값을 떼어냈다. 기름값도 따로 나오기는 하였다. 수첩에 메모된 광고주들의 경조사에 쫓아다닐 수 있을 만큼의 접대비도 배정되었다. 그러나 집에 가져갈 수 있는 돈은 다른 샐러리맨들보다 나을 것이 없었다. 오히려 강제로 대부된 차값을 떼어내고 몇 번의 딱지까지 떼게 되면 형편없이 홀쭉해져 버리곤 하던 월급봉투였다.

도대체 마땅찮기 그지없는 것이 바로 이 자가용이었다. 말이나 될 법한가 말이다. 이제사 겨우 셋방 신세를 면한 주제에, 때로 급박한 돈이 필요하게 되면 삼부건 사부건 가릴 것 없이 남의 돈만 끌어대야 하는 처지에 자가용은 어울리지도 않았다. 게다가 그는 원래 차 따위에 흥미라곤 없던 사내였다. 누구들은 전기에서부터 차의 부속에 이르기까지 손만 대면 척척이라는데 그는 도무지 기계에 관한 한은 젬병이었다. 젬병임을 알기에 아예 알고자 하는 엄두도 내지 않고 슬쩍슬쩍 피해 사는 처지에 느닷없이 자가용족이라니. 차를 몰기 시작한 지 3년이 되어가는 지금에 와서도 그는 간단한 것조차 정비소에 의뢰해서 수선하는 짓을 여태도 계속하고 있었다.

상당한 금액을 월급봉투에서 뜯기는 탓에 입맛을 다시던 동료들 중에서는 이제 노련한 오너드라이버가 되어서 휴일이나 바캉스 때는 가족들한테 크게 봉사하고 있는 이도 상당수 있었다. 다시 만원버스 신세로 돌아가라면 차라리 굶어죽는 쪽을 택하고라도 차를 지녀야 한다는 그들의 말을 떠올릴 때면 그는 스스로를 향해 이렇게 되물을 수밖에 없었다. 너는 왜 만원버스를 그리워하는가.

휴일날 가족들을 태운 채 나들이를 한다는 일은 상상조차 할 수 없는 그였다. 나들이는 고사하고서라도 아이들 중 누군가가 크게 아파서 급히 병원으로 옮겨야 할 때도 그는 거리로 뛰어나가 택시를 잡았다. 감기 기운이 있거나 비라도 내리는 날, 혹은 그날의 일정이 그리 빡빡하지 않는 날이면 그 자신도 버스로 출근을 하고 택시로 일을 보았다. 자동차가 자신을 태워다 준다기보다 자신이 자동차를 이끌고 다녀야 한다는 느낌. 할 수만 있다면 그는 짐짝처럼 달라붙는 자동차를 따돌리고 홀가분하게 나다니고 싶었다.

사무실 문을 들어서자마자 그는 입놀림이 재빠른 박기철에게 붙잡혀 구석으로 끌려가야만 했다.

"이선배, K양조에서 터뜨린 고급 위스키, 잡았습니까?"

그러면 그렇지. 그는 어눌하게 대답을 준비한다. K양조라면 그가 맡은 회사였는데 지난주에 새 위스키 시음이 있대서 찾아가봤더니 며칠 사이 홍보담당 실장이 경질[9]되고 전연 낯선 얼굴이 광고쟁이들을 접대하고 있었다. 얼마짜리로 몇 개월을 낼 것인가에 대해 뜸도 들이기 전에 새로 부임한 실장은 박기철의 안부를 물었고 그가 자신의 후배라는 점을 역설한 채 새 광고에 대해서는 도통 말을 기피하던 그였다. 그렇다면 길게 늘어질 자리가 아니었다. 보나마나 박기철에게로 떨어질 것이었고

---

9) 경질(更迭 · 更佚) 어떤 직위의 사람을 물러나게 하고 딴 사람을 임용함.

기어이 잡아보겠다고 너스레[10]를 떨 위인이 못 됨을 스스로도 잘 알고 있기 때문이었다. 이래저래 실적만 떨어지겠거니 여기는 중인데 박기철 은 되려 생색을 내려는 모양이었다.

"그 사람들, 텔레비전이 막혔으면 잡지로 크게 떨 생각은 안하구 신 문에 전면 광고를 깔 모양입니다. 여성잡지라면 저쪽의 몇 군데나 떨 계 획인 것을 간신히 삶아놓았는데 어차피 거기는 이선배가 닦아놓은 동네 니 오늘 들어가 보세요. 후배 낯이나 세워주겠다고 말이야 하지만 풀기 로 한 돈이니 어느 놈이 잡은들 무슨 상관이랍니까."

그는 박기철의 재빠른 입놀림에만 눈을 준 채 다음 말을 기다렸다. K 양조의 전(前) 실장에게 들였던 정성만 새록새록 아까울 뿐이었다. 먹고 마시는 업체의 광고주들에 한해서만은 그들의 결혼기념일까지라도 알 아두어야만 한다. 끊임없이 터뜨리는 새 광고에다가 잘하면 한 광고주 가 양면의 컬러를 3개까지도 내놓는 수가 있었다. 건수는 크지만 이들 의 지면 선호 경향은 제멋대로여서 내키면 언제라도 다른 잡지로 옮기 는 일쯤은 다반사[11]로 해치우는 게 바로 이 먹고 마시는 광고이기도 했 으므로 언제나 특별한 신경을 써야 했다.

"그 대신 말입니다. 부탁 하나 들어주시렵니까. 보증 좀 서주세요. 새 차를 살까 해서요. 지난번에 전봇대를 들이받은 뒤론 영 시원찮아요. 매 일 찜바만 먹고 엔진도 그렇고."

새로운 차종이 등장할 때마다 몸살을 앓곤 하더니 기어이 요즘 나온 신형차로 바꿀 모양이었다. 보증쯤이야. 차를 구입하는 정도의 보증은

10) 너스레 수다스럽게 떠벌려 늘어놓는 말이나 행동.
11) 다반사(茶飯事) '항다반사' 의 준말. 늘 있는 일.

그리 어려울 것도 없어서 그는 위스키 한 건과 보증을 맞바꾸기로 결심한다. 딱히 이런 보상이 없더라도 보증 부탁을 거절할 만큼 영악한 자신도 아니었다. 나이가 몇 살 많다고 해서 이선배, 이선배를 되뇌이며 곧잘 사근사근하게 굴던 박기철이뿐만 아니라 그는 남의 부탁을 거절할 만큼 변변치가 못하였다. 어찌되었거나 이 정도의 부탁쯤으로 끝나고 덤으로 포기했던 광고도 하나 얻었으니 아홉수가 붙은 날의 조짐치고는 크게 잘못된 조짐은 아니라는 계산이 나왔기 때문에 그는 결코 불유쾌한 기분은 아니었다.

"이형, 어제 용인에 갔었어요? 신갈에서 이형 차를 봤는데 웬 처녀랑 단둘이 타고 있습디다."

이번에는 현윤구다. 용인이라니. 어제는 일요일이었다. 그는 하루 종일 집 안에서 낮잠과 녹 닦는 일로 하루해를 보낸 참이었다. 그렇다고 거듭거듭 아니라고 말할 필요는 없었다. 현윤구는 걸핏하면 이런 농담으로 시간을 때우는 무리 중의 하나였다. 어느 날엔 워커힐에서 미모의 유부녀와 나오더라는 것에서부터 유성온천에 이르기까지 그가 지어내는 세계는 승용차와 미모의 여자와 술, 혹은 호텔 따위가 소재의 전부였다.

"이번엔 이형 차례구먼요. 아까까지는 나보고 용인 타령이었는데."

바로 앞에 책상을 두고 있는 김윤호가 어쩔 수 없다는 얼굴로 씨익 웃어 보였다. 사실로 어제는 담배 사러 한 번 나온 것 이외에는 집 안에만 틀어박혀 있었던 그였다. 어제만이 아니고 대개의 일요일을 그렇게 보내는데 그것도 수첩의 메모 속에서 비켜난 일요일에 한해서였다. 광고주에게 중요한 일이 휴일에 일어난다면 그 역시 휴일을 포기해야만 했다. 포기하지 않아도 좋은 휴일에는 실컷 잠을 자두고 녹을 닦는 작업에 들어갔다. 집 안 곳곳에 붙어 있는 쇠붙이들 외에도 티스푼이나 소소한 아이들의 장난감 등, 녹은 도처에 널려져 그의 손길을 기다렸다.

그것만큼 세밀하고 흥미진진한 작업이 어디 있을까. 먼저 마른 헝겊을 찾아내어 손가락에 감길 만큼씩의 길이로 여러 장을 준비해야 한다. 헌 칫솔이 있으면 그것 또한 요긴하게 쓰였다. 그 다음엔 녹 닦는 약만 있으면 되었다. 칫솔로 두꺼운 녹을 털어내고 약물을 묻혀 세밀히 작은 반점까지 지운 뒤, 마른 걸레질로 광택을 내는 일련의 작업 뒤에 나타나는 금속의 원래 모습은 얼마나 아름다운지. 그는 할 수만 있다면 이웃집들의 세간집기[12]에 슬어 있는 녹까지도 모두 닦아내주고 싶어했다. 그것의 원래 모습을 찾아줄 수가 있다면, 이 더러운 공기 속에 방치되어 불쾌한 빛깔의 땟국물이 흐르게 내버려둘 수는 없는 노릇이었다.

태광표 자전거는 그로 하여금 이웃집의 쇠붙이까지를 욕심내게 만드는 것을 어느 정도 막아주고 있는 터였다. 신기하게도 아이의 자전거에는 쉴새없이 녹이 솟아올랐고 명분 또한 그럴듯했다. 아이가 타고 노는 자전거에 녹이 끼어 있는 것을 어찌 버려둘 수가 있겠는가, 라고 그는 스스로를 변명하였다. 잘못해서 젖먹이 동생이 더러운 녹을 빨아먹지 않는다는 보장도 없었다. 그 아이 역시 곧잘 포대기에 묶여 형의 뒷좌석에 앉히어지곤 하였으니까. 어제는 그래서라도 더욱 꼼꼼하게 자전거의 앞뒤를 닦아내었다. 자전거를 벌렁 뒤집어놓고 부챗살 모양의 바퀴에까지 세심히 약물을 칠하고 광택을 낸 다음 그는 비로소 손을 씻었다.

---

12) 세간집기 집안 살림에 쓰는 모든 기구. 살림살이.

현윤구의 화살에서 비껴난 뒤, 그는 오늘 돌아다녀야 할 곳들을 점검하기 시작했다. 올 들어 광고를 팔아먹는 일이 점차 어려워져 갔는데 그것은 대체적으로 전반적인 추세였다. 수출에다 내수까지 부진이라는 이유가 생겨 기업들은 앞을 다투어 책정된 광고비를 대거 삭감하고 있었다. 삭감 대상이 텔레비전이 아니라는 것은 명백했다. 신문 정도만 되어도 인쇄매체 중에서는 걱정할 것이 없는 판국이니까 자연 월간지류의 잡지들에게 그 불똥이 떨어졌다. 광고가 가장 필수적인 회사들조차 잡지를 뭣 보듯 하기 시작해서 J아이스크림 업체는 올 들어 신문을 포함, 모든 인쇄매체의 광고를 전면 중단해버렸다. 어찌 되었든 텔레비전 광고만으로도 승산이 있다는 계산인데 그로서는 광고주들의 비위를 거슬릴 어떤 일도 저질러서는 큰일 날 요즈음이었다.

그는 애초부터 광고쟁이가 되는 것을 원하지 않았다. 그다지 좋을 것도 없고 그렇다 하여 별로 나쁠 것도 없는 도시의 샐러리맨으로서 살고 있던 그가 어느 날 갑자기 광고사원이 되어 거리로 나서게 된 것은 순전히 학보사 동료였던 친구녀석의 권유 탓이었다. 녀석은 그의 가슴 밑바닥에 앙금[13]처럼 괴어 있던 작은 소망 하나를 눈여겨보아 두고 있었던 모양이었다. 자신이 일하고 있는 여성잡지의 편집부에 자리가 하나 비어 있으니 기왕이면 공모를 통해 입사해서 훗날을 기약해보자는 이야기였다. 바꾸어 말하면 시험은 형식적인 것으로 여성지 쪽의 발령은 확정된 것이나 다름없으니 몇 년 잡지에서 일하다가 신문 쪽으로 올라갈 수도 있잖겠느냐는 유혹이었는데 기자가 되고 싶다는 지난날의 꿈이 돌연

[13] 앙금 마음속에 남아 있는 개운치 않은 감정.

수런수런 깨어 일어날 만큼 그것은 적잖이 강렬했다.

영어니 논문이니 상식 따위의 답안지 메우는 것도 그닥 어렵지는 않았다. 그리고 정해진 대로 합격에다가 이내 수습코스를 밟으라는 명령이 떨어졌다. 그는 당연히 기왕의 직장에 사표를 내었다. 이 경우 사표라는 말이 풍겨주는 비극적인 긴장감은 하나도 없었다. 문제는 그때부터였다. 막판에 말야, 꼭 끼워넣어야 할 작자가 나선 모양이야. 그래서 말이지 자네에게는 미안한 일이지만 우선 광고국으로 발령을 낸 것 같은데 당분간만 광고국에서 일하면 금명간[14]에 꼭 구제가 있을 거라네…… 출근을 시작한 첫날 친구가 더듬더듬 뱉어놓은 말이었다. 온갖 좋은 말로 두루뭉술 포장을 해보았자 내용물은 단 하나로, 분명한 거절이었다. 이필웅, 너는 기자가 될 수 없다. 그는 이 확실한 거부를 받아들고서 잠시 말을 잃었다.

그때 그는 어떤 놀이를 생각하고 있었다. 둥그런 원을 그려놓고 60명이 넘는 아이들이 원 속에 오글거리고 모여 서 있었다. 챙이 긴 모자와 호각을 문 남자는 아마 담임선생님이었을 것이다. 시골 국민학교의 체육시간, 그 역시 물들인 검정 무명 반바지에 러닝셔츠로 체육복을 대신하고서 아이들 사이에 끼여 선생님이 불어젖힐 호각을 기다렸다.

첫 번째 호각이 울리면 준비동작으로 왼쪽 발을 잡아당겨 손으로 떠받치고 한 발로만 버팅기고 서야 했다. 이어 두 번째 호각이 울면 한쪽 발로만 껑충껑충 뛰어다니며 아이들을 금 밖으로 쫓아내야 하는 닭싸움 같은 것이 시작되었다.

14) 금명간(今明間) 오늘 내일 사이.

쨍쨍한 볕살과 푸석이던 흙먼지, 돌진해오는 까까중머리의 급우에 떠밀려서 그는 순식간에 금 밖으로 나동그라진다. 죽었다, 라고 외치는 아이들의 함성 소리와 함께 그는 땅바닥에 나동그라진 채 죽음 같은 어둠 속으로 기어들어가기 위해 눈을 감는다. 깨진 무릎은 얼얼거리고 모래먼지는 매캐했다. 연속적으로 터지는 함성 소리. 죽었다, 죽었다…… 눈을 떠보니 아직껏 살아남아 아등바등 급우들을 치미는 몇몇 용감한 수탉들의 검정 고무신이 허공 속에서 빙빙 맴을 돌고 있었다.

결국 그는 기자로서가 아니라 광고사원으로 입사했다. 일간지 외에도 각종 잡지를 여럿 발행하는 대규모의 언론사답게 광고국의 규모도 엄청났다. 그가 맡아대야 하는 잡지는 여성지였는데 할당된 액수의 실적을 향해 끝없이 헐떡여야 하는, 허울만 봉급쟁이일 뿐이지 세일즈맨의 그것과 조금도 다를 바가 없는 종류의 일이었다.

여성잡지란 원래 광고수입으로 이문을 남겨 먹는 탓에 본문 페이지에 버금갈 만큼 많은 광고를 필요로 했다. 그가 입사해서 맨 처음 주입했던 지식은 독자를 위해서 책을 만든다는 것은 고전적인 지침에 불과할 뿐 현실은 그게 아니라는 것이었다. 몇천 원 하는 책값보다는 그 만 배에 가까운 금액을 제공하는 광고주들을 위해서 책을 만드는 일이 지극히 당연한 논리인 것처럼, 광고국 사원의 숫자 또한 제작국의 기자진들의 수보다 결코 적어서는 아니되었다.

오늘의 첫 번째 일과는 아무래도 서기자가 흘려준 정보를 확인하는 것으로 정해야 할 것이었다. 서기자의 정보라면 믿고 싶지 않아도 믿을 수밖에 없었다. 그의 당숙이 재벌급 업체의 홍보팀을 이끌어가는, 그 계통의 노련한 도사라는 것을 감안하면 더욱 그러했다. 당숙의 입김으로

막차를 타게 된 장본인이 바로 서기자였다. 그 역시 기자가 희망사항이었고 그의 뒤에는 무시 못할 광고주가 도사리고 있었다. 누군가 한 사람의 금 밖으로 떠밀려 가서 광고주를 만족시켜야만 했다. 누가 누구를 떠밀었는가에 대해 두 사람은 물론이고 대부분의 사원들까지 그 내막을 소상히 알고 있었다. 어느 직장이거나 공공연한 비밀이란 것의 그 끝없는 수런거림은 있는 법이었다.

그는 이제 그날의 첫 번째 업무를 치러내기 위해서 B전자로 달려가는 중이었다. 한 무리의 직장인들이 도심의 빌딩 속으로 사라진 직후의 거리를 바라보는 느낌이라니. 그는 맨 마지막에 뒤처져서 광활한 레이스를 따라 뛰어오는 마라토너를 떠올렸다. 어깨를 치고 앞장서버리던 경쟁자들은 모두 사라지고 고독한 자신과의 싸움에만 승부를 거는 듯한 그 지친 걸음이 그에게도 있었다. 여름을 예고하는 가로수의 푸른 잎사귀를 보면서도, 하얀 종아리를 맨살로 드러낸 채 총총 달려가는 여자를 보면서도 그는 도무지 신명이 나지 않았다. 아침이란 시각은 그날 해내야 할 일들의 부피에 짓눌려서 괴롭고, 저녁이란 시각은 다음 날의 출근 시간을 생각하며 괴로워해야 하는 것이란 그의 시간관념에 의하면 삶의 신명이란 애당초 없는 거나 다름없는 터였다.

B전자의 홍보담당 이사는 때마침 자리를 비우고 있었다. 딱히 정확한 답변을 줄 사람도 만날 수 없었으므로 그는 끈질기게 접대용 소파에 몸을 구기고 앉아 담당자를 기다려야만 했다. 정보가 사실일 확률이 높을수록 일의 중요성은 비례로 높아진다. B전자가 앞으로의 광고 계획을 상당량 수정시킨바, 국내 광고의 경우 텔레비전과 신문에만 주력하고 기타의 홍보비는 모두 국제시장을 겨냥한 해외광고로 돌린다는 서기자

의 말이었다. 이것은 곧 그의 실적에 지대한 공을 끼치던 거물급 고객이 빠져나간다는 뜻이기도 하였다. B전자는 요 몇 년 각 전자제품마다 고루 양면 컬러로 두 종씩 광고를 내고 있는 기업이었다. 문제는 B전자의 홍보실에서 어느 여성지 하나만을, 혹은 어느 분량만큼 선택하느냐에 달려 있다. 제각기 서로가 최고의 발행부수를 자랑하고는 있지만, 광고주들이 모를 리가 없었다.

여사원이 내놓은 커피의 맛은 밍밍하기 짝이 없었다. 그는 자신이 어느새 이만큼의 커피 중독인가라는 느낌에 다소 놀랐다. 지겨운데, 그것 참 또야, 를 연발하면서도 무수히 마시는 커피였다. 살다보면 알게 모르게 삶의 여러 대상들에 길들여지는 법이었다. 때로 더러움도 타고 단단히 배어버린 거짓의 냄새까지, 살아 숨쉬기 위해서는 어쩔 수 없다 하더라도 참 쓸쓸하다는 기분이었다. 여기에 앉아서 신문이나 뒤적거리며 고객이 나타나기를 기다리는 자신의 모습을 내려다보면서 그는 쓰게 웃었다. 값비싼 양복에 외국 상표의 넥타이를 걸치고 광고를 파는 사내. 그 사내의 양복 웃저고리의 안포켓을 들여다보면 각종 크레디트 카드와 빳빳한 현찰도 아쉽지 않을 만큼 넣어져 있었다. 아이들 옷은 남대문에서, 자신의 옷은 동대문에서 고르는 아내지만 그가 입성만으로도 이만큼 호사하는 것에 관한 한 너그럽기 짝이 없었다. 하는 수 있나요, 직업이 직업이니만큼. 아내는 승용차가 첫 번째 필수품인 남편의 직업에 대해 불만을 표시한 적이 없었다. 불만은커녕, 아내는 앞집의 여자에게 이렇게 말하며 미소 짓기도 한다. 우리 애아빠는요, 높은 자리에 있는 사람들과만 상대하는 게 일이에요. 네? 아, 어디 나가느냐구요? 신문사랍니다.

신문사라니. 이제 와서는 신문기자가 되리라는 기대 따위는 한 번도 품은 적이 없었다. 한번 금 밖으로 밀려난 자에게는 금 안에 있는 것을 넘보지 않는 것만이 유일한 살길임을 그는 잘 알고 있었다. 그를 유혹했던 친구녀석은 금 안에서 승승장구하여 얼마 전 일간지로 옮겨 앉았다. 눈코 뜰 사이 없이 바쁘다는 비명이나 가끔 들려줄 뿐 그의 사정을 애써 모른 체하는 그를 원망하는 마음도 전연 품고 있지 않았다. 친구녀석의 말대로 그는 펜장수이고 자신은 꽃장수일 뿐이었다. 펜대 굴려 먹고사는 펜장수와 현대사회의 꽃이라는 광고를 팔러 다니는 꽃장수는 어차피 한 좌판[15]에 벌여놓을 동류의 상품을 갖고 있지 못한 터였다.

꽃장수라는 호칭을 생각할 때마다 그는 동시에 스테인리스를 떠올리곤 하였다. 인간이 드디어 녹에서 해방되는 것을 의미하던 혁신적인 금속으로서의 스테인리스 말이다. 녹슬지 않고 흠 없이 깨끗한 것을 원하던 식기류에 그것이 처음 등장하던 무렵, 어머니는 맨 먼저 아버지 것과 그의 몫으로 두 벌의 주발을 들여놓고 한없이 대견해했었다. 놋그릇도 양재기도 이 도도한 합금속의 차갑고 견고한 광택을 따라올 수는 없었다. 목단꽃[16]보다 더 이쁘쟈. 어머니는 그것의 아름다움을 이렇게 표현하곤 했었다.

하지만 스테인리스에도 녹이 슨다는 사실을 어떻게 설명할 것인가. 물기를 건사하는 일에 조금만 게으르면 그릇에도, 숟가락에도, 수도꼭지에도 어김없이 녹은 돋아났다. 잠시를 방심할 수 없을 만큼 그의 녹 닦는 작업이 계속되는 이유도 여기에 있었다. 그가 차를 몰고 이 거리에

15) 좌판(坐板) 장사하기 위해 물건을 벌여놓은 널조각.
16) 목단꽃 모란꽃.

서 저 거리로 헤매는 동안에도 녹은 은밀하게 살을 꿰뚫으며 자라난다. 그가 밥을 먹는 사이에도, 하루의 지친 몸을 눕히고 잠들어 있는 사이에도 도처에 널려 있는 쇠붙이들은 공기를 받아 마시며 조금씩 조금씩 흉측한 더러움을 자신의 몸 위로 내어미는 것이다.

물론 처음에는 녹에 대해서 알고 있지 못하였다. 아니, 무관심하였다고 말하는 게 옳으리라. 처음 이사 왔을 때 이미 수도꼭지마다에 붉은 녹이 슬어 있기는 하였다. 문짝마다에 달린 손잡이도 마찬가지였다. 집 안 구석구석에서 특유의 알싸한 녹 냄새가 풍겨온다고 깨닫기 시작한 것은 그러고도 얼마간의 세월이 흐른 뒤였다. 목단꽃보다 더 아름다워야 할 스테인리스의 어이없는 배신에 대해, 그는 여태도 용납할 수가 없었다. 강철이나 청동의 녹을 닦는 일이라면 이처럼 허망하지는 않으리라. 그는 점차 많은 시간을 소비하기 시작했고, 더욱더 다양한 방법을 동원하여 그것들과 씨름하였다.

그가 B전자 홍보실에서 자리를 털고 일어선 것은 밍밍한 커피를 두 잔씩이나 대접받고도 한참을 더 기다린 뒤였다. 낯익은 박이사가 이내 회의가 있다고 손을 내저으며 사라지려는 것을 간신히 붙잡아서 겨우 저녁시간의 약속을 얻어낸 것으로 그는 우선 만족하였다. 박이사의 단골 아가씨인 미스 진이 새로 개업한 살롱으로서 은밀한 초대가 거듭 있었다는 그의 간곡한 부탁에 상대방도 어쩔 수 없다는 듯 고개를 갸웃거리며 시간을 재보고, 정히 그렇다면 선약을 제치고라도 한잔 해보아야겠다는 마지못한 응낙이 떨어졌다.

헛웃음과 계산된 악수, 그리고 은밀한 심중끼리의 부딪침들. 그는 B전자를 빠져나와 도심으로 차를 몰면서 그 허황한 몸짓들을 향해 고개를 흔들었다. 어쨌거나 일은 반 이상 유리한 쪽으로 다잡아둔 셈이었다. 내내 찜찜하던 서기자의 정보를 일단은 유리한 쪽으로 끌어냈다는 것만으로도 오늘의 첫 번 행차는 성공이라고 말해도 좋았다. 그는 정성을 다해 뻐근한 목덜미를 주무르면서, 틈틈이 가려운 코도 문지르면서 애써 허황한 몸짓을 머릿속에서 떨구어내었다.

몇 군데 거래처에 들러 새로 제작된 광고 원판을 건네받은 뒤 그는 내친김에 부평으로 차를 몰았다. K양조의 새 상품에 대한 계약을 마무리 지은 뒤 점심이나 같이하면 알맞겠다는 계산에서였다. 불황으로 인한 감축뿐만이 아니라 반 강요되는 올림픽광고까지 겹친 탓에 기회만 있으면 빠져나가려는 게 요즘의 고객들이었다.

바짓가랑이라도 붙잡고 늘어져라. 국장의 전략은 간단명료했지만 그것을 실천하기란 그리 간단치가 못하였다. 그들의 바짓가랑이를 잡고 늘어지려면 드나들어야 하는 곳도 여러 군데였다. 헬스클럽쯤은 예사이고 골프도 어느 정도는 익혀 두어야 했다. 이 도시의 환락가에 대해서 소상히 알고 있어야 함은 물론이고 누구의 경우는 승마장 출입도 다반사였다.

경인고속도로를 달리면서 그는 이 모든 것의 터무니없음을 상기하였다. 월급봉투가 얇아 보이기는 기자보다 덜했으면 덜했지 더할 것도 없는 자신의 처지를 생각할 때마다 그는 더욱 맥이 빠졌다. 그는 처음부터 거리에 서 있을 사람이 아니었다. 평생 가야 호텔뷔페 한 번 가보지 못하고 회사 언저리에서 머무르는 것이 온당한 사람이었다. 5백만 원짜리 장기융자를 떠안고 간신히 집을 장만한 자의 속살에서부터 돋아오르는 껄끄러운 돌기들.

출근을 위해 반질반질 닦아놓은 낡은 구두코가 뭇사람의 발길질로 잔뜩 더럽혀지는 만원버스 속에 갇힌 사내. 점심때는 칼국수쯤으로 배를 채우고, 몰래 잠입해 온 천 원짜리 넥타이장수에게서 고급 상표를 모방한 이름의 넥타이를 사기도 하면서 주머니에는 일당으로 타온 용돈만이 보물처럼 담겨 있는 사내. 그리하여 드디어 석양 무렵 집으로 돌아갈 땐 떨이를 외치는 리어카 행상에게서 산 과일봉투를 흔들며 비좁은 골목길로 들어서는 사내. 집에 돌아오면 아이들과 함께 어울려 만화영화를 보며 킬킬거리는 사내. 아들놈 자전거를 살 때만은 일류라는 삼만리표를 택하면서 조금쯤 우쭐해할 줄도 아는 사내. 그런 사내들의 몸 이곳저곳에도 어김없이 껄끄러운 돌기가 있으련만 그는 자신의 것보다는 그들 것을 갖기를 내심 원하고 또 원하였다.

K양조의 홍보담당 실장은 그가 사는 한바탕의 점심만으로도 어지간히 흡족하다는 표정이었다. 닳고 닳아서 그로서는 감당키 어려웠던 전의 김실장이었다면 이쯤에서 한번쯤 일을 뒤틀어도 봄직한데 그는 자신의 말대로 이 분야에는 전혀 신참인 모양이었다. 계산을 하는 카운터에까지 따라나와 연신 자기가 내야 할 것이라고 되뇌이는 것만으로도 믿음을 주기에 충분했다. 지난번 굳이 박기철을 원했던 것도 단순히 선후배간의 의리 때문이었던가. 그렇다면 지레짐작으로 포기한 덕택에 괜히 박기철에게 보증 빌미나 잡힌 꼴이었다.

그는 새로운 고객의 진의를 파악할 수가 없었다. 잘 나가다가도 엉뚱한 곳에서 트집을 놓곤 하던 고객들의 비위를 맞추려면 첫눈에 상대방의 의중을 단숨에 헤아릴 수 있으면 좋으련만. 타인들이 지니고 있는 마음의 두께를 가늠하는 일만큼 어려운 것은 없었다. 예전에는 결코 어렵다고 생각지 않던 일이었다. 세상을 살아가는 방법은 누구나가 다 몇 개의 원칙과 대동소이[17]한 예외로 이루어지는 거라고 생각했었다. 웃음 뒤에 감추어져 있을 약간의 적의와 돌아서는 발길에 묻어날 다소간의 경멸, 뭐 이런 것을 감안한 뒤에 상대방의 속알맹이를 건져 올리면 되는 것이라고 믿었었다. 간단한 계산이었지만 그 간단함의 이면에는 수도 없이 많은 복합부호들이 서로 등식을 맺고 있다는 것, 그리하여 마침내는 알 수 없는 교묘한 술책[18]까지도 서슴없이 빚어내는 것이란 사실을 깨닫기까지 그에게는 하고많은 시행착오[19]가 거듭되고 또 거듭되었다.

그 얼마 후, 그는 시장의 복판에 서 있었다. 부평에서 돌아오던 길목이었다. 큰애에게 약속했던 로봇을 사겠다는 생각이었다. 눈에서는 파란 불꽃이 튀고 머리꼭대기에 달린 안테나가 빙빙 돌아가는 로봇을 사주겠다고 다짐한 것이 언제였던가. 완구 총판이 시장 어디쯤에 있었다는 기억으로 그는 이제 막 붐비기 시작한 골목골목을 천천히 돌아보기 시작했다. 기름에 튀긴 음식 냄새를 맡으면서 혹은 찢어지는 듯한 목소리의 여자를 뒤로 하면서.

정육점에서는 웃통을 벗어붙인 남자가 커다란 돼지 한 마리를 눕혀놓고 살을 발라내고 있었다. 리어카 위에 급조해놓은 가판대에서는 마이크로 손님을 부르는 가방장수가 다리를 건들거리며 앉아 있는 것도 보였다. 싱싱한 야채를 더욱 싱싱케 하기 위해서 물이 뿌려지고, 남김없이 털을 뽑히운 흰 닭들이 허공에 다리를 치켜세운 채 좌판 위에 줄줄이

---

17) 대동소이(大同小異) 거의 같고 조금 다름. 비슷비슷함.
18) 술책(術策) 어떤 일을 꾸미는 꾀나 방법. 술수.
19) 시행착오(試行錯誤) 학습 양식의 하나. 학습자가 한 과제에 당면했을 때 알고 있는 여러 동작을 반복하다가 우연히 성공한 후 반복하던 무익한 동작은 배제하게 되는 일.

늘어서 있었다.

언젠가 한번 와본 적이 있었던 완구 총판장을 찾아내는 일은 어려웠다. 사람들이 휘젓는 손길에 치이기도 하면서 때로는 더듬거리는 앞사람의 발을 밟기도 하면서 북새통[20] 속을 헤매이다가 마침내 그는 자신이 무얼 사기 위해 이곳으로 떠밀려 왔는지조차 잊고야 말았다. 눈앞에 늘어서 있는 비닐가방도, 잘라놓은 파인애플도, 어수선한 무늬의 여름 남방도 그가 사고자 했던 것이 아닌 것만큼은 분명했다.

그는 어느새 시장의 맨 끝에 서게 되었다. 고양이 한 마리를 품에 껴안고 졸듯이 앉아 있는 노파의 함지박이 앞에 놓여 있었다. 노파의 함지박 속에는 다 시들어빠진 풋고추, 그리고 거무스름한 묵은 된장이 가득 담긴 플라스틱통이 들어 있었다. 그는 눈곱 낀 고양이와 함께 어우러져 쪼그리고 앉은 노파의 허연 머리칼을 보았다. 몇 푼의 돈으로 바꾸어질 상품인가를 가늠할 수는 없었다. 그러나 이제껏 그가 본 바로는 가장 호젓하고 조용한 풍경이었다.

퇴근길이라면 저 할머니와 고양이의 빠른 귀가를 위해서 물건을 다 팔아주어도 좋으리라는 생각을 하는 참이었다. 그때 아낙네 둘이 그의 옆에 멈추어 서서 노파를 손가락질해가며 소곤거렸다. 어머, 저거 봐요. 저 할머니 또 나왔잖아. 지난번에도 글쎄 저러고 앉아서 아들네를 찾아왔는데 주소쪽지를 잃어버렸다는군. 할 수 없이 들고 온 것이나마 차비 만들려고 판다기에 다 사주었는데…….

거의 매일 아들의 주소쪽지를 잃어버려야 하는 노파 곁을 떠나면서

---

20) 북새통 여러 사람이 한데 모여 부산을 떨며 법석이는 일. 북새를 놓는 상황.

그는 기어코 로봇을 기억해내었다. 그리고 뻐근한 뒷목을 주무르며 회사로 들어와 책상 위에 놓여진 메모판에 열아흐렛날의 불운이 둘씩이나 기록되어 있음을 보는 것은 괴로웠다. 사무실 안에는 국장 이하 한 사람도 남아 있지 않았다. 그가 기진맥진해서 들어와보면 대개가 자리를 비운 채 사환아이만 제 책상에서 교과서를 들여다보는 게 다반사였다. 그를 제외한 다른 이들에겐 광고쟁이의 일이 천직일지도 모른다는 의혹이 솟는 것도 그런 때였다. 서울의 구석구석을 누비고 다닐 그들의 유능한 차를 상상하면, 가능한 한 주차장에 묶여 있는 그의 차조차도 비루하게[21] 여겨졌다. 자리를 비우고 있다는 것, 그것은 곧 실적을 올리고 있는 중이라는 압박감에서 벗어날 방법은 단 한 가지뿐이었다. 그 또한 언제라도 거리에 있어야만 했다.

불운의 메모는 말할 것도 없이 실적의 공과에 누를 끼치는 내용들이었다. 지난주에 간신히 성사시켰다고 믿은 S상사의 가정용 보일러 광고가 취소되었다. 보일러 업계에서는 드물게 높은 액수의 광고를 제시했었는데 대표의 부도로 제품 생산이 중단되었다는 내용이었다. 기업의 도산으로 인한 취소는 근래 들어 왕왕[22] 있어 왔던 일이었다.

두 번째 메모는 국장이 받은 전화의 것이었다. I제약의 여드름 치료연고로 지난달 책을 보니까 너무나 무성의해서 취소시키겠다는 으름장이었다. 그는 서둘러서 지난호를 뒤적여 문제의 페이지를 들춰보았다. 역시 그럴 만했다. 앞페이지의 활자가 내비쳐서 그들이 깨알같이 박아놓은 치료효과를 제대로 읽어낼 수가 없었다. 그러고는 페이지도 넘기지

---

21) 비루하다(卑陋—) 행동이나 성질 따위가 품위가 없고 천하다.

22) 왕왕(往往) 이따금. 때때로.

않은 채 봄철 피부관리에는 야채 마사지가 으뜸이라는 미용기사가 실려 있었는데 기가 막히게도 부제(副題)가 걸작이었다. 여드름, 기미, 주근깨에도 놀라운 효과 있어.

거칠게 책장을 덮어버리고서 그는 담배를 피워 물었다. 이렇게 눈치 없는 편집이라니. 그는 자신도 모르는 사이 제작국에서 마주치는 수십 명의 기자들을 싸잡아 혐오했다. 기자들에게는 광고의 실적을 책임질 의무가 없다. 하지만 광고사원에게는 제작에 관련된 무수한 주문을 함께 접수하면서 실적을 올리는 약점이 있는 법이었다. 어떤 광고주는 페이지까지 지정하고 혹자는 본문기사를 챙겨서 '꼭 그 앞에'라는 단서를 덧붙였다. 하지만 기자들에게 이런 류의 주문이 통하리라는 기대를 가져서는 안 된다. 제작에 관한 한 어떤 요구도 그들에게는 월권으로 받아들여졌다. 책을 제작하는 일에 끼어드는 것 모두를 기자들은 권리침해라고 여기고 있으므로 광고사원들은 들어줄 수 있는 요구까지도 일부러 묵살하고 있다는 적대감을 품게 된다.

그는 여드름 치료제에 관한 불만으로 기자들을 만나야 하는 것을 포기한다. 제작국에 들어서서 무수한 종이뭉치 속에 파묻혀 와이셔츠 소매를 말아올린 채 무엇인가를 쓰고 읽는 이들을 보게 되면 그는 우선 목이 칼칼했다. 머리는 헝클어져 있고 단정한 옷차림조차 찾아보기 힘든 그들을 대하는 일이 괴로웠다. 자신에 가득 찬 몸짓도, 나른하고 게으른 듯한 기지개도, 붉게 충혈된 눈까지도 그에게는 빛나 보였다. 어둠 속에서 걸어나와 눈부신 빛 속으로 걸어 들어가듯 주춤거리며, 머무적거리며 그들에게 다가가는 스스로를 상상해보면서 그는 불현듯 자리에서 일어났다. 그리고 복도 왼쪽의 제작국으로 가는 대신 끝에 놓여 있는 화장실의 문을 밀고 안으로 들어섰다.

변의를 느껴서 찾아온 것은 아니었다. 그는 출입문의 옆구리에 매달린 거울 앞으로 다가갔다. 빈 공간 속으로 자신의 발소리만이 저벅저벅 울려퍼졌다. 거울 속엔 서른넷의 푸석푸석한 사내의 얼굴이 드러나 보였다. 잔주름이 세 겹 네 겹 둘러싼 눈매는 다소 황량해 보이고 볕에 그을은 듯한 얼굴 곳곳에 작은 점들이 퍼져 있었다. 낮에 먹은 기름진 식사로 입술엔 윤기가 묻어 있었지만 면도 자국 퍼런 턱 주변의 창백함이 더욱 강해서 인상은 대체적으로 메마른 편이었고 넥타이로 꽉 옥죄여놓은 목에 힘줄이 두서너 개 도드라져 있었다.

누군가 복도를 줄달음쳐 오는 발소리 때문에 세면기로 옮겨간 그는 수도꼭지를 비틀려다 말고 자신의 오른손을 쳐들어 큼큼 냄새를 맡아보았다. 여태껏 남아 있을 리도 없건만 그는 여전히 손가락 표피에서 풍겨오는 녹 닦는 약 냄새와 매캐한 녹 냄새를 동시에 맡아버린다.

공기가 있고 쇠붙이가 존재하는 한 녹은 끊임없이 돋아날 것이었다. 이제 막 공장에서 퉁겨져 나온 반짝이는 금속을 보면서도 그는 그것의 녹을 닦아낼 약과 마른 헝겊과 헌 칫솔을 준비하고 있어야만 했다. 용광로에서 뿜어져 나오는 세찬 불꽃과 용접공이 쏘아올리는 새파란 섬광을 기억하는가. 그 현란한 불티들의 작열에 이르기까지, 반복되는 담금질[23] 속에서 태어나는 것의 허망함. 허망한 담금질을 두 손으로 가리우자고, 아니 날아오르는 불티들의 작은 꿈을 잊어버리자고 작정하기는 쉬웠다. 삶이 작정만으로도 탄탄히 구축되는 건축물이 아닌 까닭에

---

23) 담금질 쇠를 불에 달구었다가 찬물 속에 담그는 일. '끊임없이 훈련을 시킴'을 비유하여 이르는 말.

그는 다시 한 번 곰곰이 자신의 집안 내부를, 또는 세간집기를 떠올려 보기 시작했다.

장롱의 손잡이를 닦아준 것이 언제였던가. 그것보다는 아내가 함부로 다루는 스테인리스 티스푼을 요사이는 통 돌보아주지 않았다. 잘게 새겨진 무늬 쪽보다는 가느다란 허리와 움푹한 몸체가 만나는 부분에 적색의 녹은 잘 솟아올랐다. 할 일이 없으면 아이에게 동화책이나 읽어주세요. 남자가 맨날 부엌에서 어슬렁거리며 그릇이나 닦으려 들다니. 아내는 또 이런 면박을 줄 것이었다.

그가 그날의 오후 시간을 어디에다 써버렸는가에 대해서는 길게 이야기할 것이라곤 없다. 그는 다만 책상 위에 놓인 메모를 피해서 혹은 와이셔츠 소매를 말아올린 기자들을 피해서, 또는 모든 동료들처럼 거리에 서 있음으로 해서 실적을 올리지 않고 있다는 초조로움만큼은 덜어내기 위해서 회사를 빠져나왔을 뿐이었다. 그에게 주어진 공간은 넓고도 넓었다. 남들이 감히 가지지 못한 4개의 바퀴를 소유한 이상 그는 단숨에 부산까지라도 달려갈 수 있었다.

그러나 그에게 석양의 하늘을 보여주고 있는 곳은 부산도, 그렇다고 한적한 교외도 아니었다. 그는 고작해서 성다실에서 은하찻집으로, 늘봄 커피숍에서 초원다방으로 빙빙 맴을 돌고 있었다. 성다실에서 은하로 건너가는 사이 그는 회색의 하늘 밑에서 겨우겨우 번져오는 엷은 기색의 석양을 보았다. 늘봄에서 나와 하릴없이 초원으로 옮겨가는 동안 엷다란 노을마저 더러운 회색뭉치의 구름에 잠식당해 스러져버리는 녹슨 하늘을 발견하기도 했다. 그 사이 그의 베이지색 준마는 고삐에 묶여 근처의 주차장에서 슬몃 잠들어 있었다.

어둠이 가로막고 있는 거리에 서서 그는 불현듯 뒤를 돌아다보았다. 시간의 찌꺼기. 덫을 치고 촘촘한 그물망으로 낚아올려도 어김없이 밑바닥에 괴어 있는 세월의 앙금을 보아버렸다는 생각이 들었다.

그는 꿈처럼 먼 곳에 있는 자신의 18평 연립주택을 떠올렸다. 어두운 부엌의 밑바닥 은밀한 곳에 도사리고 있을 바퀴벌레까지도 오로지 그만의 소유인 곳. 집과 식구들을 생각하면서 그는 동시에 비워둔 자신의 책상도 염려했어야 했다. 오후 시간 동안 한 번쯤의 전화를 국장에게 넣어야 했을지도 모른다. 어쩌면 국장은 이번 분기의 실적표를 앞에 놓고서 큼큼거리며 그의 이름을 노려보는 건지도 모를 일이었다.

B전자의 박이사와의 약속에 대어가기 위해 준마의 고삐를 풀고자 했을 때 돌연 찌르듯이 달려드는 목덜미의 통증에 그는 섬찟 눈을 감았다. 자근자근 주무르고 만져주어서 달랠 성질의 통증은 이미 아니었다. 그것은 마치 번개처럼 빠르게, 그리고 자지러지게 그를 난타하고는 사라져버렸다. 치밀한 어둠의 틈새마다에 비집고 들어선 휘황한 불빛을 쳐다보며 그는 오랫동안 운전대에 고개를 처박고서 나락의 끝이라도 내려다보고 있는 몸짓을 보이고 있었다.

그는 이제 차의 시동을 건다. 언제 어디서 또 섬광처럼 들이닥칠지도 모르는 목덜미의 아픔을 예견하기 위해 그는 마치 로봇처럼 잔뜩 뻣뻣한 동작으로 고개를 한 각도 또 한 각도 회전해보기도 한다. 그 사이 거리의 흔들거리는 불빛은 그의 침울한 얼굴을 핥고 지나가기도 하고 꽤 오랫동안 눈가의 주름살을 선명히 드러내주기도 한다.

불빛은 또한 그의 옆자리에 놓여져 있는 로봇을 슬쩍 비추기도 한다. 그것이 제 주인을 찾아가기까지는 아직도 얼마나 더 흔들거리는 불빛 속에서 뒤척여야 하는 건지는 그 자신조차도 모를 일이었다.

다음 날 아침, 그가 조간을 펼쳐들고서 먼저 만화부터 쳐다본 것은 다른 날과 다를 바가 없었다. 그 다음에는 일단 기사들이 도열해 있는 아래쪽을 훑어보는 것도 정해진 순서였다. 달라진 것은 바로 그 뒤였다. 그는 오랫동안 아홉 줄로 아로새겨져 있는 그 작고 초라한 일단 기사를 읽고 또 읽었다. 김윤호 본사 광고국 사원, 차륜(車輪)사고[24]로 순직.

그 한 시간쯤 후, 그는 자신의 차에 올랐다. 그리고 뻐근한 목덜미를 주무르기도 하고 가려운 코끝을 문지르기도 하면서 출근준비를 하기 시작했다. 다른 날보다 더 오래 지체된 워밍업이 끝난 뒤 마침내 그는 시동키를 돌리고 차를 출발시켰다.

24) 차륜사고 교통사고.

1 주인공이 출근하면서 느끼는 목덜미의 뻐근함이 의미하는 바는 무엇일까요?

양귀자의 작품들에는 현실과 타협하지 못하는 인물이 많이 나옵니다. 자신이 살고 있는 사회 또는 환경에 적응하지 못하는 인물들의 모습은 한결같이 신체적 고통을 겪는 것으로 묘사됩니다. 「천마총 가는 길」에서는 주인공이 두통을 느끼며 괴로워하고, 「밤의 일기」에서는 발바닥에 끊임없이 돋아나는 군살을 뜯어내며 시대와 불화(不和)하는 인물들의 모습을 상징적으로 보여줍니다. 이 작품에서는 여성지의 광고국에서 일하는 주인공의 내면의 고통이 목덜미의 뻐근함으로 나타나고 있습니다.

2 이 소설의 제목인 '녹'과 '녹을 닦는' 주인공의 행위는 무엇을 말하고 있나요?

'녹'은 철이 부식하면서 생기는 현상입니다. 주인공은 자신의 아들에게 사준 자전거의 녹을 닦기 시작하면서 자전거뿐 아니라 자신의 집에 있는 세간에 생긴 모든 녹을 제거하고 싶어합니다. 이 과정에서 녹이 절대로 슬지 않을 것 같던 스테인리스—그의 어렸을 적 어머니의 표현을 빌리자면 '목단꽃보다 더 이쁜' 스테인리스—에도 녹이 슨다는 것을 알게 됩니다. 스테인리스의 아름다운 광채가 현대 문명의 편리함과 눈부심이라면, 스테인리스에 낀 녹은 화려한 문명과 편리한 도시생활의 어두운 면을 상징하고 있습니다. 그 거대한 부조리에 대한 보이지 않는 주인공의 저항이 녹을 닦는 행위로 나타나고 있습니다. 이런 의미에서 녹 닦기는 부정적인 사회현실에서 벗어나고 싶어하는 주인공의 심리를 보여줍니다.

3 서술자가 어린 시절 경험한 검정 고무신에 얽힌 놀이가 상징하고 있
는 것은 무엇인가요?

주인공이 어린 시절 즐겨 놀았던 검정 고무신에 얽힌 회상 부분이 나옵
니다. 둥그런 원을 그려놓고 60명이 넘는 아이들이 그 안에 모여 선생
님의 호각이 울리면 한쪽 발로만 껑충껑충 뛰어다니며 다른 아이들을
금 밖으로 쫓아내야만 자신이 살 수 있는 놀이였는데, 이 놀이는 현대사
회의 경쟁원리를 상징적으로 보여주고 있습니다. 현대사회에서 살아남
기 위해서는 필사적으로 남을 제치고 성공이라는 금 안으로 들어가야
합니다. 그렇지 못하고 금 밖에 밀려난 사람은 금 안의 것을 넘보지 말
고 묵묵하게 자신에게 주어진 길을 가야만 합니다. 그러나 주인공은 무
의식적으로 녹 닦기를 멈추지 않음으로써 이 사회의 보이지 않는 금과
경쟁의 원리를 강요하는 현실에 대해 저항하고 있음을 알 수 있습니다.

4 광고국에서 일하는 '꽃장수'의 의미는 무엇일까요?

이 소설의 주인공은 자본주의의 꽃이라고 불리는 광고업에 종사하고 있지만 자신의 직업을 '꽃장수'에 비유합니다. 꽃이 가치가 있는 것은 그것을 여유 있게 감상할 때겠지요. 그러나 주인공의 현실은 여성지에 실을 광고 하나라도 더 확보하기 위해 안간힘을 쓰면서 경쟁하지 않으면 안 됩니다. 바둑도 둬야 하고, 고스톱도 쳐야 하고, 원하지 않아도 술집에 가서 쓰러질 때까지 술도 마셔야 합니다. 결국 꽃장수라는 말은 화려한 자본주의를 뒷받침하는 자신의 아등바등한 삶을 비하시켜 나타내는 말입니다.

5 마지막 장면에서 '동료의 죽음'이 의미하는 바는 무엇일까요?

주인공은 날마다 받아보는 조간신문에서 자신의 동료인 '김윤호'가 차륜 사고로 죽었다는 기사를 보게 됩니다. 동료의 죽음은 세일즈의 과정에서 이루어진 비극으로 현대사회에서 살아남기 위한 치열한 몸부림의 결과로 볼 수 있습니다. 한 인간의 존엄조차 일단짜리 기사로만 환기될 뿐 바쁜 일상을 살아가야 하는 다른 사람에게 별 의미를 던지지 못합니다. 현대사회에서 소외의 의미가 톱니바퀴처럼 맞물려 돌아가야 하는 현대인의 삶뿐만 아니라 죽음까지 지배하고 있음을 보여주는 슬픈 장면입니다.

한계령

험난하고 고달픈 삶을 살아온 사람들의 상처와 회한,

그리고 그들에게 보내는 찬가.

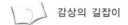

"저 산은 내게 우지 마라,
우지 마라 하고……"

앞만 보며 숨 가쁘게 달려온 이들의 상처와 눈물

이 소설이 발표된 시기는 1987년입니다. 이 작품의 전신이라 볼 수 있는 「유황불」과 연관 지어 살펴본다면, 이 시기는 1960년대에 가난한 유년기를 보내고 성장하여 지난 시절들을 돌이켜보는 시간대입니다. 어려운 시절을 산 사람들이 겹겹이 닥친 수많은 난관들을 헤치고 열심히 나아오다가 조금은 살 만해진 여유 속에 지난 삶을 회상하고 그 상처를 하나씩 들추어 살펴보며 눈물짓다 가는 어느 고갯마루쯤이라고 생각해도 무방할 것입니다.

이 작품은 작가가 가장 애착을 갖는다고 사석에서 이야기할 정도로 예술성과 완결성이 뛰어난 작품입니다.

과거의 삶을 회상하다 보면 누구나 지난 상처와 맞닥뜨릴 것입니다. 그리고 특히 어려웠던 삶을 산 사람들이라면 소설 한 보따리보다 더 많은 이야기를 가슴에 품고 살고 있을 것입니다. 어려운 시절의 상처들은 시간이 지나면 어렴풋해 보이며 가물가물 하다가도 어느 날 느닷없이 전혀 아물지 않은 과거의 고통을 현실에 토해놓습니다. 이 작품 속에는 힘겨웠던 시절, 자신들이 져야 하는 삶의 책무를 마다하지 않고 앞만 보며 숨 가쁘게 달려온 성실한 사람들의 상처와 눈물을 천천히 닦아주고 싶어하는 작가의 마음이 잘 드러나 있습니다.

한계령

전화에서 흘러나오는 여자의 목소리는 지독히도 탁하고 갈라져 있었다. 얼핏 듣기에는 여자인지 남자인지 구분하기가 힘들 정도였다. 그 목소리를 듣자 나는 곧 기억의 갈피[1]를 젖히고 음성의 주인공을 찾아보기 시작했다. 내게 전화를 건 적이 있는 그런 굵은 목소리의 여자는 두 사람쯤이었다. 한 명은 사보 편집자였고 또 한 명은 출판인이었다. 두 사람 다 만나본 적은 없었지만 아무래도 활동적이고 거침이 없는 여걸이 아니겠냐는 선입견을 가지고 있는 터였다.

두 사람 중의 하나라면 사보 편집자이기가 십상[2]이라고 속단한 채 나는 전화 저편의 여자가 순서대로 예의를 지켜가며 나를 찾는 것에 건성으로 대꾸하고 있었다. 가스레인지를 켜놓고 무언가를 끓이고 있던 중

[1] 갈피 일의 갈래가 구별되는 어름.
[2] 십상(十常) '십상팔구'의 준말. 거의 예외 없이 그러할 것이라는 추측. 십중팔구.

이어서 내 마음은 급하기 짝이 없었다. 급한 내 마음과는 달리 여자는 쉰 목소리로 또 한 번 나를 확인하고 나더니 잠깐 침묵을 지키기까지 하였다. 그러고는 대단히 자신 없는 목소리로 이렇게 말하였다.

"혹시 전주에서…… 철길 옆 동네에서 살지 않았나요?"

수필이거나 꽁트거나 뭐 그런 종류의 청탁 전화려니 여기고 있던 내게는 뜻밖의 질문이었다. 그러나 어김없이 맞는 말이기는 하였다. 나는 전주 사람이었고 전주에서도 철길 동네 사람이었다. 주택가를 관통하며 지나가던 어린 시절의 그 철길은 몇 년 전에 시 외곽으로 옮겨지긴 하였지만 지금도 철로연변[3]의 풍경이 내 마음에는 고스란히 남아 있었다. 그렇다는 대답을 듣고 나서도 전화 속의 목소리는 또 한 번 뜸을 들였다.

"혹시 기억할는지 모르겠지만 난 박은자라고, 찐빵집 하던 철길 옆의 그 은자인데……."

잊었더라도 할 수 없다는 듯이, 그리고 20년도 훨씬 전의 어린 시절 동무 이름까지야 어찌 다 기억할 수 있겠느냐는 듯이 목소리는 한층 더 자신이 없었다.

박은자. 그러나 나는 그 이름을 또렷이 기억하고 있었다. 얼마만큼이나 또렷하게 기억하고 있는가 하면 전화 속의 목소리가 찐빵집 어쩌고 했을 때 이미 나는 잡채가닥과 돼지비계가 뒤섞여 있는 만두 속 냄새까지 맡아버린 뒤였다. 하지만 나는 만두 냄새가 난다고 말하지는 않았다. 세월이 그간 내게 가르쳐준 대로 한껏 반가움을 숨기고, 될 수 있으면 통통 튀지 않는 음성으로 그 이름을 분명히 기억하고 있음을 알렸을 뿐

---

3) 철로연변 철도를 끼고 따라가는 언저리 일대.

이었다. 그렇게 했음에도 반기는 내 마음이 전화선을 타고 날아가서 그녀의 마음에 꽂힌 모양이었다. 쉰 목소리의 높이가 몇 계단 뛰어오르고, 그러자니 자연 갈라지는 목소리의 가닥가닥마다에서 파열음이 튀어나오면서 폭포수처럼 말이 쏟아져 나오기 시작했다.

"반갑다. 정말 얼마 만이냐? 난 네가 기억하지 못할 줄 알았거든. 전화 할까 말까 꽤나 망설였는데……. 그런데 자꾸 여기저기에 네 이름이 나잖아? 사람들한테 신문을 보여주면서 야가 내 친구라고 자랑도 많이 했단다. 너 옛날에 만화책 좋아할 때부터 내가 알아봤어. 신문사에 전화했더니 네 연락처 알려주더라. 벌써 한 달 전에 네 전화번호 알았는데 이제서야 하는 거야. 세상에, 정말 몇 년 만이니?"

정확히 25년 만에 나는 은자의 목소리를 듣고 있는 중이었다. 철길 옆 찐빵집 딸을 친구로 사귀었던 때가 국민학교 2학년이었으므로 꼭 그렇게 되었다. 여기저기 이름 석 자를 내걸고 글을 쓰다보면 과거 속에 묻혀 있던, 그냥 잊은 채 살아도 아무 지장이 없을 이름들이 전화 속에서 튀어나오는 경우가 더러 있었다. 물론 반갑기야 하고 추억을 떠올리게도 하지만 단지 그것뿐이었다. 서로 살아가는 행로가 다르다는 엄연한 사실을 확인하면서도 겉으로는 한번 만나자거나 자주 연락을 취하자거나 하는 식의 말치레만으로 끝나는 일회성의 재회였다.

그렇지만 찐빵집 딸 박은자의 전화를 받으리라고는 상상도 하지 않았다.

그애가 설령 어느 지면에서 내 이름과 얼굴을 발견했다손 치더라도 나를 기억할 수 있겠느냐고 전혀 자신 없어 한 것은 오히려 내 쪽이었다. 만에 하나 기억을 해냈다 하더라도 신문사에 전화를 해서 내 연락처를 수소문할 이유는 전혀 없었다. 우리들은 그저 1960년대의 어느 한 해 동안 한동네에 살았을 뿐이었다. 지금 와서 돌이켜보면 나에게는 그 한 해가 커다란 위안이었지만 그애에게는 지겨운 나날이었을 게 분명했다.

그 뜻밖의 전화는 25년이란 긴 세월을 풀어놓느라고 길게 이어졌다. 무엇보다도 먼저 나는 그애에게 왜 가수가 되지 않았느냐고 물을 참이었다. 〈검은 상처의 블루스〉를 너만큼 잘 부르는 사람은 아직 보지 못했노라고 말해주고 싶었다. 하지만 좀처럼 말할 기회가 주어지지 않았다. 어디어디에서 너의 짧은 글을 읽었다는 것과 네가 내 친구라는 사실을 믿지 않던 주위 사람들의 어리석음과 네 이름을 발견할 때의 기쁨이 어떠했는가를 그애는 몇 번씩이나 되풀이 말하였다. 그런 이야기 끝에 은자가 먼저 자신의 직업을 밝혔다.

"난 어쩔 수 없이 여태도 노래로 먹고산단다. 아니, 그런데 넌 부천에 살면서 '미나 박'이란 이름도 들어보지 못했니? 네 신랑이 샌님이구나. 너를 한 번도 나이트클럽이나 스탠드바에 데려가지 않은 모양이네. 이래 봬도 경인지역 밤업소에서는 미나 박 인기가 굉장하다구. 부천 업소들에서 노래 부른 지도 벌써 몇 년째란다. 내 목소리 좀 들어봐. 완전 갔어. 얼마나 불러제끼는지. 어쩔 때는 말도 안 나온단다. 솔로도 하고 합창도 하고 하여간 징그럽게 불러댔다."

그제서야 난 전화에서 흘러나오는 쉰 목소리의 다른 모습들을 떠올릴 수 있었다. 가수들의 말하는 음성이 으레 그보다 훨씬 탁했었다. 목소리가 그 지경이 될 만큼 노래를 불렀구나 생각하니 갑자기 가슴이 뜨거워졌다. 노래를 빼놓고 무엇으로 은자를 추억할 것인지 나는 은근히 두려웠던 것이다. 노래와는 전혀 무관한 채 보통의 주부가 되어 있다가 내게 전화를 했더라면 어떤 기분이었을까. 비록 텔레비전에 자주 출연하는 인기 가수가 아니더라도, 밤업소를 전전하는 무명 가수로 살아왔더라도 그애가 노래를 버리지 않았다는 것이 내게는 중요했다. 그래서 나는 슬쩍 〈검은 상처의 블루스〉나 버드나무 밑의 작은 음악회, 그리고 비 오는 날 좁은 망대 안에서 들려주었던 가수들의 세계 따위, 몇 가지 옛 추억을 그애에게 일깨워주었다. 짐작대로 은자는 감탄을 연발하면서 기뻐하였다. 그렇게 세세한 일까지 잊지 않고 있는 나의 끈질긴 우정을 그녀는 거의 까무러칠 듯한 호들갑으로 보답하면서 마침내는 완벽하게 옛 친구의 자리로 되돌아갔다.

그 밖에도 나는 아주 많은 부분을 기억하고 있었다. 그해 여름 장마 때 하천으로 떠내려오던 돼지의 슬픈 눈도, 노상 속치마 바람이던 그애의 어머니도, 다방 레지로 취직되었던 그애 언니의 매끄러운 종아리도, 그 외의 더 많은 것들도 나는 말해줄 수 있었다. 그럴 수밖에 없는 것이 몇 년 전 나는 은자를 주인공으로 하는 유년 시절에 관한 소설을 한 편 발표한 적이 있었다. 소설을 쓰는 일이 과거를 되살려 불러낼 수도 있다는 것과 쓰는 작업조차도 감미로울 수 있다는 깨달음을 안겨준 소설이었다. 마치 흑백사진의 선명한 명암대비처럼 유난히 삶과 죽음의 교차가 심했던 유년의 한때를 글자 하나하나로 낚아올려내던 그때의 작업만큼 탐닉했던 글쓰기는 경험해본 적이 없었다. 육친의 철저한 보호 속에 갇혀 있다가 굶주림과 탐욕과 애증이 엇갈리는 세계로의 나아감, 자아의 뾰죽한 새잎이 만나게 되는 혼돈의 세상을 엮어나가던 그 사이사이 나는 몇 번씩이나 눈시울을 붉히곤 했었다. 은자는 그때 이미 나보다 한 발 앞서 세상 가운데에 발을 넣고 있었다. 유행가와 철길과 죽음이 그애의 등을 떠밀어서 은자는 자꾸만 세상 깊은 곳으로 나아가고 있었다. 그 애가 세상과 익숙한 것을 두고 나의 어머니는 '마귀새끼'라는 호칭까지 붙여줄 지경이었으니까. 흡사 유황불이 이글거리는 지옥의 아수라장처럼 무섭기만 했던 그 세상에서 나는 벌써 몇십 년을 살고 있는가. 아니, 살아내고 있는가…….

그러나 나는 은자에게 소설 이야기는 하지 않았다. 사실은 할 기회도 없었다. 어떻게 해서 밤업소 가수로 묶이고 말았는지를 설명하고 지금처럼 먹고살 만큼 되기까지 어떤 우여곡절을 겪었는지 대충 말하는 데만도 시간이 많이 걸렸다. 나는 고작해야 십몇 년 전에 텔레비전 전국노래자랑에 출전하지 않았느냐고, 그런 말을 들은 적이 있다는 것만 알려줄 수 있었을 뿐이었다.

"맞아. 그때 장려상인가 받았거든. 그리고 작곡가 선생님이 취입[4]시켜준다길래 부지런히 쫓아다녔는데 밑천이 있어야 곡을 받지. 아까 전주 관광호텔 나이트클럽에서 잠깐 노래 부른 적이 있다고 했지? 그때가 스무 살이었어. 돈 좀 마련해서 취입하려고 거기서 노래 부른 거라구. 그러다 영영 밤무대 가수가 되고 말았어. 아무튼 우리 만나자. 보고 싶어 죽겠다. 니네 오빠들은 다 뭐 해? 참, 니네 큰오빠 성공했다는 소식은 옛날에 들었지. 암튼 장해. 넌 어때? 빨리 만나고 싶다. 응?"

전화로는 아무래도 25년을 다 풀어놓을 수가 없다는 듯이 은자는 만나기를 재촉했다. 거절할 수도 없는 것이 매일 밤 바로 부천의 어느 나이트클럽에서 노래를 한다는 것이었다. 그녀의 무대는 밤 8시에 한 번,

---

4) 취입 음반이나 녹음기의 녹음판에 소리나 목소리를 녹음함.

그리고 10시에 또 한 번 있었으므로 나는 9시쯤에 시간 약속을 해서 나가야 했다. 작가라서 점잖은 척해야 한다면 다른 장소에서 만날 수도 있다고 그녀는 말하였다. 그래놓고도 작가라면 술집 답사 정도는 예사가 아니겠느냐고 제법 나를 부추기기도 하였다.

물론 나 역시 은자를 만나고 싶었다. 그러나 당장 오늘이나 내일로 시간을 정하라는 그녀의 성화에는 따를 수 없었다. 밤 9시면 잠자리에 들어야 할 딸도 있었고, 그 딸이 잠든 뒤에는 오늘이나 내일까지 꼭 써놓아야 할 산문이 두 개나 있었다. 25년이나 만나지 않았는데 하루나 이틀 늦어진다고 무엇이 잘못되겠느냐, 매일 밤 부천에서 노래를 부른다면 기어이 만날 수는 있지 않겠느냐고 말을 했더니 은자는 갑자기 펄쩍 뛰었다.

"오늘이 수요일이지? 이번 주 일요일까지면 계약 끝이야. 당분간은 부천뿐 아니라 경인지역 밤업소 못 뛴단 말야. 어쩌다 보니 돈을 좀 모았거든. 찐빵집 딸이 성공해서 신사동에다 카페 하나 개업한다니까. 보름 후에 오픈이야. 이번 주일 아니면 언제 만나겠니? 넌 내가 안 보고 싶어? 아휴, 궁금해 죽겠다. 일단 한번 보자. 얼굴이라도 보게 잠깐 나왔다가 들어가면 되잖아? 너네 집이 원미동이랬지? 야, 걸어와도 되겠다. 그 옛날 전주로 치면 우리 집서 오거리까지도 안 되는데 뭘. 그땐 맨날 뛰어서 거기까지 놀러 갔었잖아?"

넌 내가 보고 싶지도 않아? 라고 소리치는 은자의 쉰 목소리가 또 한 번 내 가슴을 뜨겁게 하였다. 그 닷새 중에 어느 하루, 밤 9시에 꼭 가겠노라고 약속을 한 뒤에서야 우리는 비로소 긴 전화를 끊었다. 수화기를 내려놓으면서 나도 모르는 사이에 긴 한숨이 흘러나왔다. 25년을 넘나

드느라고 나는 지쳐 있었다. 그리고 현실로 돌아왔을 때 그제서야 나는 가스레인지의 푸른 불꽃과 끓고 있는 냄비가 생각났다. 황급히 달려가 봤을 때는 벌써 냄비 속의 내용물이 바삭바삭한 재로 변해버린 뒤였다.

　이상한 일이었다. 난데없는 은자의 전화가 아니더라도 나는 요즘 들어 줄곧 그 시절의 고향 풍경을 떠올리고 있었다. 하필 이런 때에 불현듯 그 시절의 은자가 나타난 것이었다. 고향에 대한 잦은 상념은 아마도 그곳에서 들려오는 큰오빠의 소식 때문일 것이었다. 때로는 동생이, 때로는 어머니가 전해주는 이야기들은 어떤 가족의 삶에서나 다 그렇듯이 미주알고주알 시작부터 끝까지가 장황했지만 뜻은 매양 같았다. 항상 꼿꼿하기가 대나무 같고 매사에 빈틈이 없어 도무지 어렵기만 하던 큰오빠가 조금씩 조금씩 허물어지고 있다는 것이었다. 처음에는 큰오빠의 말수가 점점 줄어들고 있다는 소식이 고작이었다. 자식들도 대학을 다닐 만큼 다 컸고 흰머리도 꽤 생겨났으니 늙어가는 모습 중의 하나일 것이라고, 식구들은 그렇게 여겼을 뿐이었다.

　그때가 작년 봄이었을 것이다. 술이 들어가기 전에는 거의 온종일 말을 잊은 채 어디 먼 곳만을 쳐다보고 있는 날이 잦다고 어머니의 근심 어린 전화가 가끔씩 걸려왔다. 건강이 좋지 않아 절제해오던 술이 폭음으로 늘어난 것은 그 다음부터였다. 때로는 며칠씩 집을 나가 연락도 없이 떠돌아다니기도 하였다. 온 식구가 발을 동동 구르며 애를 태우고 있으면 큰오빠는 홀연히[5] 귀가하여 무심한 얼굴로 뜨락의 잡초를 뽑고 있기도 하였다. 그렇게 열심히 매달려왔던 사업도 저만큼 던져놓은 채

[5] 홀연하다(忽然一) 뜻밖에 불쑥 나타나거나 갑자기 사라지다.

그는 우두망찰[6] 먼 곳의 어딘가에 시선을 붙박아두고 있는 사람처럼 보였다. 어머니는 그런 큰오빠를 설명하면서 곧잘 "진이 다 빠져버린 것 같아……"라고 말하였다. 동생은 또 큰오빠의 뒷모습을 보면 눈물이 핑 돌 만큼 애달프다고 말하였다. 아닌게아니라 전화 저편의 어머니도 진이 빠진 목소리였고 동생 또한 목메인 음성이곤 하였다. 그것은 마치 믿고 있던 둑의 이곳저곳에서 물이 새고 있다는 보고를 듣는 것처럼 나에게도 허망한 느낌을 불러일으켰다.

그렇지 않아도 세상살이의 올곧지 못함에 부대껴오던 나날이었다. 나는 자연 튼튼하고 믿음직스러웠던 원래의 둑을 그리워하지 않을 수 없었다. 이제는 결코 젊다고 할 수 없는 나이의 그가, 더욱이 몇 년 전의 대수술로 건강마저 염려스러운 그가 겪고 있는 상심(傷心)의 정체를 나는 알 것도 같았다. 아니, 정녕 모를 일인 것처럼 여겨지기도 하였다. 그를 짓누르고 있던 장남의 멍에[7]가 벗겨진 것은 겨우 몇 해 전이었다. 아버지가 없었어도 우리 형제들은 장남의 어깨를 밟고 무사히 한 몫의 사람으로 커올 수 있었다. 우리들이 그의 어깨에, 등에 매달려 있던 때 그는 늠름하고 서슬 퍼런 장수처럼 보였었다. 은자도 알 것이었다. 내 큰오빠가 얼마나 멋졌던가를. 흡사 증인(證人)이 되어주기나 하려는 듯 홀연히 나타난 은자를, 그애의 쉰 목소리를 상기하면서 나는 문득 마음이 편안해졌다.

그러나 그날 밤에도, 다음 날 밤에도 나는 은자가 노래를 부르는 클럽에 가지 않았다. 그렇다고 그애의 전화를 잊은 것은 절대 아니었다. 잊

6) 우두망찰하다 갑자기 당한 일에 정신이 얼떨떨하여 어찌할 바를 모르다.
7) 멍에 '행동에 구속을 받거나 무거운 짐을 짊' 의 비유.

기는커녕 틈만 나면 나는 철길 동네의 풍경 속으로 걸어들어가곤 했다. 멀리는 기린봉이 보이고, 오목대까지 두 줄로 뻗어 있던 레일 위로는 햇살이 눈부시게 반짝이며 미끄러지곤 했었다. 먼지 앉은 잡초와 시궁창 물로 채워져 있던 하천을 건너면 곧바로 나타나던 역의 저탄장. 하천은 역의 서쪽으로도 뻗어 있었고 그곳의 둑방 동네는 홍등가[8]여서 대낮에도 짙은 화장의 여인네들이 둑길을 서성이곤 했었다.

동네에서 우리 집은 아들 부잣집으로 일컬어졌었다. 장대 같은 아들이 내리 다섯이었다. 그리고 순서를 맞추어 밑으로 딸 둘이 더 있었다. 먹는 입이 많아서 어머니는 겨울 김장을 두 접[9]씩 하고도 떨어질까봐 노상 걱정이었다. 둥근 상에 모여앉아 머리를 맞대고 숟가락질을 하다보면 동작 느린 사람은 나중에 맨밥을 먹어야 했다. 단 한 사람, 우리 집의 유일한 수입원인 큰오빠만큼은 언제나 따로 상을 받았다. 그 많은 식구들을 책임지고 있는 가장답게 큰오빠는 건드리다가 만 듯한 밥상을 물렸고 그러면 그 밥상이 우리 형제의 별식으로 차례가 오곤 했다.

학교에서 나누어주는 옥수수빵 외에는 밀떡[10]이나 쑥버무리가 고작인 우리들의 군것질 대상에서 은자네 찐빵이나 만두는 맛이 기가 막혔다. 그애의 부모들이 평소 위생 관념에는 젬병이어서 어머니는 그 집 빵이라면 거저 주어도 먹지 말라고 신신당부를 했었지만 오빠들은 몰래 은자네 집을 드나들며 빵을 사먹곤 했었다. 비 오는 날, 오빠들이 서로서로의 옹색한 용돈을 털어내어 내게 시키는 심부름은 대개 두 가지였

8) 홍등가(紅燈街) 붉은 등이 켜져 있는 거리라는 뜻으로, 유곽(遊廓)이나 기생집·술집 등이 늘어선 거리를 이르는 말.
9) 접 과실·채소 따위를 100개씩 세는 말.
10) 밀떡 꿀물이나 설탕물에 밀가루를 반죽하여 익히지 않은 날떡.

다. 은자네 찐빵을 사오는 일과 만화가게에서 만화를 빌려오는 일이었다. 돈을 보태지 않았으니 응당 심부름은 내 몫이었다. 은자네 집에 빵을 사러 가면 은자는 제 엄마 몰래 두어 개쯤 더 얹어주었고 만화가게까지 우산을 받쳐주며 따라오기도 했었다. 그 우산 속에서 은자는 목청을 다듬어 노래를 불렀다. 오빠들 몫으로 전쟁 만화를, 내 몫으로는 엄희자의 발레리나 만화를 빌려 품에 안고 돌아오는 길에 나는 은자의 노래를 듣고 또 듣곤 했었다. 우리 집 대문 앞에까지 왔는데도 노래가 미처 끝나지 않았으면 제자리에 서서 끝까지 다 들어주어야만 집에 들어갈 수 있었다.

사는 모양새야 우리 집보다 더 옹색하고 구질구질한 은자네였지만 그래도 그애는 잔돈푼을 늘 지니고 있어서 우리 또래 아이들 중에서는 제일 부자였다. 가게에서 찐빵 판 돈을 슬쩍슬쩍 훔쳐내다가 제 아버지에게 들켜 아구구구, 죽는소리를 내며 두들겨맞는 은자를 나는 종종 볼 수 있었다. 은자 아버지는 은자만이 아니라 처녀인 그애 큰언니도, 그애의 어머니도 곧잘 때렸고 그래서 그애네 집 앞을 지나노라면 아구구구, 숨넘어가는 비명쯤은 예사로 들을 수 있었다. 은자가 가수의 꿈을 안고 밤도망을 쳤을 때 그애 아버지는 이미 이 세상 사람이 아니었다. 만약 살아 있었다면 은자도 어린 나이에 밤도망을 칠 엄두는 못 냈을 것이었다. 가수가 되어 성공하면 돌아오겠노라던 은자는 그 뒤 철길 옆 찐빵집으로 금의환향[11] 하지는 못했다. 그애가 성공하기도 전에 찐빵가게는 문을 닫았고 내가 기억하기만도 그 자리에 양장점·문구점·분식센터·

---

[11] 금의환향(錦衣還鄉) 출세를 하고 고향에 돌아옴.

책방 등이 차례로 들어섰었다. 그리고 지금, 은자네 찐빵가게가 있던 자리는 자취도 없이 사라졌다. 철길이 옮겨진 뒤 말짱히 포장되어 4차선 도로로 변해버린 그곳에서 옛 시절의 흙냄새라도 맡아보려면 아스팔트를 뜯어내고 나서야 가능할 것이었다.

금요일 정오 무렵 다시 은자에게서 전화가 왔다. 첫마디부터가 오늘 저녁에는 꼭 오라는 다짐이었다. 이미 두 번째 전화여서 그애는 스스럼없이, 진짜 꾀복쟁이[12] 친구처럼 굴고 있었다.

"일어나자마자 너한테 전화하는 거야. 어젯밤에는 너 기다린다고 대기실에서 볶음밥 불러 먹었단다. 오늘은 꼭 오겠지? 네 신랑이 못 가게 하대? 같이 와. 내가 한잔 살 수도 있어. 그 집 아가씨 하나가 말야, 네 소설도 읽었다더라. 작가 선생이 오신다니까 팔짝팔짝 뛰고 난리야."

그러고 나서 그애는 아들만 둘을 두었다는 것과 악단 출신의 남편과 함께 사는 지금의 집이 꽤 값나가는 아파트라는 사실을 알려주었다. 그애의 전화를 받고 난 뒤 내내 파리가 윙윙거리던 그애의 찐빵가게만 떠올리고 있었던 것을 알고 있었다는 듯이 은자는 한창때 열 군데씩 겹치기를 하던 시절에는 수입이 얼마였던가까지 소상히 일러주었다. 그애가 잘살고 있다는 것은 어쨌든 기분 좋은 일이었다. 그래봤자 얼마나 부자일까마는 여태까지도 돼지비계 섞인 만두속 같은 퀴퀴한 냄새를 풍기고 있다면 얼마나 막막한 삶일 것인가.

"오늘 꼭 와야 된다. 니네 자가용 있지? 잠깐 몰고 나오면……. 뭐라구? 돈 벌어 다 어데 쌓아두니? 유명한 작가가 자가용도 없어서야 체면

12) 꾀복쟁이 아주 어렸을 적 허물없는 친구를 이르는 말.

이 서냐? 암튼 택시라도 타고 휭 왔다 가. 기다린다야."

그애는 제멋대로 나를 유명한 작가로 만들어놓았다. 그러곤 자가용이 없다는 내 말에 은자는 혀까지 끌끌 찼다. 짐작하건대 그애는 나의 경제적 지위를 다시 가늠해보기 시작했을 것이었다. 은자는 그만큼 확신을 가지고 자가용이 있느냐고 물었으니까. 어쩌면 그애는 스스로가 오너드라이버란 사실을 말하고 있는 건지도 몰랐다. 은자는 내가 과거의 찐빵집 딸로만 자기를 기억하고 있는 것을 몹시 안타깝게 여기고 있었다. 얼마나 달라졌는가를, 지금은 어떤 계층으로 솟구쳤는가를 설명하는 쉰 목소리는 무척 진지하였다. 만나기만 한다면야 그애의 달라진 현실을 확실히 알 수가 있을 것이었다. 만남을 회피하지 않고 오히려 간곡하게 재회를 원하는 그녀의 현실을 나는 새삼 즐겁게 받아들였다. 언젠가의 첫 여고 동창회가 열렸던 때를 기억하고 있는 까닭이었다. 서울 지역에 살고 있는 동창 명단 중에 불참자가 반 이상이었다. 물론 피치 못한 이유가 있어서 불참한 경우도 있겠지만 졸업 후의 첫 만남에 당당하게 나타날 만한 위치가 아니라는 자괴심[13]이 대부분의 이유였을 것이다.

은자의 전화가 있고 난 뒤 곧바로 전주에서 시외전화가 걸려왔다. 고춧가루는 떨어지지 않았느냐, 된장 항아리는 매일 볕에 열어두고 있느냐 등을 묻는, 자식의 안부보다는 자식의 밑반찬 안부를 주로 묻는 친정어머니의 전화였다. 나는 어머니에게 은자의 소식을 전했다. 이름을 언뜻 기억하지 못했어도 찐빵집 딸이라니까 얼른 "박센 딸?" 하고 받으시는데 목소리에 기운이 없었다. 어머니의 전화는 예사롭게 밑반찬 챙기

---

13) 자괴심 자괴지심(自愧之心). 스스로 부끄러워하는 마음.

는 것만으로 그칠 것 같지는 않았다. 따라서 나 역시 은자의 이야기를 길게 늘어놓을 일도 아니었다. 모녀는 잠깐 침묵을 지켰다. 어머니 쪽에서 무슨 말이 나오리라 기다리면서 나는 한편으로 전화 곁의 메모판을 읽어가고 있었다. 20매, 3일까지. 15매, 4일 오전 중으로 꼭. 사진 잊지 말 것. 흘려쓴 글씨들 속에 나의 삶이 붙박여 있었다. 한때는 내 삶의 의지였던 어머니의 나직한 한숨 소리가 서울을 건너고 충청도를 넘어 전라도 땅의 한 군데에서 새어나왔다.

"아버지 추도예배 때 못 오것쟈?"

어머니는 겨우 그렇게 물었다. 노상 바쁘다니까, 이제는 자식의 삶을 지휘할 수 없다는 것을 잘 아니까 어머니는 5월이 가까워오면 늘 이렇게 묻는다. 그러나 오늘의 전화는 그것만도 아닐 것이다. 나는 잘 알고 있었다. 어젯밤에도 큰오빠는 어머니의 치마폭에 그 쇳조각 같은 한탄과 허망한 세월을 털어놓으며, 몸이 못 버텨주는 술기운으로 괴로워하며, 그 두 사람이 같이 뛰었던 과거의 행로들을 추억하자고 졸랐을 것이다. 어려웠던 시절의 뼈아픈 고생담을 이야기하면서, 춥고 긴 겨울밤을 뜬눈으로 지새우며 앞날을 걱정했던 그 시절의 암담함을 일일이 들추어가면서 큰오빠는 낙루[14]도 서슴지 않았으리라. 어머니는 그런 큰아들 때문에 가슴이 미어지도록 슬펐을 것이다. 그렇지만 나는 끝내 입을 열지 않았다.

"네 큰오빠, 어제 산소 갔더란다. 죽은 지 삼십 년이 다 돼가는 산소는 뭐 헐라고 쫓아가쌓는지. 땅속에 묻힌 술꾼 애비랑 청주 한 병을 다

---

14) 낙루(落淚) 눈물을 떨어뜨림. 또는 그 눈물.

비우고 왔어야⋯⋯."

큰오빠가 공동묘지에 묻혀 있던 아버지를 당신의 고향땅에 모신 것도 벌써 오래전의 일이었다. 어린 시절, 추석날이면 나는 다섯 오빠 뒤를 따라 시(市)의 끝에 놓인 공동묘지를 찾아가곤 했었다. 큰오빠는 줄줄이 따라오는 동생들의 대열을 단속하면서 간혹 "니네들 아버지 산소 찾아낼 수 있어?" 하고 묻곤 했었다. 대열 중에서는 아무 대답도 나오지 않았다. 찾을 수 있거나 찾지 못하거나 간에 큰형 앞에서는 피식 멋쩍게 웃는 것이 대화의 전부인 오빠들이었다. 똑같은 크기의 봉분들이 산 전체를 빽빽하게 뒤덮고 있는 공동묘지에 들어서면 큰오빠는 한 번도 멈추지 않고 단숨에 아버지가 누운 자리를 찾아냈다.

세월이 흐르고 하나씩 집을 떠나는 형제들 때문에 성묘 행렬에 구멍이 생기기 시작하던 무렵, 큰오빠는 아버지 묘의 이장을 서둘렀다. 지금에 와서는 단 한 번도 형제들 모두가 아버지 산소를 찾아간 적은 없었다. 산다는 일은 언제나 돌연한 변명으로 울타리를 치는 것에 다름 아니니까. 일년에 한 번, 딸기가 끝물일 때 맞게 되는 아버지의 추도식만은 온 식구가 다 모이도록 되어 있었다. 그 유일한 만남조차도 때때로 구멍난 자리를 내보이곤 하였지만.

"박센 딸은 웬일루?"

전화를 끊으려다 말고 어머니는 가까스로 은자에 대한 호기심을 나타냈다. 기어이 가수가 된 모양이라고, 성공한 축에 끼었달 수도 있겠다니까 어머니는 "박센이 그 지경으로 죽었는데 그 딸이 무슨 성공을⋯⋯" 하고는 나의 말을 묵살[15]하였다. 은자의 언니를 다방 레지로 취직시킨 것에 앙심을 품은 망대지기 청년이 장인이 될지도 모를 박씨를 살해한 사건은 그해 가을 도시 전체를 떠들썩하게 했었다. 어머니는 아직도 찐빵집 가족들을 마귀로 여기고 있는 모양이었다. 유황불에서 빠져나올 구원의 사다리는 찐빵집 식구들에게만은 영원히 차례가 가지 않으리라고 믿는지도 몰랐다. 살아남은 자의 지독한 몸부림을 당신만큼은 더할 나위 없이 잘 알면서도 짐짓 그렇게 말하는 건지도 모를 일이었다.

　어머니와의 통화는 언제나 그렇지만 마음을 심란하게 만들었다. 늦은 밤이나 이른 아침에 울리는 전화벨 소리가 가슴을 철렁 내려앉게 하듯이 요즘에는 고향에서 걸려오는 전화 또한 온갖 불길함을 예상하게 만들었다. 될 수 있는 한 외출을 삼가고 집에만 박혀 있는 나에겐 전화가 세상과의 유일한 통로인 셈이었다. 아마 전화가 없었다면 이만큼이나 뚝 떨어져 있을 수도 없을 것이다. 싫든 좋든 많은 이들을 만나야 하고 찾아가야 했으리라. 그런 의미에서 전화는 세상을 연결시키는 통로이면서 동시에 차단시키는 바람벽[16]이기도 하였다. 고향에 대해서도 예외는 아니었다. 일년에 한 번쯤이나 겨우 찾아가면서 그다지 격조함[17]을 느끼지 못하는 이유는 전화가 있기 때문이었다. 또한 찾아가지 않아도 되게끔 선뜻 나서서 제 할 일을 해버리는 것도 전화였다.

　마음이 심란한 까닭에 일손도 잡히지 않았다. 대충 들춰보았던 조간들을 끌어당겨 꼼꼼히 기사들을 읽어나가자니 더욱 머리가 띵해왔다. 신문마다 서명자 명단이 가지런하게 박혀 있고 일단 혹은 이단 기사들의 의미 심장한 문구들이 명멸하였다. 봄이라 해도 날씨는 무더웠다. 창

---

15) 묵살(黙殺)　의견이나 제안 따위를 듣고도 못 들은 척하거나 무시함.
16) 바람벽　방을 둘러막은 둘레.
17) 격조하다(隔阻―)　오랫동안 서로 소식이 막히다.

가에 앉으면 바람이 시원했다. 2층이므로 창에 서면 원미동 거리가 한 눈에 내려다보였다. 행복사진관 엄씨가 세 딸을 거느리고 시장길로 올라가고 있는 게 보였다. 써니전자의 시내 아빠는 요즘 새로 산 오토바이 때문에 늘 싱글벙글이었다. 지금도 그는 시내를 태우고 동네를 몇 바퀴씩 돌고 있었다. 냉동오징어를 궤짝째 떼어온 김반장네 형제슈퍼는 모여든 여자들로 시끄러웠다. 김반장의 구성진 너스레에 누가 안 넘어갈 것인가. 오늘 저녁 원미동 사람들은 모두 오징어요리를 먹게 될 모양이었다. 그들이 아니더라도 거리는 소란스럽기 짝이 없었다. 부천시 원미동이 고향이 될 어린아이들이, 훗날 이 거리를 떠올리며 위안을 받을 꼬마치들이 쉴새없이 소리 지르고, 울어대고, 달려가고 있었다.

얼마를 그렇게 창가에 있었지만 쓰다 만 원고를 붙잡고 씨름할 기분은 도무지 생겨나지 않았다. 이제 다시 전화벨이 울린다면 그것은 분명코 저 원고를 챙겨가야 할 충실한 편집자의 전화일 것이 분명했다. 그럼에도 불구하고 나는 불현듯 책꽂이로 달려가 창작집 속에 끼여 있는 유년의 기록을 들추었다. 그 소설은 낮잠에서 깨어나 등교 시간인 줄 알고 신발을 거꾸로 꿰어신은 채 달려가는 이야기로부터 시작되고 있었다. 눈물주머니를 달고 살았던 그때, 턱없이 세상을 무서워하면서 또한 끝도 없이 세상을 믿었던 그때의 이야기들은 매번 새롭게 읽혀지고 나를 위안했다. 소설 쓰는 것을 업으로 삼는 자가 자기가 쓴 소설을 읽으며 위안을 받는다는 사실을 어떻게 설명해야 할지 모른다. 깊은 밤 한창 작업에 붙들려 있다가도 마음이 편치 않으면 나는 은자가 나오는 그 소설을 읽었다. 시간을 거꾸로 돌려서, 자꾸만 뒷걸음쳐서 달려가면 거기에 철길이 보였다. 큰오빠는 젊고 잘생긴 청년이었고 밑의 오빠들은 까까중머리의 남학생이었다. 장롱을 열면 바느질통 안에 아버지 생전에 내게 사주었다는 연지 찍는 붓솔도 담겨 있었다. 아직 어린 딸에게 하필이면 화장도구를 사주었는지 지금에 와서 생각하면 알 듯도, 모를 듯도 싶은 장난감이었다.

네 큰오빠가 아니었으면 다 굶어죽었을 거여. 어머니는 종종 이런 말로 큰아들의 노고를 회상하곤 했지만 그 말은 사실이었다. 떠도는 구름처럼 세상 저편의 일만 기웃거리며 살던 아버지는 찌든 가난과, 빚과, 일곱이나 되는 자식을 남겨놓고 갑자기 세상을 떠났다. 가장 심하게 난리 피해를 당했던 당신의 고향 마을에서도 몇 안 되는 생존자로 난리를 피한 아버지였다. 보리짚단 사이에서, 뒤뜰의 고구마움에서 숨어 살며 지켜온 목숨이었는데 도시로 나와 아버지는 곧 이승을 떠나버렸다. 목숨을 어떻게 마음대로 하랴마는 어머니에게 있어 그것은 결코 용서 못할 배반이었다. 나는 그래도 연지붓솔이나 받아보았다지만 내 밑의 여동생은 돌을 갓 넘기고서 아버지를 잃었다.

아버지 살았을 때부터 야간대학을 다니면서 생계를 돕던 큰오빠는 어머니와 함께 안간힘을 쓰며 동생들을 거두었다. 아침이면 우리들은 차마 입을 뗄 수 없어 수도 없이 망설이다가 큰오빠에게 손을 내밀었다. 회비, 참고서값, 성금, 체육복값 등등 내야 할 돈은 한없이 많았는데 돈을 줄 사람은 하나밖에 없었다. 밑으로 딸린 두 여동생들에겐 관대하기만 했던 큰오빠의 마음을 이용해서 오빠들은 곧잘 내게 돈 타오는 일을 떠맡기곤 했었다. 밑으로 거푸[18] 물려줘야 할 책임이 있는 셋째오빠의

18) 거푸 잇따라 거듭.

부대자루 같은 교복이, 윗형 것을 물려받아서 발목이 드러나는 교복바지의 넷째오빠가, 한 번도 새 옷을 입은 적이 없다고 불만인 다섯째오빠의 울퉁불퉁한 머리통이 골목길에 모여서서 나를 기다렸다. 나는 오빠들이 일러준 대로 기성회비, 급식값, 재료비 따위를 큰오빠 앞에서 줄줄 외우고 있는 중이었다. 공장에서 돈을 찍어내도 모자라겠다. 그러면서 큰오빠는 지갑을 열었다.

자라면서 나 역시 그러했지만 오빠들은 큰형을 아주 어려워했다. 아무리 맛있는 음식이라도 큰형이 있으면 혀의 감각이 사라진다고 둘째가 입을 열면 셋째도, 넷째도, 다섯째도 맞장구를 쳤다. 여름의 어떤 일요일, 다섯 아들이 함께 모여 수박을 먹으면 큰오빠만 푸아푸아 시원스레 씨를 뱉어내고 나머지는 우물쭈물하다가 씨를 삼켜버리기 예사였다. 두레박으로 물을 길어올려 등먹이라도 하게 되면 큰오빠 등허리는 어머니만이 밀 수 있었다. 둘째는 셋째가, 셋째는 넷째가 서로서로 품앗이를 하여 등목을 하고 난 뒤 큰오빠가 "내 등에도 물 좀 끼얹어라" 하면 모두들 쩔쩔매었다. 우리 형제들뿐만 아니라 동네 사람들도 큰오빠를 예사롭게 대하지 않았다. 인조 속치마를 펄럭이고 다니면서 동네의 온갖 일을 다 참견하곤 하던 은자 엄마도 큰오빠가 지나가면서 인사를 하면 허둥지둥 찐빵가게로 들어갈 궁리부터 했으니까.

기다린다아, 고 길게 빼면서 끊었던 은자의 전화를 의식한 탓인지 나는 그날따라 일찍 저녁밥을 마쳤다. 서두르지 않더라도 9시까지는 그애가 일한다는 새부천클럽에 갈 수가 있었다. 작은방에서 책을 읽고 있던 남편은 아이야 자기도 재울 수 있으니 가보라고 권하기도 하였다. 소설의 주인공이 부천의 한 클럽에서 노래를 부르고 있다는 사실에 대해 그 역시 은자에게 흥미가 많은 사람이었다. 시간은 자꾸 흘러가고 있었다. 9시가 가까워오자 아이는 연신 하품을 하기 시작했다. 재울 것도 없이 고단한 딸애는 금방 쓰러져 꿈나라로 갈 것이었다. 집 앞 큰길에는 귀가하는 이들이 타고온 택시가 심심치 않게 빈차로 나가곤 하였다. 일어서서 집을 나가 택시만 타면 되었다. 택시기사에게 "시내로 갑시다"라고 이르기만 하면 되었다. 그런데도 얼른 몸을 일으킬 수가 없었다.

8시 무대를 끝내고 은자는 내가 올까봐 입구 쪽만 주시하며 있을 것이었다. 9시를 알리는 시보가 울리고 텔레비전에서 저녁뉴스가 시작될 때까지도 나는 그대로 있었다. 아이는 마침내 잠이 들었고 남편은 낚시 잡지를 뒤적이면서 월척한 자의 함박웃음을 부러운 듯이 들여다보고 있었다. 몇 가지 낚시도구를 사들이고, 낚시에 관한 정보를 놓치지 않으려고 귀를 모으면서, 매번 지켜지지 않을 낚시 계획을 세우는 그는 단 한 번의 배낚시 경험밖에 없는 사람이었다. 단 한 번의 경험은 그를 사로잡기에 충분하였다. 어느 주말 홀연히 떠나가 낚싯대를 드리우게 되기까지는 그 자신이 풀어야 할 매듭이 많은 사람이었다. 어떤 때 그는 마치 낚시꾼이 되기 직전의 그 경이로움만을 탐하는 것처럼 보이기도 하였다. 봉우리를 향하여 첫발을 떼는 자들이 으레 그렇듯 그는 세상살이의 고단함에 빠질 때마다 낚시터의 꿈들 속에 자기를 넣어두고 싶어하였다. 나는 그가 뒤적이는 낚시잡지의 원색화보를 곁눈질하면서 미구에 그가 낚아올릴 물고기를 상상해보았다. 상상 속에서 물고기는 비늘을 번뜩이며 파닥거리고 시계는 은자의 두 번째 출연 시간을 가리키며 째깍거리고 있었다.

다음 날 아침 어김없이 은자의 전화가 걸려왔다. 토요일이었다. 이제 오늘밤과 내일밤뿐이었다. 은자도 그것을 강조하였다.

"설마 안 올 작정은 아니겠지? 고향 친구 한번 만나보려니까 되게 힘드네. 야, 작가 선생이 밤무대 가수 신세인 옛 친구 만나려니까 체면이 안 서대? 그러지 마라. 네 보기엔 한심할지 몰라도 오늘의 미나 박이 되기까지 참 숱하게도 넘어지고 또 넘어지고 했으니까."

그렇게 말할 만도 하였다. 고상한 말만 골라서 신문에 내고 이렇게 해야 할 것 아니냐, 저렇게 되면 곤란하다, 라고 말하는 게 능사인 작가에게 밤무대 가수 친구가 웬말이냐고 볼멘소리를 해볼 만도 하였다. 나는 아무런 대꾸도 할 수 없었다. 박은자에서 미나 박이 되기까지 그애는 수없이 넘어지고 또 넘어진 모양이었다. 누군들 그러지 않겠는가. 부천으로 옮겨와 살게 되면서 나는 그런 삶들의 윤기 없는 목소리를 많이 듣고 있었다. 딱히 부천이어서가 아니라 내가 부천 사람이어서 그랬을 것이었다. 창가에 붙어 앉아 귀를 모으고 있으면 지금이라도 넘어져 상처입은 원미동 사람들의 이야기를 들을 수 있었다. 넘어졌다가 다시 일어나고, 또 넘어지는 실패의 되풀이 속에서도 그들은 정상을 향해 열심히 고개를 넘고 있었다. 정상의 면적은 좁디좁아서 아무나 디딜 수 있는 곳이 아니라는 엄연한 현실도 그들에게는 단지 속임수로밖에 납득되지 않았다. 설령 있는 힘을 다해 기어올랐다 하더라도 결국은 내리막길을 마주해야 한다는 사실 또한 수긍하지 않았다. 부딪치고, 아등바등 연명하며 기어나가는 삶의 주인들에게는 다른 이름의 진리는 아무런 소용도 없는 것이었다. 그들에게 있어 인생이란 탐구하고 사색하는 그 무엇이 아니라 몸으로 밀어가며 안간힘으로 두들겨야 하는 굳건한 쇠문이었다. 혹은 멀리 보이는 높은 산봉우리였다.

은자는 마침내 봉우리 하나를 넘었다고 믿는 사람 중의 하나였다. 노래로는 도저히 먹고살 수 없어서 노래를 그만둔 적도 있었다고 했다. 처음의 전화 이후, 아니 더 정확히 말하면 내가 허겁지겁 달려나오지 않으리란 것을 그애가 눈치 챈 이후 은자는 하나씩 둘씩 자신의 과거를 털어놓곤 했었다. 싸구려 흥행단에 끼여 일본 공연을 갔던 적이 있었는데 돌아오지 않을 작정으로 마지막 공연날, 단체에서 이탈해 무작정 낯선 타국땅을 헤맨 경험도 있다는 말은 두 번째 전화에서 들었던가. 그런데 오늘은 더욱 비참한 과거 하나를 털어놓았다. 악단 연주자였던 지금의 남편을 만나 살림을 차린 뒤 극장식 스탠드바의 코너를 하나 분양 받았다가 빚더미에 올라앉게 되었던 모양이었다. 은자는 주안·부평·부천 등을 뛰어다니며 겹치기를 하고 남편 역시 전속으로 묶여 새벽까지 기타줄을 튕겨야 했다고 하였다. 첫아이를 임신하고 있는 중이었으나 부른 배를 내민 채 술집 무대에 설 수가 없었다. 코르셋으로, 헝겊으로 배를 한껏 조이고서야 허리가 쑥 들어간 무대 의상을 입을 수가 있었다. 한 달쯤 그렇게 하고 났더니 뱃속에서 들려오던 태동이 어느 날부터인가 사라져버렸다. 이상하긴 했지만 그런 대로 또 보름가량 배를 묶어놓고 노래를 불렀다. 그리고 나서야 병원에 갔다가 아이가 이미 오래전에 숨졌다는 사실을 알게 되었다면서 은자는 이렇게 말하였다.

"유명하신 작가한테는 소설 같은 이야기로밖에 안 들리겠지? 아무리 슬픈 소설을 읽어봐도 내가 살아온 만큼 기막힌 이야기는 없더라. 안 그러면 무슨 소리인지 도통 못 알아먹을 소설뿐이고. 너도 읽으면 잠만 오는 소설을 쓰는 작가야? 하긴 네 소설은 아직 못 읽어봤지만 말야. 인제 읽어야지. 근데, 너 돈 좀 벌었니?"

은자가 내 소설들을 읽지 않았다는 것은 참으로 다행한 일이었다. 바로 어젯밤에도 나는 '읽으면 잠만 오는' 소설을 쓰느라 밤새 진을 빼고 있었는지도 모를 일이었다. 그래놓고도 대단한 일을 한 사람처럼 이 아침 나는 잠잘 궁리만 하고 있는 중이었다. 그런데 은자 또한 이제부터 몇 시간 더 자야 한다고 말하는 것이었다. 귀가시간은 언제나 새벽이 다 되어서라고 했다. 그애나 나나 밤일을 한다는 하나의 공통점이 있다는 사실을 떠올리며 나는 씁쓰레하게 웃어버렸다.

은자는 졸음이 묻어 있는 목소리로 다시 오늘 저녁을 약속했다. 주말의 무대는 평일과 달라서 8시부터 계속 대기중이어야 한다고 했다. 합창 순서도 있고 백코러스로 뛸 때도 있다면서 토요일 밤의 손님들은 출렁이는 무대를 좋아하므로 시종일관 변화무쌍하게 출연진을 교체시키는 법이라고 일러주었다.

"무대에 올라도 잠깐잠깐이야. 자정까진 거기 있으니까 아무 때나 와도 좋아. 오늘하고 내일까지는 그 집에 마지막 서비스를 하는 거지 뭐. 내 노래 안 듣고 싶어? 옛날엔 노래 잘 들어줬잖니? 그리고 말야, 입구에서 미나 박 찾아왔다고 말하면 잘 모실 테니까 괜히 새침 떼느라고 망설이지 마라."

물론 가겠노라고, 어제는 정말 짬이 나지 않았노라고 자신 있게 입막음을 하지도 못한 채 나는 어영부영 전화를 끊었다. 처음 그애가 "혹시 은자라고, 철길 옆에 살던……" 하면서 전화를 걸어왔을 때의 무작정한 반가움은 웬일인지 그 이후 알 수 없는 망설임으로 바뀌어져 있었다.

은자는 내 추억의 가운데에 서 있는 표지판이었다. 은자를 기둥으로 하여 25년 전의 한 해를 소설로 묶은 뒤로는 더욱 그러하였다. 기록한 것만을 추억하겠다고 작정한 바도 없지만 나의 기억은 언제나 소설 속 공간에서만 맴을 돌았다. 일년에 한 번, 아버지 추도식에 참석하기 위해 고속버스를 타고 전주에 갈 때마다 표지판이 아니면 언뜻 알아볼 수 없을 만큼 달라져 있는 고향의 모습이 내게는 낯설기만 하였다. 이제는 사방팔방으로 도로가 확장되어 여관이나 상가 사이에 홀로 박혀 있는 친정집도 예전의 모습을 거의 다 잃고 있었다. 옛집을 부수고 새로이 양옥으로 개축한 친정집 역시 여관을 지으려는 사람이 진작부터 눈독을 들이고 있는 중이었다. 집 앞을 흐르던 하천이 복개되면서 동네는 급격히 시가지로 편입되기 시작하였다. 그나마 철길이 뜯기면서는 완벽하게 옛 모습이 스러져버렸다. 작은 음악회를 열곤 하던 버드나무도 베어진 지 오래였고 찐빵가게가 있던 자리로는 차들이 씽씽 달려가곤 했다. 아무래도 주택가 자리는 아니었다. 예전에는 비록 정다운 이웃으로 둘러싸인 채 오순도순 살아왔다 하더라도 지금은 아니었다. 은성장여관, 미림여관, 거부장호텔 등이 이웃이 될 수는 없었다. 게다가 한창 크는 아이들이 있었다. 우리 형제들은 물론, 조카들까지 제 아버지에게 이사를 하자고 졸랐다. 하지만 큰오빠는 좀체 집을 팔 생각을 굳히지 못하였다. 집을 팔라는 성화가 거세면 거셀수록 그는 오히려 집수리에 돈을 들이곤 하였다. 그 동네에서 마지막까지 버티고 있는 유일한 사람이 바로 큰오빠였다.

일년에 한 번씩 타인의 낯선 얼굴을 확인하러 고향 동네에 가는 일은 쓸쓸함뿐이었다. 이제는 그 쓸쓸함조차도 내 것으로 남지 않게 될 것이었다. 누구라 해도 다시는 고향으로 돌아가지 못할 것이었다. 고향은 지나간 시간 속에 있을 뿐이니까. 누구는 동구 밖의 느티나무로, 갯마을의 짠 냄새로, 동네를 끼고 흐르는 긴 강으로 고향을 확인하며 산다고 했다. 내게 남은 마지막 표지판은 은자인 셈이었다. 보이는 것들은, 큰오빠까지도 다 변하였지만 상상 속의 은자는 언제나 같은 모습이었다. 은자만 떠올리면 옛 기억들이, 내게 남은 고향의 모든 숨소리가 손에 잡힐 듯이 다가오곤 하였다. 허물어지지 않은 큰오빠의 모습도 그 속에 온전히 남아 있었다. 내가 새부천클럽에 가서 은자를 만나버리고 나면 그때부터는 어떤 표지판에 기대어 고향을 찾아갈 수 있을 것인지 정말 알 수 없었다.

　은자의 지금 모습이 어떤지 나는 전혀 떠올릴 수가 없다. 설령 클럽으로 찾아간다 하여도 그애를 알아볼 수 있을지 자신할 수도 없었다. 내 기억 속의 은자는 상고머리[19]에, 때 낀 목덜미를 물들인 박씨의 억센 손자국, 그리고 터진 겨드랑이 사이로 내보이던 낡은 내복의 계집아이로 붙박여 있었다. 서른도 훨씬 넘은 중년 여인의 그애를 어떻게 그려낼 수 있는가. 수십 년간 가슴에 품어온 고향의 얼굴을 현실 속에서 만나고 싶지는 않다, 라고 나는 생각하였다. 만나버린 뒤에는 내게 위안을 주었던 유년의 소설도, 소설 속의 한 시대도 스러지고야 말리라는 불안감을 떨쳐버릴 수가 없었다. 그렇다 하더라도 이미 현실로 나타난 은자를 외면할 수 있을는지 그것만큼은 풀 수 없는 숙제로 남겨둔 채 토요일 밤을 나는 원미동 내 집에서 보내고 말았다.

　일요일 낮 동안 나는 전화 곁을 떠나지 못하였다. 이제 은자는 가시 돋친 음성으로 나의 무심함을 탓할 것이었다. 그녀의 질책을 나는 고스

---

19) 상고머리　뒷머리와 옆머리를 치올려 깎고 앞머리는 뭉실뭉실하게 두고 정수리를 평면되게 깎은 머리.

란히 받아들일 작정이었다. 나는 그애가 던져올 말들을 하나하나 상상해보면서 전화를 기다렸다. 오전에는 그러나 한 번도 전화벨이 울리지 않았다. 일요일은 언제나 그랬다. 약속을 못 지킨 원고가 있더라도 일요일까지 전화를 걸어 독촉해올 편집자는 없었다. 전화벨이 울린다면 그것은 분명 은자라고 나는 생각하였다.

오후가 되어서 이윽고 전화벨이 울렸다. 그러나 수화기에선 쉰 목소리 대신에 귀에 익은 동생의 목소리가 흘러나왔다. 고향에서 들려오는 살붙이의 음성은 모든 불길한 예감을 젖히고 우선 반가웠다. 여동생이 전하는 소식은 역시 큰오빠에 관한 우울한 삽화들뿐이었다. 마침내 집을 팔기로 하고 계약서에 도장을 찍었다는 것과, 한 달 남은 아버지 추도예배는 마지막으로 그 집에서 올리기로 했다는 이야기였다. 계약서에 도장을 찍은 것은 어제였는데 큰오빠는 종일토록 홀로 술을 마셨다고 했다. 집을 팔기 원했으나 지금은 큰오빠의 마음이 정처 없을 때라서 식구들 모두 조마조마한 심정이라고 동생은 말하였다.

집을 팔았다고는 하지만 훨씬 좋은 집으로 옮길 수 있는 힘이 큰오빠에게 있으므로 걱정할 일은 아니었다. 하지만 큰오빠는 어제 종일토록 홀로 술을 마셨다고 했다. 나도, 그리고 동생도 걱정하지 않을 수 없을 만큼.

"이번 추도예배는 한 사람이라도 빠지면 안 되겠어. 내가 오빠들한테도 모두 전화할 거야. 그렇지 않아도 큰오빠 요새 너무 약해졌어. 여관숲이 되지만 않았어도 그 집 안 팔았을 텐데. 독한 소주를 얼마나 마셨는지 오늘 아침엔 일어나지도 못했대. 좋은 술 다 놓아두고 왜 하필 소주야? 정말 모르겠어. 전화나 한번 해봐. 그리고 추도식 때 꼭 내려와야

해. 너무들 무심하게 사는 것 같아. 일년 가야 한 번이나 만날까, 큰오빠도 그게 섭섭한 모양이야……."

그 집에서 동생들을 거두었고 또한 자식들을 길러냈던 큰오빠였다. 그의 생애 중 가장 중요했던 부분이 거기에 스며 있었다. 큰오빠는, 신화를 창조하며 여섯 동생을 가르쳤던 큰오빠는 이미 한 시대의 의미를 잃은 사람이 되고 말았다. 25년 전에는 젊고 잘생긴 청년이었던 그가 벌써 쉰 살의 나이로 늙어가고 있었다. 25년을 지내오면서 우리 형제 중 한 사람은 땅 위에서 사라졌다. 목숨을 버린 일로 큰오빠를 배신했던 셋째말고는 모두들 큰오빠의 신화를 가꾸며 살고 있었다. 여태도 큰형을 어려워하는 둘째오빠는 큰오빠의 사업을 돕는 오른팔의 역할을 묵묵히 수행하면서 한편으로는 화훼에 일가견을 이루고 있었다. 내과전문의로 개업하고 있는 넷째오빠도, 행정고시에 합격하여 고급 공무원이 된 공부벌레 다섯째오빠도 큰오빠의 신화를 저버리지 않았다. 고향의 어머니와 큰오빠가 보기에는 거짓말을 능수능란하게 지어낼 뿐인, 책만 끼고 살더니 가끔 글줄이나 짓는가보다는 나 또한 궤도 이탈자는 결코 아닌 셈이다. 아버지가 세상을 뜨던 해에 고작 한 살이었던 내 여동생은 벌써 두 아이의 엄마가 되어 음악 선생으로 일하고 있는 중이었다.

그러나 정작 큰오빠 스스로가 자신이 그려놓은 신화에 발이 묶이고 말았다. 공장에서 돈을 찍어내서라도 동생들을 책임져야 했던 시절에는 우리들이 그의 목표였다. 새로운 사업을 시작할 때마다 실패할 수 없도록 이를 악물게 했던 힘은 그가 거느린 대가족의 생계였었다. 하지만 지금은 동생들이 모두 자립을 하였다. 돈도 벌 만큼 벌었다. 한때 그가 그렇게 했듯이 동생들 또한 젊고 탱탱한 활력으로 사회 속에서 뛰어가고 있었다. 저들이 두 발로 달릴 수 있게 된 것은 누구 때문인가, 라고는 묻고 싶지 않지만 노쇠해가는 삶의 깊은 구멍은 큰오빠를 무너지게 하였다. 몇 년 전의 대수술로 겨우 목숨을 건진 이후부터는 눈에 띄게 큰오빠의 삶이 흔들거렸었다. 이것도 해선 안 되고 저것도 위험하며 이러저러한 일은 금하여라, 는 생명의 금칙이 큰오빠를 옥죄었다. 열심히 뛰어도달해보니 기다리는 것은 허망함뿐이더라는 그의 잦은 한탄을 전해들을 때마다 나는 큰오빠가 잃은 것이 무엇인가를 생각해보지 않을 수 없었다. 내가 수없이 유년의 기록을 들추면서 위안을 받듯이 그 또한 끊임없이 과거의 페이지를 넘기며 현실을 잊고 싶어하는지도 모를 일이었다. 그러면서 한 발자국 한 발자국씩 이 시대에서 멀어지는 연습을 하는지도.

머지않아 여관으로 변해버릴 집을 둘러보며, 집과 함께해온 자신의 삶을 안주 삼아 쓴 술을 들이켜는 큰오빠의 텅 빈 가슴을 생각하면 무력한 내 자신이 안타까웠다. 아버지 산소에 불쑥불쑥 찾아가서 죽은 자와 함께 한 병의 술을 비우는 큰오빠의 마음을 알 수 있을 것도 같았다. 한 인간의 뼈저린 고독은 살아 있는 자들 중 누구도 도울 수 없다는 것, 오직 땅에 묻힌 자만이 받아줄 수 있다는 것은 의미심장하였다. 동생은 마지막으로 어머니의 결심을 전해주고 전화를 끊었다. 말하자면 그것은 어머니가 큰아들을 위해 할 수 있는 유일한 방법인 셈이었다.

"오늘 아침부터 엄마, 금식기도 시작했어. 큰오빠가 교회에 나갈 때까지 아침 금식하고 기도하신대. 몇 달이 걸릴지 몇 년이 걸릴지, 노인네 고집이니 어련하겠수."

교회만 다니게 된다면, 그리하여 주님을 맞아들이기만 한다면 당신이 견뎌온 것처럼 큰오빠 또한 허망한 세상에 상처받지 않으리라 믿는 어머니였다. 어쨌거나 간에 나로서는 어머니의 금식기도가 가까운 시일 안에 끝나지길 비는 수밖에 다른 도리가 없었다. 동생의 전화를 받고 난 다음 나는 달력을 넘겨서 추도식 날짜에 붉은 동그라미를 2개 둘러놓았다.

오후가 겨웁도록 은자에게서는 아무런 연락도 없었다. 지난밤에도 나타나지 않은 옛 친구를 더 이상은 알은체 않겠다고 다짐한 것은 아닌지 슬그머니 걱정이 되기도 하였다. 오늘밤의 마지막 기회까지 놓쳐버리면 영영 그애의 노래를 듣지 못하리라는 생각도 나를 초조롭게 하였다. 그애가 나를 애타게 부르는 것에 답하는 마음으로라도 노래만 듣고 돌아올 수는 없을까 궁리를 하기도 했다. 진달래가 흐드러지게 피었더라고, 연초록 잎사귀들이 얼마나 보기 좋은지 가만히 있어도 연초록물이 들 것 같더라고, 남편은 원미산을 다녀와서 한껏 봄소식을 전하는 중이었다. 원미동 어디에서나 쳐다볼 수 있는 기다란 능선들 모두가 원미산이었다. 창으로 내다보아도 얼룩진 붉은 꽃무더기가 금방 눈에 띄었다. 진달래꽃을 보기 위해서는 꼭 산에까지 가야만 된다는 법은 없었다. 나는 딸애 몫으로 사준 망원경을 꺼내어 초점을 맞추었다. 원미산은 금방 저만큼 앞으로 걸어와 있었다. 진달래는 망원경의 렌즈 속에서 흐드러지게 피어났고 새순들이 돋아난 산자락은 푸른 융단처럼 부드러웠다. 그다음에 그가 길어온 약수를 한 컵 마시면 원미산에 들어갔다 나온 자나 집에서 망원경으로 원미산을 살핀 자나 다를 게 없었다. 망원경으로 원미산을 보듯, 먼 곳에서 은자의 노래만 듣고 돌아온다면……

마침내 나는 일요일 밤에 펼쳐질 미나 박의 마지막 무대를 놓치지 않겠다고 작정하였다. 〈검은 상처의 블루스〉를 다시 듣게 된다면 더 이상

바랄 게 없겠지만 미나 박의 레퍼토리가 어떤 건지는 짐작할 수 없었다. 미루어 추측하건대 그런 무대에서는 흘러간 가요가 아니겠느냐는 게 짐작의 전부였다. 그렇다 하더라도 내 귀가 괴로울 까닭은 없었다. 나는 이미 그런 노래들을 좋아하고 있었다. 얼마 전 택시에서 흘러나오는, 끝도 없이 이어지는 트로트 가요의 메들리가 그렇게 듣기 좋을 수가 없었다. 부천역에서 원미동까지 오는 동안만 듣고 말기에는 너무 아쉬웠다. 그래서 나는 택시기사에게 노래 테이프의 제목까지 물어두었다. 아직까지 그 테이프를 구하지는 못했지만 구성지게 흘러나오는 옛 가요들이 어째서 술좌석마다 빠지지 않고 앙코르되는지 이제는 확실하게 이해할 수 있었다.

새부천나이트클럽은 의외로 2층에 있었다. 막연히 지하의 음습한 어둠을 상상하고 있었던 나는 입구의 화려하고 밝은 조명이 낯설고 계면쩍었다. 안에서 들려오는 요란한 밴드 소리, 정확히 가려낼 수는 없지만 수많은 사람들이 어우러져 내는 소음들 때문에 나는 불현듯 내 집으로 돌아가고 싶어졌다. 이런 줄도 모르고 아까 집 앞에서 지물포 주씨에게 좋은 데 간다고 대답했던 게 우스웠다. 가게 밖에 진열해놓은 벽지들을 안으로 들이던 주씨가 늦은 시각의 외출이 놀랍다는 얼굴로 물었었다.

"어데 가십니꺼?"

봄철 장사가 꽤 재미있는 모양, 요샌 얼굴 보기 힘든 주씨였다. 한겨울만 빼고는 언제나 무릎까지 닿는 반바지 차림인 주씨의 이마에 땀이 번들거리고 있었다. 가죽문을 밀치고 나오는 취객들의 이마에도 땀이 번뜩거리는 것을 나는 보았다. 계단을 내려가는 취객들의 어지러운 발소리를 세고 있다가 나는 조심스럽게 가죽문을 밀고 안으로 들어섰다.

기대했던 대로 홀 안은 한껏 어두웠다. 살그머니 들어온 탓인지 취흥이 도도한 홀 안의 사람들 가운데 나를 주목한 이는 한 사람도 없었다. 구석에 몸을 숨기고 서서 나는 무대를 쳐다보았다. 이제 막 여가수 한 사람이 스포트라이트를 받으며 등장하는 중이었다. 은자의 순서는 끝난 것인지, 지금 등장한 여가수가 바로 은자인지 나로서는 전혀 알 도리가 없었다. 내가 서 있는 자리에서 무대까지는 꽤 먼 거리였고 색색의 조명은 여가수의 윤곽을 어지럽게 만들어놓기만 하였다. 짙은 화장과 늘어뜨린 머리는 여가수의 나이조차 어림할 수 없게 하였다. 25년 전의 은자 얼굴이 어땠는가를 생각해보려 애썼지만 내 머릿속은 캄캄하기만 하였다. 노래를 들으면 혹시 알아차릴 수도 있을 것 같아 나는 긴장 속에서 여가수의 입을 지켜보았다. 서서히 음악이 흘러나오기 시작하였다. 악단의 반주는 암울 하였으며 느리고 장중하였다. 이제까지의 들떠 있던 무대 분위기는 일시에 사라지고 오직 무거운 빛깔의 음악만이 좌중을 사로잡았다.

그리고 탁 트인 음성의 노래가 여가수의 붉은 입술에서 흘러나오기 시작하였다. 저 산은 내게 우지 마라. 우지 마라 하고 발 아래 젖은 계곡 첩첩산중……. 가수의 깊고 그윽한 노랫소리가 홀의 구석구석으로 스며들면서 대신 악단의 반주는 점차 희미해져갔다. 나는 자신도 모르게 한 걸음 앞으로 나가서 노래를 맞아들이고 있었다. 무언지 모를 아득한 느낌이 내 등허리를 훑어내리고, 팔뚝으로 번개처럼 소름이 돋아났다. 나는 오싹 몸을 떨면서 또 한 걸음 앞으로 나갔다. 가수는 호흡을 한껏 조절하면서, 눈을 감은 채 노래를 이어가고 있었다. 저 산은 내게 잊으라, 잊어버리라 하고 내 가슴을 쓸어내리네…….

가수의 목소리는 그윽하고도 깊었다. 거기까지 듣고 나서야 나는 비로소 저 노래를 예전부터 알고 있었다는 데 생각이 미쳤다. 분명 몇 번들은 적이 있었다. 그랬음에도 전혀 처음 듣는 것처럼 나는 노래에 빠져 있었다. 아니, 노래가 나를 몰아대었다. 다른 생각을 할 틈도 없이 노래는 급류처럼 거세게 흘러 들이닥쳤다. 아, 그러나 한줄기 바람처럼 살다 가고파. 이 산 저 산 눈물구름 몰고다니는 떠도는 바람처럼……. 여가수의 목에 힘줄이 도드라지고 반주 또한 한껏 거세어졌다. 나는 훅, 숨을 들이마셨다. 어느 한순간 노래 속에서 큰오빠의 쓸쓸한 등이, 그의 지친 뒷모습이 내게로 다가왔다. 그 모습을 보지 않으려고 나는 눈을 감았다. 눈을 감으니까 속눈썹에 매달려 있던 한 방울의 눈물이 볼을 타고 흘러내렸다.

노래의 제목은 〈한계령〉이었다. 그러나 내가 알고 있었던 한계령과 지금 듣고 있는 한계령 사이에는 커다란 차이가 있었다. 노래를 듣기 위해 이곳에 왔다면 나는 정말 놀라운 노래를 듣고 있는 셈이었다. 무대 위에서 혼신의 힘을 다해 노래를 부르는 저 여가수가 은자 아닌 다른 사람일지라도 상관없는 일이었다. 나는 온몸으로 노래를 들었고 여가수는 한순간도 나를 놓아주지 않았다. 발밑으로, 땅 밑으로, 저 깊은 지하의 어딘가로 불꽃을 튕기는 전류가 자꾸 쏟아져내리는 것 같았다. 질펀하게 취하여 흔들거리고 있는 테이블의 취객들을 나는 눈물 어린 시선으로 어루만졌다. 그들에게도 잊어버려야 할 시간들이, 한줄기 바람처럼 살고 싶은 순간들이 있을 것이었다. 어디 큰오빠뿐이겠는가. 나는 다시한번 목이 메었다. 그때, 나비넥타이의 사내가 내 앞을 가로막고 정중하게 고개를 숙였다.

"테이블로 안내해드릴까요?"

웨이터의 말대로 나는 내가 앉아야 할 테이블이 어딘가를 생각했다. 그러고는 막막한 심정으로 뒤를 돌아다보았다. 뒤는, 내가 돌아본 그 뒤는 조명이 닿지 않는 컴컴한 공간일 뿐이었다. 아마도 거기에는 습기차고 얼룩진 벽이 있을 것이었다. 나는 웨이터에게 무언가를 말하려고 하였다. 하지만 아무런 말도 나오지 않았다. 저 산은 내게 내려가라, 내려가라 하네. 지친 내 어깨를 떠미네……. 더듬거리고 있는 내 앞으로 〈한계령〉의 마지막 가사가 밀물처럼 몰려오고 있었다.

집에 돌아와서야 나는 내가 만난 그 여가수가 은자라는 것을 확신하였다. 넘어지고 또 넘어지고, 많이도 넘어져가며 그애는 미나 박이 되었지 않은가. 울며울며 산등성이를 타오르는 그애, 잊어버리라고 달래는 봉우리, 지친 어깨를 떨구고 발 아래 첩첩산중을 내려다보는 그 막막함을 노래 부른 자가 은자였다는 것을 그제서야 깨달은 것이었다.

그날 밤, 나는 꿈속에서 노래를 만났다. 노래를 만나는 꿈을 꿀 수도 있다는 사실을 그 밤에 나는 처음 알았다. 노래 속에서 또한 나는 어두운 잿빛 하늘 아래의 황량한 산을 오르고 있는 한 무리의 사람들도 만났다. 그들은 모두 지쳐 있었고 제각기 무거운 짐꾸러미를 어깨에 메고 있었다. 짐꾸러미의 무게에 짓눌려 등은 휘어졌는데, 고갯마루는 가파르고 헤쳐야 할 잡목은 억세기만 하였다. 목을 축일 샘도 없고 다리를 쉴 수 있는 풀밭도 보이지 않는 거친 숲에서 그들은 오직 무거운 발걸음만 앞으로 앞으로 옮길 뿐이었다.

그들 속에 나의 형제도 있었다. 큰오빠는 앞장을 섰고 오빠들은 뒤를 따랐다. 산봉우리를 향하여 한 걸음씩 옮길 때마다 두고온 길은 잡초에 뒤섞여 자취도 없이 스러져버리곤 하였다. 그들을 기다려주는 것은 잊어버리라는 산울림, 혹은 내려가라고 지친 어깨를 떠미는 한줄기 바람일 것이었다. 또 있다면 그것은 잿빛 하늘과 황토의 한 뼘 땅이 전부일 것이었다. 그럼에도 등을 구부리고 짐꾸러미를 멘 인간들은, 큰오빠까지도 한사코 봉우리를 향하여 무거운 발길을 옮겨놓고 있었다.

그리고 사흘이 지났다. 은자는 늦은 아침, 다시 쉰 목소리로 내게 나타났다.

"전라도말로 해서 너 참 싸가지 없더라. 진짜 안 와버리대?"

고향의 표지판답게 그녀는 별수 없이 전라도말로 나의 무심함을 질타하였다. 일요일 밤에 새부천클럽으로 찾아갔다는 말은 하지 않은 채 나는 그냥 웃어버렸다. 물론 〈한계령〉을 부른 가수가 바로 너 아니었느냐는 물음도 하지 않았다.

"내가 지금 바쁜 몸만 아니면 당장 쫓아가서 한바탕 퍼부어주겠지만 그럴 수도 없으니. 어쨌든 앞으로 서울 나올 일 있으면 우리 카페로 와. 신사동 로터리 바로 앞이니까 찾기도 쉬워. 일주일 후에 오픈할 거야. 이름도 정했어. 작가 선생 마음에 들는지 모르겠다. '좋은 나라'라고 지었는데, 네가 못마땅해도 할 수 없어. 벌써 간판까지 달았는걸 뭐."

좋은 나라로 찾아와. 잊지 마라. 좋은 나라. 은자는 거듭 다짐하며 전화를 끊었다. 그녀가 카페 이름을 '좋은 나라'로 지은 것에 대해 나는 조금도 못마땅하지 않았다. 얼마나 좋은 이름인가. 다만 내가 그 좋은 나라를 찾아갈 수 있을는지, 아니 좋은 나라 속에 들어가 만날 수 있게 되는지 그것이 불확실할 뿐이었다.

1 「유황불」의 '은자'와 이 작품의 '박은자'는 동일 인물로 보입니다. 그렇다면 '나'는 왜 어린 시절 친구인 박은자가 만나자는 청을 받아들이지 못할까요?

이 소설의 주인공인 '나'는 어느 날 어린 시절 친구였던 박은자의 전화를 받습니다. 어릴 때부터 유난히 노래를 잘 불렀던 그 친구는 미나 박이란 이름으로 부천의 어느 나이트클럽 밤무대 가수로 제법 성공하여 연락을 해온 것입니다. 무척 반가운 친구였지만 그 친구가 만나자는 말에 선뜻 대답을 하지 못한 채 만나는 것을 망설입니다. 우리는 종종 예전에 알던 누군가를 다시 만났을 때 예전에 알던 사람이 무척 변해 있어 순간적으로 다가오는 낯설음에 무척 당황했던 경험을 해보았을 겁니다. 이 소설의 주인공이 미나 박을 쉽게 만나지 못하는 이유는 자신의 어린 시절 추억을 지켜주는 표지판 역할을 하는 어린 박은자의 영상이 깨져버릴지 모른다는 두려움 때문입니다.

단발머리를 나풀거리며 〈검은 상처의 블루스〉를 불러주던 어린 박은자가 이제는 어디에도 찾을 수 없는 소중했던 추억을 되돌아보게 하는 이정표라고 생각하고 있기에 더욱 만나기가 두려웠던 것입니다.

2 이 소설의 제목인 '한계령'이 상징하는 바가 무엇일까요?

한계령은 서울에서 동해안을 오고 갈 때 만나는 거대한 설악산의 높은 봉우리입니다. 그런데 이 소설에서 말하는 한계령은 설악산에 실재하는 한계령이기보다는 험하고 고달픈 인생을 비유하고 있습니다. 주렁주렁 밑으로 달린 동생들을 책임지고 힘겹게 살아온 큰오빠의 삶과 가수가 되기 위해 허리를 졸라매고 치열하게 살아왔던 미나 박의 인생이 그리고 험난한 인생의 봉우리를 넘어야 하는 우리네 인생이 한계령으로 비유되고 있는 것이죠. 그렇게 굽이굽이 험한 인생길을 살아온 오빠와 미나 박, 인생의 험한 여정에 지쳐 있는 사람들에게 작가는 다시 〈한계령〉이란 노래를 들려줍니다. 고달픈 세월을 힘겹게 살면서 자신의 진짜 알맹이들은 어디론가 다 빠져나가고 낡은 껍데기만 남았다는 허무함만 몰려 올 때 그런 허무를 껴안고 달랠 수 있는 것이 바로 노래이기 때문입니다. 이 소설에서 성공한 미나 박이 불러주는 〈한계령〉은 그래서 더욱 의미가 있습니다. 〈한계령〉이란 노래를 들으면서 주인공이 눈물을 흘리는 이유는 주인공인 '나' 뿐만 아니라 어렵게 살아온 가수 미나 박 자신과 힘든 집안의 기둥 역할을 마다하지 않았던 큰오빠에게 보낸 위로임을 깨달았던 것입니다.

3 그런대로 경제적으로 성공한 큰오빠가 집을 팔면서 방황하고 눈물을 흘리는 이유는 무엇일까요?

아버지가 돌아가신 후 큰오빠는 잘생기고 능력 있는 집안의 가장이었습니다. 밑으로 줄줄이 여섯이나 되는 동생들을 뒷바라지했던 큰오빠는 든든한 성곽처럼 흔들림 없이 한 집안을 이끌었던 훌륭한 가장이었습니다. 한없이 어려운 경제적 상황에서도 여섯이나 되는 동생들을 훌륭하게 키워내야 한다는 목표가 확고했기에 어려운 시절을 잘 견뎌냈지만, 이제 그 동생들도 모조리 장성하고, 목표가 사라져버린 큰오빠는 방황합니다. 고향은 모든 것이 변해버렸고 집마저 팔게 되면서 이러한 방황은 극을 이룹니다. 주인공은 '한계령'을 통해서 방황하는 큰오빠를 이해하고 눈물을 닦아주고 싶었을 것입니다.

4 미나 박이 새롭게 개업하는 카페 이름이 '좋은 나라' 입니다. 그 상호
에 담겨 있는 의미는 무엇일까요?

어려운 시절을 살아온 사람들의 꿈은 한결같습니다. 지금보다 더 좋은
세상을 만들어 행복해지는 것이지요. 슬픔을 딛고 한계령이라는 험한
인생의 고비를 넘어 우리가 살고 싶은 곳은 좋은 세상입니다. 미나 박
이 개업한 좋은 나라라는 상호명은 힘든 시절을 보낸 박은자가 좋은
세상에 살고 싶어하는 마음을 담아 지었을 것입니다. 아니 어쩌면 힘든
세상을 정직하게 부딪치며 성실하게 살아온 사람들은 누구나 좋은 세
상에 살아야 한다는 작가의 소망이 그대로 드러난지도 모르지요.

지하 생활자

변두리로 밀려난 도시 빈민의 비애를 통해
1980년대 사회의 모순을 예리하게 짚어낸 작품.

"여기 아니면 밥줄 끝나는 줄 알아?"

지하 생활자가 대립 관계에 있던 공장 사장과 집주인을 이해하는 과정

이 소설은 『원미동 사람들』에 실린 연작소설 중 한 편입니다. 1987년에 발표된 이 작품은 다른 어떤 작품보다 도시 빈민의 비애가 잘 나타나 있습니다. 작가가 일찍이 『원미동 사람들』 중 첫 번째 연작 「멀고 아름다운 동네」에서 원미동이라는 공간적 배경이 갖는 의미를 상징적으로 이야기한 바 있습니다. 원미동에 사는 사람들은 서울특별시라는 중심지에서 밀려나 가난하게 살아가는 소시민들로서 사소한 이해관계에 민감하고 이기적으로 반응하며 삶의 안락함을 보장해줄 세속적 욕망 등에 매달려 서울로 진입하는 꿈으로 살아가지만, 이 쓸쓸한 풍경에서도 희망을 이야기할 수 있는 것은 이들이 서로에게 보이는 신뢰와 애정 때문입니다. 그러나 이 작품은 원미동 사람들이 갖고 있는 끈끈한 연대의식이 보이지 않습니다. 오히려 그 사람들과의 단절과 소외에서 오는 고통의 깊이를 다루고 있습니다.

원미동에 살면서도 원미동 사람들과 단절된 이유는 주인공이 지하에 살고 있기 때문입니다. 원미동이 서울이라는 중심지에서 밀려나 있는 곳이라면 지하라는 공간은 지상이라는 중심지에서 밀려난 또 다른 소외의 장소입니다. 경제논리에 따라 가장 가난한 사람들이 살아가야 하는 곳이 지하방입니다. 더구나 이 작품의 주인공이 살고 있는 지하방은 화장실이 없습니다. 그래서 영세한 공장의 근로자로 살고 있는 주인공은 1층 주인집 여자가 문을 열어주겠다는 애초의 약속을 저버려 해결할 수 없는 배설의 고통을 안고 살아갑니다. 작가는 「지하 생활자」를 통해 중심지에서 밀려나 인간의 존엄마저 위협당하는 사람들을 통해 가난하고 고독한 현대인의 소외의 문제를 짚어내고 있습니다.

이 작품은 이렇듯 도시 빈민 계층의 모습을 통해 1980년대 사회의 모순을 예리하게 짚어내면서도 그 갈등을 첨예하게 다루지 않고 화해하는 모습을 보여줍니다. 지하 생활자가 자신과 대립하고 있던 공장 사장과 집주인을 이해해가는 상황에 주목하며, 삶에 있어서 갈등을 극복하는 힘이 본질적으로 어디에서 오는지 살펴보기 바랍니다.

지하 생활자

눈을 떴지만 시계는 보지 않았다. 불을 켜서 시계를 보지 않아도 시간은 어김없이 새벽 4시를 가리키고 있을 것이었다. 그의 손목시계는 5분가량 빠르게 가고 있었다. 정각 4시가 되려면 5분을 더 기다려야 했다. 하기야 기다려가면서 4시에 맞추어야 할 이유는 한 가지도 없었다. 그럼에도 불구하고 그는 숨을 죽이면서 바깥에 귀를 모았다. 4시가 되면 원미산 자락에 자리 잡은 석왕사에서 무딘 종소리를 흘려보냈다. 그리고 사방의 교회들이 두서없는 동작으로 차임벨을 울렸다. 그는 언제나 5분 일찍 깨어서 그 소리들을 기다리곤 하였다.

5분은 더디 흘렀다. 새벽이라곤 하나 한 점의 빛도 스며들지 않는 지하실방은 무거운 어둠뿐이었다. 막막한 어둠 속에서 그는 몸을 뒤척였다. 그리고 벽을 향해 모로 누웠다. 습기찬 벽지가 뿜어내는 매캐한 곰팡이 냄새가 한순간 그의 이마를 찡그리게 하였다. 벽에서만 그런 게 아니었다. 추진[1] 이부자리에서도 냄새가 풍겨왔다. 물이 새는 곳도 없건만 방은 온통 습습했다. 돌아누울 때마다 버석버석 소리를 내는, 세게 풀먹인 무명 홑청[2]으로 몸을 감고 잠들어본 지가 언제던가. 흘러간 기억들을 붙잡아보려고 애쓰면서 그는 슬몃 뻗어 있던 다리를 끌어모았다. 그리고는 둥글게 몸을 구부렸다. 모른 척하려 해도 점점 더 세게 변의(便意)가 솟구치고 있었다. 그는 활처럼 탱탱하게 몸을 구부린 채 냄새나는 요 위에 얼굴을 묻었다. 눅눅한 요껍데기가 얼굴에 찰싹 달라붙었다. 그는 다시 한 번 이마를 찡그렸다. 그러자 기다렸다는 듯이 둔탁한 석왕사 종소리가 울려퍼지기 시작했다. 종소리는 마치 땅 밑에서 울려나오는 듯했다. 절이 거기 있다는 것을 몰랐다면 틀림없이 땅속 어딘가에서 울려오는, 첫 예불을 올리려고 모여드는 혼령들을 부르는 소리로 여겼음직했다. 그는 한층 더 몸을 오그라뜨리고서 참을 수 있는 데까지 참아보려고 안간힘을 다했다. 밤사이 식어 있던 몸에 금세 후루루 열기운이 뻗쳐오르고 등허리에 식은땀이 배어나왔다. 더 이상은 어쩔 수가 없었다. 마침내 그는 벌떡 몸을 일으켜 바닥에 팽개쳐놓았던 작업복 바지를 꿰입었다.

언제나 그렇지만 오늘 역시 트럭 한 대와 초콜릿 빛깔의 자가용이 나란히 세워져 있었다. 길 쪽의 시선은 차들이 막아주었고 또 다른 쪽은 자신의 방이 있는 무궁화연립의 측면 벽이어서 완벽하게 차단막이 되어주었다. 자신의 것이 분명한 또 다른 오물들을 밟지 않으려고 조심하면서 그는 차의 뒤편으로 돌아갔다. 어둠은 한 겹 걷히긴 했지만 아직은

---

[1] 추지다 습기가 차서 몹시 눅눅하다.
[2] 홑청 요나 이불 따위의 겉에 씌우는, 홑겹으로 된 껍데기.

발밑을 알아볼 수 없을 만큼 캄캄하였다. 초콜릿빛 자가용의 뒷바퀴 앞에 쪼그리고 앉아 그는 문득 하늘을 보았다. 말갛게 세수를 하고 나온 깨끗한 새벽별들이 오순도순 모여 앉아서 그를 내려다보고 있었다.

볼일을 마친 그가 차 뒤에서 빠져나와 써니전자 앞을 지날 때 저만큼 앞에 소리도 없이 자전거가 굴러오고 있었다. 짐받이에는 조간신문이 실려 있었다. 자전거를 운전하는 소년의 발은 짧았고 안장에 닿아 있어야 할 엉덩이는 공중에 처들려 있어 몹시 위태롭게 보였다. 소년은 그의 앞에서 멈추었다. 다만, 64번지의 닫힌 대문 틈으로 신문을 밀어넣고 난 소년이 자전거에 올라탄 다음 불안한 시선으로 그를 보았다. 컴컴한 첫 새벽에 하릴없이 거리를 서성이는 한 사내를 흘낏거리며 소년은 멀어져갔다. 64번지의 닫힌 대문을 그는 심상히[3] 보아넘길 수가 없었을 뿐이었다. 아래에는 원미지물포와 행복사진관이 있고 2층에도 두 가구 이상 살고 있는 그 집은 원래 대문을 닫아놓는 법이 없었다. 언제라도 대문을 밀고 들어서면 되었다. 그는 그 집의 아래층 화장실을 몇 번 이용한 적이 있었다. 그러나 어느 날부터인가 밤이 깊으면 대문이 잠겼다. 써니전자와 강남부동산이 들어 있는 65번지 대문도 어느 날부터인가 문단속을 하기 시작했다. 그 옆의 우리정육점과 서울미용실의 안채 대문 역시 마찬가지였다. 그 이유를 그는 모르지 않았다. 닫혀 있는 원미동 거리의 철문들을 하나하나 확인한 다음 그는 발길을 돌렸다.

지하로 내려가는 계단은 가파르고 옹색했다. 눈짐작으로 하나씩 어두운 계단을 짚어내려가다 나동그라진 적도 있었다. 계단을 다 내려오면

---

3) 심상하다(尋常―) 대수롭지 않고 예사롭다. 범상하다.

주인집의 허섭살림⁴⁾들이 쌓여 있는 좁은 통로가 있었다. 더듬더듬 방문을 찾다보면 삐죽이 빠져나와 있는 연탄난로의 연통이 옆구리를 찌르기도 하였다. 방문 바로 옆에는 수도꼭지가 하나 돌출해 있었다. 하수구도 없이, 그저 꼭 필요한 물만 받을 수 있을 뿐이었다. 쓰고 난 허드렛물은 양동이에 모아두었다가 밖으로 날라야 했다. 그것도 격일제 급수여서 잊지 않고 물을 받아두어야 하는 번거로움까지 뒤따랐다. 방문을 열자 퀴퀴하고 눅눅한 냄새가 훅 끼쳐왔다. 방 안에 있을 때는 코가 마비되어 느끼지 못하여도 밖에서 들어오려면 맨 먼저 곰팡이 냄새가 그를 반겼다. 천장에 거의 맞닿다시피 조그만 들창문이 하나 붙어 있기는 하였지만 크기가 워낙 작아서 환기를 시키지는 못하였다. 밖에서 보면 창은 땅바닥과 거의 닿아 있을 지경이었다. 노상 흙먼지와 빗물이 얼룩져 있고 먼지 때문에 뻑뻑해진 창틀은 문을 여닫는 데 굉장한 노력을 요구했다.

이 지하실방으로 이사를 오던 날, 그는 맨 먼저 의자를 놓고 올라서서 창문의 유리에 흰 종이를 바르는 일부터 해치웠다. 측백나무로 울타리를 쳤고 또 앞은 강노인의 채소밭이어서 딱히 들여다볼 눈도 없을 것이지만 무방비 상태로 노출당하는 일은 예방할 필요가 있다는 생각에서였다. 그는 밤이 되면 의자를 놓고 올라서서 창을 닫았다. 여름이 되면서 그나마 숨통이 막힌 방은 후텁지근했다. 그래도 창을 열어놓은 채 자고 싶지는 않았다. 원미동의 모든 도둑고양이들이, 겁 없는 쥐들이 잠들어 있는 그의 얼굴을 밟고 뛰어놀지도 모를 일이었다. 방향 감각을 잃은 취객이 하필 그 창에 대고 방뇨를 하지 말란 법도 없었다.

⁴⁾ 허섭살림 별 볼일 없는 살림.

앞으로도 두 시간쯤은 더 잘 수 있다는 계산을 하고 난 다음 그는 다시 눅눅한 이부자리 위에 드러누웠다. 위층 어느 집에선가 수도꼭지를 연 모양이었다. 바로 위에서 물이 쏟아지는 듯한 요란한 소리가 천장을 타고 흘러왔다. 한번 깬 잠은 쉽게 찾아오지 않았다. 그는 어둠 속에서 땅 위의 모든 소리들을 가늠하였다. 새벽밥을 짓는 여자가 누구일까, 라는 부질없는 생각도 해보았다. 바로 위에서 수돗물 소리가 들려오긴 하지만 1층은 아닐 것이었다. 그가 누워 있는 바로 위, 무궁화연립의 102호는 말하자면 그의 주인집인 셈이었다. 무궁화연립의 1층에 사는 이들에겐 모두 이만한 넓이의 지하실이 배당되어 있었다. 대개는 창고 식으로 쓰고 있지만 간혹 식구가 많은 집에서 방을 들이는 경우도 있었다. 아이들의 공부방으로 사용하거나 또는 잠만 자고 다니는 공원5)들에게 세를 주기도 했다. 세를 줄 때에는 꼭 주인집의 현관 열쇠가 필요하게 마련이었다. 지하에는 화장실이 없는 까닭이었다. 누구라도 다 그렇지만 아무 때나 벌컥벌컥 문이 열리는 꼴을 좋아할 집은 별로 없었다. 집을 비워야 할 때는 열쇠를 가지고 있는 지하실의 타인이 마음에 걸리기도 하였다. 그런저런 이유로 돈이 꼭 필요한 집이 아니면 지하실방을 세 주는 일이 없게 되었다. 그 역시 방을 얻으면서 변소 사용에 관한 권리를 주장하기는 했었다. 계약 때 만난 주인 여자는 나이를 분간할 수 없을 만큼 젊은 옷차림이었다. 몸에 착 달라붙는 진바지에 대롱대롱 매달려 있는 동그란 귀고리, 계약금을 헤아려보는 손톱은 선홍색이었다. 딸 하나를 데리고 혼자 산다는 여자는 짧게 쳐올린 머리를 손가락으로 빗

5) 공원(工員) 공장 직원.

어넘기면서 이렇게 말했었다.

"걱정 마세요. 난 좀체 집을 안 비우거든요. 열쇠는 필요 없을 거예요."

하지만 여자는 결코 문을 열어주지 않았다. 집을 비우는 것은 아니었다. 집에 있으면서도, 그가 얼마만큼이나 급한 용무로 시달리는가를 뻔히 알면서도 문을 열어주지 않았다. 돈이 필요해서 지하실에 세를 들였으면 절대 그래서는 안 되었다. 그는 갑자기 여자의 새빨간 입술과 천연덕스러운 미소를 떠올리고는 몸을 부르르 떨었다. 잠을 청하려면 이따위 적의에 찬 회상을 해서는 아니되었다. 그는 애써 생각을 딴 데로 돌리었다. 오늘은, 그래 오늘은 월급날이었다. 빳빳한 만 원짜리 지폐를 떠올리면서 그는 눈을 감았다. 머릿속으로는 살아야 할 날들의 명세서가 영화의 자막처럼 주르르 흘러갔고 그는 다시 우울해졌다. 잠을 제대로 못 잔 날은 어김없이 재단칼에 손을 벤다는 사실을 상기하고 또 상기하면서 그는 어린애처럼 가슴에 손을 얹고 반듯이 누워보았다.

뒤늦게 빠진 잠은 깨어날 때의 괴로움을 한층 깊게 만드는 법이었다. 밀리는 주문으로 출근 시간이 앞당겨져 있는 때였다. 간신히 잠을 떨치고 일어났을 때는 벌써 7시 반이었다. 대충 세수만 하고 뛰어가는 데 20분쯤 소요될 것이고, 공장 앞의 식당에서 대먹는 아침밥을 10분 만에 해치운다면 겨우 지각은 면할 터였다. 점심을 뺀, 아침과 저녁 식사는 식당의 5백 원짜리 백반으로 붙여먹고 있는 그였다. 그것도 수월찮은 금액이었으나 요즘같이 야근이 잇따르면 저녁까지 공장에서 해결하게 되므로 밥값은 적게 들었다. 세수는 번개처럼 해치웠는데 수건이 보이지 않았다. 간신히 찾아낸 세수수건에서는 악취가 풍겨왔다. 침침하긴 했지만 낮에는 불을 켜지 않는 게 그의 버릇이었다. 그래도 아침이 오면 꾀죄죄한 방 안 풍경이 남김없이 드러나 보였다. 옷을 입으면서 그는 발길질로 이부자리를 한쪽에 몰아놓았다. 양말은 별수 없이 어제 것을 다시 신을 수밖에 없었다. 계속되는 야근으로 빨래를 할 시간이 없었다. 물 버리는 일만 수월하다면야 아무 때라도 양말짝이나 수건쯤은 주물러 널 수도 있었다. 좀더 나은 곳을 찾아봐야겠다고, 이미 그럴 처지가 아니란 결론쯤은 빤히 알고 있으면서도 그는 새삼스레 자신의 방을 둘러보았다.

공장으로 내려가는 계단 또한 가파르고 옹색했다. 어디나 다 그랬다. 2층으로 오르는 계단은 넓고 안전하게 설계되지만 지하로 내려가는 계단은 금방이라도 고꾸라지게 만들 작정으로 설계된 듯이 보였다. 원래는 슈퍼마켓의 창고로 쓰이던 곳이라고 했었다. 지을 때부터 슈퍼마켓을 염두에 두었으므로 당연히 옆구리에 물건을 저장하는 지하 창고를 마련한 것이었다. 하지만 생각보다 훨씬 장사가 안 되었다. 주인으로서는 목돈을 들여 물건을 쌓아놓고 장사를 할 처지가 아니었다. 진열대의 물건조차 먼지가 쌓여 있는 형편이었다. 그곳은 벌써 철거되어야 할 낡은 공장들이 터만 넓게 자리 잡고 있는, 공장 지대도 주택가도 아닌 지역이었다. 그가 방을 얻어 있는 동네도 원미동이었고 이곳 역시 행정 구역상 원미동이었다. 그는 매일같이 10여 분씩 걸어서 출퇴근을 하고 있었다. 말하자면 그는 매일매일 도보로 원미동의 이쪽 끝과 저쪽 끝을 횡단하고 있는 셈이었다. 원미동 저쪽의 지하에서 웅크려 자다가 간신히 지상으로 올라왔는가 하면 또다시 썩은 공기가 괴어 있는 지하로 내려가야 하는, 그런 삶의 나날이었다.

정말이지 공장 안의 공기는 썩어 있다고 할밖에 다른 표현이 있을 수가 없었다. 그가 공장 안에 들어섰을 때는 일을 시작하기 전에 너나할 것없이 피워 무는 담배 연기까지 자욱하게 퍼져 있었다. 환풍기 하나가 열심히 돌아가고는 있었지만 어림도 없었다. 원단에서 풍겨오는 고약한 냄새가 그나마라도 빠져나가주는 게 고마울 지경이었다. 그래도 요새는 투명 비닐 원단으로만 작업을 하기 때문에 좀 나은 편이었다. 염색 가공을 한 레자[6]나 카펫 원단을 풀썩이며 작업을 하는 때는 코가 매워서 콧물이 줄줄 흘렀다. 아직 사장이 나오지 않은 것을 확인한 그는 수돗가로 가서 양치질부터 하였다. 문기사와 오토바이 정씨는 여태 출근하지 않은 모양이었다. 문기사는 결혼하여 가정을 꾸미고 있었으므로 곧잘 늦었지만 오토바이 정씨는 좀체 시간을 어기는 사람이 아니었다. 언제나 구시렁구시렁 불만을 달고 다니는 것에 비하면 지각도, 결근도 하지 않는 것이 오히려 이상하게 보였었다. 그는 시계를 보았다. 8시 10분이었다. 5분 빨리 가는 시계였으므로 이제 8시 5분인 셈이었다. 이 시간이면 박군은 원단 앞에, 나씨와 그는 재단대 앞에, 문기사와 배기사는 고주파기 앞에 앉아 있어야 했다. 주문량이 많아지면서는 사장의 잔소리가 없어도 누구나 다 그렇게 하였다.

"시작 안 해요?"

그는 누구에게랄 것도 없이 물으면서 자신부터 재단대 앞에 앉았다. 제자리를 지키고 있는 사람은 고주파기를 다루는 배기사밖에 없었다. 굵고 검은 안경테 때문에 그는 자칫 근엄한 대학교수처럼 보였다. 풍채도 그럴듯해서 사람들은 그를 배박사라고 불렀다. 아닌게아니라 고주파

[6] 레자 가죽처럼 보이나 가죽이 아닌 가공한 직물.

를 다루는 그의 솜씨는 능히 박사 수준에 이르는 것이기도 하였다. 그 배박사 역시도 일을 시작한 것은 아니었다. 곧 들이닥칠 사장을 겁내는 기색도 없이 배기사는 새 담배에 불을 붙였다. 박군은 아예 원단 뭉치에 등을 기대고 누워 있었으며 나씨는 그의 버릇대로 벽에 붙은 쪽거울을 들여다보며 한가롭게 여드름을 짜는 중이었다. 아무래도 보통 때와는 다른 분위기였다.

"일 안 해요?"

이번에는 배기사를 향해 물었다.

"위에들 모였어. 사장도 거기 있지."

배기사의 콧구멍에서 담배 연기가 술술 빠져나왔다.

"스트라이크[7]. 우리 데모하기로 했어요."

야구광이고 축구광인 박군이 보충 설명을 했다.

"자네는 어제 왜 빠졌어?"

나씨의 책망하는 듯한 물음이었다. 어제 야근이 끝난 후에 한잔들 하자고 오토바이 정씨가 술판을 꾸미더니 그 자리에서 모의가 된 모양이었다. 그는 술을 즐기지 않았다. 담배도 배우지 않았다. 남 하는 것 다 따라했다가는 어느 세월에 번듯하게 살아보랴 싶은 옹골찬[8] 마음이 소년 적부터 그에게 있었다.

"하필 이렇게 바쁜 때에……."

그의 말이 끝나기도 전에 나씨가 그에게 면박을 주었다.

"이런, 하는 소리라고는……. 바쁜 때 해야 말발이 서지. 오토바이 정

---

7) 스트라이크(strike) 동맹파업.
8) 옹골차다 보기보다 속이 꽉 차서 실속이 있다. 다부지다.

씨가 머리는 비상하더라구. 우리야 뭐 하라는 대로만 하면 생기는 게 좀 있을걸."

나씨가 다시 쪽거울에 얼굴을 들이대었다. 재단칼을 잡으려다 말고 그는 다시 한 번 오늘의 스트라이크를 확인했다.

"정말 일 시작하지 말아요?"

"그렇대도……. 조금 있으면 정씨가 결과 보고하러 올 거야. 그 사람 올 때까지 기다려야 해."

배기사는 느긋하게 의자에 등을 기댔다. 그때 전화벨이 울렸다. 오늘의 첫 주문 전화일 것이었다. 아침부터 전화가 쏟아져 들어오면 물건을 대기 위해 눈코 뜰 새 없는 하루였다. 나씨가 메모지에 주문량을 적고 있었다.

"예, 엑셀로만 삼십 장요. 알았어요. 사장님 나오시는 대로 전하지요. 예? 르망은 찍어놓은 게 없어요. 한 댓 장 될까……. 예……. 그럼 르망은 열 장……."

전화기를 내려놓고 나씨가 어깨를 으쓱 세워 보였다. 주문은 받았지만 오늘 작업이 어찌 될는지는 알 수 없는 일이었다. 독촉에 시달리는 사장의 시커먼 얼굴을 상상하면 속이 언짢기도 하였다. 모르면 몰라도 사장은 혼자서라도 재단해서 고주파 기계를 돌릴 것이었다. 그래봤자 왕왕거리는 거래처 인간들의 입을 당할 수는 없겠지만. 다시 전화벨이 울렸다. 또 엑셀 20장이 추가되었다. 어찌 된 셈인지 새 차가 출고되어도 엑셀 주문은 줄어들지 않고 계속되었다. 몇 분 지나지 않아 전화벨이 또 울렸다. 아침나절은 늘 이랬다. 나씨는 고개를 설레설레 흔들면서 전화를 받았다. 그는 자신도 모르게 재단칼을 집어들었다. 원단을 잘라주는 일을 하는 박군도 슬몃 몸을 일으켰다. 나씨가 전화기를 내려놓고 투덜댔다.

"어느 놈이 요새 포니를 탄대? 어이, 박군. 포니 찍어놓은 것 있나 찾아봐라. 숨넘어간다. 다섯 장이면 된다는데. 배박사님, 찍어놓은 것이야 팔아도 되겠죠?"

이런 데모는 처음인지라 모두들 서툴렀다. 배기사 같은 숙련공도 주문 전화가 쇄도하자 벌써 기계 발판에 발을 얹고 있었다.

"없어요. 맵시는 재고가 꽤 있는데요. 스텔라도 많고⋯⋯."

칸막이 뒤에서 나오며 박군이 손을 흔들었다.

요새 포니나 맵시 주문은 통 없었다. 승용차의 바닥 커버를 만들어내는 게 그들의 작업이었다. 운행 때 스며드는 먼지를 막아주고 승용차 실내의 품위도 높여주는 효과가 있어 바닥 커버는 이제 필수품처럼 인식되고 있었다. 따라서 새로운 차종(車種)이 나올 때마다 작업 내용도 바뀌게 마련이었다. 얼마 전까지만 해도 스텔라 커버를 만드느라 정신이 없었는데 그 뒤로 르망이 출고되면서 스텔라는 그만 찍었다. 르망과 함께 엑셀이 요즘의 주품목이었다. 엑셀은 원단도 적게 들고 수공도 많지 않아서 능률이 높은 편이었다. 이제 또 어떤 이름의 새 차가 나올 것인지, 그렇게 되면 익숙지 못한 선을 따라가느라 몇 번씩 재단칼에 손을 베일 것이었다.

전화통에 매달리느라고 여드름 짜기를 그만둔 나씨의 얼굴이 울긋불긋 요란했다. 스물다섯인가, 한데도 여드름 만발한 고등학생처럼 어려 보이는 나씨였다. 전화벨 때문에 알게 모르게 죄어오는 마음을 눙치기[9] 위해 그들은 괜한 잡담들을 끌어내고 있는 중이었다.

"빨강색 르망 봤지? 여자들이 빨간 르망을 많이 타드라구. 선글라스 처억 끼고, 멋져."

배기사가 있지도 않은 수염을 배배 꼬는 시늉을 해 보였다. 사실은 문기사보다 두 살 아래인데도 워낙이 노련해 보여서 깐깐한 문기사조차 섣불리 말을 놓지 못하였다. 일찍 결혼을 한 탓에 큰아이가 벌써 중학생인 배기사는 이 공장의 터줏대감 격의 존재였다. 사장은 고주파를 찍고 배기사는 재단을 하고, 그렇게 시작된 공장이었다.

"우리들은 죽자살자 깔개를 찍어내도 남의 자가용도 얻어 타보기 힘든 판에 누구는 마누라한테 빨강색 르망 사주며 생색내고……. 에이, 재미없다."

나씨가 벌건 얼굴을 문대었다.

"참, 슈퍼 아줌마가 변소 좀 깨끗이 쓰래요. 안 그러면 변소에 쇠통 채우겠다고 신경질을 박박 내던데."

박군의 말이었다. 변소래야 지하까지 3층인 건물에 하나뿐이었다. 그것도 남자 여자 공용이었고 언제나 안에 사람이 들어 있는 꼴이었다. 그렇지 않아도 공장 사내들이 변소를 너무 드나든다고 끙짜를 잘하던 여자였다. 사장까지 남자가 일곱이었다. 여름철엔 소변보러 들락거리는 것조차 슈퍼 아줌마 보기에 민망할 지경이었다. 하필이면 슈퍼 계산대에서 빤히 올려다보이는 곳에 화장실이 있었다. 드나드는 사람이 워낙 많다보니 변소가 깨끗할 리 없었다. 그렇다고 밀린 일 제쳐놓고 변소 청소를 하러 올라갈 수도 없는 노릇이었다.

9) 눙치다 어떤 행동이나 말 따위를 문제 삼지 않고 넘기다.

"화장실이야 자네가 제일 많이 가잖아? 청소 당번도 아예 맡아."

나씨가 비아냥거렸다. 새벽마다 고통스럽게 솟구치는 변의를 해결해 보려고, 공장 변소를 사용할 수 있는 시간에 볼일을 보게 해보려고, 억지로라도 변소에 들락거리고 있는 그였다. 묘한 것이, 아무리 애를 써도 뜻대로 되지 않는 게 그 일이었다. 결국은 새벽에 잠이 깨어 낑낑거리며 똥눌 데를 찾아다녀야 했다. 낑낑거리며, 라는 스스로의 표현 앞에서 그는 문득 기가 막혔다. 개처럼 낑낑거리고 싶지는 않았다. 그는 새삼스레 붉은 입술의 주인 여자를 원망하였다.

사장네 집의 문간방에서 기식하며 지냈던 때가 그래도 좋았다고 그는 생각하였다. 말이 사장이지 사는 형편이 별반 뛰어날 것도 없는 보통의 집이었다. 가르쳐야 할 아이들은 많고 마누라는 병골[10]이었다. 흥망성쇠를 거듭하는 동안에 빚도 적잖았다. 요즘 주문이 밀린다고 해야 빚이나 가릴 수 있을까, 그는 오토바이 정씨의 말을 떠올리며 고개를 갸웃거렸다.

"원래 주인은 죽는소리 하는 거야. 그 사정 다 받아주면 안 돼. 예전에 여기 있다 나간 윤기사가 공장을 차렸드라구. 거기도 요새 마구 찍어내는데 사람이 모자란대. 여기서 떨려나도 겁날 것 없어. 얼마든지 데려오래. 얼마든지……."

오토바이 정씨가 윤기사 소식을 전해준 게 얼마 전이었다. 그것 믿고 하는 짓이란 짐작은 할 수 있었다. 사장네 집에서 몇 달을 지내본 그로서는 단순히 죽는소리로만 여길 수 없는 살림살이의 내막을 느낄 수 있

10) 병골(病骨) 병으로 몸이 약한 사람. 병이 깊이 밴 몸.

었으므로 오토바이 정씨의 말이 전적으로 받아들여지지는 않았다. 문기사와 배기사가 물건을 찍어내면 정씨는 그것을 포장하고 배달하였다. 배달 때문에 거의 공장에는 붙어 있을 시간이 없는 정씨였다. 그의 오토바이 타는 솜씨는 유별났다. 그전에 있던 배달꾼은 곧잘 교통순경에게 걸리곤 해서 잔돈푼이 들어갔지만 정씨는 그렇지 않았다. 지하에 처박혀서 쉴새없이 일을 하는 그들에 비해 정씨는 당연히 얻어듣는 소문이 많은 사람이었다. 원래 얻어듣는 소문이 많을수록 불만도 많은 법이었다. 정씨는 언제나 구시렁구시렁 세상살이의 온갖 이치를 향해 불평을 하곤 했다. 지금도 2층의 중국집에서 정씨는 사장을 앞에 앉혀놓고 구시렁거리고 있을 것이었다. 보나마나 문기사는 한 마디도 거들지 않은 채 정씨 말에 맞장구만 칠 것이었다. 그들 두 사람이 원래 장단이 잘 맞았다. 정씨의 모든 발언은 곧 문기사의 마음까지도 대변한 것이라고 보면 맞았다.

두 사람은 그렇다 치고 이 난데없는 스트라이크에 사장은 어떤 얼굴일까. 바닥 커버를 제작하는 다른 업체들보다 특별히 박하다거나 더할 것도 없는 보통의 대우를 해주고 있다고 믿어 의심치 않을 사장이었다. 그리고 그 믿음은 틀린 게 아니었다. 사장 또한 이 바닥에서 삯꾼으로 시작한 사람이었으므로 자기가 보고 겪은 대로만 하고 있을 뿐이었다. 불과 몇 달 전만 해도 여기에서 고주파를 찍던 윤기사가 지금은 사장이 되었듯이, 이 바닥에서 사장이라고 뭐 특별한 게 있느냐는 게 그의 의견이었다. 사장은 아마도 이마를 구기고서 담배만 뻑뻑 빨아대며 앉아 있을 것이었다. 청년 때 오른손의 새끼손가락이 프레스에 눌려 한 마디 잘려나간 이후 사장은 줄곧 왼손으로 담배를 피우고, 왼손으로 건배를 하였다.

"뭣들 하는 거야. 좌우당간에 빨리 결판을 짓고 일어설 일이지. 이거 일은 밀려 있고, 안 하자니 좀이 쑤시고⋯⋯."

또 한차례 주문 전화를 받고 난 나씨의 말이었다. 아닌게아니라 위층의 일이 궁금하여 모두들 좀이 쑤시는 판이었다.

"가보세요. 배박사님이 한번 올라가보세요."

박군의 말에 배기사가 휘휘 손을 저었다.

"아휴, 난 안 가. 김사장 인상 쓰는 얼굴을 어떻게 봐? 안 그래도 내가 제일 미울걸. 배신했다고 할 거야."

그러는 판인데 입구 쪽에서 요란한 발소리가 들려왔다. 계단이 가파르다보니 내딛는 구둣발 소리가 쿵쾅쿵쾅 지하를 흔들었다. 그러나 정작 나타난 것은 오토바이 정씨와 문기사뿐이었다. 남아 있던 이들이 고개를 빼내어 뒤를 살폈지만 사장은 내려오지 않았다.

"어떻게 되었어?"

배기사의 물음에 정씨가 고개를 흔들었다. 문기사는 손을 목에 대고 주욱 긋는 시늉을 해 보였다.

"마음대로 하래. 주문을 못 대서 신용이 떨어지고 장사를 망치는 한이 있어도 안 된다는 거야. 제기랄. 아침부터 푹푹 찌네. 아휴 더워."

정씨는 예상보다 훨씬 주눅든 표정을 하고 있었다.

"우리 쪽 조건이 뭐였는데요?"

생각해보니 그는 자신을 포함한 그들의 요구 조건조차 모르고 있었다. 박군이 답답해 죽겠다는 듯이 "정기 보너스 삼백 프로!" 하고 소리쳤다. 그의 머릿속이 한순간 환해졌다. 마치 꼬마전구 하나에 번쩍 불이 들어왔다가 이내 스러지는 듯한 느낌이었다.

"사장은 다른 공원을 구하겠다고 나갔어. 막무가내야. 오토바이 시동 거는 소리도 요란하더라."

문기사도 한결 풀이 죽은 목소리였다.

"어떡하죠?"

박군이 근심스런 표정으로 사람들을 둘러보았다.

"어떡하긴. 끝까지 밀고 나가야지."

정씨가 주동자답게 큰소리를 쳤다.

"누구 한 사람은 남고 나머지는 다들 나가자고. 월급은 오후에 주겠다니까 그때까지 땡땡이를 쳐야지. 걱정일랑 붙들어매. 요새 사람 구하기 쉽잖아. 여섯 시까지 여기 모여."

"내가 남을게요."

그가 나섰다.

"설마 일을 할 작정은 아니겠지?"

정씨가 다짐했다.

"그럼 다 나가면 되잖아요."

나씨가 거들었다.

"텅텅 비워놓을 수는 없으니 한 사람 남는 게 역시 좋겠구먼. 자네가 남아서 전화나 받고 있어."

배기사가 결정을 하였다.

"당구나 한판 합시다."

당구를 치자는 나씨의 제안에 박군과 배기사와 정씨가 찬성했다.

"오토바이 아저씨는 거시기, 윤기사님이 차렸다는 공장에 안 가보세요?"

박군이 울상을 지었다.

"시끄러, 임마. 여기 아니면 밥줄 끝나는 줄 알아? 책임진다니까 그러네."

정씨가 목청을 돋우었다.

"맞는 말이다. 어쨌거나 이런 기회에 한번 쉬어보자. 요새 어깨며 허리가 쑤셔서 더 일도 못 하겠드라."

배기사가 먼저 앞장을 섰다.

모두들 나간 다음 그는 텅 빈 공장 안을 휘 둘러보고 재단대 의자에 앉았다. 어쨌거나 제 위치가 마음 편하였다. 벌써 점심 시간이 다 되어 있었다. 점심은 사장이 제공하였다. 위층의 중국집이거나 길 건너 식당에서 번차례로 시켜먹었는데 오늘은 어쩔 것인지 알 수가 없었다. 일도 하지 않았는데, 편편히 놀면서 끼니를 다 찾아먹는다는 것은 그에게 용납되지 않았다. 점심 시간에는 전화도 잠잠하였다. 한 끼쯤이야 얼마든지 굶을 수 있다는 생각으로 그는 심심풀이 삼아 고주파 기계에 앉아보았다. 재단사 월급보다 고주파 기사 수입이 훨씬 나았다. 재단은 그저 손목의 유연한 놀림일 뿐이었다. 힘이 센 젊은이라면 한꺼번에 여러 장을 잘라낼 수 있으므로 나이가 적을수록 유리한 것밖에는 얻을 게 없었다. 누구나 처음에는 필요한 너비대로 원단을 잘라내는 단순한 가위질부터 시작하여서 초보자가 하나둘 들어오면 이내 재단대로 옮겨 앉곤 하였다. 차의 종류대로 견본을 미리 떠놓고 재단칼로 꾹꾹 찍어누르며 칼질을 하는 것이 재단사의 몫이었다. 사장은 일이 밀릴 것을 염려하여 진작부터 고주파 기계를 한 대 더 들여놓고 싶어했다. 새로 기능공을 들이지 않는다면 나씨거나 그, 두 사람 중의 하나가 기계를 맡게 될 것이었다. 나씨는 기름밥 경력이야 많았지만 이 동네에서는 초보나 다름없었다. 그는 벌써 이태째 이 동네를 맴돌고 있었다. 맡겨만 준다면 발판을 눌러 금형 내리는 일쯤이야 못할 것도 없다는 생각이었다. 그래서 수입이 더 많아지면, 그는 오른발에 힘을 넣어 금형을 내려놓고 다시 왼발로 발판을 눌러 전기를 넣어보았다. 월급이 많아지면 적금을 하나 들 수도 있었다. 적금을 못 넣더라도 관절염으로 고생하는 고향의 어머니에게 약값쯤은 더 얹어 우송할 수도 있을 것이었다. 아니, 무엇보다도 지하실방을 떠나서 좀더 나은 방을 얻을 수 있을지도 모를 일이었다. 적어도 마음놓고 사용할 수 있는 변소가 있는 곳으로.

처음부터 주인 여자의 말을 곧이곧대로 믿은 것이 실수였었다. 하기야 방을 소개해준 강남부동산 박씨의 말도 믿을 수밖에 없었던 그였다.

"그게 지하실방이라서 싼 게 아니고, 화장실 사용이 불편하단 이유로 싸게 나온 거라 이 말여. 아, 젊은이도 방 얻으러 댕겨보았겠지만 어디 이만한 방이 있습디여? 방이야 돈대로 가는 거여. 그 돈으로 이만한 방 얻어가면 횡재니께 그란 줄 알어. 이 아줌씨가 나댕기는 사람 아니고 집에만 기신다니께 화장실이야 얼마든지 드나들 수 있겄어. 열쇠 나누어 갖고 서로 미심쩍어하는 것보단 몇 배 낫을 것잉께."

이사 온 다음 날 아침, 좀 이르다 싶었지만 그는 1층으로 올라가 벨을 눌렀다. 열 살은 넘어 보이는 딸도 있으니 등교 준비 때문에라도 일어나 있을 시간이었다. 한데 아무런 기척이 없었다. 고장인가 싶어 귀를 기울여 보니 분명 집 안에 울려퍼지는 벨소리를 들을 수 있었다. 늦잠이 들었거나 집을 비웠거나, 그런 이유가 있으려니 여기고 그는 돌아설 수밖에 없었다. 하지만 아침 식전에 대변을 보는 버릇을 갑자기 어찌할 수가 없어서 그는 궁리 끝에 공장 변소를 떠올렸다. 아랫배를 움켜쥐고 허겁지겁 뛰어가 보니 슈퍼의 셔터는 내려져 있고 속수무책이었다. 슈퍼가 열려야 화장실을 이용할 수 있었다. 공장의 출입구와 화장실의 출입구는 서로 달랐다. 식은땀을 흘리며 참아내기는 하였지만 사정은 다음 날도 마찬가지였다. 1층의 주인집은 철옹성[11]처럼 닫혀 있었다. 아무리 벨을 눌러대도 꿈쩍도 하지 않았다. 혹시 오랜 시간 집을 비울 일이 생기지나 않았나 싶어서 저녁 퇴근길에 주인집으로 올라가보기도 했다. 역시 응답이 없었다.

목소리로나마 응답을 들을 수 있었던 것은 며칠이 지난 저녁이었다. 오늘 역시 빈집이려니 여기고 있는데 한참 후 거짓말처럼 주인 여자의 목소리가 들려왔다.

"누구세요?"

"저, 지하에 이사 온……."

"네…… 웬일이세요?"

웬일이냐니, 그는 기가 막혔다. 더구나 문도 열어주지 않은 채였다.

"화장실에……."

그가 말을 꺼내자 여자가 화들짝 놀라는 시늉을 했다.

"어쩌나, 지금 샤워중이라서 곤란한데요."

그는 절로 낯이 붉어졌다. 그렇다면 지금 현관문을 사이에 두고 알몸의 여자와 서 있다는 이야기인가.

---

11) 철옹성(鐵甕城) 매우 튼튼히 둘러싼 것이나 그 상태를 비유한 말.

"지금은 괜찮습니다. 아침에, 일곱 시나 여덟 시쯤에⋯⋯."

"알았어요. 그때 오세요."

다음 날 아침 그는 여전히 대답 없는 현관문 앞에서 아랫배를 움켜쥐고 서 있었다. 어제 한 말은 깡그리 잊었는지, 여자의 잠버릇이 그런 건지 도무지 알 수가 없는 노릇이었다. 그날 이후에도 몇 번이나 더 주인집 문 앞에서 속절없이 서 있다가 되돌아서야 했다. 다행히 죽으란 법은 없다고, 원미동 거리의 상가주택들 덕분에 무시로 열려 있는 아래채의 변소들을 사용할 수 있다는 것을 알게 되었다. 깊은 밤이거나 새벽에 슬쩍 남의 집 변소를 사용하는 방법을 터득한 뒤로는 굳이 1층 102호로 올라갈 생각은 하지 않았다. 변의가 솟구치는 시간도 깊은 밤이나 새벽으로 자연스레 바뀌어져갔다. 점포 사람들이 공동으로 사용하는 변소는 대개 대문에서 멀지 않은 곳에 있었으므로 민첩하게 행동하면 누구와도 맞닥뜨리지 않을 수 있었다. 미안한 점이 있다면 잠든 사람들을 깨울까봐 물을 내릴 수 없다는 것이었다. 그동안 대문단속을 하지 않던 이웃들이 기겁을 하고 대문을 걸어잠그는 이유도 아마 거기에 있을 것이었다. 언제인가, 그는 강남부동산 박씨에게 넌지시 자신의 딱한 처지를 하소연한 적도 있었다. 집에 있으면서도 밤이나 낮이나 여간해선, 아니 도무지 문을 열어주지 않는다는 그의 말에 박씨는 벌컥 역정[12]부터 내었다.

"하여간에 변소 갈 때 다르고 나올 때 다르다더니 똑 그짝이시. 무궁화연립 지하에 사는 이들이 못 되어도 열은 넘을 턴디 주인집 변소 맘놓고 쓰는 집이 없구만그랴. 지하에 사는 사람들 땜에 이쪽 우리네까지 똥

---

12) 역정 '화'의 높임말.

타령이라 이 말여. 아무나 휭 들어와서 제집처럼 일보고 나가니까 말들이 좀 많아야제. 그랑께 밤 되면 다들 문을 걸어잠그고……."

방을 얻어준 사람이니 대책을 강구해줄 줄 알았던 그는 박씨의 느닷없는 역정에 어이가 없을 뿐이었다. 그때 두 사람 말을 듣고 있던 고흥댁이 끼어들었다.

"백이호 여자, 원래 그런 여자랑께. 아무나 가도 좀체 현관문 따주는 법이 없대여. 하고 다니는 차림새로 봐서는 집 안에만 처박혀 있을 여자가 아닌디, 좌우당간 문 안 열어주고 딱 엎드려 있다고 소문났드만. 그래도 계약 때 자기 입으로 헌 말이 있는디 그라면 되는가."

어쨌거나, 그렇게 말을 시작하면서 박씨는 마누라의 사설¹³⁾을 잘라내고 여전히 짜증스런 얼굴로 그를 보았다.

"어쨌거나 계약 때 헌 말이 있으니깐두루 자네가 가서 따져봐야제. 안 그런가? 사람이 한 입 갖고 두말허면 되겠능가."

박씨에게서는 어떤 해결책도 나올 수 없다는 것을 그는 알아차렸다. 마찬가지로, 문을 열어주지 않겠다고 단단히 작정한 주인집 여자한테도 기댈 수 없다는 것을 알게 되었다. 주인 여자는 아마 집 안에 그를 들이는 게 싫은 거라고, 반들반들 닦아놓은 깨끗한 욕실에 지저분한 사내를 끌어들이고 싶지 않은 거라고 그는 단정하였다. 돈이 필요하여 세를 주긴 했지만 아무래도 그와 같은 변기를 사용하는 일은 망설여지는 게 틀림없었다.

그렇다면 방법은 하나뿐이었다. 볼일 보는 시간을 낮으로 바꾸는 일

---

13) 사설 잔소리나 푸념을 길게 늘어놓음. 또는 그 잔소리나 푸념.

이었다. 그 길밖에 없다고 판단했으므로 그는 온갖 방법을 동원하여 공장 변소에서 볼일을 볼 수 있게 자신의 소화 기관을 유도해보았다. 물론 용이치 않았다. 아니, 그렇게 애를 쓰면 쓸수록 공장에서는 전혀 변의가 느껴지지 않았다. 그리고 지하실방으로 돌아와, 이제는 절대 변의가 솟구치면 안 된다고 내심 각오를 하기가 무섭게 시도 때도 없이 아랫배가 부글부글 끓었다. 어떻게 된 노릇인지 알 수가 없었다. 자꾸만 거꾸로 치닫는 스스로의 신진대사가 어리둥절할 지경이었다. 하는 수 없는 일이었다. 대문을 밀어보다 잠겨 있으면 원미동 거리의 어디 으슥한 데를 찾아 쭈그리고 앉아야 했다. 노상에서 볼일을 보자면 사람들의 왕래가 없는 시각이어야 눈에 띄지 않을 것이었다. 공터는 몇 군데 있었지만 공터에는 마땅한 은폐물이 없어 불안했다. 사방이 가려진 곳을 찾아다녀야만 했는데 그런 곳이 많을 턱이 없었다. 대개는 거리에 주차해놓은 트럭이나 자가용, 봉고차 등의 뒤켠이 남의 눈에 뜨이지 않는 곳이었다.

오나가나 자동차 덕분에 사는구나. 고주파 기계를 쳐다보며 그는 씁쓰레하게 웃어버렸다. 자동차 바닥 커버로 목구멍에 풀칠을 하고 자동차를 은폐물 삼아 먹은 것을 내보내고. 그는 강남부동산 박씨의 빤빤한 얼굴을 떠올리면서 이마를 찡그렸다. 변소 문제만 아니라면 박씨를 원망할 이유가 없었다. 지하의 방 한 칸이 그의 처지에는 딱 맞았다. 그는 지하 생활에 익숙한 사람이었다. 지상으로 올라갈 날이 있기도 하겠지만 지금은 지하의 방 한 칸도, 지하의 일자리 하나도 목숨처럼 소중한 사람이었다. 그의 소망은 그저 일하기 위해 먹은 밥이었으므로 응당 자유롭게 배설할 수도 있어야 한다는, 아주 소박한 것이었다.

여느 때 같으면 점심 시간이 끝나고 오후 일을 시작할 시간인 1시 30

분에 정씨에게서 전화가 걸려왔다.

"사장한테서 연락도 없었단 말이지? 이거, 좀 수상쩍은데……."

정씨는 입맛을 쩍쩍 다셨다.

"재미 좋으세요? 지금 어디들 있지요?"

"문기사는 마누라한테 봉사하겠다고 집에 갔고, 모두들 역 앞 다방에 앉아 있는 거야. 따분해. 그나저나 자네도 꽉 막힌 지하에 처박혀서 답답해 죽을 지경이겠구먼. 안됐네."

정씨는 마치 스스로는 지상의 생활인이기나 한 것처럼 천연덕스럽게 굴었다. 정씨와의 통화를 끝내고 얼마 있지 않아 잔뜩 볼이 부은 사장이 들어왔다. 그 혼자만 공장을 지키고 있는 것을 확인한 사장은 허망한 표정으로 사방을 두리번거렸다. 사장의 빛바랜 남방셔츠는 등에 찰싹 달라붙어 있었다. 바깥의 더위가 대단한 모양이었다. 오토바이 소리도 나지 않는데 달려오기라도 했단 말인가. 그는 어떤 말을 해야 할지 알수 없어서 그저 사장의 거동만 지켜보고 있었다. 사장은 수도꼭지를 틀어 컵에 철철 넘치도록 한 컵의 냉수를 받아 단숨에 마셔버렸다. 그러고는 고주파 앞에 앉아 묵묵히 금형을 내리찍기 시작했다.

"재단해둔 것 있으면 내놔."

사장이 무뚝뚝한 어조로 내뱉었다. 르망이 50장쯤, 엑셀은 100장쯤 재단된 것이 있었으므로 그는 기계 옆에 원단들을 옮겨놓았다. 사장이 칠판의 주문 내용을 보았는지 그것은 알 수 없었지만 그는 르망부터 손 댈 수 있도록 신경을 써놓았다. 아까부터 숨이 넘어가게 독촉을 해대는 르망 20장을 혼자서라도 다 찍어내어 입막음을 해버렸으면 싶었다.

사장은 익숙한 솜씨로 기계를 다루고 있었다. 묵혀둔 실력인데도 배기사 손놀림보다 더 재빠른 듯이 보였다. 누군가 와서 그 모습을 본다면 아무도 사장이라고는 생각하지 않을 것이었다. 땀에 젖은 머리칼, 세월이 그을려놓은 검은 얼굴, 후줄근한 옷차림이 배기사나 문기사보다 더 나을 게 하나도 없었다. 기계 돌아가는 소리가 나자 비로소 지하실의 가라앉은 공기가 움직이는 것 같았다. 일을 해야 할지, 가만히 구경만 하고 있어야 하는지 알 수 없어서 그는 가슴이 답답했다. 손을 늘어뜨리고 남 하는 양만 지켜보는 일은 그의 마음에 맞지 않았다. 두 손을 움직일 수 있는 날까지는, 몸의 매듭을 끊는 날까지는 일을 해야 성이 풀렸다. 놀면서 굶는 것보다는 차라리 일하면서 굶는 것이 견디기 쉬웠다. 그가 재단칼을 만지작거리며 망설이고 있는 중에 전화벨이 울렸다. 받으나마나 독촉 전화려니 여기고 있는데 사장이 먼저 전화를 받았다.

"내일로 돌려. 아, 급하면 화곡동에서 받아와. 암튼 오늘은 물건 못 나가."

그는 만지작거리던 재단칼을 내려놓았다. 어쨌든 약속은 약속이었다. 사장은 내일부터 새로 출근할 공원들을 다 맞춰놓고 온 것인지도 몰랐다. 공장을 전전하며 몸으로 때우는 일을 하는 동안 그가 터득한 것은 동료들과의 약속을 어기면 안 된다는 것이었다. 의외로 배신감에 큰 비중을 두는 고지식한 동료들을 다치게 하면 안 되었다. 어쩌면 이리도 시간이 더디 흐르는지, 이제 겨우 3시였다. 점심을 건너뛴 탓에 뱃속이 허전하였다. 개처럼 낑낑거리고 다닐 때는 차라리 굶어버릴까 오기도 치솟았지만 한 끼를 거른 흔적은 꽤 깊었다. 기승을 부리는 한더위도 고픈 배로는 견디기가 쉽지 않았다. 그가 선풍기의 스위치를 누르는 것을 본 사장이 생각난 듯이 훌훌 남방을 벗어던졌다. 사장의 얼굴에서 굵은 땀방울이 흘러내리고 있었다.

"밥 먹었나?"

사장의 물음에 그가 고개를 흔들었다.

"짜장면이나 두 개 시켜. 곱빼기로."

사장도 점심을 굶은 모양이었다. 짜장면이 오자 두 사람은 재단대에 마주 앉았다. 나무젓가락의 종이를 벗겨내면서 사장은 어서 먹으라는 눈짓을 보내었다. 사장네 집에 있을 때가 생각났다. 아침에 밥상을 앞에 놓고 사장이 세수를 마치길 기다리노라면 물 묻은 얼굴을 흔들면서 곧잘 그런 눈짓을 보내주곤 했었다. 그들이 짜장면을 먹는 동안에도 전화벨은 두 번이나 울렸다.

"받지 마. 어차피 오늘은 글렀어."

입가에 꺼멓게 짜장을 묻혀놓고 있는 사장의 꺼칠한 얼굴을 외면한 채 그는 열심히 젓가락에 면발을 감아올렸다. 그들은 어디에 있을까. 그는 문득 바깥, 땅 위의 어딘가를 딛고 있을 동료들을 떠올렸다. 그리고 사장을 보았다. 다른 때 같으면 사장은 땅 위의 어딘가에 있을 것이고, 그들은 여기에 박혀 있을 것이었다. 사장은 여기, 지하하고는 아무 연관이 없는 사람이라고 생각했던 것은 아닐까. 한쪽 손으로는 연신 이마의 땀을 훔쳐내며, 또 한 손으로는 짜장면을 둘둘 감아올리는 사장의 모습이 전혀 낯설지 않다는 사실에 그는 놀라고 있었다.

잠시 후 사장이 먼저 그릇을 비워내고 이어 그도 젓가락을 내려놓았다. 다 먹은 그릇들을 입구 쪽에 내다놓은 다음 그는 화장지를 말아쥐고 2층으로 올라갔다. 위 속에 무언가를 집어넣은 후에는 반드시 화장실로 쫓아가는 것은 이미 그의 버릇이었다. 물론 공장에 있을 때만의 버릇이었다. 배설시켜야 할 무엇을 담아둔 채 지하실방으로 돌아가는 일을 겁내하는 탓이었다. 거의 20분씩이나 안간힘을 써가면서, 때로는 성공을 위한 주술까지 시험해가면서 화장실에 박혀 있다가 그는 별수 없이 들고 간 화장지를 고스란히 다시 쥐고 지하로 내려왔다. 식곤증 때문인지 사장은 의자 등받이에 머리를 얹어놓은 채 졸고 있었다. 안락함 따위는 무시되고 걸상의 기본틀만 겨우 갖추고 있는 의자의 등받이는 사장의 고개를 편안히 받치기로는 높이가 너무 낮았다. 게다가 재단대 위에 발하나를 얹고 있어서 자세가 사뭇 엉망진창이었다. 잠을 자기로 한다면야 의자를 몇 개 붙여놓아도 될 것이고 원단 뭉치에 등을 기대고 졸아도 괜찮을 터였다.

아마도 잠깐의 노곤함[14]을 못 이긴 졸음일 것이었다. 사장의 잠을 깨우지 않기 위해서 그는 맨 아래 계단에 그대로 걸터앉았다. 한 시간 남짓이면 동료들이 돌아올 시각이었다. 부리는 일꾼들이 단행한 느닷없는 스트라이크에 사장은 어떤 해결책을 마련한 것인지, 그는 사장의 꺾여진 얼굴을 넘겨다보았다. 입은 쩍 벌려 있고 구겨진 미간 밑으로 두 눈은 힘겹게 닫혀 있었다. 마치 잠들어 있으면서도 세상을 향해 눈살을 찌푸리고 있는 듯이 보였다. 좀더 편하게 잘 수도 있으련만. 사장의 머리를 괴어줄 만한 마땅한 것을 찾아보려고 그는 몸을 일으켰다. 그때 계단을 밟고 내려오는 누군가의 부주의한 슬리퍼 소리가 들려왔다. 문기사였다. 그는 자신도 모르게 입술에 손을 얹었다.

"있어?"

---

14) 노곤하다(勞困—) 피곤하여 나른하다.

문기사도 덩달아 잔뜩 목소리를 낮추었다. 그는 몇 계단 위로 올라앉으면서 고개를 끄덕였다.

"왜 혼자 와요?"

"집에 들렀다가……. 윤기사네 공장에 가봤어."

그래도 속으로는 걱정이 대단했던 모양이었다. 남보다 먼저 윤기사, 아니 윤사장의 공장에 자리를 확보해두려고 머리를 굴렸는지도 모를 일이었다. 여태까지는 오토바이 정씨와 가장 죽이 잘 맞던 문기사가 가시 돋친 목소리로 정씨를 헐뜯기 시작했다.

"배달 때마다 물건 몇 개씩 빼가는 거야 나도 알았다구. 요새는 바쁜 틈을 타서 꽤 많이 해먹었나봐. 사장이 진작부터 벼르고 있었던 걸 눈치챈 게지. 그래놓고는 우리들 꼬드겨서 데모 주동을 벌인 거야. 사장 입막음하려는 작정이지 뭐. 윤기사네 공장에 자리가 어딨어? 일손 부족하다는 소리는 하지도 않았대."

문기사의 속살거리는[15] 이야기를 들으면서 그는 머릿속으로 최소한의 생활비, 송금할 액수, 가게 외상값 따위를 펼쳐보고 있었다. 비집고 들어가기로 친다면야 일자리는 있겠지만 당장의 계획들은 실타래처럼 엉클어질 게 뻔한 노릇이었다.

"뭐라고 해? 사람 맞추어놓았다고 안 그래?"

문기사가 울상을 지어 보였다. 고주파 밟는 문기사가 울상을 짓는 판인데 그가 태평할 수 없었다.

"그런 말은 없었어요. 되게 피곤한 모양이에요. 몇 장 찍어놓고 한숨

---

15) 속살거리다 남이 알아듣지 못하도록 작은 목소리로 자질구레하게 자꾸 말하다.

눈 붙이고 마는데요……."

사장은 원래 말이 없는 사람이었다. 거의 일년째 같이 있어 보았지만 시원스레 웃는 모습도 본 적이 없었다. 살아온 세월이 지난하면 지난한 만큼 요즘 같은 호경기에는 웃음을 보일 만도 하련만 좀체 뻑뻑한 표정을 지울 줄 모르는 것이었다.

"시간 다되어가지? 월급 줄 돈은 은행에서 찾아왔나? 설마 이 공장에서의 마지막 월급은 아니겠지."

엉덩이를 털면서 일어서는 문기사를 따라 그도 엉거주춤 몸을 일으켰다.

오토바이 정씨를 앞장세운 일행은 6시를 20분 남기고 돌아왔다. 잠에서 깨어나 몇 개비째 담배를 태우고 있던 사장이 모인 사람들을 흘깃 쳐다보았다. 굴속 같은 지하에서 벗어나 한나절 동안 일없이 빈둥거리고 온 동료들은 괜히 무렴하여[16] 벽을 쳐다본 채 사장의 입이 열리길 기다리고 있었다. 모르긴 몰라도 그들 모두 바깥 세상에서의 한나절을 감당하는 일에 진이 빠져 있을 것이었다. 무엇보다도 배기사의 축 늘어진 어깨가 그 사실을 느끼게 해주었다. 고주파 기계를 다루는 솜씨말고는 그의 어깨를 추켜올릴 그 무엇도 지상에는 없었을 것이 분명했다. 사장은 이윽고 지니고 다니는 검은 손가방에서 준비해놓은 월급 봉투를 꺼내었다. 사장이 월급 봉투를 나누어주는 동안 아무도 입을 여는 사람은 없었다.

"이번 달엔 좀 많을 거야. 주욱 야근들을 했으니까. 그리고, 얼마 안

---

16) 무렴하다(無廉—) 염치가 없음. 염치가 없음을 느끼어 마음에 거북함.

되지만 몇 푼 더 넣었으니까 그런 줄 알고."

그들 중 누구도 봉투 안을 들여다보지는 않았다. 계면쩍을 땐 늘 그렇듯이 뒤통수를 문지르며 사장이 말을 이었다.

"이제 겨우 빚이 가려지나 하는 중인데……. 자네들이나 나나, 뭐 다를 게 있어야 말이지."

혼잣말처럼 나직한 목소리였으나 사장의 말을 못 알아들은 사람은 없는 것처럼 보였다. 정씨가 큼큼 헛기침을 하며 사장의 시선을 피했고, 박군과 나씨는 눈을 껌벅껌벅하고 있었다.

"지금부터라도 몇 시간 찍어낼까요. 어지간히 닦달들을 해댈 텐데……."

문기사의 제안이었다.

"그러면이야 고맙겠지만."

사장은 또 뒤통수를 문질러댔다.

"이왕지사 일이 이렇게 된 것, 오늘은 그냥 말자구."

배기사가 어깨를 곤추세우며 끼어들었다. 모두들 눈이 일시에 배기사에게 쏠렸다.

"욕할 놈은 욕하라 하고, 우리는 내일부터 일 시작합시다. 그리고 빚좀 가려지거든 보너스 구경도 좀 시켜주시구려."

나중 말은 사장에게 하는 소리였다. 그때쯤엔 배기사의 어깨에도 빳빳하게 힘이 들어가고 있었다.

사장이 사주는 저녁까지 얻어먹고 돌아오는 길인데도 서머타임 속의 얄궂은 여름해는 아직 시청 옥상의 안테나에 뻘건 녹물처럼 묻어 있었다. 식당 화장실에 들어가서 낮 동안에 먹었던 것들이 배설되도록 끙끙거려보긴 했으나 역시 허탕을 쳤던 그는 멀리로 김반장의 형제슈퍼가 보이자 불안함을 감추지 못하였다. 벌써부터 뱃속이 부글부글 끓는 듯한 느낌을 지울 수가 없었다. 아까 식당에서 나씨가 한 말이 생각났다.

"자네 또 변소에 가서 염불하다 오는 거여? 이런 쑥맥. 주인 여자하고 담판을 해봐, 담판을! 입 뒀다 뭐 해?"

그러더니 은근히 목소리를 낮추고 이렇게 말하였다.

"오늘 좀 보라구. 하루 놀았지, 몇만 원씩 얹어 받았지, 이렇게 돼지 갈비까지 뜯고 있지, 생기는 게 좀 많냐구."

나씨 말이 맞는 것 같았다. 아니, 정말로 나씨 말대로 해봐야겠다고 그는 다짐했다. 문이 열릴 때까지 죽치고 기다리면 될 것 아닌가. 문이 열리면 밀고 들어가서 열쇠를 내줄 때까지 절대 물러서지 않을 것이다.

마침내 그는 지하의 자기 방으로 가지 않고 곧장 주인집으로 향했다. 딩동 딩동. 초인종은 그의 마음과는 달리 경쾌하게 집 안으로 울려퍼지고 있었다. 딩동 딩동 딩동. 문은 쉽사리 열릴 것 같지 않았다. 연신 눌러도 보고, 돌아가지 않는 손잡이를 흔들기도 하면서, 주먹을 불끈 쥐고 탕탕탕 문을 두들겨보기도 하면서 그는 하염없이 서 있었다. 입은 두었다 뭐 하냐지만 사람이 나와야 담판을 짓든 사정을 하든 할 게 아닌가. 굳건하게 버티고 있는 철문을 한번 노려본 뒤 그는 지하실방으로 내려왔다. 방문을 열자 기다렸다는 듯이 퀴퀴한 냄새가 밀려왔다. 의자 위로 올라서서 들창문부터 열어놓은 뒤 그는 밀쳐놓은 이불을 베개 삼아 반듯이 드러누웠다. 모처럼 일찍 돌아왔고 수돗물이 나오는 날이기도 하니까 밀린 빨래라도 해두는 게 좋으리라 싶었지만 지금 당장은 몸을 움직이고 싶지 않았다. 아직 장마철도 아닌데 비닐 방바닥에선 물기가 돋아나고 있었다. 이러다가 잠이 들고 말지, 하는 걱정을 했었던가. 깜박 졸았나 싶었는데 멀리 위, 들창문 바깥이 소란스러워 그는 번쩍 눈을 떴다.

"도대체 어떤 놈이야! 똥쌀 데가 없으면 처먹지를 말아야지."

칼끝 같은 목소리에 놀란 그는 자신도 모르게 불끈 일어섰다. 분명 그에게 던진 말이라고 생각되었지만 목소리만으로는 누구인지 알아낼 수가 없었다. 원미동 거리에서 노상 들려오는 귀에 익은 목소리는 아니었다.

"맞심더. 냄새가 나서 못살겠다 아입니꺼. 치워봤자라예. 또 쌀 끼 분명한데 우찌 당할 낍니꺼."

대답하는 목소리는 지물포 주씨가 틀림없었다. 그러고보니 고무호스에서 뿜어져나오는 세찬 물소리가 바로 지척에서 들려오는 듯했다. 그는 들창문 가까이 귀를 대고서 바깥의 소리를 하나도 놓치지 않으려고 온 신경을 쏟았다. 땅에 뿌려지는 물줄기는 지표를 두드리고, 지하로 스며들어 금세 그의 가슴까지 축축하게 적시는 것 같았다.

"똥파리가 얼마나 극성이라구요. 하루 이틀도 아니고……."

여자의 음성도 끼어들었다. 높은 소프라노가 당장 시내 엄마인 것을 알게 했다.

"하기사 요렇게 말짱하게 치워놓으면 지도 사람인 이상 또 싸겠습니꺼. 아주 안방맨크롬 맨들맨들하게 물청소를 해놓아야 됩니더."

그러더니 물줄기 떨어지는 소리가 한결 높아졌다.

"아침에 차 뺄라고 보면 꼭 그 모양이지 뭡니까. 오늘 아침엔 뭔가 물컹 밟히길래 보니까, 아이구 참 재수없게시리……."

귀에 익지 않은 목소리의 주인공이 허허 웃었다. 아침의 실수 때문에 종일토록 벼르다가 고무호스 들고 나온 초콜릿빛 자가용의 주인인 모양이었다. 얼굴이 뜨뜻해짐을 느끼면서 그는 털썩 주저앉았다.

제발, 하고 빌고 또 빌었지만 허사였다. 눈을 뜨고 나서 얼마간 뒤척이다 보니까 어김없이 석왕사의 둔탁한 종소리가 새벽공기를 가르며 들려왔다. 그리고 연달아서 교회의 차임벨들이 울려나왔다. 어제와 조금도 다를 바가 없었다. 서서히 뒤틀려오는 아랫배의 조짐까지도 똑같았다. 다리를 한껏 오므린 채 그는 심호흡을 하였다. 초콜릿빛 자가용 뒤가 아니더라도 찾아보면 몇 군데쯤 은밀한 곳을 발견할 수 있을지도 몰랐다. 너무 집 가까운 곳을 택했었다는 후회가 밀려왔다. 좀 멀리서 찾아봤어야 했다. 정 급하면 강노인이 채소 농사를 짓는 밭고랑도 한 번쯤은 이용할 수 있었다. 오이 덩굴에 몸을 숨길 수도 있고 꽤 자란 고추밭도 괜찮을 것이었다. 똥쌀 데가 없으면 처먹지를 말아야지. 칼끝 같은 목소리만 아니었으면 그럴 수도 있을 것이었다. 허우대가 큼직하고 입이 걸은 강노인한테서는 그보다 훨씬 더한 욕설이 나올 게 틀림없었다. 이러지도 저러지도 못 하는 사이 등줄기에서는 식은땀이 차오르기 시작했다. 저도 사람인데 또 싸겠습니꺼. 주씨의 걸걸한 음성이 또 한 번 그의 얼굴을 달아오르게 하였다. 사람 노릇을 못 하게 한 자가 누구인가. 그는 배를 움켜쥐고 앉았다. 이마엔 땀이 배고 팔뚝으로는 좁쌀 같은 소름이 후르르 솟아올랐다. 눅눅한 이부자리에 머리를 처박아보기도 하고 일어서서 좁은 방을 맴돌기도 해보았지만 아무런 소용도 없었다. 낮 동안엔 그렇게도 안 나오던 것이 왜, 하필 이 방 안에만 들어오면 용틀임을 하는지, 그는 자신의 알 수 없는 뱃속 때문에 한없이 절망하였다. 그리고 맹렬한 적개심과 함께 주인 여자의 붉은 입술이 떠올랐다. 이 밤만 넘기고 나면, 무사히 이 밤만 넘기고 나면 발길질을 하고 문을 두들겨 부숴서라도 여자를 만나고야 말리라. 곰팡이 냄새 나는 벽지에 볼을 비비면서 그는 이 깊은 어둠이 어서 걷혀주기를 간절히 소원하였다.

어떻게 잠들 수 있었는지, 눈을 떴을 때 그는 방문 앞의 맨바닥에 새우처럼 몸을 구부리고 엎드려 있었다. 처음에 그는 자신이 잠들어 있었다는 사실조차 알지 못하였다. 아까까지의 몸부림이, 그 지독한 고통이 눈을 뜨자마자 선연히 떠올랐다. 6시 20분, 시계를 볼 수 있을 만큼 밝아진 방 안이 그를 위로하였다. 결국 사람 노릇을 해낸 셈인가, 그런 생각을 하고 있는데 바로 옆에서 쨍그렁, 유리창 깨지는 소리가 들려왔다. 그러고보니까 그의 잠을 깨운 것도 바로 저 소리였다. 아니면 그의 들창문 앞으로 유리 파편들이 쏟아져 내리는 소리였을지도 몰랐다. 그는 숨을 죽였다. 아주 짧은 순간 그는 자신을 겨냥하고 날아드는 돌멩이를 생각했다. 도대체 어떤 놈이냐고 씨근덕거리던 자가용 사내의 손에 들려진 모난 돌멩이까지 보아버린 듯한 느낌이었다. 바로 그 순간 또 한 장의 유리가 박살이 났다. 이어서 들창문 밖으로 우박처럼 유리 조각들이 쏟아져 내렸다. 어떤 것들은 들창문에 튕겨지기도 하였다.

"문 열어! 문 열란 말야!"

숨소리까지 손에 잡힐 듯 바로 앞에서 여자의 독기 어린 목소리가 들려왔다. 그리고 조금 있으려니 이번에는 벽이 쿵쿵 울리도록 어느 집의 현관문을 두들기는 소리가 났다.

"문 열어! 다 알고 왔으니 문 열란 말야!"

구둣발로 문을 걸어차기도 하는 모양이었다. 여자의 짓이라고는 믿어지지 않을 만큼 난폭한 발길질이 계속되고 있는 어느 한 순간, 그는 자신의 귀를 의심하였다. 발길에 차이고 있는 문은 분명히 102호였다. 틀림없이 102호 앞에서 여자의 구두굽 소리가 난무하고 있었다. 불과 몇 시간 전에 그가 맹렬한 적개심으로 때려부수겠다고 다짐한 바로 그 문이었다. 대체 어떻게 된 일인가. 새벽의 난입자는 앞뒤로 분주히 오가면서 현관문을 두들기고, 베란다의 유리창에 돌을 던졌다. 현관문이 부서지거나 말거나, 베란다의 창문들이 와장창 깨지거나 말거나 안에서는 숨소리 하나 들려오지 않았다. 너무나 완강한 침묵이었으므로 모르는 사람 같으면 빈집이라고 믿어버리기 십상일 것이었다. 닫힌 현관문 안의 지독한 침묵을 숱하게 경험했던 그조차도 혹시, 하는 의구심이 생겨났을 정도였다. 하지만 난입자는 확실하게 행동하였다.

"문 열어! 다 알고 왔어! 문 열어!"

쾅쾅 두들기는 소리에 벽이 울리는가 하면 와장창 유리가 박살이 나고 파편이 우박처럼 쏟아졌다.

"남의 사내 가로채고 살면서 무사할 줄 알았더냐. 이년, 문 열어."

마침내 난입자의 정체가 밝혀졌다. 난폭하게 굴고 있는 여자는 본처였고 시방 저 안에서 부들부들 떨고 있는 여자는 시앗[17]인 모양이었다. 누가 와도 좀체 문을 열지 않는다는 주인 여자의 선홍빛 손톱이 떠올랐다. 마음놓고 문을 열어줄 수 없었던 주인 여자의 속사정 때문에 그 또한 사람 노릇을 제대로 못 한 셈이었다.

"이래도 문 안 열거야? 문 열어! 열라구."

---

17) 시앗 남편의 첩.

이번엔 아주 큰 돌멩이가 날아간 듯했다. 요란한 파열음과 함께 유리 조각들이 한참이나 땅으로 쏟아졌다. 더 이상 깨뜨릴 유리가 남아 있을 것 같지 않다는 생각으로 그는 설레설레 고개를 흔들었다.

아닌게아니라 그의 생각이 틀리지 않은 듯, 이내 쇠난간을 뛰어넘는 난입자의 거친 움직임이 들려왔다. 들창문을 조금 비껴서 바로 위에 102호의 난간이 있었다. 땅에서 난간까지의 높이가 웬만한 어른 키만큼 이었는데 유리창이 박살난 판이라 뛰어넘자면 그다지 어려운 일도 아닐 터였다. 이제 어떤 일이 일어날 것인가. 정부(情夫)와 함께 새파랗게 질려 있을 주인 여자를 상상하면서 그는 조마조마한 심정으로 사태의 진전을 지켜보았다. 이윽고 여자의 악쓰는 소리, 와장창 부서지는 소리, 울부짖는 소리들이 한꺼번에 밀려오기 시작했다. 유리창을 깨부수고 나면 당연히 베란다를 통해 본처가 들어오리라는 사실을 알지 못했던가. 차라리 처음부터 문을 열어주었더라면 이만한 소동은 없었을 게 아닌가. 그는 주인 여자의 미련한 고집이 안쓰러웠다. 보나마나 동네 사람들 모두가 그 난장판을 구경하였을 것이었다. 이상한 일이었다. 주인 여자를 향해 솟구치던 적개심은 어느 순간 먼지처럼 날아가버렸다. 이제는 미워할 대상도 사라져버렸다는, 집주인을 잘못 만난 자신의 재수없음을 어쩔 것이냐는 생각이 그를 쓸쓸하게 만들 뿐이었다.

출근길에 그는 102호의 폐허 같은 모습을 보았다. 소란을 피우던 본처는 돌아간 듯싶었다. 집 안은 무섭도록 조용하였다. 바깥으로 난 창문이란 창문은 모조리 깨어져 있었다. 베란다뿐만 아니라 안방 창문도 남아 있지 않다. 그의 들창문 앞에는 수북하게 파편들이 쌓여 있었고 날카로운 햇빛의 반사가 그것들을 번쩍번쩍 빛나게 하였다. 지나는 사람들마다 가릴 것 없이 드러난 집 안을 기웃기웃 들여다보았다. 동네 사람들도 나와서 한바탕의 난리에 대해 수군거리고 있었다. 행복사진관 앞에서 102호를 구경하고 있는 엄씨와 주씨의 시선이 자기에게 옮겨올까 봐 그는 빠른 속도로 걸어갔다. 초콜릿빛 자가용은 이미 보이지 않았고 주위에 비해 그 자리만 유난히 말끔한 것이 한눈에 들어왔다.

얼마큼이나 걷다가 그는 문득 뒤를 돌아다보았다. 바로 앞의 강노인 밭은 초록의 푸성귀들로 싱싱한 데 반해 102호의 뻥 뚫린 모습은 한없이 을씨년스러웠다. 바깥의 햇볕이 너무 밝고 강렬한 탓일까. 동굴 속처럼 어둡게 보이는 집 안은 섬뜩한 느낌마저 불러일으켰다. 그토록이나 자신을 거부했던 102호가 고작 저런 모습이었던가 생각하니 허망하기도 하였다. 그는 오랫동안 그 자리에 서 있었다. 지하의 자기 방과 다를 바 없는 동굴 같은 102호의 모습을 그는 보고 또 보았다. 등허리로 쏟아지는 햇살은 아침인데도 뜨겁기만 하였다. 땅 밑, 그의 방은 아무리 하여도 보이지 않았다. 들창문조차 찾아낼 수 없었다. 동굴같이 보이는 102호 밑으로 또 하나의 동굴이 있다는 엄연한 사실을 그는 믿을 수가 없었다.

언제까지나 그러고 있을 수는 없었다. 그는 몸을 돌려 자신이 가야 할 길을 쳐다보았다. 멀리 보이는 사거리에서 왼쪽으로 돌면 공장이 있었다. 지금부터 가야 할 곳 역시 또 하나의 동굴이란 사실까지는 미처 깨닫지 못한 채 그는 발길을 재촉했다. 아침부터 푹푹 찌는 날씨였다. 목덜미는 이미 끈끈하게 젖어 있고 몸을 움직일 때마다 옷에 밴 퀴퀴한 곰팡이 냄새가 풍겨왔다. 지하 생활자들만의 냄새였다.

1 지하 생활자가 살고 있는 지하와 닫혀 있는 1층 대문의 의미는 무엇일까요?

지하 생활자가 세 들어 살고 있는 지하방은 화장실도 없이 잠만 잘 수 있는 방입니다. 그 방은 새벽에도 빛이 들지 않아 음습하고, 한낮에도 곰팡이 냄새와 축축한 습기에 절어 있습니다. 이런 지하공간은 외부에서 보았을 때 쉽게 드러나지 않아서 지하 생활자의 고통을 지상의 사람들은 전혀 이해하지 못합니다.

지하 생활자의 생리적인 고통이 화장실이 없는 '지하' 라는 공간에서 연유되었듯이 '지하' 는 지상의 사람들과 대화가 단절된 가난한 자의 절망이 내포된 공간을 의미합니다.

그리고 문을 열어주지 않는 1층 주인집의 닫힌 대문 역시 소통의 단절을 의미하며 중심에서 밀려나 살고 있는 소외된 사람들의 외로운 삶을 보여주고 있습니다.

2 「지하 생활자」에서 다루고 있는 '똥 문제' 의 의미는 무엇일까요?

지하 생활자가 지하에 살면서 가장 고통스러워하는 문제는 바로 '똥의 문제' 입니다. 인간의 가장 기본적인 욕구인 배설에 대한 욕구는 먹는 문제만큼 중요한 문제이며 인간이라면 누구나 가져야 할 당연한 권리이기도 합니다. 하지만 이 지하 생활자에게 있어서 배설의 문제는 해결되지 않는 고통스러운 문제입니다. 지하방에 세를 내놓으면서 자신의 집 화장실을 마음대로 이용할 수 있게 해주겠다던 주인집 여자는 약속을 어기고 대문을 열어주지 않습니다. 설상가상으로 주변의 집들도 누군가 몰래 화장실을 이용하고 있다는 것을 알게 되자 일제히 문단속을 해버립니다. 인간의 가장 원초적인 생리적 욕구조차 자유롭게 해결할 수 없는 지하 생활자를 통해 슬프고도 부끄러운 가난의 절망과 비애를 잘 보여주고 있습니다.

3 지하 생활자가 대립하고 있는 두 인물을 통해 말하고자 하는 것은 무엇일까요?

이 작품에서 지하 생활자가 대립하고 있는 인물은 두 사람입니다. 먼저 1층 주인집 여자는 변의를 느낄 때 문을 열어주지 않음으로써 해결할 수 없는 똥의 문제로 대립하고 있다면, 공장 사장과의 갈등은 먹기 위해, 조금 더 잘 먹기 위한 밥의 문제로 대립하고 있습니다. 두 사람과의 갈등을 통해 삶의 문제는 먹기와 배설하기라는, 가장 본질적인 것을 말하고 있습니다.

4 지하 생활자가 자신에게 문을 열어주지 않던 주인집 여자를 용서하는
이유는 무엇입니까?

자신에게 문을 열어주지 않던 주인집 여자를 증오하던 지하 생활자가
어느 날 문을 열어주지 못한 이유를 비로소 알게 됩니다. 그것은 주인
집 여자가 유부남과 같이 있었기 때문에 불륜의 현장을 숨기느라 그랬
던 것입니다. 유부남의 부인이 와서 현관문을 깨고 들어갈 때 그 광경
을 지켜보던 지하 생활자는 자신이 살던 지하동굴과 똑같이 어두운 1
층 주인집을 보게 되고 주인집 여자도 자신과 마찬가지로 정상적으로
이웃과 소통하지 못하고 어두운 동굴에 살고 있었음을 깨닫게 됩니다.
그동안의 미움이 주인집 여자에 대한 연민으로 바뀌면서 1층 주인집과
의 갈등이 해소된다고 볼 수 있습니다.

5 지하 생활자가 근무하는 공장의 사장을 이해하게 되는 이유는 무엇입니까?

지하 생활자가 낮에 근무하는 공간도 좁은 지하실의 자동차 바닥 커버를 찍어내는 영세업 공장입니다. 이곳에서 파업이 일어나는데, 사장 또한 많은 빚에 쪼들리는 어려운 형편으로 공장 노동자들과 비교하여 처지가 크게 다르지 않습니다. 지하 생활자는 다른 공장 노동자들이 딴 직장을 알아보느라 밖에 나가 있는 동안 사장과 함께 자장면을 먹고 일을 하면서 사장이 자신들의 처지와 크게 다르지 않다는 동질 의식을 느낍니다. 지하 생활자가 계층이 다르다고 보았던 사장도 결국 힘겹고 고달픈 인생을 함께 살아가는 동반자라는 것을 확인하며 사장을 이해하게 된 것이지요.

6 1980년대 많은 노동소설과 「지하 생활자」에서 다뤄지는 노사문제는
어떻게 다를까요?

1980년대는 시기적으로 노동자의 권리의식이 크게 성장하면서 노동조
합이 봇물 터지듯 결성되던 시기였습니다. 이러한 노동자의 계급의식이
전체적으로 국민들의 의식을 성장하게 했고 우리나라의 민주화를 앞당
기는 데 많은 기여를 했습니다. 이 시기에 나온 대부분의 노동소설과 달
리 「지하 생활자」에서 나오는 노동자와 공장 사장과의 관계는 자본가와
노동자라는 계급의식의 문제를 첨예하기 다루기보다는 우리 모두가 힘
겨운 인생을 함께 살아가는 공동체임을 확인하면서 화해하는 과정을 더
중요하게 다루고 있습니다.

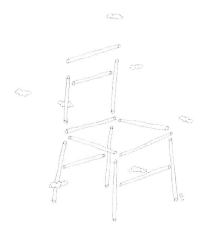

원미동 시인

부당하게 자행되는 폭력과
타인의 무관심에 맞서는
눈물겨운 몸짓들.

"그래. 슬픈 시야. 아주 슬픈……"
원미동 시인 몽달씨의 수난기

세상의 폭력과 이에 대응하는 모습을 보여주는 작품입니다.

작가는 폭력의 문제를 이 작품뿐만 아니라 「천마총 가는 길」 「밤의 일기」에서도 다루고 있습니다. 그래서 이 3편은 모두 밀접한 관계를 가지고 있습니다. 「천마총 가는 길」에서 주인공 정영준이 정당하지 못한 국가의 폭력에 노출되어 무자비한 고문을 당한 후 일상으로 돌아와서 자신의 직업인 여성지 기자가 잘못된 국가 권력을 비호하는 일임을 스스로 자각한 후 사직서를 던지고 새롭게 인생을 시작하고픈 의지를 담고 있는 작품이라면, 「밤의 일기」에선 우리 사회에서 일어나는 크고 작은 폭력들에 대해 인간은 과연 올바르게 대응해왔는가라는 문제를 다루고 있습니다.

양귀자는 초기 소설에서부터 폭력에 대한 꾸준한 관심을 보이다가 위의 작품들에서 폭력의 문제를 본격적으로 다루고 있습니다. 이 작품들에서 나타난 폭력의 유형은 크게 두 가지로 나누어 볼 수 있습니다. 하나는 국가 권력에 의해 자행된 폭력이고, 또 하나는 우리 일상에서 언제든지 일어날 수 있는 개인적 폭력인데 이러한 개인적 폭력은 타인에 대한 무관심 때문에 더 큰 상처를 입는다고 보고 있습니다.

이 작품에서는 운동권 학생이었다가 고문으로 인해 정상적 삶을 영위하기 어려운 몽달씨가 등장합니다. 그러한 몽달씨가 어느 날 아무 잘못도 없이 지나가는 거리의 사내들에게 폭행을 당합니다. 그때 이웃인 김반장은 그들의 폭력을 제지하기는커녕 자신의 장사에 방해가 될까봐 맞고 있는 몽달씨를 방관하죠. 전통적인 공동체의 질서가 깨져버린 도시에서 벌어지는 폭력에 대한 이웃들의 방관은 종종 더 큰 상처를 가슴에 심어줍니다. 이 작품에서는 원미동 시인으로 불리는 주인공을 통해 국가로부터 받은 부당한 폭력과 더불어 타인에 대한 무관심이라는 지독한 폭력을 보여주고 있습니다.

그래서 이 작품을 제대로 이해하려면 「밤의 일기」「천마총 가는 길」을 같이 읽으며 사회나 이웃, 국가의 부당한 폭력의 유형과 그 폭력에 대한 상처를 극복해가는 사람들의 눈물겨운 몸짓도 함께 이해하는 것이 필요합니다.

원미동 시인

　남들은 나를 일곱 살짜리로서 부족함이 없는 그저 그만한 계집아이 정도로 여기고 있는 게 틀림없지만, 나는 결코 그저 그만한 어린아이는 아니다. 세상 돌아가는 이치를 다 알고 있다, 라고 말하는 게 건방지다면 하다못해 집안 돌아가는 사정이나 동네 사람들의 속마음 정도는 두루 알아맞힐 수 있는 눈치만큼은 환하니까. 그도 그럴 것이 사실을 말하자면 내 나이는 여덟 살이거나 아홉 살, 둘 중의 하나다.

　낳아놓으니까 어찌나 부실한지 살아날 것 같지 않아 차일피일 출생신고를 미루다 보니 그렇게 된 것이라 하는데 그나마 일곱 살짜리로 호적에 올려놓은 것만도 다행인 셈이었다. 살아나기를 원하지 않았을 엄마 마음쯤은 나도 이미 알고 있는 터였다. 아버지는 좀 덜하지만 엄마는 나만 보면 늘상 으르렁거렸다. 꿈도 꾸지 않았던 자식이었지만 행여 해서 낳아봤더니 원수 같은 또 딸이더라는 원성은 요사이도 노상[1] 두고 하는 입버릇이니까 서운할 것도 없었다.

그것은 뭐 내가 일찌감치 철이 들어서가 아니라, 우리 집 사정이 워낙 그러했다. 내가 태어나던 해에 벌써 스물이 넘어 처녀티가 꽉 밴 큰언니에서 중학교 졸업반이던 막내언니까지 딸이 무려 넷이었다. 마흔셋에 임신인지도 모르고 네댓 달 배를 키우다가 엄마는 여기저기 용하다는 점쟁이들한테 다녀보고는 마침내 낳을 결심을 했었다는 것이다. 모든 점쟁이들이 '만장일치'로 아들이라고 주장해서였다. 그런 판에 또 조개 달고 나오기가 무렴해서였는지 냉큼 쑥 빠져나오지 못하고 버그적거리는 통에 산모를 반주검[2]시켜놓았다니 나로서는 입이 열 개라도 할 말이 없는 형편이었다. 그렇지만 실제로는 여덟 살이다, 아홉 살이다 자꾸 이랬다저랬다 하는 엄마도 과히 잘한 것은 없다. 내가 뭐 뺄셈 덧셈에 아주 까막눈[3]인 줄 알지만 천만에, 우리 엄마는 내가 세 살이 될 때까지도 혹시 죽어주지나 않을까 기다린 게 분명하다.

내가 얼마나 구박덩이에 미운 오리 새끼인가를 길게 설명하고 싶지는 않다. 진짜 하고 싶은 이야기는 그런 따위 너절한 게 아니라 원미동 시인(詩人)에 관한 것이니까. 내가 여러 가지 것을 많이 알고 있다고는 해도 솔직히 시가 뭣인지를 정확히 설명할 수는 없다. 얼추 짐작하기로 그것은 달 밝은 밤이나 파도가 출렁이는 바닷가에서 눈을 착 내리깔고 멋진 말을 몇 마디 내뱉는 것이 아닐까 여기지만 원미동 시인이 하는 것을 보면 매양 그렇지도 않은 모양이었다. 우리 동네에는 원미동 시인말고

1) 노상 언제나. 늘. 변함없이.
2) 반주검 반쯤 죽음. 죽다 살아난 상태.
3) 까막눈 어떤 일에 대하여 아무것도 모르는 사람.

도 원미동 카수니 원미동 멋쟁이, 원미동 똑똑이 등이 있다. 행복사진관 엄씨 아저씨가 원미동 카수인데 지난번 '전국노래자랑' 부천 대회에서 예선에도 못 들고 떨어졌다니 대단한 솜씨는 못 될 것이었다. 소라 엄마가 원미동 멋쟁이라는 것은 내가 가장 잘 안다. 그 보라색 매니큐어와 노랑머리는 소라 엄마뿐이니까. 원미동 똑똑이는, 부끄럽지만 우리 엄마다. 부끄럽다는 것은 남의 일에 간섭이 심하고 걸핏하면 싸움질이나 해대는 똑똑이는 욕이나 마찬가지라는 것을 알기 때문이다.

원미동 시인에게는 또 다른 별명이 있다. 퀭한 두 눈에 부스스한 머리칼, 사시사철 껴입고 다니는 물들인 군용 점퍼와 희끄무레하게 닳아빠진 낡은 청바지가 밤중에 보면 꼭 몽달귀신[4] 같다고 서울미용실의 미용사 경자언니가 맨 처음 그를 '몽달씨'라고 부르기 시작했다. 경자언니뿐만 아니라 우리 동네 사람이라면 누구나 그를 좀 경멸하듯이, 어린애 다루듯 함부로 하는 게 보통인데 까닭은 그가 약간 돌았기 때문이라는 것이었다. 언제부터 어떻게 살짝 돌았는지는 모르지만 아무튼 보통 사람과 다른 것만은 틀림없었다. 몽달씨는 무궁화연립주택 3층에 살고 있었다. 베란다에 화분이 유난히 많고 새장이 세 개나 걸려 있는 몽달씨네 집은 여름이면 우리 동네에서는 드물게 윙윙거리며 하루 종일 에어컨이 돌아가는 부자였다. 시내에서 한약방을 하는 노인이 늘그막에 젊은 마누라를 얻어 아기자기하게 살아보는 판인데 결혼한 제 형집에 있지 않고 새살림 재미에 폭 빠진 아버지 곁으로 옮겨온 막둥이였다. 그것부터가 팔불출[5]이 짓이라고 강남부동산의 고흥댁 아줌마가 욕을 해쌌는데,

[4] 몽달귀신 총각이 죽어 되었다는 귀신.
[5] 팔불출(八不出) 몹시 어리석은 사람을 가리키는 말.

아들이 아버지와 함께 사는 게 왜 바보짓이라는 건지 알 수가 없었다.

그런 몽달씨에게 친구가 있다면 아마 내가 유일할 것이었다. 몽달씨 나이가 스물일곱이라니까 나보다 스무 살이나 많지만 우리는 엄연히 친구다. 믿지 않겠지만 내게는 스물일곱짜리 남자친구가 또 하나 있다. 우리 집 옆, 형제슈퍼의 김반장이 바로 또 하나의 내 친구인데 그는 원미동 23통 5반의 반장으로 누구보다도 씩씩하고 재미있는 사람이었다. 나는 매일같이 슈퍼 앞의 비치파라솔 의자에 앉아 그와 함께 낄낄거리는 재미로 하루를 보내다시피 하였는데 요즘은 내가 의자에 앉아 있어도 전처럼 웃기는 소리를 해주거나 쭈쭈바 따위를 건네주는 법 없이 다소 퉁명스러워졌다. 그 까닭도 나는 환히 알고 있지만 모르는 척하는 수밖에. 우리 집 셋째딸 선옥이언니가 지난달에 서울 이모집으로 훌쩍 떠나버렸기 때문인 것이다. 김반장이 선옥이언니랑 좋아지내는 것은 온 동네가 다 아는 일이지만 선옥이언니 마음이 요새 좀 싱숭생숭하더니 기어이는 이모네가 하는 옷가게를 도와준다고 서울로 가버렸다. 선옥이언니는 얼굴이 아주 예뻤다. 남들 말대로 개천에서 용이 났다고 해도 과언이 아닐 만큼 지지리궁상인 우리 집에 두고 보기로는 아까운 편인데, 그 지지리궁상이 지겨워 맨날 뚱하던 언니였다.

참말이지 밝히고 싶지 않지만 우리 아버지는 청소부다. 아침 새벽부터 저녁 늦게까지 남의 집 쓰레기통만 뒤지고 다니는 직업이라 몸에서 나는 냄새도 말할 수 없을 만큼 지독했다. 아버지만이 아니라 밝히고 싶지 않은 것이 또 있다. 큰언니는 경기도 양평으로 시집가서 농사꾼 아내가 되었으니 상관없지만 둘째언니 이야기는 말하기가 부끄럽다. 둘째언니는 처음에는 버스 안내양, 그 다음에는 소시지 공장의 여공원, 그 다음에는 다방에서 일하더니 돈 버는 일에 극성인 성격대로 지금은 구로 동 어디에서 스물여섯 살의 처녀가 대폿집을 열고 있다. 언젠가 한번 가 봤더니 키가 멀대같이 큰 남자가 하나뿐인 방에서 웃통을 벗어붙인 채 잠들어 있고 언니는 그 옆에서 엎드려 주간지를 뒤적이고 있지 않은가. 그만한 정도로도 나는 일이 되어가는 모양을 알 수가 있었다.

우리 엄마와 청소부 아버지는 딸년들이야 시집보낼 만큼만 가르치면 족하다고 언니들을 모두 중학교까지만 보냈는데 웬일인지 선옥이언니 만 고등학교를 보냈었다. 그래서 더 골치이긴 하지만. 기껏 고등학교까 지 나왔으니 공장은 싫다. 차라리 영화배우가 되는 편이 낫다고 우거지 상을 피우던 언니가 김반장네의 콧구멍 같은 가게가 성에 찰 리 없을 것 이었다.

이제 겨우 일곱 살짜리가, 사실은 그보다야 많지만 왜 나이 많은 떠꺼 머리 총각들하고만 어울리는지 이상할 터이나 그것은 결코 내 책임이 아니었다. 단짝인 소라를 비롯하여 몇 명의 친구들이 작년과 올해에 걸 쳐 모두 국민학교에 입학해버렸고, 좀 어려도 아쉰 대로 놀아볼 만한 아 이들까지 깡그리 유치원에 다니기 때문에 아침밥 먹고 나오면 원미동 거리에는 이제 두어 살짜리 코흘리개들밖에 남지 않는 것이다. 설령 오 후가 되어도 사정은 마찬가지였다. 끼리끼리만 통하는 아이들이 좀처럼 놀이에 끼워주지 않기 때문에 나는 그만 홀로 뚝 떨어져나와 외계인처 럼 어성버성한 아이가 되어버렸다. 우리 동네에는 값이 싼 유치원도 많 고 피아노 교습소도 두 군데나 있지만 엄마는 꿈쩍도 하지 않는다. 단칸 방에 살아도 모두들 유치원에 보내느라고 아침마다 법석인데 나는 이날 이때껏 유희 한번 제대로 배워보지 못한 것이다. 아버지가 남의 집 쓰레기통에서 주워온 그림책이나 고장난 장난감이야 지천으로 널렸지만 이제는 그런 것들에는 흥미도 없으니 아무래도 나는 어른이 다 된 모양이었다.

몽달씨와 친구가 된 것은 올 봄, 바로 외계인 같던 시절이었다. 형제 슈퍼 앞에서 어슬렁거리며 김반장이 언제나 말동무가 되어주려나 눈치만 보고 있는데 바로 내 뒤에 똑같은 자세로 김반장 눈치를 보는 몽달씨가 있었다. 염색한 작업복 주머니에서 꼬깃꼬깃한 종이를 펼쳐들고 주춤주춤 내 옆의 빈 의자에 앉은 그가 "경옥아!" 하고 내 이름을 불렀을 때 정말이지 나는 기절할 정도로 놀랐다. 좀 바보이고 약간 돌았다고 생각했으므로 언젠가는 그가 보는 앞에서도 "헤이, 몽달귀신!" 하고 놀려댄 적도 있었던 나였다. 놀라서 입을 쩌억 벌리고 있는 내게 그가 다음에 건넨 말은 더욱 기가 찼다.

"너는 나더러 개새끼, 개새끼라고만 그러는구나……."

나는 눈을 둥그렇게 떴다. 몽달귀신이라고 부른 적은 있지만 결코, '참말이지 하늘에 맹세코' 그를 개새끼라고 부른 적은 없었다. 그래서 나는 나도 모르게 고개를 마구 저어댔다. 그런 나를 보는지 마는지 그는 계속해서 말했다. 너는 나더러 개새끼, 개새끼라고만 그러는구나…….

지금 생각해도 참 어이가 없는 노릇이지만, 세상에 그게 바로 시라는 것이었다. 김반장이 몽달씨에게 시를 쓴다 하니 멋있는 시를 한 수 지어보라고 했다는 것이다. 그 청을 받고 몽달씨는 밤새 끙끙거리며 시를 쓰려 했으나 도무지 마음먹은 대로 되지 않아 어느 유명한 시인의 시를 베껴왔는데 그 구절이 바로 그 시의 마지막이라고 했다.

"예끼, 이 사람아. 내가 언제 자네더러 개새끼, 개새끼 그랬는가?"

김반장은 으레 그럴 줄 알았다는 듯 몽달씨 어깨를 툭 치며 빈정대고 말았지만 나의 놀라움은 쉽게 가시지 않았다. 기억을 못 해서 그렇지 그를 향해 개새끼, 라고 욕을 한 적이 꼭 있었던 것같이만 생각될 지경이었다. 김반장이야 뭐라건 말건 몽달씨는 그날 이후 며칠간은 개새끼 시를 외우고 다녔고 나는 김반장 외에 몽달씨까지도 내 친구로 해야겠다고 속으로 결심해두었다. 시인하고 친구가 된다는 것은 구멍가게 주인과 친구가 되는 것보다는 훨씬 근사했으니까.

그렇긴 했으나 약간 돈 사내와 오랜 시간을 어울려 다닐 만큼 나는 간이 크지 못했다. 게다가 김반장은 마음이 내키면 언제라도 알사탕이나 쭈쭈바를 내놓을 수 있지만 몽달씨는 그런 면으로는 영 젬병이었다. 그는 오로지 시에 대하여 말하고 시를 생각하고 시를 함께 외우자는 요구밖에는 몰랐다. 그에게는 시가 전부였다. 바람이 불면 '풀잎에 바람 스치는 소리' 때문에 가슴이 아프고, 수녀가 지나가면 문득 "열일곱 개의, 또는 스물한 개의 단추들이 그녀를 가두었다"라고 부르짖었다. 그는 하루 종일이라도 유명한 시인들의 시를 외울 수 있었다. 그것만이 아니었다. 외운 시구절만 가지고 몇 시간이라도 대화를 할 수 있다고 그가 말하였다. 그게 바로 시적 대화라고 가르쳐주기도 하였다. 그러기 위해서 그는 밤새도록 시를 읽는다고 하였다. 몽달씨는 밤이 되면 엎드려 시를 외우고, 다음 날이면 그 시로써 말하는 사람이었다.

시를 빼고 나면 나와 마찬가지로 몽달씨도 심심한 사람이었다. 낮 동안에는 꼼짝없이 젊은 새어머니와 한집에서 지내야 하기 때문에 끊임없이 동네를 빙빙 돌면서 시간을 때워나갔다. 내가 김반장과 마주앉아 별로 새로울 것도 없는 이야기를 하다보면 어느샌가 슬쩍 다가와 약간 구부정한 허리로 의자에 주저앉곤 하는 몽달씨는 나보다 훨씬 강렬하게 김반장의 친구가 되었으면 하는 소망을 품고 있는 것처럼 보였다. 우리들은 제법 뜨거운 한낮 동안 각기 편한 자세로 앉아 신문을 읽거나 졸거나 하는 무료한 시간을 보내다가 막걸리 손님이라도 들이닥치면 몽달씨와 나는 재빨리 의자를 비워주곤 김반장이 바삐 설치는 모양을 우두커니 바라보곤 하였다. 김반장은 몽달씨가 시가 어쩌구 하며 이야기를 꺼내기라도 할라치면 대번에 딴소리를 해서 입막음을 하기 때문에 몽달씨도 김반장 앞에서는 도통 시에 대한 말을 입에 올리지 않았다. 대신에 내가 원미동 시인의 '시적 대화'를 끊임없이 듣는 형편이었다.

그때까지만 해도 몽달씨보다는 김반장과 함께 있는 것이 더 좋았다. 김반장이 그 커다란 손바닥으로 내 엉덩이를 철썩 치면서 "어이, 경옥이처제!" 하고 불러주면 기분이 그럴싸해서 저절로 웃음이 비어져나왔고 가끔가다 오토바이 뒷좌석에 앉아 함께 배달을 나가기라도 할라치면 피아노 배우러 가던 계집애들이 손가락을 입에 물고 부러워 죽겠다는 듯이 나를 바라봐줬었다. 김반장이 말 많은 원미동 여자들 누구하고도 사이좋게 지내면서 야채에다 생선까지 떼다가 수월찮게 재미를 보는 것을 잘 아는 고흥댁 아주머니도 "선옥이가 인물만 좀 훤할 뿐이지 그집안 꼬라지로 봐서 김반장이면 횡재한 거야" 하면서 은근히 선옥이언니를 비아냥거렸다. 흥, 나는 고흥댁 아주머니의 마음도 알아맞힐 수 있다. 선옥이언니보다 한 살 많은 딸이 하나 있는데 인물이 좀 제멋대로인 것이 아줌마의 속을 뒤집어놓은 것이다. 그러면서도 지난번엔 김반장 같은 사위나 얼른 봐야 될 것 아니냐는 은혜 할머니 말에는 가당찮게도 코웃음을 쳤었다.

"요새 시상에 뭐 부모가 무슨 상관 있답뎌? 그래도 갸가 보는 눈이 높아서 엥간한 남자는 말도 못 꺼내게 하요잉. 저기 은행 대리가 중매를 넣어왔는디도 돌아보도 않습디다. 전문학교일망정 대학물도 일년 남짓 보았고 해서, 아는 게 아주 많다요."

그런 말을 들을 때마다 나는 목구멍이 근질거려서 견딜 수가 없었다. 왜 목구멍이 근질거리는가 하면 나는 또 다른 비밀을 하나 알고 있기 때문이었다. 이것은 정말 특급 비밀인데 만약에 이 사실을 고홍댁 아주머니가 알았다가는 어떻게 수습이 되는지 내가 더 걱정인 판이다.

복덕방집 딸 동아언니가 누구와 좋아지내는가는 아마 나밖에 모르는 일일 것이다. 지난봄에 소라네 집에 놀러 갔다가 우연히 알게 된 사실로 소라조차도 영 모르고 있으니 나 혼자만 꿍꿍 앓다 말아야 할 것이긴 하지만, 그날 이후 복덕방 식구들만 만나면 내가 더 안절부절못했다. 여태까지 누구에게도 털어놓지 않은 말이라 좀 망설여지긴 하지만 아이, 할 수 없다, 이야기를 꺼냈으니 털어놓을밖에. 동아언니는 소라네 대신설비에서 소라 아빠의 일을 거들어주는 노가다 청년하고 연애를 하는 판이다. 그것도 보통 사이가 아니다. 지난 봄날, 소라네 집에 갔다가 소라가 보이지 않아 무심코 모퉁이를 돌아나와 옆구리 창으로 가게를 기웃들여다보니 그 두 남녀가 딱 붙어앉아서 이상한 짓을 하고 있지 않은가. 동아언니는 그렇다 치고 청년은 땀까지 뻘뻘 흘리면서 언니의 머리통을 꽉 껴안고 있었는데 좀 무섭기도 하였다.

이야기가 괜히 옆으로 흘렀지만 아무튼 선옥이언니가 김반장 같은 신랑감을 차버린 것은 좀 아쉬운 일이기는 하였다. 김반장이야 아직도 미련을 버리지 못하고 있는 터라 나만 보면 지금도 언니가 왔는가를 묻기에 여념이 없었다. 허나 선옥이언니는 처음 떠날 때도 그랬지만 요사이 한 번씩 집에 들를 적에도 형제슈퍼 쪽은 쳐다보지도 않는다. 어떨 때는 "어휴, 저 거지발싸개 같은 자식"이라고 욕도 막 내뱉는데 어떻게 알았는지 이모네 옷가게로 심심하면 전화질이라고 이를 갈았다. 가만히 눈치를 보아하니 선옥이언니도 요새 새 남자가 생긴 것 같고 전과 달리 아무 데서나 속옷을 훌렁훌렁 벗어던지며 옷을 갈아입는데, 그 속옷이 요사무사하게 생겨서 내 눈을 달뜨게 하곤 했다. 좀 만져라도 볼라치면 언니는 내 손을 탁 때려버렸다.

"어때, 이쁘지? 경옥이 넌 이런 것 처음 보지? 이거, 모두 선물 받은 거다."

끈으로 아슬아슬하게 꿰매놓은 저런 팬티 따위를 선물하는 치도 우습지만 그것을 자랑하는 언니는 더욱 밉상이어서 그럴 때면 속도 모르는 김반장이 불쌍해지기도 하였다.

몽달씨가 있음으로 인하여 김반장의 주가가 더 올라가는 점도 있었다. 나야 어린애니까 형제슈퍼의 비치파라솔 아래서 어슬렁거려도 흉볼 사람은 없지만 동갑내기인 몽달씨가 하는 일도 없이 가게 근처를 빙빙 돌면서 어떨 때는 나와 같이 쭈쭈바나 쪽쪽 빨고 있으면 오가는 동네 어른들마다 혀를 끌끌 찼다.

"대학 다닐 때까진 저러지 않았대요. 저도 잘은 모르지만 학교에서 잘렸대나봐요. 뭐 뻔하죠. 요새 대학생들 짓거린. 그러곤 곧장 군대에 갔는데 제대하고부턴 사람이 저리 됐어요. 언제나 중얼중얼 시를 외운다는데 확 미쳐버린 것도 아니고, 아주 죽겠어요."

몽달씨 새어머니 되는 이가 김반장에게 하소연하는 소리였다. 형제슈퍼 단골인 그녀는 '아주 죽겠어요'가 입버릇이었다.

"내 체면을 봐서라도 옷이나 좀 깨끗이 입고 나다니면 좋으련만, 아주 죽겠어요."

말이 났으니 말이지 그 옷차림은 형제슈퍼의 심부름꾼 복장으로 딱 걸맞았다. 종일 의자에서 빈둥거리기도 지겨운지라 우리는 곧잘 가게 일도 마다 않고 거들었었다. 우리 둘이서 기껏 머리를 짜내어 하는 일이란 게 고무호스로 가게 앞에 물을 뿌려주는 정도였다. 포장이 덜 된 가게 앞길의 먼지 제거를 위해서나 여름 땡볕을 좀 무디게 하는 방법으로는 그 이상도 없어서 김반장도 우리의 일을 기꺼이 바라봐주고 일이 끝나면 기분이란 듯 요구르트 한 개씩을 던져주기도 하였다.

그러다 차츰차츰 몽달씨 몫의 일이 하나둘 늘어갔는데 가게 앞 청소나 빈 박스를 지하실 창고에 쟁이는 일 혹은 막걸리 손님 심부름 따위가 그것으로, 몽달씨가 거드는 일이 많으면 많을수록 김반장은 더욱 의젓해지고 몽달씨는 자꾸 초라하게 비추어지는 게 나에겐 참으로 이상한 일이었다. 김반장도 그걸 모르지는 않았을 것이다. 그래서 언젠가는 아주 정색을 하고서 몽달씨 어깨를 꽉 껴안더니 이렇게 말하기도 하였다.

"자네 같은 시인에게 이런 일만 시키려니 미안하이. 자네는 확실히 시인은 시인이야. 언제 바쁘지 않을 때는 정말이지 자네 시를 찬찬히 읽어봄세. 이래 봬도 학교 다닐 때 위문 편지는 내가 도맡아 써주곤 했던 실력이니까."

그러면 몽달씨는 더욱 신이 나서 생선 잘라주는 통나무 도마까지 깔끔히 씻어내고 널브러져 있는 채소들을 다듬고 하면서 분주히 설치는 것이었다. 하지만 이제껏 몽달씨의 시노트를 읽어본 적이 없는 김반장이었다. 몽달씨가 짐짓 아직 자기 시는 읽을 만하지 못하니 유명한 시인들의 시나 읽어보지 않겠느냐고 구깃구깃 접은 종이를 꺼낼라치면 김반장은 온갖 핑계를 다 대서라도 줄행랑을 치면서 그가 보지 않은 틈을 타 머리 위에 대고 손가락으로 빙글, 동그라미를 그려 보였다. 그것도 모르고 몽달씨는 언제라도 김반장에게 들려줄 수 있도록 꼬깃꼬깃한 종이쪽지들을 호주머니마다 가득 넣어가지고 다녔다. 그때쯤엔 나도 몽달씨의 시적 대화에는 질려 있어서 덩달아 자리를 피했고 김반장을 따라 머리 위에 손가락으로 동그라미를 그려댔다. 약간, 아니 혹시는 아주 많이 돈 원미동 시인은 그래도 여전히 형제슈퍼의 심부름꾼 꼬마처럼 다소곳이 잔심부름을 도맡아가지고 있었다.

분명히 말하지만 보름 전쯤 그 사건이 일어날 때까지만 해도 나는 김반장이 내 셋째형부가 되어주길 은근히 바라고 있었다. 농사짓는 큰형부는 워낙이 나이가 많아 늙은 아버지 같아서 싫었고 둘째언니야 아직 공식적으로는 처녀니까 별 볼일 없는 데다 형부다운 형부는 선옥이언니가 결혼해야 생길 터이니 기왕이면 김반장 같은 남자가 형부가 되길 바란 것이었다. 하기야 넷째언니도 시방 같은 공장에 다니는 사내와 눈이 맞아서 부쩍 세수하는 시간이 길어지긴 했지만 그래봤자 앞차가 두 대나 밀려 있으니 어림도 없었다. 선옥이언니와 김반장이 결혼하면 누가 뭐래도 나는 형제슈퍼에 진득이 붙어 있을 수 있는 자격을 갖게 되는 셈이었다. 기분이 내키면 3백 원짜리 빵빠레를 먹은들 어떠하랴. 오밀조밀 늘어놓은 온갖 과자와 초콜릿과 사탕이 모두 내 손아귀에 있다, 라고 생각하면 어쩔 수 없이 나는 흐물흐물 기분이 좋아졌다.

그런데 정확히 열나흘 전의 그 일로 인하여 나는 김반장과 형제슈퍼의 잡다한 군것질감을 한꺼번에 포기하였다. 모르긴 몰라도 이런 나의 처사는 백번 옳을 것이었다. 그 사건의 처음과 끝을 빠짐없이 지켜본 유일한 목격자는 나 하나뿐이었지만 그렇다고 내가 본 것을 누군가에게도 늘어놓지는 않았다. 웬일인지 그 일에 관해서는 입도 뻥긋하기 싫었다. 그런 채로 나 혼자서만 김반장을 형부감에서 제외시켜버렸던 것이다. 또 하나, 아주 용기를 필요로 하는 일이었지만 그날 이후로는 김반장이 내 엉덩이를 철썩 두들기며 어이, 우리 경옥이처제 어쩌구 할 때는 단호하게 그를 뿌리치고 도망나와버리곤 하였다. 물론 그가 내미는 쭈쭈바도 받아먹지 않았다.

그 사건은 초여름 밤 10시가 넘어서 일어났다. 그날은 낮부터 티격태격해대던 엄마와 아버지와의 말싸움이 저녁에 이르러서는 본격적으로 시작되었다. 넷째언니는 야간조업이 있다고 늘상 12시가 다 되어야 돌아오는 처지라 만만한 나만 엄마의 분풀이 대상이 되어서 낮부터 적잖이 욕설도 들어먹었던 차였다. 싸우는 이유도 뭐 그리 대단한 게 아니었다. 아버지가 쓰레기 속에서 주워온 십팔금 목걸이를 맥주 4병으로 맞바꾸어 간단히 목을 축이고 돌아왔노라는 말을 내뱉은 뒤부터 엄마의 잔소리가 시작된 게 원인이었다. 새삼 길게 이야기할 것도 없고 요지는 맥주 4병으로 홀랑 마셔버리느니 지 여편네 목에 걸어주면 무슨 동티[6]가 날까봐 그랬느냐는 아우성이었다. 엄마가 지금 손가락에 끼고 있는, 약간 색이 변한 십팔금 반지도 아버지가 주워온 것인데 짜장 목걸이까지 세트로 갖출 뻔한 기회를 놓쳐서 엄마는 단단히 약이 올랐다. 그러던 말싸움이 저

6) 동티 공연히 건드려서 스스로 걱정이나 해를 입음을 비유하는 말.

녁에 가서는 기어이 험악한 욕설과 아버지의 손찌검으로 이어지길래 나는 언제나처럼 슬그머니 집을 빠져나와 비어 있는 형제슈퍼의 노천의자에 앉아 있었다. 가끔씩 있는 일로서 머지않아 아버지는 엄마를 케이오로 때려눕힌 뒤 코를 골며 잠들어버릴 것이었다. 그 다음엔 눈물 콧물 다 짜낸 엄마가 발을 질질 끌며 거리로 나와 경옥아!를 목청껏 부를 판이었다. 그때나 되어 못 이기는 척 들어가 잠자리에 누워버리면 내일 아침의 새날이 올 것이 분명하였다.

집에서 나온 것이 9시쯤, 그래서 김반장도 가겟방에 놓은 흑백 텔레비전으로 저녁 뉴스를 시청하느라고 내가 나온 것도 모르고 있었다. 장가들면 색시가 컬러 텔레비전을 해올 것이므로 굳이 바꿀 필요 없다고 고물 텔레비전으로 견디어내는 김반장의 등허리를 흘낏 쳐다보고 나는 신발까지 벗고 의자 위에 냉큼 올라앉았다. 잠이 오면 탁자에 엎드려 한숨 졸고 있어볼 생각으로 나는 가물가물 감기는 눈을 비비며 이리저리 몸을 뒤척이고 있었다. 거리는 그날따라 유난히 한산했고 지물포나 사진관도 일찌감치 아크릴 간판에 불을 꺼둔 채였다. 우리정육점은 휴일인지 셔터까지 내려져 있었다. 그 옆의 서울미용실은 경자언니가 출퇴근을 하기 때문에 9시만 되면 어김없이 불이 꺼진 채였다. 형제슈퍼에서 공단 쪽으로 난 길은 공터가 드문드문 박혀 있어서 원래 칠흑같이 어두웠다. 한 블록쯤 가야 세탁소가 내비치는 불빛이 쬐끔 새어나올 뿐이고 포장도 안 된 울퉁불퉁한 소방 도로 옆으로는 자갈이며 벽돌 따위가 쌓여 있었다.

바로 그때 공단 쪽으로 가는 어두운 길에서 뭔가 비명 소리도 같고 욕지기를 참는 안간힘 같기도 한 소리가 들려왔다. 아니, 그때 나는 비몽 사뭇 졸음 속에서 헤매고 있었기 때문에 정확하게 어떤 소리를 들은 것은 아니었다. 이제 생각하면 그 순간에는 분명 잠에 흠뻑 취해 있었음이 분명했다. 그럼에도 불구하고 그 소리를 들었던 것처럼 생각된 것은 꿈속에까지 쫓아와 악다구니[7]를 벌이고 있는 엄마와 아버지의 모습을 보고 있었던 탓인지도 몰랐다. 하여간 허공을 가르는 비명 소리가 꿈속이었거나 생시였거나 간에 들려왔던 것은 사실이었다. 움찔 놀라며 눈을 떴을 때는 이미 누군가가 어둠을 뚫고 뛰쳐나와 필사적으로 가게를 향해 덮쳐오는 중이었다. 그리고 그 뒤엔 덫에서 뛰쳐나온 노루새끼를 붙잡으러 온 것이 확실한 젊은 사내 둘이 가쁜 숨을 몰아쉬며 쫓아오고 있었다.

공교롭게도 나는 불빛에서 약간 비켜난 쪽의 의자에 앉아 있었기 때문에 그들의 눈에 띄지 않았다. 더욱 공교로웠던 것은 마침 가게 주변엔 아무도 없었다는 사실이었다. 때에 따라서는 비치파라솔 밑의 이 의자로는 턱도 없이 모자랄 만큼의 사람들이 왁자하게 모여 막걸리 타령을 벌이는 경우가 종종 있었다. 대개는 일을 끝내고 돌아가는 공사장의 인부들이었다. 그 사람들이 아니더라도 동네 사람 몇몇이 자주 이 의자에 앉아 밤바람을 쐬기도 했는데 그날은 아무도 없었다. 갑작스런 사태에 놀라 어리둥절하는 사이 도망자는 곧장 가게 안으로 들어가버렸고 뒤쫓아 온 사람 중의 하나는 가게 앞에, 또 하나는 마악 가게 속으로 들어가는 중이어서 나는 그들의 모습을 비교적 자세히 볼 수 있었다.

"야, 이 새꺄! 이리 못 나와!"

---

7) 악다구니 서로 욕하며 성내어 싸우는 짓.

가게 안으로 쫓아들어가면서 소리치고 있는 사내는 빨간색의 소매 없는 러닝셔츠를 입고 있어서 땀에 번들거리는 어깻죽지가 엄청 우람하게 보였다.

"깽판치기 전에 빨리 나오란 말야!"

가게 앞에 서서, 씩씩 가쁜 숨을 몰아쉬며 이마의 땀을 훔치고 있는 사내는 2개의 윗저고리를 한 손에 거머쥐고 있었다. 그도 당연히 러닝셔츠 바람이었지만 소매도 달린, 점잖은 흰색이었으므로 빨간 셔츠에 비해 훨씬 온순하게 보여졌다.

도대체 무슨 일일까. 호기심을 이기지 못한 나는 가게 옆구리의 샛문을 통해 안을 들여다보았다. 그새 사내의 발길에 차여버린 도망자가 바닥에 엎어져 있었고 김반장이 만약을 위해 사내 주변의 맥주 박스를 방 안으로 져 나르면서 뭐라고 소리치고 있었다.

"김형, 김형…… 도와주세요."

쓰러진 남자의 입에서 이런 말이 가느다랗게 흘러나온 것은 그 순간이었다. 그와 동시에 빨간 셔츠의 사내가 다시 쓰러진 자의 등허리를 발로 꽉 찍어눌렀다.

"이 새끼, 아는 사이요? 그러면 당신도 한번 맛 좀 볼 텐가?"

맥주병을 거꾸로 쳐들고 빨간 셔츠가 소리 질렀다. 김반장의 얼굴이 대번에 하얗게 질려버렸다.

"무, 무슨 소리요? 난 몰라요! 상관없는 일에 말려들고 싶지 않으니까 나가서들 하시오."

그때 바닥에 쓰러져 버둥거리던 남자가 간신히 몸을 비틀고 일어섰다. 코피로 범벅이 된 얼굴이 슬쩍 드러나 보였는데 세상에, 그는 몽달씨임이 분명하였다. 그러고 보니 빛바랜 바지와 물들인 군용 점퍼 밑에 노상 꺼입고 다니던 우중충한 남방셔츠가 틀림없는 몽달씨였다. 아까는 워낙 눈 깜짝할 사이에 가게 안으로 뛰어들었기 때문에 얼굴을 볼 겨를이 없었다.

"이 짜식, 왜 남의 집으로 토끼는 거야! 너 같은 놈은 좀 맞아야 돼."

흰 이를 드러내며 빨간 셔츠가 으르렁거렸다. 순간 몽달씨가 텔레비전이 왕왕거리고 있는 가겟방을 향해 튀었다. 방은 따로이 바깥쪽으로 난 출입구가 있었기 때문이었다. 그러나 몽달씨보다 더 빠른 동작으로 방문을 가로막아버린 사람이 있었다. 바로 김반장이었다.

"나가요! 어서들 나가요! 싸우든가 말든가 장사 망치지 말고 어서 나가요!"

빨간 셔츠가 몽달씨의 목덜미를 확 나꾸어챘다. 개처럼 질질 끌려나오는 몽달씨를 보더니 밖에 있던 흰 러닝셔츠가 찌익, 이빨 새로 침을 뱉어냈다. 두 사람 다 술기운이 벌겋게 오른, 번들거리는 눈자위가 징그러웠다. 나는 재빨리 불빛이 닿지 않는 구석으로 몸을 피했다. 무섭고 또 무서웠다. 저렇게 질질 끌려가는 몽달씨를 위해서 내가 해야 할 일이 무엇인지 알 수가 없었다. 도무지 가슴이 떨려 숨도 크게 쉬지 못할 지경이었는데도 김반장은 어질러진 가게를 치우면서 밖은 내다보지도 않았다.

두 명의 사내 중에서도 빨간 셔츠가 훨씬 악독한 게 사실이었다. 녀석은 몽달씨의 머리칼을 한 움큼 휘어감고서 마치 짐짝을 부리듯이 몽달씨를 다루고 있었다. 끌려가지 않으려고 버둥거리다가는 사내의 구둣발에 사정없이 정강이며 옆구리가 뭉개어졌다. 지나가던 행인 몇 사람이 공포에 질린 얼굴로 그들을 지켜보았다. 구경꾼들이 보이자 빨간 셔츠가 당당하게 외쳐댔다.

"이 새끼, 너 같은 놈은 여지없이 경찰서로 넘겨야 해. 빨리 와!"

불 켜진 강남부동산 앞에서 몽달씨가 최후의 발악을 벌여 놈의 손아귀에서 빠져나왔다. 그러나 이내 녀석에게 머리칼을 붙잡히면서 부동산 옆의 시멘트 기둥에 된통 머리를 받혔다. 쿵. 몽달씨의 머리통이 깨져나가는 듯한 소리에 나는 눈을 감아버렸다. 숨이 막힐 것만 같았다. 행복사진관과 원미지물포만 지나고 나면 또다시 불빛도 없는 공터가 나올 것이므로 몽달씨를 구해낼 시기는 지금밖에 없다. 몽달씨가 악착같이 불 켜진 가게 쪽으로만 몸을 이끌어갔기 때문에 길 이쪽은 텅 비어 있었다. 몇몇 사람들이 있기는 하였지만 그들은 섣불리 끼어들지 않고서 당하는 몽달씨의 처참한 꼴에 혀만 끌끌 차고 있었다.

"빨리 가, 이 자식아! 경찰서로 가잔 말야!"

빨간 셔츠가 움켜쥔 머리칼을 확 나꾸어채면 몽달씨는 시멘트 바닥에서 몸을 가누지 못해 정말 개처럼 두 손을 바닥에 짚고 끌려갔다.

"왜 이러세요……. 내게 무슨 잘못이…… 있다고…….."

행복사진관의 밝은 불빛 앞에서 몽달씨가 울부짖으며 사내에게 잡힌 머리통을 흔들어대다가 녀석의 구둣발에 면상을 짓밟히기 시작하였다. 마침내 나는 내달리기 시작하였다. 두 주먹을 불끈 쥐고 녀석들 곁을 바람같이 스쳐 나는 원미지물포로 뛰어들었다. 가게는 텅 비어둔 채 지물포 주씨 아저씨는 아랫목에 길게 누워 텔레비전을 보느라 바깥의 소동은 까맣게 모르고 있었다.

"깡패가, 깡패가 몽달씨를 죽여요."

주씨 아저씨는 그 우람한 체구에 비하면 말귀를 빨리 알아듣는 사람이었다. 벼락같이 튀어나와 마침 자기 가게 앞을 끌려가고 있는 몽달씨의 꼴을 보고는 냅다 소리를 질렀다.

"죄가 있으모 경찰을 부를 일이제 무신 일로 사람을 이리 패노? 보소! 형씨, 그 손 못 놓나?"

투박한 경상도 말이 거침없이 쏟아져나오자 녀석도 약간 주춤했다.

"아저씨는 상관 마쇼! 이런 놈은 경찰서로 끌고 가야 된다구요."

"누가 뭐라 카노. 야! 빨리 경찰에 신고해라. 당신네들이 사람 뚜드려가며 경찰서까지 갈 것 없다. 일 분 안에 오토바이 올 테니까."

"이 아저씨가……. 이 새끼, 아는 사람이오?"

"잘 아는 사람이니 이카제. 이 착한 청년이 무신 죄를 졌다꼬 이래 반죽여놨노? 무신 일이라?"

그제서야 빨간 셔츠가 슬그머니 움켜쥔 머리칼을 놓았다. 몽달씨가 비틀거리며 주씨 곁으로 도망쳤다.

"아무 잘못도…… 없어요……. 지나가는 사람 잡아놓고…… 느닷없이 때리는데."

더듬더듬, 입 안에 괴어 있는 피를 뱉어내며 간신히 이어가는 몽달씨의 말을 듣노라고 주씨가 잠시 한눈을 판 것이 잘못이었다. 멀찌감치 서서 구경을 하고 있던 사람들 중에서 누군가가 소리쳤다.

"어어, 저봐요. 저 사람들 도망쳐요!"

정말 눈 깜짝할 사이였다. 벌써 공단 쪽 길로 튕겨가는 모양으로 발소리만 어지럽고 녀석들은 어둠 속에 파묻혀버린 뒤였다.

"빨리 가서 잡아야지 저런 놈들 그냥두면 안 돼요!"

언제 왔는지 김반장이 발을 구르며 흥분하고 있었다. 금방이라도 잡으러 갈 듯 몸을 솟구치는 꼴이 가관[8]이었다.

"소용없어. 저놈들이 어떤 놈이라고."

"세상에, 경찰서로 가자고 그리 당당하게 굴더니 도망치는 것 좀 봐."

"그러니까 그냥 닥치는 대로 골라잡아 팬 거군. 우린 그것도 모르고 정말 도둑이나 되는 줄 알았지 뭐야!"

"여기는 가게들이 많아 환하니까 어두운 곳으로 끌고 가서 작신 패려고 수작을 벌였군."

"그래요. 아까 보니까 저 윗길에서 이 총각이 그냥 지나가는데 불러 놓고 시비더라구요. 아휴, 저 총각 너무 많이 맞았어. 죽지 않는 게 다행이야."

"그럼 진작에 말하지 그랬어요?"

"누가 이 지경인 줄 알았수? 약국에 가는 길에 그 난리길래 무서워서 저쪽으로 돌아갔다가 약 사갖고 와보니 경찰서 가자고 여태도 패고 있던걸."

모여 섰던 사람들이 저마다 한마디씩 떠들어대기 시작했다. 조금 아까까지도 텅 비어 있다시피 한 거리였는데 언제 알았는지 이 집 저 집에서 쏟아져 나온 사람들이 웅성거리며 피투성이가 된 몽달씨를 기웃거렸다. 참말이지 쥐어뜯긴 머리칼하며 길바닥을 쓸고 온 옷 꼬락서니, 그리고 피범벅이 된 얼굴까지가 영락없이 몽달귀신 그대로였다.

"무신 놈의 세상이 이리 험악하노. 이래가꼬는 사람이라 할 수 있겠

---

[8] 가관(可觀) 가히 볼 만함. 꼴불견임.

나?"

주씨가 어이없어 하는데 또 김반장이 냉큼 뛰어들었다.

"그러게 말입니다. 하여간 저놈들을 잡아 넘겼어야 하는 건데……. 좀 어때? 대체 이게 무슨 꼴인가. 어서 집으로 가세. 내가 데려다줄게."

김반장이 몽달씨를 부축해 일으켰다. 세상에 밸도 없지, 그 손을 뿌리치지 못하고 몽달씨는 김반장의 부축을 받으며 집으로 갔다.

몽달씨를 다시 보게 된 것은 그로부터 꼭 열흘이 지난 며칠 전이었다. 그 열흘간을 어떻게 보냈는지는 설명하기도 귀찮을 정도였다. 몽달씨와 더불어 다닐 때는 몰랐지만 막상 그가 없으니 심심해서 미칠 지경이었다. 하루가 꼭 마흔 시간쯤으로 늘어난 느낌이었다. 때때로는 형제슈퍼의 의자에 앉아 있은 적도 있었지만 이미 김반장과는 서먹한 사이가 되어버려서 그다지 자주 찾지는 않았다. 그날 밤, 내가 몰래 가게 안을 훔쳐보고 있은 줄을 모르는 김반장만큼은 예전과 다름없이 굴고 있기는 하였다.

"경옥이처제. 요새는 왜 뜸해? 선옥이언니 서울서 오거든 직방으로 내게 알리는 것 잊지 마. 그러면 내가 이것 주지!"

김반장이 쳐들어 보이는 것은 으레 요깡이었다. 껍질에는 영양갱이라고 씌어 있는 2백 원짜리 팥떡인데, 그것을 죽자 사자 먹고 싶어하는 것을 아는 까닭이었다. 그러나 흥, 어림도 없지. 선옥이언니가 오게 되면 김반장의 비겁한 행동을 미주알고주알 일러바쳐서 행여 남아 있을지도 모를 미련까지도 아예 싹둑 끊어버리게 하자는 것이 내 속셈이었다. 어찌 된 셈인지 선옥이언니는 한 달 가까이 집에는 코빼기도 내비치지 않고 있었다. 얼마 전에 서울에 다녀온 엄마 말로는 양품점이 한 달에 두 번 노는데도 집에는 올 생각 않고 온종일 쏘다니다 밤늦게서야 기어들어온다는 것이었다. 게다가 이모가 받아본 전화 속의 남자들만도 서넛이 넘어서 양품점 전화통이 종일토록 불나게 울려대는 바람에 지깐 년은 저한테 걸려오는 전화 받기에도 바쁜 형편이라 했다. 엄마를 쏙 빼닮아 말뽄새가 거칠기 짝이 없는 이모가 보나마나 바가지로 퍼부었을 선옥이언니의 흉보따리를 잔뜩 짊어지고 온 엄마의 마지막 결론은 갈데없이 원미동 똑똑이다웠다.

"선옥이 고년, 이왕지사 바람든 년이니까 차라리 탈렌트나 영화배우를 시키는 게 낫겠습디다. 말이사 바른 말이지 인물이야 요즘 헌다 하는 장미희보다 낫지⋯⋯."

"미쳤군, 미쳤어. 탈렌트는 누가 거저 시켜주남. 뜨신 밥 먹고 식은 소리 작작 해!"

그렇게 몰아붙이면서도 아버지는 으레 흐흐흐 웃고 마는 게 예사였다. 딸 많은 집구석에 인물 팔아 돈 버는 딸년 하나쯤 생긴다 해서 나쁠 것도 없다는 웃음이 분명했다.

"서울 사람들은 눈도 밝지. 선옥이가 명동으로 나갔다 하면 영화배우 해보라고 줄줄이 따라다닌답니다. 인물 좋은 것도 딱 귀찮다고 고년이 어찌 성가셔하는지⋯⋯."

엄마도 참, 입술에 침도 안 바르고 고흥댁 아줌마한테 이렇게 주워섬기는 때도 있었다. 그러면 여태도 동아언니 콧대가 하늘 높은 줄 모르고 솟아 있다고만 믿는 고흥댁 아주머니도 지지 않고 딸자랑을 쏟아놓았다.

"우리 동아는 요새 피아노도 배우고 꽃꽂이 학원도 다닌다고 맨날 바쁘다요. 시방 세상은 그 정도의 신부 수업인가 뭔가가 아주 필수라 한다드만."

엄마도 엄마지만 고흥댁 아주머니 말은 듣기에 거북하였다. 대신설비 노가다 청년한테 시집가면 피아노는커녕, 호박꽃 한 송이 꽂을 일도 없을 것이니까. 어른들은 알고 보면 하나밖에 모르는 멍텅구리 같을 때가 종종 있는 법이다. 그 사건 이후, 김반장에 대한 이야기만 해도 그렇다.

"김반장 그 사람 참말이제 진국[9]은 진국인기라. 엊그제만 해도 복숭아 깡통 하나 들고 몽달 청년한테 갔능갑드라. 걱정도 억시기 해쌌고, 우찌 됐건 미친놈한테 그만큼 정성들이는 것만 봐도 보통은 아닌 기 맞다."

지물포 주씨가 행복사진관 엄씨한테 하는 말이었다. 세 살 많다 하여 어김없이 형님으로 받드는 엄씨가 고개를 끄덕이며 맞장구치는 것을 보고 있으면 내 속이 터질 것만 같았다. 그렇지만 이상하게도 그 밤의 일을 속시원히 털어놓을 수가 없었다. 그러고 보면 이 김경옥이야말로 진국 중에 진국인지도 모른다.

몽달씨가 자리 털고 일어난 이야기를 하려다가 또 다른 쪽으로 새버렸지만 몽달씨야말로 진짜 이상한 사람이었다. 오후반인 소라가 등교 준비를 해야 한다고 서둘러 저희 집으로 가버린 때니까 정오가 조금 지나서였을 것이다. 집으로 가다 말고 문득 형제슈퍼 쪽을 돌아보니 음료수 박스들을 차곡차곡 쟁여놓는 일에 땀을 뻘뻘 흘리고 있는 몽달씨가 보였다. 실컷 두들겨맞고 열흘간이나 누워 있었던 사람이라 안색이 차

---

[9] 진국 참되어 거짓이 없는 사람.

마 마주보기 어려울 만큼 핼쑥했다. 그런데도 뭐가 좋은지 히죽히죽 웃어가면서 열심히 박스들을 나르고 있는 게 아닌가. 그것도 김반장네 가게에서. 아무리 눈을 크게 뜨고 보아도 몽달씨가 분명했다. 저럴 수가. 어쨌든 제정신이 아닌 작자임이 틀림없었다. 아무리 정신이 좀 헷갈린 사람이래도 그렇지, 그날 밤의 김반장 행동을 깡그리 잊어버리지 않고서야 저럴 수가 없다는 게 내 생각이었다.

잊었을까. 그날 밤 머리의 어딘가를 세게 다쳐서 김반장이 자기를 내쫓은 부분만큼만 감쪽같이 지워진 것은 아닐까. 전혀 엉뚱한 이야기만도 아니었다. 텔레비전에서도 보면 기억상실증인가 뭔가로 자기 아들도 못 알아보는 연속극이 있었다. 그런 쪽의 상상이라면 나를 따라올 만한 아이가 없는 형편이었다. 내 머릿속은 기기괴괴한 온갖 상상들로 늘 모래주머니처럼 빽빽했으니까. 나는 청소부 아버지의 딸이 아니라 사실은 어느 부잣집의 버려진 딸이다, 라는 식의 유치한 상상은 작년도 못 되어 이미 졸업했었다. 요즘의 내 상상이란 외계인 아버지와 지구인 엄마와의 사랑, 뭐 그런 쪽의 의젓한 것이었다. 아무튼 나의 기막힌 상상력으로 인해 몽달씨는 부분적인 기억상실증 환자로 결정되었다. 그렇다면 이제는 확인할 일만 남은 셈이었다. 오래 기다릴 필요도 없었다. 나는 김반장네 가게 일을 거들어주고 난 뒤 비치파라솔 밑의 의자에 앉아 뭔가를 읽고 있는 몽달씨에게로 갔다. 보나마나 주머니 속에 잔뜩 들어 있는 종이조각 중의 하나일 것이었다. 멀쩡한 정신도 아닌 주제에 이번엔 기억상실증이란 병까지 얻어놓고도 여태 시 따위나 읽고 있는 몽달씨 꼴이 한심했다.

"이거, 또 시예요?"

"그래. 슬픈 시야. 아주 슬픈……."

몽달씨가 핼쑥한 얼굴을 쳐들며 행복하게 웃었다. 슬픈 시라고 해놓고선 웃다니. 나는 이맛살을 찡그리며 몽달씨 옆에 앉았다. 그리고 아주 낮은 목소리로 물었다.

"이제 다 나았어요?"

"응. 시를 읽으면서 누워 있었더니 금방 나았지."

금방은 무슨 금방. 열흘이나 되었는데. 또 한 번 나는 몽달씨의 형편없는 정신 상태에 실망했다.

"그날 밤에 난 여기에 앉아서 다 봤어요."

"무얼?"

"김반장이 아저씨를 쫓아내는 것……."

순간 몽달씨가 정색을 하고 내 얼굴을 쳐다보았다. 예전의 그 풀려 있던 눈동자가 아니었다. 까맣고 반짝이는 눈이었다. 그러나 잠깐이었다. 다시는 내 얼굴을 보지 않을 작정인지 괜스레 팔뚝에 엉겨붙은 상처 딱지를 떼어내려고 애쓰는 척했다. 나는 더욱 바싹 다가앉았다.

"김반장은 나쁜 사람이야. 그렇지요?"

몽달씨가 팔뚝을 탁 치면서 "아니야"라고 응수했는데도 나는 계속 다그쳤다.

"그렇지요? 맞죠?"

그래도 몽달씨는 못 들은 척 팔뚝만 문지르고 있었다. 바보같이. 기억 상실도 아니면서……. 나는 자꾸만 약이 올라 견딜 수 없는데도 몽달씨는 마냥 딴전만 피우고 있었다.

"슬픈 시가 있어. 들어볼래?"

치, 누가 그따위 시를 듣고 싶어할 줄 알고. 내가 입술을 비죽 내밀거나 말거나 몽달씨는 기어이 시를 읊고 있었다. ……마른 가지로 자기 몸과 마음에 바람을 들이는 저 은사시나무는, 박해받는 순교자 같다. 그러나 다시 보면 저 은사시나무는 박해받고 싶어하는 순교자 같다……

"너 글씨 알지? 자, 이것 가져. 나는 다 외었으니까."

몽달씨가 구깃구깃한 종이쪽지를 내게로 내밀었다. 아주 슬픈 시라고 말하면서. 시는 전혀 슬픈 것 같지 않았는데도 난 자꾸만 눈물이 나려 하였다. 바보같이, 다 알고 있었으면서…… 바보 같은 몽달씨…….

(*소설 속에 인용된 시는 순서대로 김정환, 이하석, 황지우씨의 작품임.)

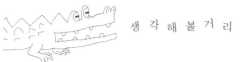

1 「원미동 시인」에서 나온 폭력의 모습에는 어떤 것이 있나요?

이 작품에서 원미동 시인 몽달씨를 통해 보여주는 폭력의 유형은 크게 세 가지입니다. 대학생이었던 몽달씨가 운동권 학생시절 경찰서에 끌려가 당한 고문으로 사람들이 돌았다고 할 만큼 정신적으로 정상적인 생활을 할 수 없는 것에서 보여주는 국가적 폭력이 첫 번째 폭력인데 이 부분은 독자로 하여금 추리할 수 있도록 해놓았지요. 두 번째 폭력은 아무런 이유도 없이 붉은 셔츠의 사내들에게 폭력을 당하는 것. 세 번째 폭력은 몽달씨가 평소 일을 거들어주며 가까이 지내던 김반장에게 도움을 청했을 때 돌아오는 거절과 방관이라고 말할 수 있습니다. 불법적인 고문의 후유증에 시달리던 몽달씨는 이유 없는 사회폭력과 타자에 대해 무관심한 현대인에게 심한 마음의 상처를 다시 받게 됩니다.

2 '마른 가지로 자기 몸과 마음에 바람을 들이는 저 은사시나무는, 박해받는 순교자 같다. 그러나 다시 보면 저 은사시나무는 박해받고 싶어하는 순교자 같다.' 이 부분이 의미하는 것은 무엇일까요?

평소 시적 대화를 즐겨 사용하는 몽달씨는 거리의 사내들에게 폭력을 당하지만 열흘 동안 심하게 앓고 난 후 아무 일도 없었던 것처럼 다시 김반장의 가게 일을 돕습니다. 그러한 몽달씨의 모습이 서술자인 어린 경옥의 눈에는 분하고 바보 같게만 느껴지지만 몽달씨는 그런 경옥에게 황지우 시인의 시 한 구절을 들려줍니다. 몽달씨는 자신에게 가해진 폭력과 위선의 모습을 고스란히 견디면서 스스로 박해받는 순교자가 되기를 원하고 있는 거지요. 시에서 등장하는 박해라는 단어를 통해 폭력 앞에 스러지는 인간의 무력함을 위대함으로 바꾸어내면서 무자비한 폭력에 평화와 시로 맞대응하고 있습니다. 폭력에 굴복하는 것이 아니라 스스로 견디며 아름답고 진실한 시로 폭력적 세상에 맞서고 있습니다.

3 몽달씨를 외면하는 김반장의 모습에서 현대인의 모습을 분석해보세요.

김반장이 서술자인 경옥이에게 잘해주는 것은 경옥의 예쁜 언니 선옥 때문입니다. 경옥에게 환심을 사려고 하고, 몽달씨가 무보수로 일해주는 것을 즐기는 김반장은 돈과 여자에게는 관심을 보이지만 자신에게 이익이 되지 않는 것에는 철저하게 등을 돌리는 '오늘날 요령껏 세상살기에 바쁜 현대인'의 모습을 그대로 보여줍니다. 당시의 상황을 잘 알지 못하는 주씨는 '김반장 그 사람 참말이제 진국은 진국인기라'라는 칭찬을 김반장에게 보내지만, 실제로는 위선으로 똘똘 뭉친 김반장의 모습을 반어적으로 나태내고 있습니다.

4 폭력을 다룬 양귀자의 또 다른 작품들을 찾아 그 내용을 분석하시오.

「밤의 일기」

양귀자는 초기 소설에서부터 폭력에 대한 꾸준한 관심을 표명하였습니다. 그러나 초기 작품들에 투영된 폭력은 작품 이면에 암시되어 있을 뿐이었고 폭력문제가 보다 본격적으로 드러난 작품은 1985년에 발표된 「밤의 일기」라고 볼 수 있습니다.

이 작품에서 작가가 제기하는 문제는 폭력 그 자체보다 폭력에 대한 대중들의 무관심입니다. 이것은 주인공 태희의 옆집이 강도 피해를 당할 때 보여주는 다른 이웃들의 행동에서 잘 나타납니다. '강도가 들었다'라고 외칠 때 도와주기 위해서 나오기는커녕 문단속을 강화하는 이웃들의 모습을 통해 더욱 큰 폭력을 보여주지요. 그리고 태희가 옆집 여자를 배웅해주고 고속터미널에서 야바위꾼들에게 사기당하는 여자가 백주대로에서 폭력을 당할 때 행인 가운데 그 누구도 그들을 제지하거나, 경찰을 부르기 위해 달려가지 않습니다. 그것을 보며 폭력을 당하던 여자가 구경꾼들을 향해 '당신들도 다 마찬가지야'라고 외치는 장면은 폭력을 묵인하는 사람들도 폭력을 휘두르는 사람들과 같다는 절규입니다. 한 사회가 공동체를 이루고 이상적으로 통합하기 위해서는 타인에 대한 배려가 무엇보다 필요합니다. 하지만 「밤의 일기」에서는 그러한 배려가 나타나지 않습니다. 밤이라는 어둡고 암울한 단어 속에 폭력적인 장면은 자연스럽게 연관되며, 폭력이 횡행하는 우리 사회의 현실을 그대로 나타내고 있지만, 그 폭력을 차단하고 함께 방어하며 적극적으로 대항하는 모습은 볼 수 없습니다. 이 점에서 작가는 타인에게 냉담한 사회상을 통해 과연 사회공동체의 실현과 민주주의 실현이 가능한가를 묻고 있습니다.

그러나 작가는 이 작품에서 사회정의의 회복을 개인적 양심에 호소하고 있는 한계를 보이고 있습니다. 이것은 폭력의 구조적 문제나 그것을 유발하게 된 보다 심층적인 탐구에는 이르지 못하고 있음을 보여줍니다. 그리고 폭력에 대한 대응 역시 「원미동 시인」에서의 몽달씨처럼 추상적 대응으로 일관하게 됩니다.

「천마총 가는 길」

이 작품은 부당하게 자행되는 국가폭력의 실상이 고발된다는 점에서 사회적 의미망을 획득하며 한 개인의 실존적 삶을 통해 야만스러웠던 1980년대의 억압적 정치현실을 폭로하고 있습니다.

여성잡지사에 다니는 주인공이 어느 날 잡지사에 사표를 내고 경주의 천마총을 찾아가는 여로형 구성을 취해 폭력의 원형을 찾아가며 폭력적 현실에서 자신의 존재의미를 찾아가는 눈물겨운 여정이 드러납니다. 주인공이 어느 날 느닷없이 사표를 던진 이유는 '이제는 돌맹이처럼 굳어버려 돌이킬 수 없을 만큼 자리 잡아버린 체제에의 봉사를 어떤식으로든 끝장내야한다는 초조감' 때문입니다. 그것은 7년 전, 1980년 6월 광주의 비극이 끝난 직후에 아침 출근길에 무단연행되어 끌려간 취조실에서 비롯됩니다. 다짜고짜 무자비한 고문을 당한 공포와 공포를 뛰어넘는 굴욕감에 치를 떨며 고문관들을 '신은 용서하여도 결코 자신은 용서하지 않을 것'이라고 맹세를 하지만, 어느 날 우연히 식당에서 만난 고문관과 마치 직장동료라도 만난 듯 아는 체를 하며 인사를 하는 무심한 대면에 거의 미칠 듯한 심정이 됩니다. 그리고 자신이 석방할 때 써준 각서에 굴복한 지난 7년이라는 시간 동안 자신에게 폭력을 휘두른 정권에 어떤 식으로든 봉사했다는 것을 깨닫게 됩니다. 그래서 사표를 내고 자신의 진정한 존재의미를 찾기 위해 경주로 내려가게 된 것입니다.

경주에 도착하기 전 아버지의 유해를 옮기기 위해 대구에 들러 보상금을 받습니다. 실상 경주 여행경비가 바로 아버지 때문에 생긴 보상금이었던 것입니다. 과거 역사적 상처로 인해 아버지는 평생 무위생활을 했고 그런 아버지를 주인공은 절대적으로 증오했습니다. 그런데 이 여행을 통해 자신보다 더 크고 무서운 역사적 폭력을 당한 아버지를 이해하게 됩니다. 아버지에 대한 이해와 긍정은 자신의 존재를 찾아가며 자신을 긍정하게 되는 일차적인 관문이라고 볼 수 있습니다.

경주에 도착하여 보게 된 천마도를 주인공은 고대 문화 유산의 예술성
으로 읽어내는 것이 아니라 인간의 추악한 지배욕으로 바라보게 됩니
다. 천마도는 '죽음 이후에도 권력과 영화를 버릴 수 없어 수십만 개의
냇돌로 자신의 무덤을 봉쇄한 왕의 꿈, 지배자의 꿈'을 상징합니다. 그
것은 1980년 당시의 정통성 없는 군부의 정권욕을 연상시킵니다.

그리고 주인공은 마지막 장면에서 딸아이의 사진을 찍습니다. 이때 딸
아이의 전신이 다치지 않고 온전히 다 나오게 하려고 안간힘을 쓰는 장
면에서 아버지에게서 자신에게로 대물림된 폭력이 더 이상 딸아이에게
대물림되지 않기를 간절하게 희구하는 몸짓을 볼 수 있습니다. 작품의
주인공은 이러한 폭력적인 현실을 떨치고 일어나 온전하게 이 세상을
살아가기를 간절하게 소망하고 있습니다.

비 오는 날이면 가리봉동에 가야 한다

농촌에서 도시로 이주해온
일용 품팔이의 고생스럽지만
정직한 삶을 감동적으로 그린 작품.

"비가 오면 비가 오는 대로 할 일이 있습지요"

농촌에서 올라온 일용 품팔이꾼 임씨의 한스러운 도시살이

이 글의 주인공인 임씨는 시골에서 땅을 팔고 도시로 이주해온 사람입니다. 근대화의 과정에서 소외되었던 농민들이 조금 더 잘살아보자는 희망으로 도시로 나왔지만 도시 산업화에 밀려 빈민층으로 전락하게 되고 성실하게 일하면 일할수록 더욱 왜소해지고 초라해지는 우리 사회의 현실과 모순을 그대로 담아내고 있습니다. 그래서 임씨의 이야기는 단순한 개인의 역사가 아니라 한국사회의 이주(移住) 현상의 역사를 보여주고 있습니다.

한국사회의 급속한 경제개발은 경제적 수준을 향상시켰으나, 부의 편중으로 인해 도시 서민의 상대적 빈곤이라는 문제점을 낳았습니다. 그리고 경제 제일의 구호 아래 진행된 도시, 산업화의 물결은 농촌의 급격한 해체로 연결되고 인구의 도시집중 현상을 낳았으며 가난한 소외 계층을 양산했습니다.

임씨라는 인물은 경기도 양평에서 농사를 짓다 도시로 이주해와서 온 갖 장사를 전전하며 잘살기 위한 몸부림을 쳤지만, 결국 도시로 나올 때 가지고 나온 땅값도 다 날리고 근근한 일용 품팔이가 되어 살아가고 있습니다. 그리고 설상가상으로 사기까지 당합니다.

이렇듯 임씨는 도시적 삶에 잘 적응하지 못하고 오히려 사기까지 당해 어렵게 살아가고 있는 인물이지만, 누구보다도 건강한 정신의 소유자입니다. 단단하게 다져진 육체가 건강하고 정직한 임씨의 정신을 잘 말해주고 있지요. 이 작품에는 중산층을 암시하고 있는 서술자와 그의 아내가 임씨에 대해 처음에는 강한 불신을 품다가 점점 임씨에 대한 믿음을 회복하면서 자신들의 비뚤어진 시각에 대해 부끄러워하는 장면이 나옵니다. 이 장면에서 작가는 막노동으로 살아가는 사람들이 비뚤어진 것이 아니라 그들을 보고 있는 중산층의 시각이 더욱 비뚤어져 있는 현실을 꼬집어주고 있습니다.

'마당은 비뚤어졌어도 장구는 바로 치자'라는 어느 시인의 외침처럼 아무리 어려운 삶을 살지라도 사람의 정신마저 비뚤어져서는 안 되겠죠. 그런 의미에서 임씨의 진실된 삶은 무너져가는 인간에 대한 믿음을 새롭게 회복시켜 주고 있음을 알 수 있습니다.

비 오는 날이면 가리봉동에 가야 한다

2명의 일꾼은 아침 8시가 지나서 들이닥쳤다. 일의 시작은 때려부수는 것부터였다. 두 사람이 덤벼들어서 함부로 두들겨 깨는 것을 지켜보다가 그는 그 요란한 소리에 이맛살을 찌푸렸다. 망치질 한 번에 여기저기로 튕겨나가는 타일 조각과 콘크리트 파편 때문에라도 더 이상은 그곳에 있을 수 없었다. 목욕탕과 잇대어 있는 주방도 어수선하기론 마찬가지였다. 목욕탕에서 옮겨온 세간살이가 옹색한 부엌을 더욱 비좁게 만들고 있었다. 그 속에서 아내는 인부들 점심상에 내놓을 푸성귀를 다듬고 있었다.

은혜는 여태껏 텔레비전에 매달려 있는 채였다. 취학 전의 어린애들을 대상으로 하는 프로그램인데 그로서는 토옹 볼 기회가 없었으므로 아이가 화면에서 나오는 대로 따라 노래를 부르곤 하는 게 밉지는 않아서 내버려두기로 하고 작은방을 들여다보았다. 아직 젖을 먹는 은혜 동생은 목욕탕에서 꿍꽝거리는 요란한 소리에도 아랑곳하지 않고 모로 누워 쌔근쌔근 잠들어 있다. 은혜 밑으로 다시 딸을 낳은 뒤 말은 하지 않지만 노모는 어지간히 서운한 기색이었다. 한동안은 저희에게 살 집을 주시라고 기도하더니 연립주택이나마 부천에 집을 마련한 뒤부터는 대신 저희에게 건강한 옥동자를 주시고, 라는 구절이 끼어들기 시작했다.

"어머님은 김집사네 이삿짐 거들어주시러 가셨어요."

그가 이 방 저 방을 기웃거리고 다니는 것을 어머니 찾는 것으로 여긴 아내가 하는 말이었다. 아내의 말에는 대꾸도 하지 않고 그는 다시 난장판이 되어가고 있는 목욕탕을 들여다보았다. 욕조를 상하지 않게 하려고 정교한 솜씨로 정을 대어 망치질을 하고 있는, 빛바랜 누런 티셔츠의 사내가 오늘 공사를 떠맡은 임씨였다. 바닥을 두들겨 파헤쳐놓은 일꾼은 임씨보다 적어도 열 살은 어려 보이는 젊은이였다. 아직도 한더위인데 멋을 부려보겠다는 것인지 긴 소매 남방을 입고 몸에 꼭 끼는 청바지가 노가다 복장으로는 어쩐지 서툴러 보여 미덥지가 않았다. 자칭 기술자라는 임씨조차 겨울이면 연탄 배달로 삯[1]을 버는 연탄장수가 주업이라서 아무래도 미덥지가 않기로는 매일반이었다. 아랫동네의 임씨를 소개해준 것은 지물포 주씨였다. 도배일을 다니면서 찬찬히 살펴보았지만 임씨만큼 일솜씨 야무지고 성실한 일꾼이 없다는 것이었다. 그동안 어지간한 일들은 대신설비의 소라 아버지가 맡아 해주곤 했으나 요새 소라 아버지는 허리를 다쳐 누워 있는 중이라서 그 역시 마땅한 일꾼을 찾지 못하고 있는 판이었다.

1) 삯 임금.

지물포 주씨 말을 믿기로 하고 임씨가 뽑은 견적대로 일을 맡기고 나서야 그는 아내를 통해 임씨가 사실은 연탄 배달부로서 여름 한철에만 이것저것 잡일을 하는 어설픈 막일꾼이라는 것을 알게 되었다. 그렇다면 보나마나 하자가 생길 것이 틀림없다고 믿은 그는 일을 시작도 하기 전에 적잖이 기분을 그르치고 말았다. 다른 것도 아니고 목욕탕 공사야말로 급수 배관에서 방수, 그리고 미장, 타일까지 전문직이 필요한 게 아니냐는 나름대로의 이론에 비추어봐도 섣부른 결정임에는 틀림없는 것처럼 여겨졌다.

재수가 없으려니. 목욕탕 사단이 생긴 이후 그는 걸핏하면 재수 타령을 하게 되었다. 하기야 집의 여기저기에 하자가 생겨 생돈을 밀어넣어야 할 경우에는 으레 튀어나오는 말 또한 재수가 없으려니, 였다. 재수가 없어도 보통 없는 게 아니었다. 서울에서 그처럼 떠돌아다니다가 전세방 생활을 청산하고 겨우 연립이나마 한 채 사서 들어왔는가 했더니 한 달이 멀다 하고 이곳저곳의 문제점들이 출몰하기 시작하는 데는 정신이 없을 지경이었다. 집에 문제점이 있다는 것은 곧바로 돈을 써야만 풀리는 숙제 같은 것이어서 집주인이 되고부터는 노상 돈에 쪼들리는 것도 그 때문이었다.

이사 오던 해 겨울에는 천장이며 벽에 습기가 배어들어 물이 흐르기 시작했다. 이어서 온 집 안에 곰팡이 냄새가 가득해지고 서서히 해동이 되면서는 숫제 비가 새듯 천장에서 물이 떨어졌다. 어차피 내 집인 이상 이쯤이야 고치고 살아야지. 그런 맘으로 그 첫 번째 공사는 시원시원하게 이루어졌었다. 원미지물포 주씨가 맡은 그 공사는 집의 외벽과 천장에 두터운 스티로폼을 붙이는 작업이었다. 온 집 안에 먼지처럼 작은 스티로폼 입자가 풀풀 떠다니고 세간살이가 제자리를 떠나 있어 집 안이 온통 난장판일 때는 괴로웠었다. 하지만 그 다음에는 방습지[2]로 말끔히 도배를 하여서 일 시작한 김에 집안꼴이 훤해진 것은 그닥 나쁘지는 않았었다.

첫 번째 공사는 말하자면 신호에 불과한 셈이었다. 그 얼마 후에 은혜와 노모가 쓰고 있는 작은방의 난방 파이프가 터져버렸다. 구들을 파헤치고 다시 방의 꼴을 갖추는 데 며칠간의 북새통은 물론이고 수월찮은 돈이 날아가버렸다.

그것뿐이 아니었다. 이어서 주방의 하수구가 막혔고 보일러의 굴뚝이 무너져 보일러까지 새로 갈아야 하는 일이 터져버렸다. 지은 지 3년도 채 안 되었다는 집이 걸핏하면 터지거나 막히거나 무너지는 데는 어이가 없을 뿐이었다. 그런 일들이 아니라면 하다못해 목욕탕의 수도꼭지가 헛바퀴를 돌거나 변기의 물탱크가 제구실을 못 하거나 해서 크고 작은 돈이 쉴새없이 집수리하는 데 들어갔다. 이제 더 이상의 고장은 없으려니 하고 있으면 느닷없이 보조키가 말을 들어먹지 않아서 내친김에 새로 발명되었다는 컴퓨터 보조키까지 달게 했다.

그러고는 이번의 목욕탕 사건이 터진 것이었다. 바로 어제 일이었다. 아침상을 받아놓고 껄끄러운 입맛 때문에 모래알 씹듯 밥알을 세어가며 식사를 하고 있는데 누군가가 현관문을 마구 두들겨댔다. 그 요란한 소리에 갓난애까지 잠에서 깨어나 울음을 터뜨렸다. 어엿이 벨도 달려 있고, 벨을 사용하지 않으려면 점잖은 노크 방법도 있는데 이것은 해도 너

2) 방습지 습기가 스며들지 못하게 만든 종이.

무하지 않나 싶어 그 즉시 다짜고짜 문을 열어젖혀버렸다.

현관문 밖에는 머리가 반쯤 벗겨진, 예순이 넘어 보이는 노인네가 눈을 동그랗게 뜨고 서 있었다. 스스로의 거친 행동은 잊어버린 채, 단지 문이 갑자기 열려 놀라지 않을 수 없다는 표정이어서 그는 어이가 없었다. 노인네의 일견 순진하게조차 보이는 얼굴에 자연 그의 말씨도 공손해졌다.

"무슨 일이십니까?"

"아, 저…… 물이 말씀이야……."

"물이라구요? 수돗물 말씀하시는 겁니까?"

여름 들어서 격일제로 나오는 수돗물을 가리키는 말로 그는 알아들었는데 노인은 답답하다는 듯 자꾸 침을 삼키면서 손바닥을 비벼대었다.

"물이…… 그러니까 목욕탕에서…… 물이……."

더듬거리는 말버릇도 아니고, 그렇다고 어눌하고 솜씨 없는 말투도 아닌 어조로 노인은 일껏 뒤로 빼고 있는 느낌을 주었기에 그는 소롯이 짜증이 밀려오기 시작했다. 그때 계단 아래에서 쿵쾅쿵쾅 발소리가 들리는가 했더니 이내 젊은 여자가 나타났다.

"아이구, 할아버지도, 참. 관두세요! 다른 게 아니라 그 집 목욕탕 파이프가 터졌나봐요. 오늘 아침이 물 나오는 날 아녜요. 어제는 괜찮았는데 오늘 아침부터 우리 집 목욕탕 천장으로 물이 떨어진다구요. 자꾸 더 떨어지는데 얼른 손을 보세요."

우는 아이에게 젖을 물리고 있던 아내가 아이를 추슬러 안은 채 참견을 했다.

"어머나, 어쩐지 목욕탕 물이 시원찮게 나오더라구요. 이를 어째."

그들이 돌아간 뒤 그는 수도 계량기의 꼭지를 단단히 잠가두고 다시 아침상 앞에 앉았다. 어제 받아놓은 물이 많이 남아 있으니 오늘은 그럭저럭 지내고 퇴근 후에 다시 살펴보기로 한 그는 이내 숟가락을 놓아버렸다. 몇 달 잠잠하다 했는데 기어이 큰 건수로 터져버린 것을 생각하니 울화가 치밀어서였다. 모처럼 내일은 광복절 휴일로 넉넉하게 쉬어볼까 했더니 이것 역시 그르치고 말게 될 것이 분명했다.

"그런데 아까 그 할아버지는 누구야?"

"으악새 할아버지 아녜요. 당신도 보셨잖아요."

그러면서 아내가 때맞지 않게 쿡 웃음을 터뜨렸다.

"으악새? 뭐 그따위 이름이 있나?"

"글쎄 말예요. 김반장이 붙여놓은 건데 아주 제격이에요."

그리고 보니 그 할아버지를 본 적이 있었다. 며칠 전의 퇴근길에서였다. 앞에 가던 노인네가 아무래도 수상했다. 버스 정류소에서부터 주욱 따라온 셈인데 30초쯤의 간격으로 으악, 으악, 이렇게 소리를 내지르는 것이었다. 그것도 소리만 내뱉는 게 아니라 흡사 목젖 밑의 무엇을 끄집어내기 위해서인 듯 양손바닥을 탁 치면서, 혹은 팔목을 내리치면서 으악, 외치는 것이었다. 처음에 들으면 꼭 해소기침 하는 노인네의 가래 긁어올리는 소리로 들리기도 하였지만 분명 그것은 아니었다. 아내의 말에 의하면 두어 달 전에 아래층의 작은 방에 세를 얻어 이사 온, 혈혈단신[3] 혼자 사는 노인네로 걸핏하면 원미동 거리를 오르락내리락하면서 그런다는 것이었다.

---

[3] 혈혈단신(孑孑單身) 아주 외로운 홀몸.

미덥지 않게 보인 인상과는 달리 임씨는 흠집 하나 내지 않고 욕조를 들어내었다. 임씨의 의견에 따르면 목욕탕으로 들어오는 파이프는 욕조 밑을 지나 세면대와 변기로 이어졌음이 십 중에 여덟아홉이므로 어차피 목욕탕 전체를 파헤쳐야 한다는 것이었다. 터진 곳을 요행 쉽게 찾아낸 다 하여도 방수 문제도 있고 노후된 수도관의 교체도 불가피하므로 완벽하게 공사를 마무리 짓기 위해서는 목욕탕 전체를 일체 새로 꾸민다는 각오로 덤벼야 한다, 동네 공사에 하자가 생기면 밥 먹고 사는 일에 지장이 있으므로 자기는 절대 그렇게 일을 하지는 않는다, 한번 시켜본 사람은 다음번 일에도 꼭 자기를 부르는 것 역시 다 이런 자세 때문이 다, 라고 임씨는 말하였다. 입도 재빠르지만 입이 말을 하는 중에도 손놀림 또한 민첩했다. 임씨는 욕조를 들어낸 자리가 축축하게 젖어 있는 것을 보고 회심의 미소를 지으며 담배 한 개비를 빼어 물었다.

"사장님, 여길 보세요. 욕조가 끝나는 자리부터 질퍽하지요? 제대로 찾아낸 겁니다. 이 부분에서 세면대까지의 사이에 하자가 생긴 게 분명해요."

적게 보면 서른여덟, 많이 보면 마흔쯤으로 보이는 임씨가 자신을 사장님이라 부르는 소리에 그는 얼떨떨했다. 사장님은커녕 여태도 말단 사원인데 이 사람은 집주인은 무조건 사장님이라 칭하기로 내심 통일시킨 모양이었다.

"어허, 사장님. 요 나쁜 자식들 좀 보세요. 이럴 줄 알았다니까요. 이건 BS표보다도 아랫질예요. 덤핑[4] 제품이죠. 돈도 몇 푼 차이 안 나는

[4] 덤핑(dumping) 새로운 판로를 개척하기 위해 생산비보다 낮은 가격으로 상품을 파는 일. 투매(投賣).

데도 집장수 녀석들 심뽀는 꼭 이렇다구요."

들고 있던 망치로 녹슬고 변색되어 있는 파이프를 툭툭 두들기며 임씨는 한탄을 했다. 그러자 옆에 있던 젊은이가 불쑥 나선다.

"에이, 아저씨. 그런 집장수들 덕분에 우리도 먹고사는 거 아녜요. 어디 우리뿐이에요. 원미동만 해도 설비⁵⁾집이 수십 개인데 그 사람들 먹여 살리는 공은 생각 안 해요?"

깨부숴놓은 파편들을 부대에 담아 밖으로 나르던 일도 몇 번 만에 질렸는지 젊은 인부는 목욕탕 문턱에 앉아 아리랑 담배에 불을 붙인다. 그러고 보면 임씨는 아내가 분명 아리랑 한 갑을 건네줬는데도 그것은 뜯지도 않고 피우던 담배를 꺼내놓고 있다. 그는 젊은 녀석의 껄렁한 말씨에 적잖이 노여움을 느끼고는 녀석이 뿜어대는 담배 연기에 눈살을 찌푸렸다. 스무 살이나 되어 보이는 녀석은 담배 연기를 동글동글 만들어 올리면서 옷에 묻은 먼지를 털어내었다. 저런 녀석에게 일을 맡겨봤자 몇 달 못 가 또 터지지. 그는 방으로 돌아오면서 또 한 번 미심쩍음에 시달렸다. 저런 잡역부를 데리고 다니는 임씨 또한 별다를 바가 없으리라. 파이프가 터지지 않는다면 방수를 제대로 못해 물이 스밀지도 몰랐다. 외국에서는 수백 년 이상 된 집들도 탈 없이 건재하고 있다지만 우리나라에서는 어림도 없다. 여기까지 생각하자 그는 자신도 모르게 "조선놈들은 할 수 없어"란 말이 새어나왔다.

사실 그 역시 이런 자조 섞인 욕설이 입에서 새어나오는 것에 적이 기분이 상했다. 이거야말로 일제의 잔재인데 알게 모르게 그 자신의 몸에

도 깊숙이 배어 있다는 게 놀라웠다. 게다가 올 봄부터 영업부에서 홍보실로 자리를 옮긴 그는 반관반민[6]의 형태를 띤 회사에서 사보(社報) 성격의 기관지를 편집하는 직업을 가지고 있었다. 그가 맡은 일은 간략하게 말해서 가능한 한 모든 한국인의 장점과 특성·근면·성실·정직 등을 드러내는 데 주력하는 것이었다. 백 페이지쯤 되는 책자의 처음부터 끝까지가 우리는 자랑스런 한민족이라는 사실을 확인하고 검증하고 환기시키는 작업에 바쳐지는 것인데 그런 일을 한다는 자신의 입에서 새어나온다는 소리가 조선놈들은 어쩌구 하는 탄식이니 스스로도 묘한 이율배반[7]을 느끼지 않을 수 없었다. 이건 마치 자신은 우월한 한민족이고 임씨와 저 꺼벙한 젊은 친구는 조선놈으로 편가름시키는 꼴이 되는 것이었다. 그가 이런 생각에 골몰해 있는데 그새 놀러 갔다 오는지 은혜가 뛰어들며 소리쳤다.

"아빠, 아빠. 우리도 태극기 달아요. 소라네 집이랑 정미네 집도 태극기 달았어요."

그러고 보니 오늘이 광복절이었다. 창 밖으로 고개를 내밀고 살펴보니 띄엄띄엄 하얀 국기가 펄럭이고 있었다. 아이의 성화에 국기를 내어 걸고 나자 은혜는 자랑이라도 하려는지 깡총거리며 또 밖으로 뛰어나갔다. 목욕탕에서는 계속 두들겨 부수는 작업이 한창이고 아내는 없는 물을 아껴가며 점심을 하려니까 진땀이 나는지 연신 선풍기 방향을 돌려가면서 부엌에서 허둥대고 있었다.

"오늘 끝나기는 어렵겠죠?"

6) 반관반민(半官半民) 정부와 민간인이 공동으로 자본을 대어 경영하는 회사.
7) 이율배반(二律背反) 서로 모순되어 양립할 수 없는 2개의 명제.

아내는 내일까지 일이 계속된다는 게 벌써부터 지겨운 듯했다.

"그럴 거야."

움직일 때마다 발부리에 차이는 세간살이들을 이리저리 옮겨놓으며 그는 건성으로 대답했다. 그 비슷한 말을 임씨에게 해보았더니 임씨 역시 건성이었다.

"사장님이야 며칠이 걸려도 아무 상관없지요. 견적 뽑은 대로만 주시는 거니께요. 나머지는 지가 백날이 걸려도 하자 없이 해놀 일만 남은 셈입니다."

임씨 말대로라면 당일로 끝낼 속셈은 아닌 듯싶었다. 젊은 인부는 30분쯤 일하고 나면 담배 한 대에 냉수 한 컵 하는 식으로 일을 질질 끌고, 젊은 녀석 단속하랴 자신이 하는 일에 신경 쓰랴 입으로 한몫하랴 임씨 속도도 그가 보면 더디기 짝이 없었다. 하기야 뭐 이런 공사가 국수가닥 뽑아내듯 쑥쑥 뽑혀나오는 재미를 주는 일이야 아니겠지만 깨고 들어내고 긁어대고 하는 일은 한참 후에 들여다보아도 그게 그 모양이었다. 그렇다고 감독관마냥 문 앞에 버티고 서서 잔꾀 부리지 않도록 감시하고 있을 수도 없는 일이어서 그는 어슬렁거리며 집 안 이곳저곳을 기웃거렸다.

"왔다갔다 하지만 말고 가서 지켜보세요. 일꾼들이란 원래 주인이 안 보면 대충대충 덮어버리는 못된 구석이 있다구요."

시금치나물을 무치면서 아내가 행여 들릴까봐 낮은 소리로 소곤거렸다. 갓난애나 징징 울어대면 애 보기나 하련만 아이는 배만 부르면 쌔근쌔근 잠들어버리는 터라 사실 그가 할 일이 딱히 없는 형편이었다. 그는 하는 수 없이 다시 목욕탕을 들여다보지 않을 수 없었다. 마침 임씨가 젊은이에게 건재상[8)에 가서 새 파이프를 가져오라고 시키고 있을 때였다. 욕조에서 세면대로 구부러지는 이음새 쪽에 사단이 생긴 모양이었다. 땀방울이 흘러내리는 얼굴을 쳐들어올리며 임씨가 말했다.

"사장님, 수도 좀 열어보세요. 이곳에서 물이 솟구칠 것 같은데."

임씨가 시키는 대로 계량기의 꼭지를 비틀고 돌아와 보니 아닌게아니라 그 자리에서 물줄기가 솟아오르고 있었다.

"보세요. 요걸로 한 번만 내리치면 완전 분수처럼 솟구칠 테니까."

임씨가 옆에 놓여 있던 흙손으로 파이프를 살짝 내리치자마자 이내 감당할 수 없을 만큼 물이 터져나오기 시작했다.

"완전히 삭았어요. 사장님, 어서 계량기 잠그세요. 터진 데 찾았으니 일은 다한 거나 마찬가지라구요."

임씨는 젊은 인부를 기다리는 사이 아내에게 냉수를 한 컵 청했다. 일을 다한 거나 진배없다[9)는 일꾼의 말에 기분이 좋아진 아내가 청량음료를 한 컵 가득 따라주며 다짐했다.

"세면대나 변기는 손댈 것 없겠지요?"

"예, 사모님. 다른 데 파이프는 구부러지게 이을 필요가 없거든요. 이 자리는 맨 처음 시공 때부터 욕조를 앉히느라고 닦달을 해댄 모양이에요."

목울대를 울리며 임씨는 맛있게 음료수를 들이켰다. 여름 한철 집수리 일이나 한다는 사내치고는 꽤 정확한 솜씨가 아닌가 하여 그는 새삼 사내의 몰골을 자세히 뜯어보았다. 원래는 자주색이었을 티셔츠는 잦은

---

8) 건재상(建材商) 건축 재료를 파는 상점. 또는 그 사람.
9) 진배없다 다를 것이 없다.

세탁으로 누런빛이었고 얼마나 오래 입었는지 검정 고무줄이 삐져나온 추리닝의 허리께는 서툰 손바느질로 터진 실밥을 꿰맨 자리가 어지러웠다. 작은 체구에 비하면 어깨 근육이나 팔목의 힘줄은 탄탄하게 보였고 더위로 상기된 얼굴은 이제 막 밭을 갈다 나온 농부처럼 건장해 보였다.

"지물포 주씨가 칭찬하던 대로 일을 잘하시네요."

그는 슬쩍 사내를 추켜세웠다. 인간이란 칭찬 앞에 약한 법이다. 하물며 저 단순한 육체 노동자야말로 이런 귀 간지러운 말에 자신의 온 힘을 바치지 않겠는가. 그는 자신의 한마디가 잘 계산하여 내놓은 작품임을 은근히 자만하였다. 한데 임씨의 반응은 계산과는 다르게 빗나갔다.

"뭘입쇼. 누가 와서 일해도 마찬가지니까요. 목욕탕 하자 공사는 순서가 있어요."

"그래도……"

그래도, 라고 입막음을 하려다 말고 그는 할 말이 마땅치 않아 주춤거렸다. 그래도 당신 솜씨가 최상급이오, 라는 말도 이상하게 들릴 것이고 그래도 누군들 당신만하게 일을 처리하겠느냐, 라고 말해도 속이 보여서 곤란했다.

"사모님. 오늘 일이야 하자 없이 잘 해드릴 테니 겨울 연탄은 저희 집 것을 때세요. 저야 뭐 연탄장수 아닙니까."

이야기가 이쯤에 이르면 그는 더욱 할 말이 없어진다. 되려 임씨의 자기 선전 앞에서 스스로의 대답이 궁색해졌다. 아내 또한 딱히 연탄을 맡기겠다는 대답도 없이 웬일인지 굳어진 표정이었다.

"고향이 어디요?"

아무려면 머리 굴리는 거야 임씨보다 못하랴 싶어서 그는 말꼬리를 돌려보았다. 어딘가에는 반드시 임씨를 달뜨게 할 함정이 있을 것이다. 부드러운 말로 꽉 움켜잡아야 일에 정성을 쏟아 완벽한 공사를 해줄 게 아닌가.

"고향요?"

임씨는 반문하고서 쓰게 웃었다.

"고향이 어디냐고 묻지 말라고, 뭐 유행가 가사가 있잖습니까. 고향 말하면 기가 막혀요. 벌써 한 칠팔 년 돼가네요. 경기도 이천 농군이 도시 사람 돼보겠다고 땅 팔아갖고 나와서 요 모양 요 꼴입니다. 그 땅만 그대로 잡고 있었어도."

그때 파이프를 들고 젊은 인부가 돌아왔다. 입에는 아이들이 먹고 다니는 쭈쭈바가 물려 있고 그 경정경정[10] 뛰는 듯한 걸음걸이로 성큼 욕탕 안으로 넘어섰다. 저 따위 녀석들이야 평생 노가다판에 뒹굴어도 싸지. 에이 못 배워먹은 녀석.

그들이 다시 목욕탕으로 들어가 일을 시작한 뒤 아내가 그를 마루 구석으로 끌고 갔다. 뭔가 인부들 귀에 닿지 않게 속닥거릴 이야기가 있는 모양이었다.

"그럼, 돈 계산은 어떻게 되는 거예요? 저 사람 처음에는 목욕탕을 다 뜯어발길 듯이 말하잖았어요? 견적도 그렇게 뽑았을 거예요. 이십만 원이 다 되는 돈 아네요?"

아내의 말을 들으니 딴은 중요한 문제이긴 했다. 목욕탕 공사야말로 하자 없이 해야 한다는 말을 몇 번씩이나 들먹이며 임씨가 빼놓은 견적

---

10) 경정경정 긴 다리를 모으고 가볍게 내어 뛰는 모양.

은 욕조와 세면대 사이의 파이프만 교체하는 수준의 것이 아님은 분명하다.

"당신이 지금 가서 따져봐요. 저런 사람들 돈이라면 무슨 거짓말을 못 하겠어요. 괜히 견적만 거창하게 뽑아놓고 일은 그 반값도 못 미치게 하자는 속임수가 틀림없어요. 우리 같은 사람이 어떻게 공사판 내용을 다 알겠어요. 이렇다 하면 그런갑다 하고 믿는 게 예사지."

아내는 애가 달았다. 이럴 줄 알았으면 이곳저곳에 견적을 뽑아보고 시킬 것을 그랬다는 둥, 괜히 주씨 말만 믿고 덥석 일을 맡겼다가 돈만 속게 되었다는 둥, 저런 양심으로 일을 하니 연탄 배달 신세 못 면하는 것 아니냐는 둥, 종국에는 임씨의 반지르르한 말솜씨마저 다 검은 속셈을 갖추기 위한 게 아니냐는 말까지 쏟아져 나왔다.

"그런 작자한테 일 잘한다고 추켜세우지를 않나, 원⋯⋯."

아내는 눈까지 흘기면서 부엌으로 돌아갔다. 갑자기 그릇 부딪치는 소리가 요란해진 걸 보니 아내는 억울하게 빼앗길 돈 생각에 잔뜩 울화가 솟구치는 모양이었다. 하기야 언제까지 원미동 구석에 처박혀 살겠느냐고 벌써부터 서울 집값을 수소문하면서 아라비아 숫자들을 나열해보곤 하던 아내였으니까 너무한다고 나무랄 것도 없었다. 전철을 타고 한강을 건널 때면 멀리 강변을 따라 우뚝 솟아 있는 고층 아파트를 보는 일이 괴롭다고 하소연한 적도 있었던 그녀였다. 공장 그을음이 깔려 있는 영등포를 지나 한강을 건너 서울로 들어갈 때의 기분과 서울에서 나올 때 한강을 건너는 기분은 사뭇 다르다고 말하던 그녀였다.

다락 용도로나 쓰임직한 부엌 옆 골방까지 방 셋에 마루·부엌·욕실까지 어엿하게 꾸며진 집에서 살게 되었을 때의 흐뭇함은 일년도 못 되어 거지반 사라지고 만 셈이었다. 서울에서 살 때의 그 끝없는 허둥댐, 떠돌아다님의 정처 없음과는 다르겠지만 이곳 원미동에서의 생활 역시 좀체 뿌리가 박히지는 않았다. 무엇보다도 잦은 공사로 그간 안정을 누리는 일 따위와는 거리가 멀었던 까닭도 있지만 간단히 말하면 그와 그의 아내는 서울에 대한 미련을 버리지 못하고 있는 중이었다.

생각하면 참 가당찮은 일이었다. 트럭의 짐칸에 실려 영등포를 지나고 개봉을 지나 부천에 들어섰을 때의 그 어쭙잖은 느낌 속에도 분명 새 땅, 새 생활에의 부푼 기대 같은 게 없었다. 남의 집이 아닌 내 집을 마련했다는 약간의 흐뭇함이야 물론 없지는 않았다. 그것마저 누리지 않으려 했을 바에야 굳이 부천까지 왔을 이유가 없기 때문이었다. 가당찮은 점은 바로 여기에 있었다. 천이백만이니 천오백만이니 해대는 서울특별시에 거주하는 인간들 속에는 분명 그들보다 못 배우고 더 가난한 이들도 섞여 있을 것이었다. 그런 사람도 서울시민으로 살고 있는데 하물며 우리가 그곳에서 쫓겨나 여기까지 오게 되다니, 하는 같지 않은 느낌이 마치 문틈으로 연탄 가스가 새어들 듯 조금씩 조금씩 그들 부부를 침식해왔다. 어떤 사람 말대로 없는 사람 먹고살기로는 부천이 좋다 하지만 그는 어엿하게 한강을 건너 서울의 중심가에 직장을 둔 월급쟁이였다. 회사 주변의 술집에는 작게는 일이만 원에서 크게는 이삼십만 원의 외상 술값을 남겨놓고 다니는 적당한 주량을 가지고도 있으며 때로 실장의 곁눈질에 가슴이 철렁하는 소심함도 남 못지않기는 하지만 그래도 저 임씨처럼 겨울이면 연탄 배달에 여름이 오면 공사판 막일을 해야 하는 처지와는 사뭇 다른 것이다.

임씨에게 잔뜩 당했다고 믿고 있는 아내는 점심상을 내놓을 때까지도 얼굴이 굳어 있었다. 하다못해 많이들 드시라는 입에 발린 인사조차 내밀지 않아서 그가 오히려 민망하였다. 게다가 밥상에는 두 그릇의 밥만 올려져 있었다. 그의 몫의 식사는 함께 준비하지 않은 것이었다.

"내 밥도 가져와. 아저씨들이랑 함께 먹어치우지 뭐."

그는 짐짓 소탈하게 아내를 채근했다.

"나중에 어머님이랑 함께 드세요. 아직 이르잖아요."

아침 식사한 지가 얼마나 되었느냐는 아내의 말이었지만 인부들과 겸상으로 차릴 수 없다는 아내다운 발상임을 그는 모르지 않았다. 그때 숟가락을 들려다 말고 임씨도 아내의 말에 동조했다.

"그러시지요. 저희야 옷도 먼지투성이고, 일하던 꼴이라 망측스러우니 사장님과 함께 들기가 뭐하네요."

"어허, 무슨 말씀을. 얼른 내 밥도 가져오라구."

아내는 마지못해 밥과 숟가락을 상에 놓았다. 머리칼 위에 허옇게 내려앉은 시멘트 가루를 이고서 임씨는 고봉으로 퍼담은 밥그릇을 비워내기 시작했다. 젊은 잡역부는 아내가 달걀을 입혀 지져낸 소시지 부침만을 겨냥하는 젓가락질을 해대다가 임씨에게 머퉁이[11]를 먹기도 하였다.

"예끼 이 자슥아. 열 살 먹은 어린애도 아니면서 입에 단 것만 골라 먹누."

"그런 말씀 마세요. 다른 집에 가면 새참에 카스텔라나 우유도 내주던데 오늘은 쫄쫄 굶었단 말예요."

젊은 인부의 말이 그가 듣기에 민망했음을 고려해서인지 임씨가 녀석

[11] 머퉁이 '꾸지람'을 뜻하는 방언.

의 머리통을 쥐어박았다.

"일은 참새눈물만큼 해놓구선 먹기는 황소같이 처먹으려구."

"오전 시간은 짧아서 새참 내놓을 짬이 없었어요. 오후에는 술이라도 한잔 들면서 쉬었다 하지요."

그러자 임씨가 입에 가득 밥을 물고 휘휘 손을 내저었다.

"사장님도 그런 말씀 마세요. 이만하면 되었지 뭘 또. 오늘 일 마치려면 쉴 짬도 없어요. 이놈의 자식이 원래 먹성이 좋아서……."

"사실이 그렇지요 뭘. 먹어야 뱃심이 생겨 일을 잘할 꺼 아닙니까."

젊은 인부가 입을 뚱하니 내밀었다.

글줄이나 익히고 대학쯤 졸업해서 볼펜 굴리며 일하는 부류에게는 뱃심이라는 게 필요 없는 법이다. 머리를 굴리는 일에 과식은 오히려 금물이지만 이들처럼 막노동꾼에게는 그저 배불리 먹이는 게 밑천 뽑는 것 아닌가. 그는 임씨나 젊은이에게 이것저것 반찬을 돌려주면서 내심으로는 아내의 눈치를 보았다.

"이런 일은 언제부터 했어요?"

임씨의 공이 박인 손가락이 예사롭지 않아서 그는 문득 남자의 전력이 궁금해졌다.

"뭐 안 해본 게 없어요. 까짓거 몸 돌보지 않고 열심히만 하면 농사꾼보다야 낫겠거니 했지요. 처음에는 땅 판 돈이 좀 있어서 생선장사를 하다가 밑천 잘라먹고 농사꾼 출신이라 고추장사는 자신 있지 싶어 덤볐다가 아예 폭삭 망했어요."

밥그릇 비우는 솜씨도 일솜씨 못지않아서 임씨는 그가 반도 비우기 전에 벌써 숟가락을 놓았다. 그리고 은하수 한 개비를 물었다.

"밑천 댈 돈이 없으니 그 다음부터는 닥치는 대로죠. 서울서 밑천 털리고 부천으로 이사 온 게 한 육 년 되나. 이 바닥서 안 해본 게 없어요. 얼음장수, 채소장수, 개장수, 번데기장수, 걸리는 대로 했으니까요. 장사를 하려면 단돈 천 원이라도 밑천이 들게 마련인데 이게 걸핏하면 밑천 까먹기라 이겁니다. 좀 되는가 싶어도 자식새끼가 많다보니 쓰이는 돈도 많고. 그래서 재작년부터는 몸으로 벌어먹는 노가다 일을 주로 했지요. 뺑기쟁이, 미장이, 보일러장이 뭐 손 안 댄 게 없어요. 잡부가 없다면 잡부로 뛰고, 도배장이가 없다면 도배도 해요. 그러다 겨울 닥치면 공터에 연탄 부려놓고 연탄 배달로 먹고살지요."

키 작은 하청일과 키 큰 서수남이 재잘재잘 숨넘어가게 가사를 읊어대는 노래가 생각날 만큼 그가 주워섬기는 직업 또한 늘어놓기 힘들 만큼 많았다. 그렇게 많은 일을 했다면서 아직도 요 모양 요 꼴인가 싶으니 견적에서 돈 남기고 공사에서 또 돈 남기는 재주는 임씨가 막판에 배운 못된 기술인지도 몰랐다.

"연탄 배달이 그래도 속이 젤로 편해요. 한 장 배달에 얼마, 이렇게 금새가 매겨져 있으니 한철에 얼마큼만 나르면 입에 풀칠은 하겠다는 계산도 나오구요. 없는 살림에는 애들 크는 것도 무서워요. 지하실에 꾸며놓은 단칸방에 살면서 하루에 두 끼는 백 원짜리 라면으로 때우게 되더라구요. 그래도 농사질 때는 명절 닥치면 떡 한 말쯤이야 해놓을 형편이었는데……. 시골서 볼 때는 돈이란 돈은 왼통 도시에 몰려 있는 것 같음서도 정작 나와보니 돈구경하기 힘들데요."

그는 또 공사 맡아서 주인 속여 남긴 돈은 다 뭣 하누 하는 생각에 임씨 얼굴을 다시 보게 된다. 하기야 임씨 같은 뜨내기 인부에게 일 맡길 집주인도 흔치 않겠지 하고 어림하다보니 스스로가 바보가 된 것 같아서 새삼 입맛이 썼다.

"얼음장수나 계속하시지, 여름에 시원하고 좋지 않아요?"

트림을 끄윽 해대면서 젊은 녀석이 히죽 웃었다. 맛있어 보임직한 반찬만 골라 먹고 정작 밥은 그릇 밑바닥에 남겨놓은 것을 보니 참 한심한 녀석이다 싶어서 그는 녀석을 외면하고 임씨를 보았다.

"야, 그것 말도 마라. 남의 차 빌려갖고 냉동 시설을 갖추느라고 돈깨나 퍼들였지. 처음에는 좀 남는 것도 같더라고. 사실로 따지면야 물 퍼다가 만드는 얼음 아닌가. 그래 한철 진 빠지게 하고 나서 맞춰보니 어쩐 일인지 남는 게 없어. 기왕에 거래선을 잡아보겠다고 싸게 공급하느라 헛김만 뺀 거지 뭐."

"개장수하시면서는 멍멍탕깨나 잡수셨겠어."

벽에 기대고 앉아 담배를 피우던 젊은 녀석이 또 이죽거렸다.

"사장님도 보신탕 잡숫지요? 여름엔 그저 개장국에 밥 말아먹는 게 최고인데."

밥상을 들여내가던 아내가 입을 비죽 내밀었다. 임씨의 개장수 시절 이야기는 아내의 샐쭉함이야 어쨌든 아주 흥미있었다. 집에서 기르던 똥개가 새끼를 낳으면서 시작된 개장수는 망태기 하나 둘러메고 망태기 속에 오징어 다리나 명태 대가리들을 넣어 한적한 주택가를 헤매는 게 사실상의 일이라 했다.

"예나 이제나 똥개값이야 팔고 사는 사람들이 하도 빡빡하게 구니 남는 게 없어요. 주인 없는 발발이 새끼라도 건지는 게 돈 버는 일이지요. 명태 대가리 던져놓고 다 먹기 기다려서 슬슬 걸어가기만 하면 돼요. 침을 질질 흘리면서 어디까지라도 따라오지요. 얼마큼 멀어졌다 싶으면 목에다 고리 채워서 같이 걸어가면 그뿐예요. 그래갖고 저 영등포시장에 개골목이 있지요. 거기다 넘기면 말예요, 다음 날 가보면 어제 넘긴 놈이 벌건 몸뚱이로 고깃근이 되어 좌판에 엎어져 있어요. 그것도 못할 노릇이데요. 눈깔 뻔히 뜨고 나자빠져 있으니 괜히 뒤가 구리다 이 말씀예요."

임씨 손에 끌려가 도살장에서 목을 달았을 개가 수십 마리쯤에 이르렀을 때 그는 개장수를 집어치웠다. 그렇게 맛있던 보신탕이 슬슬 역겨워지던 무렵이었다. 그리고 얼마 안 있어 개고기에 무슨 균이 있다고 신문·방송에서 법석을 떨어대는 통에 견공들의 수난이 좀 덜한 세월이 되었다.

그들이 슬슬 일을 시작하려고 자리에서 일어설 무렵, 은혜를 앞세우고 노모가 들어왔다.

"집도 억시기 좋드라. 부천에도 그러코롬 잘 꾸민 집이 있을 줄 내사 몰랐지."

새로 이사한 김집사네 집을 가리키는 말이다.

"어머니 식사하세요."

아내가 어느새 점심상을 차려내왔다.

"아이다. 은혜 데불러 안왔나. 목사님 모시고 이사 예배 본다꼬 점심 장만이 한창인 기라. 일하느라 걸그치는데 은혜 맡아갖고 그 집에서 점심 묵꼬 일 좀 더 봐주다 올 끼다."

더럽혀진 아이의 옷을 갈아입히고 어머니는 다시 나가버렸다. 어쩔수 없이 혼자 밥상 앞에 앉게 된 아내가 공기밥에 물을 주르르 말아버린

다. 심사가 좋지 않다는 표시였다.

"왜?"

그가 다그쳤다.

"은혜는 그냥 놔두고 가시잖고. 아, 당신이 말리지 그랬어요?"

"할머니 따라가서 맛있는 점심 먹으면 어때서 그래?"

"이사하느라 부산한 집에서 눈칫밥 먹는 게 좋아요? 생전 맛있는 음식 구경 못 한 사람처럼. 우리가 뭐 거지인가."

"허허, 이거 왜 이러시나. 김집사네 대궐 같은 집 산 것이 못마땅해?"

"누가 그렇대요. 우리 형편하고 김집사네하고 대기나 할 수 있어야 말이지……."

그래도 아내는 자신의 분수를 아주 모르지는 않는 모양이었다. 이내 임씨의 견적 문제로 되돌아오는 말꼬리를 봐도 그렇다.

"어서 가서 확실하게 다짐해둬요. 아까 이야기 들어보니 산전수전 다 겪어서 수완이 보통은 넘겠습디다."

임씨의 살아온 내력을 들었을 때 그는 지지부진한 한 인생을 떠올렸었다. 그가 끌고 다녔을 개들의 인생이나 별로 다를 바 없는, 도저히 구제할 수 없는 삶을 생각했었다. 그런데 똑같은 이야기를 듣고 아내는 임씨의 수완이 보통이 아닌 것을 간파했다고 시방 말하는 것이었다.

"돈 건넬 때 말해도 늦지 않아. 수완이 좋았다면 여태 저러고 있겠어."

알게 모르게 그는 아내 편에서 떨어져나와 임씨 편에 서 있는 셈이었다. 그렇다고는 해도 한심한 어떤 사내의 구구절절한 사연을 기웃거린 일말의 동정에 불과한 것이기가 십상이었다.

그리고 오후부터는 일의 양상이 사뭇 달라져 있었다. 마지못해 시키는 일이나 간신히 해대던 젊은 잡역부가 약속을 핑계로 일을 중단했기 때문이었다.

　"반나절 일한 것, 지금 주세요. 어제 것도 안 줬잖아요? 커피값도 없단 말예요."

　녀석은 그가 보거나 말거나 임씨에게 손을 내밀었다. 머리통을 한 대 쥐어박을 듯이 덤벼들었던 임씨가 욕설을 중얼중얼 내뱉으며 5천 원짜리 한 장을 꺼내어서 녀석에게 주었다. 벽에 붙은 거울 앞에서 이빨 새도 살피고 지니고 다니는 빗을 꺼내 머리도 매만진 녀석이 이번에는 부엌 싱크대 수도꼭지를 틀어놓고 오랫동안 손을 씻었다. 오전 동안 일한 돈을 들고 녀석이 어디로 갈 것인지는 보지 않아도 환히 알 수 있었다.

　"아직 고생을 못 해봐서 저래요. 이웃에 사는데, 집에서 빈둥빈둥 놀고 있길래 심부름이나 시킨다고 데리고 다녀보니깐 애가 영 바람만 들어갖고, 쯧쯧."

　"이런 일 하러 다닐 친구로는 안 보입디다."

　"맞아요. 어디 가서 제비족으로 남의 등이나 치며 사는 게 저놈한테는 딱 맞다니까."

　임씨 입에서 먼저 남의 등이나 치며, 하는 말이 나왔으므로 그는 별수 없이 또 견적 뽑은 대로 돈을 울궈낼 임씨의 검은 속셈을 상기하지 않을 수 없었다. 남한테는 저리 엄격하면서 자신이 남의 등을 치는 일쯤은 이해받아야 된다고 생각하는지도 몰랐다.

　욕조를 들어다 제자리에 앉히는 일을 거든 것을 시작으로 하여 그는 마침내 임씨 밑에서 잡역부 노릇을 톡톡히 해내게 되었다. 아까 젊은 녀석이 겨우 그깟 일로 시간을 메우나 해서 영 시원찮던 잡부일이란 게 막상 달려들어 해보자니 보통 힘으로는 어려웠다. 우선 깨진 돌더미들을 부대에 담아 몇 차례 아래층까지 나르는 일만으로도 어깨가 뻐근했다. 계단을 서너 번 오르락내리락하니까 벌써 러닝셔츠가 땀에 푹 젖어버리고 말았다. 임씨가 사장님, 사장님 하면서도 시킬 일은 다 시키고 있는 것 같아 은근히 부아가 솟기도 하였다.

"사장님. 오늘 쉬지도 못하고 고생이 많습니다요. 어허, 이거 큰일이네. 저 땀 좀 봐요."

제 얼굴에 흐르는 땀은 모르는 듯 그의 얼굴에 맺힌 땀방울을 신기하게 바라보며 임씨는 싱겁게 웃어댔다. 시멘트와 모래를 져다 나르는 일도, 시멘트와 모래를 배합하는 일도 '사장님' 몫이고 임씨는 기술자답게 미장이 노릇만 해나갔다. 그러다가 방수액이 모자라면 뛰어내려가 건재상에 다녀와야 하고 욕조가 잘 붙도록 누르고 있으려면 한껏 팔을 뻗치고 있는 힘을 쏟아야 했다.

3시가 지나서 아내가 막걸리 한 병에 안주를 마련해왔으므로 그와 임씨는 비로소 허리를 펴고 일을 쉴 수가 있었다.

"일꾼들한테는 막걸리가 최고예요."

막걸리 한 병을 금방 비워내고 임씨는 단걸음에 타일을 가져오겠다고 뛰어갔다. 안줏감으로 돼지고기를 볶아온 아내에 대한 인사인지 아니면 겨울철의 연탄장사를 위한 사전 공작인지 임씨는 막걸리를 마시면서 이렇게 말을 했다.

"사모님. 어디 시멘트 깨진 데 있음 말하십시오. 타일만 붙이면 일은 끝날 테고 여름 해도 기니 손을 봐드립지요."

임씨가 나가고 나자 아내가 입을 비죽했다.

"자기도 양심이 있나보지. 생돈을 그냥 먹으려니 찔리는 데가 있는 거예요."

"그게 아니고 내가 잡역부 노릇을 톡톡히 해주어서 고맙다는 뜻이야. 이 사람은 그저 생각하는 것마다……."

"당신도 어느새 일꾼 심뽀 닮아가는 것 아녜요?"

어쨌거나 그들은 억울하게 생돈을 무느니 비가 많이 오면 물방울 떨어지는 소리가 들리곤 하던 안방 천장 부근의 옥상을 이 기회에 고쳐보기로 의논을 마쳤다. 비가 새는 부위만 깨부수고 방수를 하면 될 일이었으나 도배지까지는 번지지 않아 그럭저럭 미루고 있던 참이었다.

타일을 깔고 어질러진 연장 뭉치들을 거두어내는 것으로 목욕탕 보수 공사는 일단락을 지었다. 6시가 가까운 시각이었으나 여름 해는 길어서 푸른 하늘이 선명히 올려다보였으므로 임씨는 군말 없이 옥상 방수를 해치울 차비를 차렸다. 임씨와 함께 물이 새는 부위를 어림짐작으로 찾아내어 망치질로 깨부수는 일을 시작하면서 그는 은근히 후회하였다. 몇 번의 망치질로도 어깻죽지의 힘줄이 잔뜩 땅기며 짜릿짜릿한 통증을 안겨주었기 때문이었다.

그러나 그것은 서막에 불과했다. 불과 한 평 남짓 깨부수었음에도 져 날라야 할 쓰레기는 서너 행보로는 턱없이 부족했고 그 자리를 메우기 위해서는 시멘트 두 포대와 모래가 등짐으로 다섯 번 이상이었다. 여덟 굽이의 계단을 오르는데 걸음을 옮길 때마다 아랫도리가 후들후들 떨려 왔다. 그렇다고 날은 곧 어두워질 텐데 임씨더러 혼자 하라고 내맡겨놓을 수도 없는 노릇이었다. 경위야 어찌 되었든 견적에 나와 있지 않은 일을 해주고 있는 탓에 그는 팥죽 같은 땀을 흘리면서 등짐을 져 날랐다.

정말이지 아무나 할 수 있는 일이 아냐. 그는 영업부의 박찬성을 생각했다. 홍보실 발령을 받으면서 "이것 물 먹이는 것 아냐. 생판 모르는 일을 하라니 사람 놀리는 것도 아니고" 어쩌구 하며 죽을상을 지었더니 박찬성이 위로랍시고 하는 말이 이랬다. 군소리 없이 받들어 모셔야 해. 월급쟁이 노릇이 더럽다 더럽다 하지만 이 나이에 여기서 떨려나면 솔직히 우리 신세가 뭐가 되겠어? 모은 돈이 있나, 재벌 처갓집이 있나, 묵혀둔 땅덩이가 있나, 안 그래? 그렇다고 몸뚱이로 먹고살 수 있냐 하면 그것도 어림없어. 우리 몸뚱이는 이미 삭았어. 술에 삭고 눈치에 삭고 같잖은 지식에 삭고. 숟가락 들어올리는 일도 귀찮은 몸이야, 나는.

구구절절이 옳은 말이었다. 생전 안 하던 일로 용을 쓰자니 머리가 다 띵할 지경이었다. 임씨는 아침부터 몸을 굴렸음에도 아직 끄떡없었다. 날씨가 더우니 땀이야 흘리고 있지만 그는 정말이지 일에 지쳐 있는 표정이 아니었다. 오늘이 광복절이지. 마치 광복군의 투사처럼 용감하군. 장사야 장사. 고려시대에나 태어났더라면 서릿발 같은 기상의 용맹한 장군감이 틀림없을걸.

그는 임씨의 툭 불거진, 종아리의 힘찬 알통을 바라보며 속으로 중얼거렸다. 이 아무짝에도 필요 없는 분석력, 습관화된 늘어진 엿가락 같은 생각의 실타래 때문에 공연스레 머리가 무거운 거라고 그는 머리를 흔들어대기도 했다. 그러면서도 생각은 어쩔 수 없이 또 꼬리를 문다.

일꾼들이 주인의 눈을 피해 일을 허술하게 하거나 망가뜨리는 게 사실은 저항의 한 형태가 아니었을까. 광복 이전의 일제시대에는 조센징 어쩌구 하는 냄새 나는 게다짝 때문에 더욱 일인들의 눈을 피해 일을 망

230

치게 했던 건 아닐까. 그리고 광복 이후에는 사회의 구조적인 모순이 일꾼들을 그렇게 만든 건 아닐까. 바로 오늘까지도 부유한 계층은 당당하게, 한 치의 의심도 없이 자신들의 부를 만끽하고 임씨처럼 막일을 하는 일꾼들은 또 그들대로 당당하게 공정을 무시하고 슬쩍슬쩍 눈가림을 한다. 그렇다면…….

임씨는 그의 머릿속에서 어떤 생각이 굴러가는지 알 바 없이 재빠른 솜씨로 방수액을 섞은 시멘트 배합물을 깨부숴놓은 자리에 이겨바르기에 여념이 없었다. 실내 공사야 관계없지만 일껏 방수를 해놓고 굳기 전에 비라도 내리면 산통이 깨질 것이므로 그는 어두워오는 하늘을 쳐다보았다. 여름 하늘이 노상 그렇듯 서너 장의 먹장구름이 둥싯 떠 있고 먹장구름 뒤로 물결 같은 잔구름이 남풍을 타고 흐르고 있었다. 여름날의 변덕 많은 날씨를 어찌 잡아두랴 싶어서 그는 흙 묻은 손을 털었다. 임씨의 하는 일이 대충 마무리 단계인 듯싶어 담배나 한 대 피우며 쉬어볼까 해서였다.

"여름엔 비도 잦은데 그러면 일을 못 해서 어쩝니까?"

"비가 오면 비가 오는 대로 할 일이 있습죠."

흙손을 내두르는 그의 손놀림이 더 빨라졌다. 어느새 주위가 군청빛으로 어두워오고 있었다.

"비가 오면 또 다른 벌이가 있어요?"

"비 오는 날엔 아침부터 가리봉동에 가야 합니다."

"가리봉동에?"

"예. 사장님은 몰라도 됩니다요. 암튼 비가 오면 난 가리봉동으로 갑니다."

임씨가 잠시 일손을 멈추고 알 수 없는 표정을 언뜻 지었다. 이렇게 힘든 일을 매일같이 계속했더라면 비 오는 날 하루쯤은 쉬어야 할 게 아닌가, 라고 말해주려다가 그는 입을 다물었다. 누군들 쉬고 싶지 않을 거냐는, 하루에 두 끼는 라면으로 배를 채우는 식구들을 거느린 가장으로서 어찌 비 오는 날이라 하여 아랫목에서 뒹굴기만 하겠느냐는 데 생각이 미쳤던 까닭이었다.

간단하게 여겼던 옥상의 공사는 의외로 시간을 끌었다. 홈통으로 물이 잘 빠질 수 있도록 경사면을 맞춰야 하는 것도 시간을 더디게 했고 깨놓은 자리와 기왕의 자리의 이음새 사이로 물이 새지 않도록 면을 고르다보니 조금씩 더 깨부숴야 하는 추가 부담도 잇따랐다. 이미 밤은 시작된 것이나 진배없어 이웃집들의 창문에 하나 둘 불이 밝혀졌다. 그런데도 임씨는 만족하다 싶을 때까지는 일손을 놓고 싶지 않은 모양이었다. 이리 재고 저리 재고, 그러고도 모자라 이왕 덮어놓은 곳을 한 번에 으깨어버리고 또 새로 흙손질을 거듭하곤 했다. 옆에서 보고 있자니 임씨는 도무지 시간 가는 줄을 모르는 사람 같았다.

몇 번씩이나 옥상에 얼굴을 디밀고 일의 진척 상황을 살피던 아내도 마침내 질렸다는 듯 입을 열었다.

"대강 해두세요. 날도 어두워졌는데 어서들 내려오시라구요."

"다되어갑니다, 사모님. 하던 일이니 깨끗이 손봐드려얍지요."

다시 방수액을 부어 완벽을 기하고 이음새 부분은 손가락으로 몇 번씩 문대어보고 나서야 임씨는 허리를 일으켰다. 임씨가 일에 몰두해 있는 동안 그는 숨소리조차 내지 않고 일하는 양을 지켜보았다. 저 열 손가락에 박인 공이의 대가가 기껏 지하실 단칸방만큼의 생활뿐이라면 좀 너무하지 않나 하는 안타까움이 솟아오르기도 했다. 목욕탕 일도 그러했지만 이 사람의 손은 특별한 데가 있다는 느낌이었다. 자신이 주무르고 있는 일감에 한 치의 틈도 없이 밀착되어 날렵하게 움직이고 있는 임씨의 열 손가락은 손가락 이상의 그 무엇이었다. 처음에는 이 사내가 견적대로의 돈을 다 받기가 민망하여 우정 지어내 보이는 열정이라고 여겼었다. 옥상 일의 중간에 잠시 집에 내려갔을 때 아내도 그런 뜻을 표했다.

"예상외로 옥상 일이 힘드나보죠? 저 사람도 이제 세상에 공돈은 없다는 사실을 깨달았을 거예요."

하지만 우정 지어낸 열정으로 단정한다면 당한 쪽은 되려 그들이었다. 밤 8시가 지나도록 잡역부 노릇에 시달린 그도 고생이었고, 부러 만들어 시킨 일로 심적 부담을 느끼기 시작한 그의 아내 역시 안절부절못했으니까.

아내는 기다리는 동안 술상을 보아놓고 있었다. 손발을 씻고 계단에 나가 옷의 먼지를 털고 들어온 임씨는 8시가 넘어선 시간을 보고 오히려 그들 부부에게 미안해하였다.

"시간이 벌써 이리 되었남요? 우리 사모님 오늘 너무 늦게까지 이거 고생이 많으십니다요. 사장님이야 더 말할 것도 없구, 참 죄송하게 되었습니다."

안방에서 아이들을 보고 있던 노모가 대신 임씨의 노고를 치하해주었다.

"젊은 사람이 일도 엄청 잘하네. 늦으문 낼 하고 쉬었다 하모 좋을 끼고만 일 무서븐 줄 모르는 걸 보이 앞으로는 잘살 끼요."

노모의 덕담을 임씨는 무릎을 꿇고 두 손을 짚은 채 들었다.

"내사 예수 믿는 사람이라 남자들 술 마시는 꼴은 앵꼽아서 못 보지만 그렇기 일하고는 안 마실 수 없겠구마는. 나는 고마 들어가 있을 테이 좀 쉬었다 가소."

노모가 방문을 닫고 들어가자 임씨는 그가 부어주는 술을 두 손으로 황감히 받쳐들고 조심스레 목울대로 넘겼다.

"이거 왜 이러십니까. 편히 드십시다. 나이도 서로 엇비슷할 텐데 말이오."

그렇게 말은 했어도 그는 임씨의 나이가 그보다 훨씬 많으면 왠지 괴롭겠다는 기분을 지울 수가 없었다. 찬바람이 불면 다시 온몸에 검댕칠을 하는 연탄 배달에 나서야 하고 여름이 오면 정식으로 간판 달고 일하는 설비집 동료들이 손이 딸려야만 넘겨주는 일감에 매달려 하루 벌어하루 먹고사는 저 사내의 앞날이 창창하다는 게 위안이 되는지 그것도 모를 일이긴 했다.

"사장님은 금년 몇이시지요? 저는 토끼띠, 서른여섯 아닙니까?"

임씨가 서른여섯에 토끼띠라면 그는 서른다섯의 용띠였다. 옆에 앉아서 지갑을 열었다 닫았다 하던 아내가 얼른 "이 양반은……." 하고 나서는 것을 그가 가로챘다.

"그래요? 나도 토끼띠지요. 서로 동갑이군요."

아내가 기가 막히다는 표정으로 그를 쳐다보았지만 그는 아랑곳하지 않고 동갑 기념이라고 또 한 잔의 술을 그의 잔에 넘치도록 부었다. 한 살 정도만 보태는 것으로 거짓말의 양을 줄일 수 있는 것이 몹시 다행스러웠다.

"토끼띠 남자들이 원래 팔자가 드센 편 아닙니까요? 여자 토끼띠는 잘 사는데 요상하게 우리 나이 토끼띠 남자들은 신수가 고단터라 이 말씀입니다. 헌데 사장님은 용케 따시게 사시니 복이 많으십니다."

저런. 그는 속으로 머쓱했다.

토끼띠가 어쩌고 해쌌는 게 아무래도 아슬아슬했던지, 아니면 준비한 술이 바닥나는 게 보였던지 아내가 단호하게 지갑을 열었다.

"돈 드려야지요. 그런데……."

아내는 뒷말을 못 잇고 그의 얼굴을 말끄러미 올려다보았다. 그는 술잔을 들어올리며 짐짓 아내를 못 본 척했다. 역시 여자는 할 수 없어. 옥상 일까지 시켜놓고 돈을 다 내주기가 아깝다는 뜻이렷다. 그는 아내가 제발 딴소리 없이 20만 원에서 2만 원이 모자라는 견적 금액을 다 내놓기를 대신 빌었다. 그때 임씨가 먼저 손을 휘휘 내젓고 나섰다.

"사모님. 내 뽑아드린 견적서 좀 줘보세요. 돈이 좀 틀려질 겁니다."

아내가 손에 쥐고 있던 견적서를 내밀었다. 인쇄된 정식 견적용지가 아닌, 분홍 밑그림이 아른아른 내비치는 유치한 편지지를 사용한 그것을 임씨가 한참씩이나 들여다보았다. 그와 그의 아내는 임씨의 입에서 나올 말에 주목하여 잠깐 긴장하였다.

"술을 마셨더니 눈으로는 계산이 잘 안 되네요."

임씨는 분홍 편지지 위에 엎드려 아라비아 숫자를 더하고 빼고, 또는 줄을 긋고 하였다.

그는 빈 술병을 흔들어 겨우 반 잔을 채우고는 서둘러 잔을 비웠다. 임씨의 머릿속에서 굴러다니고 있을 숫자들에 잔뜩 애를 태우고 있는 스스로가 정말이지 역겨웠다.

"됐습니다. 사장님. 이게 말입니다. 처음엔 파이프가 어디서 새는지 모르니 전체를 뜯을 작정으로 견적을 뽑았지요. 아까도 말씀드렸지만 일이 썩 간단하게 되었다 이 말씀입니다. 그래서 노임에서 사만 원이 빠지고 시멘트도 이게 다 안 들었고, 모래도 그렇고, 에, 쓰레기 치울 용달차도 빠지게 되죠. 방수액도 타일도 반도 못 썼으니 여기서도 요게 빠지고 또……."

임씨가 볼펜심으로 쿡쿡 찔러가며 조목조목 남는 것들을 설명해갔지만 그의 귀에는 제대로 들리지 않았다. 뭔가 단단히 잘못되었다는 기분, 이게 아닌데, 하는 느낌이 어깨의 뻐근함과 함께 그를 짓누르고 있을 뿐이었다.

"그렇게 해서 모두 칠만 원이면 되겠습니다요."

선언하듯 임씨가 분홍 편지지를 아내에게 내밀었다. 놀란 것은 그보다 아내 쪽이 더 심했다. 그녀는 분명 7만 원이란 소리가 믿기지 않는 모양이었다.

"칠만 원요? 그럼 옥상은……."

"옥상에 들어간 재료비도 여기에 다 들어 있습니다. 그거야 뭐 몇 푼 되나요."

"그럼 우리가 너무 미안해서……."

아내가 이번에는 호소하는 눈빛으로 그를 쳐다보았다. 할 수 없이 그가 끼어들었다.

"계산을 다시 해봐요. 처음에는 십팔만 원이라고 했지 않소?"

"이거 돈을 더 내시겠다 이 말씀입니까? 에이, 사장님도. 제가 어디 공일 해줬나요. 조목조목 다 계산에 넣었습니다요. 옥상 일한 품값은 지가 써비스로다가……."

"써비스?"

그는 아연해서 임씨의 말을 되받았다.

"그럼요. 저도 써비스할 때는 써비스도 하지요."

그는 입을 다물어버렸다. 뭐라 대꾸할 말이 없었다.

"토끼띠이면서도 사장님이 왜 잘 사는가 했더니 역시 그렇구만요. 다른 집에서는 노임 한 푼이라도 더 깎아보려고 온갖 트집을 다 잡는데 말입니다. 제가요, 이 무식한 노가다가 한 말씀 드리자면요, 앞으로 이 세상 사시려면 그렇게 마음이 물러서는 안 됩니다요. 저는요, 받을 것 다 받은 거니까 이따 겨울 돌아오면 우리 연탄이나 갈아주세요."

임씨는 아내가 내민 7만 원을 주머니에 쑤셔넣고 자리에서 일어섰다.

그는 일층 현관까지 내려가 임씨를 배웅하기로 했다. 어두워진 계단을 앞서거니 뒤서거니 내려가면서 임씨는 연장 가방을 몇 번이나 난간에 부딪혔다. 시원한 밤공기가 현관 앞을 나서는 두 사람을 감쌌고 그는 무슨 말로 이 사내를 배웅할 것인가를 궁리해보았다. 수고했다라는 말도, 고맙다는 말도 이 사내의 그 '써비스'에 대면 너무 초라하지 않을까. 그때 임씨가 돌연 그의 팔목을 꽉 움켜잡았다.

"사장님요, 기분도 그렇지 않은데 제가 맥주 한잔 살게요. 가십시다."

임씨는 백열구로 밝혀놓은 형제슈퍼의 노천의자를 가리키고 있었다.

"맥주는 내가 사지요."

"아니오. 제가 삽니다."

"좋소. 누가 사든 가봅시다."

그들은 형제슈퍼의 김반장에게 맥주 3병을 시켰다.

"워따메, 두 분이 어디서 그러코롬 일차를 하셨당가요."

전라도 부안이 고향이라는 김반장은 기분이 좋았다 하면 진짜 토박이 말로 사람을 어르는 재주가 있었다.

"맥주도 좋소만, 임씨 아저씨 우리 외상값부텀 갚아주셔야 쓰것당게."

임씨는 두말없이 외상값 1천3백 원을 갚아주고는 기세 좋게 쥐포 세 마리 구워오라고 이른다.

"사장님요. 뭐 다른 안주도 시키십쇼."

임씨가 그를 보았다.

"어따, 동갑끼리 사장은 무슨 사장님. 오늘 종일 그 말 듣느라고 혼났어요. 말 놓으십시다."

그가 거품이 넘치는 잔을 내밀며 큰소리를 쳤다. 임씨가 잠시 아연한 눈길로 그를 바라보았다.

"좋수다. 형씨. 한잔 하십시다."

임씨가 호기를 부리며 소리 나게 잔을 부딪쳤다.

"그렇지, 그렇지. 다 같은 토끼새끼 주제에 무슨 얼어죽을 사장이야!"

그의 허세도 임씨 못지않았으므로 이윽고 두 사람은 주거니 받거니 술잔을 비우기 시작하였다.

"내가 이래 봬도 자식 농사는 꽤 지었지요."

임씨는 자신의 아들딸이 네 명이란 것, 큰놈은 국민학교 4학년인데 공부를 썩 잘하고 둘째딸년은 학교 대표 농구선수인데 박찬숙 못지않을 재주꾼이라고 자랑했다.

"그놈들 곰국 한번 못 먹인 게 한이오, 형씨. 내 이번에 가리봉동에 가면 그 녀석 멱살을 휘어잡아야지."

임씨가 이빨 사이로 침을 찍 뱉었다. 뭐 맛있는 거나 되는 줄 알고 김 반장의 발발이 새끼가 쪼르르 달려왔다.

"가리봉동에 가면 곰국이 나와요?"

임씨가 따라주는 잔을 받으면서 그는 온몸을 휘감는 술기운에 문득 머리를 내둘렀다. 아까부터 비 오는 날에는 가리봉동에 간다는 임씨의 말이 술기운과 더불어 떠올랐다.

"곰국만 나오나. 큰놈 자전거도 나오고 우리 농구선수 운동화도 나오지요. 마누라 빠마값도 쑥 빠집니다요. 자그마치 팔십만 원이오, 팔십만 원. 제기랄. 쉐타 공장 하던 놈한테 일년 내 연탄을 대줬더니 이놈이 연탄값 떼어먹고 야반도주했어요. 공장이 망했다고 엄살을 까길래, 내 마음인들 좋았겠소. 근데 형씨. 아, 그놈이 가리봉동에 가서 더 크게 공장을 차렸지 뭡니까. 우리네 노가다들, 출신이 다양해서 그런 소식이야 제꺼덕 들어오지, 뭐."

"그럼 받아야지, 암. 받아야 하구말구."

그는 딸꾹질을 시작했다. 임씨에게 술을 붓는 손도 정처 없이 흔들렸다. 그에 비하면 임씨의 기세 좋은 입만큼은 아직 든든하다.

"누군 받기 싫어 못 받수. 줘야 받지. 형씨, 돈 있는 놈은 죄다 도둑놈이오. 쫓아가면 지가 먼저 울상이네. 여공들 노임도 밀렸다, 부도가 나서 그거 메우느라 마누라 목걸이까지 팔았다고 지가 먼저 성깔내."

"쥑일놈."

그는 스웨터 공장 사장을 눈앞에 그려본다. 빤질빤질한 상판에 배는 툭 불거져 나왔겠지.

"그게 작년 일인데, 형씨 올 여름에 비가 오죽 많았소. 비만 오면 가리봉동에 갔지요. 비만 오면 갔단 말이오."

"아따, 일년 삼백육십오일 비 오는 날은 쌔고 쎘는디 머시 그리 걱정이당가요?"

김반장이 맥주를 새로 가져오며 임씨를 놀려먹었다.

"시끄러, 임마. 비가 와야 가리봉동에 가지, 비가 와야……."

"해 뜨는 날은 돈 벌어서 좋고, 비 오는 날은 돈 받아서 좋고, 조오타!"

김반장이 젓가락으로 장단까지 맞추자 임씨는 김반장 엉덩이를 찰싹 갈긴다.

"형씨, 형씨는 집이 있으니 걱정할 것 없소. 토끼띠면 어쩔 거여. 집이 있는데, 어디 집값이 내리겠소?"

"저런 것도 집 축에 끼나……."

이번엔 또 무슨 까탈을 일으킬 것인지, 시도 때도 없이 돈을 삼키는 허술한 집이라고 대꾸하려다가 임씨의 말에 가로채여서 그는 입을 다물었다.

"난 말요. 이 토끼띠 사내는 말요, 보증금 백오십만 원에 월세 삼만 원짜리 지하실 방에서 여섯 식구가 살고 있소. 가리봉동 그 새끼는 곧 죽어도 맨션아파트요, 맨션아파트!"

임씨는 주먹을 흔들며 맨션아파트라고 외쳤는데 그의 귀에는 꼭 맨숀아파트처럼 들렸다.

"돈 받으러 갈 시간도 없다구. 마누라는 마누라대로 벽돌 찍는 공장에 나댕기지, 나는 나대로 이 짓해서 벌어야지. 그래도 달걀 후라이 한

개 마음놓고 못 먹는 세상!"

임씨의 목소리가 거칠어졌다. 술이 너무 과하지 않나 해서 그는 선뜻 임씨에게 잔을 돌리지 못하고 있었다.

"돌고 돌아서 돈이라고? 돌고 도는 돈 본 놈 있음 나와보래! 우리 같은 신세는 평생 이 지랄로 끝장이야. 돈? 에이! 개수작 말라고 해."

임씨가 갑자기 탁자를 내리쳤다. 그 바람에 기우뚱거리던 맥주병이 기어이 바닥으로 나뒹굴면서 요란한 소리를 내었다.

"참고 살다보면 나중에는……."

"모두 다 소용없는 일이야!"

임씨의 기세에 눌려 그는 또 말을 맺지 못하고 입을 다물었다. 나중에는 임씨 역시 맨션아파트에 살게 되고 달걀 프라이쯤은 역겨워서, 곰국은 물배만 채우니 싫어서 갖은 음식 타박에 비 오는 날에는 양주나 찔끔거리며 사는 인생이 될 것이다, 라고 말할 수는 없었다. 천번 만번 참는다고 해서 이 두터운 벽이, 오를 수 없는 저 꼭대기가 발밑으로 걸어와주는 게 아님을 모르는 사람이 그 누구인가.

그는 임씨의 핏발 선 눈을 마주보지 못하였다. 엉터리 견적으로 주인 속이는 일꾼이라고 종일토록 의심하며 손해볼까 두려워 궁리를 거듭하던 꼴을 눈치채이지는 않았는지, 아무래도 술기운이 확 달아나버리는 느낌이었다. 제아무리 탄탄해도 라면 가닥으로 유지되는 사내의 몸뚱이는 술 앞에서 이미 제 기운을 잃고 있음이 분명했다. 임씨의 몸이 자꾸만 한쪽으로 쏠리는 것을 보면서 그는 점차 술이 깨고 있었다.

"어떤 놈은 몇 억씩 챙겨먹고 어떤 놈은 한 달 내내 뼈품을 팔아도 이십만 원 벌이가 달랑달랑한데, 외제 자가용 타고 다니며 꺼덕거리는 놈,

룸싸롱에서 몇십만 원씩 팁 뿌리는 놈은 무슨 재주로 그리 사는 거야? 죽일놈들. 죽여! 죽여!"

임씨의 입에 거품이 물렸다.

"비싼 술 잡숫고 왜 이런당가요, 참으시오. 임씨 아저씨. 쪼매 참으시오."

김반장이 냉큼 달려들어 빈 술병과 잔들을 챙겨갔다. 임씨는 탁자에 고개를 처박고서 연신 죽여, 를 되뇌이고 그는 속수무책으로 사내의 빛바랜 얼굴만 쳐다보았다. 아무리 생각해도 저 '죽일놈들' 속에는 그 자신도 섞여 있는 게 아니냐는, 어쩔 수 없는 괴리감이 사내의 어깨에 손을 대지 못하게 막고 있었다.

"겨울 돼봐요. 마누라나 새끼나 왼통 검댕칠이지. 한 장이라도 더 나르려니까 애새끼까지 끌고 나오게 된단 말요. 형씨, 내가 이런 사람입니다. 처자식들 얼굴에 검댕칠 묻혀놓는, 그런 못난놈이라 이 말입니다……."

임씨의 등등하던 입술도 마침내 술에 젖는 모양이었다. 말이 제대로 입 밖으로 빠져나오지 못하니까 임씨는 자꾸 입술을 쥐어뜯었다.

"나 말이오. 이번에 비만 오면 가리봉동에 가서 말이요……."

임씨가 허전한 눈길로 그를 쳐다보았다. 목소리도 한결 풀기 없이 처져 있다.

"그 자식이 돈만 주면……, 돈만 받으면, 그 돈 받아가지고 고향으로 갈랍니다."

"고향엘요?"

"예. 고향으로 갑니다. 내 고향으로……."

공이 박힌 손가락으로 머리칼을 쥐어뜯으며 임씨는 훌쩍훌쩍 울기 시작했다.

"에이, 이 아저씨는 술만 마셨다 하면 꼭 울고 끝을 보더라. 버릇이라구요, 술버릇."

가게 안에서 내다보고 있던 김반장이 임씨에게 머퉁이를 주었다. 그래도 임씨는 쫓겨난 아이처럼 울음을 그치지 않았고, 그는 오줌이라도 마렵다는 듯이 슬그머니 자리를 떠서 김반장에게 술값을 치렀다. 돈을 치르고 나니 진짜로 오줌이 마려워서 그는 형제슈퍼 건너편의, 불빛이 닿지 않는 공터로 슬슬 걸어갔다. 그때 어둠 속에서 누군가가 그를 스쳐 지나갔다. 으악. 으악. 손바닥을 탁 치면 기다렸다는 듯이 목을 뚫고 비명처럼, 혹은 탄식처럼 으악 소리가 튀어나왔다. 으악새 할아버지였다. 노인은 그가 일을 다 볼 때까지도 공터 주변을 어슬렁거리면서 연신 괴로운 소리를 뱉어내었다. 으악 으악.

옷을 추스르며 뒤돌아보니 백열전구 불빛 아래 혼자 동그마니 앉은 임씨가 아직껏 머리칼을 쥐어뜯으며 취한 몸을 가누지 못하고 있었다. 이름은 모르지만 낯익은 동네 사람들이 형제슈퍼를 향해 줄달음쳐 오다가는 그런 임씨를 발견하고 흘낏흘낏 훔쳐보며 가게로 들어갔다.

밤도 꽤 깊었으리라. 광복절 공휴일도 이제 마감이었다. 가슴이 답답했다. 남은 일은 집으로 돌아가서 나무토막처럼 쓰러져 꿈 없는 잠을 기다리는 것뿐이었다. 하늘엔 별이 총총하고 아마도 내일은 비가 오지 않을 것이었다. 어둠 속을 서성이던 으악새 할아버지도 하늘을 올려다보았는지 손뼉을 탁 치면서 으악, 짧게 울었다.

1 서술자가 임씨를 보는 눈이 어떻게 변화하고 있나요?

서술자는 어느 날 목욕탕에 물이 새서 하자공사를 하려고 하지만, 일손을 쉽게 구하지 못합니다. 그래서 성실하다는 평이 나 있는 임씨를 추천 받아 공사를 시작하지만, 임씨가 전문일꾼이 아니라 겨울에는 연탄 배달을 하고 여름 한철 이것저것 잡일을 하는 어설픈 막일꾼임을 알게 되자 임씨에게 일을 맡긴 것에 대해 후회합니다. 그러나 정확하게 목욕탕의 고장난 부분을 찾아내서 일을 쉽게 마무리하고 옥상 보수공사를 꼼꼼하게 하는 것을 보고 조금씩 마음을 돌려 새롭게 임씨를 보기 시작합니다. 그러는 와중에도 서술자의 아내는 견적서가 실제보다 부풀려져 있다고 오해하고 계속 임씨를 불신하지만, 마지막에 견적서를 다시 뽑아 정확하게 계산하는 것을 보면서 오히려 임씨를 비뚤어지게 보고 있었던 자신들의 왜곡된 시선을 깨닫고 부끄러움을 느낍니다.

2 처음에 자신이 임씨와는 '다른' 처지임을 강조하던 서술자가 나중에는 정작 같지도 않은 나이까지 속여가며 '같음'을 주장하는 이유는 무엇일까요?

이 글의 서술자와 그의 아내는 집을 갖고 있는 중산층으로 막일을 하며 살아가는 임씨와는 처지가 크게 다르다고 생각하고 있습니다. 그래서 점심밥을 먹을 때 임씨와 같은 밥상에서 밥을 먹어서는 안 된다고 생각했습니다. 그러나 임씨의 성실성과 정직함을 확인한 후 자신들의 의심이 중산층이 가진 오만과 편견임을 깨닫고 부끄러움을 느낍니다. 그 이후 서술자는 토끼띠가 아님에도 불구하고 임씨와 같은 토끼띠라고 속이며 임씨와 가까워지려고 노력합니다. 자신들도 모르게 가지고 있던 사회적 잣대를 버리고 가장 정직하고 순박한 한 인간의 모습에 감동을 받은 것입니다.

3 이 작품에서 비가 오면 가리봉동에 가야 하는 이유를 현대사회의 모순과 관련 지어 설명하시오.

임씨는 자신이 꾸준히 배달한 연탄값 80만 원을 어떤 공장 사장에게 사기 당합니다. 그가 살고 있는 단칸방 보증금이 130만 원임을 감안해 본다면 80만 원은 어마어마한 액수입니다. 그런데 그 돈을 사기 친 사람은 아파트에 살며 가리봉동에 큰 공장을 새로 지어 사업을 확장해가는 사장입니다. 정직하지 못한 돈으로 자신의 이기적인 욕망을 채워나가는 사장과 정직하지만 가난에서 헤어나오지 못하고 있는 임씨의 삶은 극과 극으로 대비됩니다. 사기꾼은 점점 더 돈을 벌지만 정직하게 살고 있는 임씨는 점점 더 가난해집니다. 이 작품은 정의롭지 못한 사람들이 승리하는 왜곡된 현실의 모순을 아프게 그려내고 있지만, 끝까지 양심을 지키며 진실된 삶을 사는 임씨를 통해 인간에 대한 믿음을 우리에게 심어주고 있습니다.

숨은 꽃

민주주의 실현과
천박한 자본주의의 혼란 속에서
새로운 희망을 찾아 떠나는 여정.

"사는 일이 가장 먼저란 말이오"

1990년대의 시작과 함께 삶의 이정표를 잃어버린 나

「숨은 꽃」이 발표된 해는 1992년입니다. 숨 가쁘게 달려오던 1980년대가 막을 내리고 1990년대가 막 시작된 시기입니다. 이 작품은 1980년대와 1990년대를 역사적으로 이해하며 접근해야 되는 시대적 물음들이 밑바탕에 깔려 있습니다.

1980년대를 살았던 사람들은 민주주의에 대한 오랜 염원으로 독재정권에 저항하며 민주주의를 실현해갔습니다. 부정과 독재, 잘못된 권위에 저항하면서 살았던 그 시대 사람들의 삶은 힘겨웠지만, 치열한 시대정신으로 잘못된 사회질서들을 바로잡고 나면 정의로운 시대를 맞이하게 되리라는 강한 믿음이 존재했습니다. 그러나 새롭게 맞이한 90년대의 모습은 사람들의 기대만큼 정의롭지 못했습니다. 독재정권의 시대는 지나갔지만 천박한 자본주의의 현실이 그 자리를 대신했습니다. 빈익빈

부익부 현상은 갈수록 심화되고 지금까지 절망을 지탱해오던 슬픔도 힘을 잃어버렸습니다. 80년대를 힘 있게 살아오던 사람들이 90년대가 시작되며 삶의 길을 잃어버린 것입니다.

그동안 진실과 가치 있는 삶의 이정표가 되어주던 것들이 힘을 잃어버린 상황에서 삶의 좌표를 잃어버린 사람들은 새롭게 나아가기 위한 길을 찾아야만 되었습니다. 이 글의 서술자도 작가로서 어떤 삶을 살아가야 할지, 그리고 자신의 작품 속에 무엇을 그려나가야 할지 몰라 막막한 상태에서 홀로 여행을 떠납니다. 이 작품 속에서 여행은 현실에서 관광을 위주로 하는 여행과는 다른 의미를 갖고 있습니다. 삶의 길을 잃어버리고 미로에서 헤매고 있는 서술자가 자신이 걸어가야 할 삶의 길을 찾아 떠나는 필연적인 여정이라고 볼 수 있습니다.

이 여행에서 서술자는 김종구라는 거인을 만납니다. 김종구는 변변찮은 학력도 없고, 주민등록증도 없이 여기저기 떠도는 막노동꾼으로 살아가지만 서술자에게 삶에서 가장 우선시해야 될 일을 깨우쳐줍니다. 그리고 잃어버린 삶의 길 속에서 한 가닥 나아가야 할 방향을 일깨워줍니다.

「숨은 꽃」은 이러한 시대적 배경 속에서 어떤 삶을 살아가야 할 것인가에 대한 물음을 안고 새로운 희망을 위한 길 찾기의 시도로 탄생된 작품입니다.

숨은 꽃

1

그는 귀신사(歸神寺)에 있었다. 나는 그를 귀신사에서 만났다. 15년 만이었다. 물론 나는 그 15년의 세월을 첫눈에 걷어내지는 못하였다. 그가 먼저 나를 알아보지 못했다면 이 돌연한[1] 만남이 15년의 시간을 경과한 후에 비로소 일어났다는 사실조차 확인되지 않았을 터였다. 그랬다면, 만약 그와 나 두 사람 중 어느 누구도 세월의 두께를 젖히고 상대를 알아보지 못했다면, 우리는 서로 스쳐 지나갔을 것이었다. 하늘 향해 키를 겨누고 서서 연초록 잎을 피워올리고 있는 껑충한 미루나무나 하염없이 쳐다보다가, 시들어가는 진달래 잎사귀나 한 번 더 만져보고, 나는 그만 돌아섰을 것이었다.

---

[1] 돌연하다(突然一) 갑자기. 별안간. 뜻밖에.

만약 그랬다면 이 소설은 씌어지지 않았을 것이다. 나는 한 거인의 목소리를 채집하는 행운을 영원히 놓쳐버릴 수도 있었다. 그뿐만이 아니었다. 행여 하고 갔다가 역시 하고 돌아오는 허망함을 어떻게 가누었을지 생각만 해도 막막한 일이었다. 어쩌면 그는 내가 거기에 가야만 했던 까닭을 미리 알고 먼저 그곳에 와 있었는지도 모르겠다. 예전 같으면 이렇게 말하는 사람들을 비웃었겠지만 지금은 그럴 생각이 전혀 없다. 중요한 것은 그런 일이 있을 수 있는지 없는지를 말하는 것이 아니라, 그렇게 말해버릴 수 있느냐 없느냐의 태도일 것이다. 그리고 나는 그렇게 말해버렸다. 귀신사에서 나는, 그렇게 말해버리는 법도 있다는 것을 배웠다.

그날 오전, 서울역의 혼잡한 광장에 홀로 남겨졌을 때부터 나는 이 여행을 후회하고 있었다. 그러나 좀더 사실대로 말하자면 후회가 시작된 시간은 그보다 한참 먼저였다. 기차시간에 늦지 않으려고 다소 부지런을 떨었던 아침, 내가 없어도 아무 이상 없이 잘 돌아가게끔 챙겨둬야 할 일상의 자질구레한 일들을 앞에 두고 느꼈던 전날 밤의 한숨, 그보다 더 앞으로 시간을 돌리면 기차표를 예매하러 나갔던 날의 몽롱함과 회의까지를 다 후회의 페이지에 삽입시켜야 정확할 터였다. 하지만 후회를 잘하는 사람일수록 늘 그렇듯이 포기도 쉽게 하지를 못하고 결국 나는 예매한 기차표의 시각에 정확히 맞추어 서울역 광장에 모습을 나타냈다. 그 사이 이 여행을 포기해도 미련이 없을 만한 어떤 좋은 생각도 떠오르지 않았기 때문이었다.

"차표는 잊지 않고 가져왔지?"

나를 광장에까지 실어다주고 돌아가면서 남편이 남긴 말은 이게 다였다. 잘 다녀오라거나 그저 머리나 식히고 오는 셈 치라는 말쯤은 해줄 만도 한데 그는 그저 내 지독한 건망증만 염려스럽다는 얼굴로 그렇게 말하고 태연히 차를 돌렸다. 남편의 태연한 그 얼굴이, 광장에 밀집해 있는 자동차 사이를 빠져나가 눈부신 봄 햇살 속의 거리로 섞여가는 그 무심한 뒷모습이 얼마나 부러웠던가.

나는 억울하였다. 다른 이들은 모두 신나는 휴가를 떠나는데 오직 나에게만 처치 곤란한 일거리가 잔뜩 주어져 내몰린 기분이었다. 이건 정말 부당하다. 억울하다. 그 한 순간의 억울함은 이 여행의 후회를 넘어서서 내 생애 전부를 후회하기에도 충분한 양이었다. 내 생애 전부를 실어내기 위해 늘 내 이름자 밑에 괄호로 닫혀져 묶여 있는 '소설가'라는 호칭을 반납하고 흘러가버린 다른 생애를 반환받을 수 있다면. 행여 그럴 수 있다면 이렇게 역 광장에 홀로 남겨져 타인들을 질투하며 서 있지 않아도 됐을 것을.

설령 내 이름자 밑에 따라다니는 괄호 속의 호칭을 원망하지 않는다 하더라도 가슴에 얹혀진 바위 하나를 들어내는 방법이 꼭 이래야 한다는 것은 원래 내 방식이 아니었다. 잘 감긴 타래에서 술술 실이 풀리듯 그렇게 글이 풀려나오지 않는다 해서 훌쩍 어디로 떠나곤 하는 버릇에는 애당초 길들여 있지 않은 사람이 바로 나였다. 글이 써지지 않아서, 혹은 좋은 글을 찾아서 여행을 떠난다는 동업자들을 볼 때마다 나는 그들의 허공에 들린 발을 염려하곤 했었다. 여행이 필요하다면 그것은 삶의 필요에 의한 것이며 단지 소설만을 위해서 일상을 저버리고 떠나는 일은 마치 죽기 위해서 산다는 말처럼 부정하기 어려운 허장성세[2]가 감추어져 있다는 것이 내 생각이었다. 나중에 하나의 여행이 온전하게 소설로 담겨져 나오는 수도 없지는 않았지만 그것 또한 삶의 필요가 먼저였고 소설은 의외의 부산물인 경우에 불과했다. 성실하게 삶을 더듬다 보면 운 좋게 주어지는 그런 부산물.

그러나 이번 여행은 삶의 여러 관계들로 야기된 피할 수 없는 길떠남이 아니었다. 망설임과 후회가 그처럼 질겼던 것도 따지고 보면 모두 거기에서 연유되고 있을 것이었다. 소설이 제대로 씌어지지 않는다고 해서 여행을 도모하고 실천하다니, 게다가 단 한 시간이라도 죽을 듯이 아껴서 써대도 겨우 마감 날짜를 지킬까 말까 한 이 화급한 날들 중의 하루나 이틀을 온전하게 내던져버리다니. 이 도박은 말하자면 벌써 몇 달째 그랬듯이 이번 달 역시 마감 날짜를 그냥 지나치고 말리라는 뚜렷한 징표로서 제시된 것에 다름 아니었다. 소설은, 확률이 높건 적건 간에, 결코 도박일 수 없는 것이므로.

여행에 대한 미심쩍음이 이리도 깊었던 탓에 창가 좌석에 앉아 스치는 바깥 풍경을 내다보는 심정도 썩 밝은 것은 아니었다. 소설을 위한 여행이 아니었다면 동네에서도 보고 또 본 저 흐드러진 진달래며 개나리, 그리고 연둣빛 새순들한테 얼마나 많은 감흥을 쏟아넣었을까를 생각하면 더욱 그러했다. 기차가 서울역을 벗어나 달린 지 5분도 채 되지 않아서 의자를 마주 돌려놓고 먹을 준비를 하는 건너편 여자들의 거칠 것 없는 웃음소리도 내게는 예사롭게 들리지 않았다. 거의 내 나이쯤으로 보이는 여자들은 아마도 한동네 단짝들인 모양이었다. 모처럼 집을 빠져나왔을 여자들은 이른 점심인지 늦은 아침인지 모를 식사를 하면서

2) 허장성세(虛張聲勢) 실속은 없으면서 허세만 떠벌림.

거침없이 웃고 떠들었다. 나는 그들의 거침없는 웃음을 훔쳐보며 더욱 창가 쪽으로 바싹 당겨앉았다. 기차 안 어디를 둘러보아도 나처럼 모호한 표정의 승객은 없었다. 모호하기는커녕 일상을 벗어난 사람들의 표정은 그 여행의 목적과는 관계없이 지극히 선명한 굴곡을 나타내고 있었다. 나는 거침없고 선명한 승객들한테 주눅이 들고 있었다.

미로에 빠졌으면 처음 길을 잃었던 자리에서부터 차근차근 출구를 찾아보는 것이 옳았을 터였다. 시작과 끝을, 삶의 처음과 마지막을 그토록이나 성실하게 더듬어가는 것으로 미로를 벗어나긴 틀린 일이었을까. 운 좋게 부산물을 획득하던 시대는 이제 끝났다고 생각한 것은 너무 이른 절망이 아니었을까. 좌표가 사라졌다고는 해도 좌표가 있던 자리까지 사라진 것은 아닌데 왜 그렇게 맥이 풀려버렸을까. 그 맥풀림에 대처하는 것조차 나는 왜 그리 조급했던 것일까.

한 시인의 말처럼 어차피 고통은 이 세상을 사는 인간들이 지불하는 월세 같은 것일진대 견디어 누르고 있으면 제 압력으로 솟아나오는 뿌리 하나쯤은 있을지도 모르는데. 아니, 이제는 그런 것들까지 폐기 처분되는 시대라고 믿었던 것은 아니었을까. 정말은 그 믿음이 두려웠던 것일까, 나는.

생전 안 하던 짓을 하고 있는 자의 가슴속으로는 온갖 의문이 스며들고 그 의혹의 무게까지 덧붙여진 가슴의 바위는 참으로 처치 곤란이었다. 이럴 수도 저럴 수도 없다. 이럴 때는 무엇이든 읽을 것이 있어 글자 속으로 들어가버리면 시간을 죽이기가 훨씬 수월할 텐데도 내겐 인쇄된 그 무엇도 가진 것이 없었다. 나는 일부러 책 따위는 들고 가지 않기로 했던 것이다. 그러나 기차가 수원을 지나기도 전에 나는 이미 읽을 것을 학대한 스스로를 질책했다. 책 대신으로 은근히 기댄 것은 가없는 풍경을 담아내는 기차의 넓은 창이었다. 나는 표를 예매하면서 근래에 드문 명료한 목소리로 창가 좌석을 요구했었다. 하지만 직통으로 얼굴을 쪼아대는 4월의 햇볕과 만난 것은 기차가 서울을 벗어나고 이내였다. 그것은 벌써 몸에 닿으면 감미롭고 마냥 훈훈하던 첫봄의 순수한 햇살이 아니었다. 견딜 만큼 견딘다 해도 결국 5분이 채 되지 않아 때 묻은 커튼으로 손이 갈 만큼 성가신 존재였다. 창의 배반은 당장 읽을 것에 대한 갈증을 불러왔다. 할 수 없는 일이었다. 나는 이처럼 모든 일에 있어 제3의 대안 같은 것은 준비해본 적이 없는 한심한 인간이었다.

사실을 말하면 개표를 기다리는 동안에도 약국 앞에 붙은 간이서점을 기웃거리긴 했었다. 읽을 것이 아닌 그저 볼 것, 머리에 입력되지 않고 단순히 눈에만 머물렀다가 그대로 날아가버릴 그런 것은 괜찮지 않을까 생각했었다. 그러나 그곳에서도 나는 읽을 만한 책을 고르지 못하였다. 집에서도 그랬다. 어쩌면 손쉽게 아무 책이나 택해서 손가방 안에 쑥 밀어넣지 못하는 스스로에 대한 짜증으로 이번 여행엔 아예 어떤 책도 동반하지 않겠다고 다짐했는지도 모른다. 책 속에서 무얼 구할 수 있었다면 왜 여행까지 생각했을 것인가.

그래도 나는 역 귀퉁이의 간이서점 앞을 그냥 통과할 수가 없었다. 그리고 또 한참을 제목의 숲에서 길을 잃었다. 한참 뒤에 나는 집에서의 다짐을 떠올렸다. 책을 동반하지 말 것. 그 다음에 떠오른 것은 늙은 내 어머니의 푸념 같은 말씀 하나였다. 쟈는 염생이 띠에다 염생이 달, 염생이 시(時)에 태어났응께 어차피 한평생 종이만 우물거리다 말 거여.

기차 안에서의 세 시간 동안 내가 만난 글자는 홍익회 판매원의 밀차에 담긴 군것질감의 상표와 앞자리 등받이에 새겨진 피로회복제 광고가 전부였다. 피곤하고 나른할 때 이 물약을 마시면 새 기운이 솟구친다는 광고문구는 어느 좌석이건간에 다 흰 천의 등받이에 녹색 잉크로 인쇄되어 있었다. 그러니까 기차 안 이곳저곳에 내가 찾는 글자가 널려 있기는 한 셈이었다. 그것들의 한결같은 내용에 진저리를 치면서도 내 눈은 글자를 읽고 뜻을 해독하는 짓을 멈추지 못한다. 읽고 또 읽고 다시 읽으며, 나는 마녀의 주술 때문에 춤을 멈출 수 없어 쩔쩔매는 동화 속의 불행한 공주를 떠올린다. 누구, 이 춤을 멈춰줄 사람은 없나요? 나는 밥을 먹으면서도 춤을 춰야 하고 자면서도 계속해서 춤을 춰야 한답니다. 제발, 이 춤을 멈춰주세요.

결국 나는 눈을 감고 등받이에 머리를 기댔다. 피로회복제 광고를 외우다가 지쳐 떨어진 나에게 필요한 것은 바로 그 피로회복제였다. 나는 거의 한 달 이상 줄곧 피로했다. 물론 피로회복제 같은 것을 먹어본 적은 없었다. 도대체가 회복시킬 피로가 뚜렷하게 있는 것도 아니었다. 종일 팔다리 휘둘러 일을 하지도 않았고 자판 두들겨가며 원고의 양을 착실하게 늘려간 것도 결코 아니었다. 너무 멀어지기 전에 단편을 하나 써보겠다고 마음을 다잡기 시작한 한 달 전부터는 두 손 늘어뜨리고 앉아 있는 시간이 더 많았다. 두 손을 늘어뜨리고 앉아 있는 날이 하루 이틀 계속되기 시작하면서 나는 지독하게 피로했다. 이런 식으로 시작부터 미로인 글쓰기는 난생 처음 경험하는 일이었다. 단편소설에 손대본 지가 벌써 햇수로 3년, 전교조 원년의 그 치열한 투쟁의 한 자락을 그린 단편「슬픔도 힘이 된다」를 한 계간지에 발표한 것이 마지막이었던 셈이었다. 그렇다고는 해도 이처럼 까맣게 소설 작법을 잊어버릴 수는 도저히 없는 일이었다. 그동안에도 나는 쓰고 또 썼었다. 단편이 아니더라도 써야 할 것은 많았다. 규칙적으로 원고를 넘겨야 하는 장편 연재도 쉬임 없이 해왔었다.

문제는 '슬픔도 힘이 된다'는 진술이 아무런 감동도 주지 못하는 세상의 변화에 있었다. 세상이 갑자기 텅 비어버린 듯했다. 써야 할 것이 우글대던 머릿속도 세상을 따라 멍한 혼돈에 빠져버렸다. 하필이면 이때, 나는 연신 미루고만 있던 단편을 써보겠다고 자포자기의 심정으로 두어 군데에 약속을 하고 만 것이었다. 하필이면 이때에.

소련과 동구권의 대변혁이 몰고 온 파장은 그나마 모색되어 오던 이 사회의 새로운 물결, 상식적인 삶의 예감까지 붕괴시키는 데 단단한 못을 하려는 듯이 보여졌다. 그쪽 세계에 살던 사람들이 007가방을 들고, 이전과는 다른 눈빛으로 공항을 빠져나와 우리의 도시 속으로 합류해 들어오는 모습을 보는 일은 착잡했다. 사회주의는 아직 한 번도 실현되어본 적이 없다는 사라진 지도자의 말도 그 의미심장함과는 상관없이 역설적이고 허탈한 진술로만 들려왔다. 함께 살아가기 위해 만들었다는 한 제도적 장치로서의 도덕은 당분간 어느 곳에서도 얼굴을 내밀지 않을 것 같았다. 이제는 맹목적인 질주(疾走)만 남았는가. 그렇다면, 그렇다면. 나는 늘 그렇다면,에서 멈추었다. 누가 뭐라 말하든, 나로서는, 단편이란 양식의 소설이란 작가의 고백에 다름 아니라고 생각해왔었다. 어떤 내용을 담았건 그것은 작가의 고백이거나 기도 같은 것이었다.

멈춘 기도를 잇고 싶은 마음이야 간절했지만, 그 일을 시작하는 일은 너무 버거웠다. 그때부터 나의 피로는 누적되기 시작했다. 나는 번번이 두 손을 늘어뜨리고 기계 앞에서 물러났다. 어쩌다 느닷없는 자신감에 힘입어 다시 기계 앞에 앉아도 첫 문장을 맺기도 전에 이게 아닌데, 라는 마음속의 말이 내 손을 멈춰버리곤 했다. 이게 아닌데, 이것은 아니다, 라는 것 하나만 분명하고 그 외는 다 오리무중[3]인 나날이 한 달간 계속되었다. 내가 생전 하지 않던 짓을 해보겠다고 여행을 나선 것도 모두 이게 아닌데, 라는 내 속의 외침을 잠재우기 위한 버둥거림의 결과였다. 더 솔직히 말하자면, 어디 먼 곳에라도 가서 그 지긋지긋한 내 속의 외침을 땅속 깊이 파묻어버리고 혼자만 도망쳐 올 수는 없을까 해서 꾸민 음모였다.

그 일이 가능한 것일까. 실제로 나는 지금 땅속에 파묻어야 할 것이 무엇인지조차 제대로 가늠하지 못하고 있는 듯싶었다. 나는 두려워하고 있는 것인지도 몰랐다. 중요한 것은 정작 땅속에 파묻어버리고 아무짝에도 쓸모없는 것을 건져와서 완전한 혼돈에 빠져버리는 일이 생기지 않는다는 보장이 어디 있는가. 버리겠다면서도 다 버릴 생각은 추호도 없고, 이게 아닌데, 라고 중얼거리면서도 욕심을 포기하지 않는 이 질긴 모순을 나는 차마 바로 볼 수가 없다. 내 속에 들어 있는 것의 정체를 알기 전에는 어떤 문장에도 안심하고 마침표를 찍을 수가 없는 것이다.

거의 이리(裡里)에 다 왔을 때까지 나는 눈을 뜨지 않았다. 그렇다고 수면 속으로 빠져 들어간 것도 아니었다. 눈꺼풀을 사이에 두고 나는 여전히 세상 속에 있었다. 한숨 푹 잠 속으로 떨어졌다가 일어나면 한결 머리가 맑아질 수 있다는 것을 잘 알면서도 그 일이 쉽지가 않았다. 한번 빗나가기 시작하면 아무리 쉬운 일도 결코 쉽게 이루어지지 않는 법

[3] 오리무중(五里霧中) 오리에 걸친 짙은 안개 속에 있어 방향을 알 수 없음과 같이, 무슨 일에 대해 알 길이 없음의 비유.

이었다. 두 시간이 넘도록 맨정신으로 기차의 진동을 느끼고 있는 나를, 그래서 나는 이해하기로 하였다.

기차가 이리에 멈추었을 때 나는 가벼운 두통을 느끼며 눈을 떴다. 내릴 사람들이 통로에 줄지어 서 있는 것이 보였다. 그들은 누구나 할 것 없이 한 손에는 가방을 들었고 나머지 한 손으로는 헝클어진 머리며 꾸깃꾸깃한 옷을 매만지고 있었다. 내릴 사람이 다 내린 다음 이번에는 새로운 승객들이 등장했다. 조금씩 허물어져서 지친 표정으로 기차를 내린 사람들과는 대조적으로 새 승객들의 머리는 단정했고 구김살 하나 없는 봄나들이 옷은 화사하기 이를 데 없었다. 묵지근한 기차 안 공기는 새 사람들로 인해 금세 싱싱해졌다. 나는 여태 창을 가리고 있는 때문은 커튼을 젖히고 밖을 내다보았다. 바깥을 보기 전에는 미처 모르고 있었는데 기차는 이미 출발을 하고 있었다. 마치 거짓말처럼 사람들이, 역사가 슬금슬금 뒷걸음을 치고 있는 것이었다. 역 구내의 모든 풍경들은 뒷걸음으로 사라지고 나는 얼굴을 창에 박으면서까지 물러나는 것들을 쳐다보았다. 달려오는데도 오히려 뒤로 물러서는 푸른 작업복의 안전요원, 기척도 없이 멀어지는 만개한 목련들. 한껏 벌어진 목련꽃은 가벼운 한숨 한 자락에도 호르륵 이파리를 떨굴 것처럼 위태위태하게 보였다. 목련에 비하면 쇠락의 조짐이 엿보이는 샛노란 꽃다발 사이로 뾰족한 잎사귀들을 다 내밀고 있는 역 울타리의 개나리 덤불이 한결 당당했다. 역 구내를 거의 빠져나오면서는 개나리 덤불 사이로 희끗희끗 개구멍들이 보였다. 그 구멍으로 개만 드나들었던가. 아마 나도 먼 옛날의 어느 하루쯤 저 구멍으로 들어왔거나 나갔거나 했을 수도 있었다.

나는 눈을 똑바로 뜨고 철로변의 풍경들을 내다보기 시작했다. 햇볕은 아직 쨍쨍했지만 얼굴로 쏟아지던 것에서는 다소 비껴갔다. 설령 얼굴로 쏟아진다 해도 여기서부터는 때 묻은 커튼과 타협을 할 수가 없었다. 이 길을 통해 나는 세상에 나왔었다. 한때의 기억들은 모두 이 길의 언저리에서 만들어졌다. 추억은 그것의 생성 장소에서 회상해야 가장 선명한 법이었다. 똑같은 장소를 두고 단지 시간만 달리 해서 한 인간의 몸과 정신이 투영되는 일은 언제라도 의미심장한 것이다. 그때 나는 거기에 있었고 지금 다시 나는 여기에 있다. 그 사이로 수천 수만 번의 파도가 밀려왔다 밀려갔다. 덧없는 물거품에 옷은 또 얼마나 많이 적셨던가. 그때 내 발부리에 부어졌던 그 파도는 어디로 흘러갔을까. 지금, 이 자리에서 저기를 내다보는 나는 또 어디로 흘러갈 것인가. 돌아갈 길이 없는 시간, 나는 창유리에 이마를 부비며 문득 돌아갈 길도 모른 채 가고 있는 스스로의 존재가 한순간 포말⁴⁾이 되어 공중으로 흩뿌려지는 것을 느낀다. 나는 시간 속으로 빨려들어가고 있다. 나는 흡입당해지고 있다. 나는 우주 속으로 버려진다…….

흡입당하는 것을 견딜 수 없어 결국 도시를 떠나버린 한 시인이 있었다. 문단에 시인이라는 이름을 얹을 때부터 나는 그를 알게 되었다. 내 딸이 말을 배우기 시작할 무렵 녹음기가 내장된 커다란 앵무새 인형을 사다준 이도 바로 그 시인이었다. 어떤 말이든 입을 달싹이며 그대로 따라 하는 초록앵무새는 딸뿐만이 아니라 가끔 나도 가지고 놀았다. 시인도 우리 집에 놀러오면 초록앵무새와 놀았다. 앵무새는 두 마디 이상은 따라 할 수 없게 만들어져 있었다. 난 너를 사랑해, 라고 말하면 난 너

---

4) 포말(泡沫) 물거품.

를, 까지만 따라 하고 나머지 말은 기계 속으로 흡입되어지고 말았다. 우리의 놀음은 앵무새가 '사랑해'까지도 발음할 수 있게 하는 것에 관심이 모아져 있곤 했다. 그러나 그것은 쉽지 않았다. 여간 빠르지 않고선 번번이 '사랑해'는 금속의 기계 어딘가로 흡수되어 분해되고 말았다. 설령, 아, 이, 우, 에, 오를 되풀이 연습해서 입술 운동을 실컷 한 다음에 '난 너를 사랑해'를 최대한도 빨리 발음하는 데 성공했다 해도 허사이긴 마찬가지였다. 명확한 발음이 아니면 문장 전체가 다 녹음되었어도 재생된 소리는 제멋대로 깨어진 채였다. 날랄해, 날리레, 이런 식으로 되돌아오는 '난 너를 사랑해'는 흡사 얼레리 꼴레리 하며 조롱하는 소리로 들렸다.

그렇게 소리가 깨어져서 괴상한 모음과 자음의 조합이 이루어지면 어린 딸은 아주 즐거워했지만 시인은 몹시 낭패한 기색이었다. 언젠가는 초록앵무새를 다른 것으로 바꾸어와야겠다고 들고 나선 적도 있었다. 다른 앵무새도 모두 이런 식이라면 앵무새를 만든 공장을 찾아가 항의하고야 말겠다는 것이었다.

'사랑해'를 말할 줄 모르는 앵무새는 아무짝에도 쓸모없다는 시인의 분노는 딸의 반대로 행동에까지 옮겨지지는 못했다. 잠을 잘 때도 초록앵무새를 꺼안고 자는 딸애는 한사코 그것과 헤어지지 않으려고 했다. 아이에게는 아직 얼레리 꼴레리로 능멸당해본 슬픈 기억이 없었던 탓이었다. 깨진 언어에 대한 시인의 절망을 아이가 어떻게 이해하리.

'사랑해'를 말할 줄 모르는 새는 새가 아니다. '사랑'한테 얼레리 꼴레리 혀를 내미는 앵무새는 앵무새가 아니다. 나는 그가 천상 시인임을 그 작은 일에서 확인했다. 나는 시인이 아니어서 앵무새를 다른 것으로 바꾸거나 만든 이한테 항의하겠다는 생각은 하지 않았었다. 앵무새의 배에 달린 지퍼를 열면 어린아이의 손에도 쥐어질 만한 작은 녹음기가 있었다. 지퍼를 열고 기계에 건전지를 갈아넣기도 한 나는 기계의 용량에 대해 주로 생각하였다. 작은 기계와 짧은 음절밖에 녹음할 수 없는 성능. '나는 너를 사랑해'가 안 되면 그냥 '사랑해'로 가는 것이다. '나는 너를'이 없이는 '사랑해'를 온전히 말할 수 없다는 시인의 상처를 소설가는 이렇게 산문적으로 받아들이고 있었던 것이다.

그 시인이 지난해 서울을 떠났다. 글자를 짜맞추고 짜맞춘 글자들을 행으로 모아 다시 한 권의 책으로 만들던 일을 하다 말고 어느 날 문득 시인은 직장을 버렸다. 그 사이 서로간에 격조해 있었던 탓에 나는 그가 왜 그렇게 했는지 전혀 이유를 알 수가 없었다. 그저 덧없는 삶과 창백한 시에 눌려 도시를 떠나고 싶었으려니 짐작만 했을 뿐이었다. 그러다가 나는 시인이 경기도 어디에서 새를 기르며 살아가고 있다는 소식을 들었다. 뜸부기, 이것이 시인이 기르고 있는 새의 이름이었다. 여름철에 냇가나 연못, 풀밭 등에 살고 날개 길이는 10센티, 부리와 다리가 길며, 잘 날지 못하고 아침저녁으로 뜸북뜸북하고 우는 새. 뜸부기. 앵무새는 아니고 뜸부기였지만, 나는 맞다고 생각했다. 뜸부기 때문이라면 서울을 떠날 만도 했다. 서울에서는 뜸부기를 울게 할 수 없으니까.

시인이 할 수 있는 일로 그보다 더 맞는 일은 없다고 무릎을 치며 탄복했었다. 그 탄복은, 시인의 뜸부기가 애완용으로 팔려나가 이집저집의 조롱[5]에서 아침저녁으로 뜸북뜸북 노래를 한다는 혼자만의 상상이

---

5) 조롱(鳥籠) 새장.

어긋나고 말았을 때 참혹하게 거두어졌다. 나는 얼마나 단순한가.

시인이 알에서 부화시키고 조석으로 모이를 주어 기른 뜸부기는 살이 통통하게 올랐을 때 식용으로 팔려간다. 시인의 뜸부기는 최고급 요리로 둔갑하여 호텔 식당의 우아한 바로크식 식탁에 진열된다. 성장을 한 여자와 남자가 포크와 나이프를 들고 시인의 뜸부기를 먹어치울 때 시인은 홀로, 아무도 없이 그저 자기 홀로, 뜸북뜸북 뜸부기의 노래를 듣는다. 시인의 뜸부기는, 아니 뜸부기 시인은 아침저녁으로 뜸북뜸북 노래를 한다. 나는 너를 사랑해…….

새의 노래, 새를 먹어치우는 사람들, 돈이 되는 뜸부기, 새를 팔아 사는 시인. 시인의 삶을 떠올릴 때마다 내 머릿속에는 이런 잡다한 소제목들이 나열된다. 그리고 나는 전율한다. 그러나 이 전율은 시인을 향한 절망에서 발생하는 것이 결코 아니다. 나는 이 거대한 모순의 슬프고도 기묘한 조화가 주는 경이 때문에 전율하는 것이다. 시인은 자신의 시 한가운데로 뚜벅뚜벅 걸어 들어갔다. 나는 늘 소스라치며 마음으로 시인에게 묻는다. 뚜벅뚜벅? 어떻게? 무슨 나침반으로? 분해되거나 실종되지는 않았어?

기차는 나침반이 없이도 제 길을 달려 나를 목적지까지 실어다놓았다. 다음 정착역이 김제임을 예고해주는 열차 방송을 듣다가 나는 문득바로 얼마 전에야 그 초록앵무새를 버렸다는 것을 깨달았다. 아이의 손에서 진작에 떠나버린 앵무새 인형을 나는 몇 년씩이나 버리지 못하고 간직하고 있었다. 새의 부리와 배가 전선으로 연결되어 있어서 세탁이 불가능했던 그것은 보기에도 흉측스러울 만큼 실컷 더러웠는데도 그랬다. 건전지를 갈아 끼우지 않아서 단 한 음절도 따라 하지 못하는 누추한 앵무새는 올 겨울을 지낸 뒤에야 대청소라는 이름으로 쓰레기통에 버려졌다. 단 한 번도 '나는 너를 사랑해'라고 말해보지 못한 채, '나는 너를'이거나 '사랑해'로 나누어서 말할 수밖에 없었던 기계를 뱃속에 간직한 채 앵무새는 떠났다. 그리고 시인은 지금 뜸부기를 키우고 있는 것이다. 아침저녁으로 먹히고, 아침저녁으로 노래하는 뜸부기를.

잊으신 물건이 없는지 살펴보고 내려달라는 안내 방송이 무색하게도 내게는 하차의 준비랄 것이 전혀 없었다. 손가방만 하나 달랑 들고 동행도 없이 터덜터덜 플랫폼을 걸어가다 말고 나는 갑자기 주머니와 가방을 뒤져 차표를 찾기 시작했다. 내리기 전에 차표를 확인하지 않았다는 깨달음은 곧바로 내 좌석 어디에 차표를 흘리고 왔음이 틀림없다는 결론으로 치달았다. 나는 언제나 그랬다. 나는 나를 믿을 수가 없었다. 하나에 정신이 팔리면 다른 하나는 까마득하게 잊고 마는 정신의 불균형에 대해 얼마나 많이 절망했던가. 기차는 이미 떠났고, 두고 온 기차표를 어디에서 찾으랴 하는 마음 때문에 가방과 주머니를 뒤지는 손길에는 믿음이 하나도 담겨 있지 않았다. 나는 결국 무임승차의 혐의를 받게 될 것이고 혐의를 벗어나기 위해 무슨 말이든 해야 할 것이었다. 이 모든 일이 뜸부기 때문이라고 말하면 역무원은 어떤 표정을 지을까. 그가 뜸부기를 알고 있기나 할까.

그러다 나는 내 손에 끌려나온 기차표를 발견했다. 그것은 손가방 속 깊숙이에 접혀진 채로 보관되어 있었다. 열차의 좌석 어딘가에 기차표를 흘리고 내렸다는 내 결론은 틀린 것이었다. 그럼에도 나는 오랫동안 빗나간 결론을, 어긋난 믿음을, 잃어버리지 않은 기차표를, 의심하고 또 의심하였다.

2

김제에서 금산사로 들어가는 국도의 가로수는 수령(樹齡)이 녹록찮은 단풍나무들이다. 지난가을의 이 길은 하늘에 붉은 융단이 깔린 듯했었다. 가을 하늘의 푸른 빛깔과 화염 같은 붉은 이파리들, 그 사이사이 번쩍이며 내비치던 금빛 햇살의 광휘는 겨울이 다 지나도록 내 기억의 창을 물들이고 있었다.

가을에는 거칠 것 없이 붉었던 이 길이 지금은 푸르고 싱싱한 녹색의 물결을 이루고 있다. 주조를 이루는 색깔이 바뀐 탓이겠지만, 스치는 바깥 풍경은 지난겨울 동안 간직하고 있었던 기억 속의 그것과는 사뭇 달랐다. 그래서 나는 택시 기사에게 두 번쯤 이 길이 맞는지 확인을 하였다. 한 번은 정식으로, 그리고 또 한 번은 앞좌석의 기사에게는 들리지도 않을 만큼 우물거리는 형식으로 내 의혹을 표시하곤 이내 포기하였다. 기억에 대한 배신이 어디 이번뿐이던가. 추억의 영상은 한 번 저장되었다고 해서 움직임을 멈추고 각인되어지지 않는다. 저장된 그 순간부터 기억은 혼자의 힘으로 운동을 시작한다. 그리하여 나중에는 처음과는 전혀 다른 형태의 영상으로 바뀌어버리는 경우도 종종 생긴다. 때로는 기억과 현실을 맞추려는 덧없는 노력 때문에 마음에 상처를 입기도 한다. 사람들은 가끔씩 지금 보고 있는 것보다 이전에 보았던 기억을 더 신뢰하고 그것에 더 많은 의미를 두고자 하는 고집을 버리지 못하는 것이다. 나는 머리를 흔들어 그 속에 담긴 붉은 단풍나무의 환영을 털어내고 싶다고 생각한다. 그것이 가능하다면, 더욱 세게 머리를 흔들어서 톱밥이 가득 찬 것 같은 이 무딘 머리를 말끔하게 털어내고 싶다고 생각한다.

지난가을, 나는 친구들 몇 명과 이곳을 찾은 적이 있었다. 지금은 전주로 옮겨앉았지만 금산사 입구에 한 친구가 살고 있었던 탓이었다. 서울을 떠나 바람도 쐴 겸 시골 살림에 재미가 붙은 친구를 찾아보자는 그 여행은 의도가 그랬던 만큼 머리 아픈 일 조금도 없이 온전히 휴식으로만 채워졌었다. 늦가을의 경계를 아슬아슬하게 지나고 있던 10월 하순이어서 끄트머리 단풍을 구경하려는 사람들도 알맞게 북적거려 축제의 분위기까지 풍겨주던 여행이었다. 그때도 서울역에서 같은 시간에 출발하는 기차를 탔었고 거의 같은 시간에 김제역에 도착해 택시를 대절했었다. 그러니까 나는 지금 거의 여섯 달의 시차를 두고 똑같은 여로[6]에 서 있는 것이었다. 그때는 허물없이 지내는 친구들과 함께 다소 들떠 있는 상태로 이 길을 밟았다면 지금은 혼자서, 물밑으로 가라앉는 듯한 마음을 추스르면서 가고 있는 중이었다. 어쩌면 그때의 거리낄 것 없는 휴식이 그리워 이곳으로 가보자는 생각을 했는지도 모른다. 기계 앞에 앉아 끊임없이 모음과 자음을 찍어내다보면, 그런 어느 순간 삭제 키를 눌러 흔적 없이 글자들을 없애버리고 다시 빈 화면에 자음 하나를 찍어넣다보면, 그 자음을 받쳐줄 모음을 찾아 자판 위를 헤매다보면, 그러다보면 내가 지금 망가지고 있다는 생각에 사로잡혀 쩔쩔매게 되는 것이다. 망가진 것들을 위한 복원, 또는 휴식. 나는 좌석의 등받이에 몸을 묻고서 겨울을 지낸 나무들의 싱싱한 새잎을 바라본다.

똑같은 식으로 하겠다는 생각은 없었지만 별수가 없다. 나는 지난가

6) 여로(旅路) 나그네의 길. 여행하는 노정(路程). 객로(客路).

을에도 그랬던 것처럼 삼거리의 느티나무 아래서 택시를 내렸다. 그때는 여기에서 마중나온 친구를 만났지만 지금은 아무도 없다. 커다란 모과나무 두 그루, 가지가 찢어질 듯이 자잘한 감들이 매달려 있던 먹감나무가 세 그루, 단감나무와 굵은 가지의 벚나무도 한 그루씩 마당을 채우고 있던 친구의 옛집이 머릿속에 떠오른다. 친구는 과실수들이 많던 양지바른 그 집을 팔아버리고 전주에서 피자가게를 열었다. 향기로운 모과와 신선하고 달콤한 먹감들 대신 친구는 밤낮없이 치즈와 양송이 냄새를 맡으며 남의 월세를 산다. 팔아버린 그 집이 눈에 밟혀 금산사 쪽은 쳐다보지도 않고 산다던 그 친구는 내가 지금 이 언저리에서 서성이는 줄은 꿈에도 모를 것이었다.

어차피 이대로 되짚어 서울로 가는 마지막 기차를 타지는 않을 것이므로 나는 지난번 묵었던 바로 그 여관에 방부터 하나 잡았다. 아니, 이 표현에는 상당한 왜곡이 있다. 방부터 잡아 누군가에게 오늘 밤 묵고 갈 것이라는 약속을 하지 않으면 이대로 되짚어 서울로 가는 마지막 기차를 타고 말 것 같아서 나는 여관으로 들어갔던 것이었다.

예상했던 대로 일단 방을 하나 달라는 말을 던져버리고 나자 조용한 평화가 찾아왔다. 방을 달라는 내 말에 한 점의 의혹도 없이 앞장을 서는 여관 아주머니의 뒷모습이 마치 운명의 신호 같았다. 나는 물릴 수 없는 패를 던져버리고 말았다. 이것으로 나는 이 여행에 대한 끝없는 망설임에 자진하여 마침표를 찍었다. 그리고 묵묵히 아주머니의 뒤를 따라 계단을 올랐다. 하나의 숙제를 겨우 끝내놓고 다음 숙제를 기다리는 사람처럼.

방은 의외로 밝고 깨끗했다. 창은 뒤뜰을 내다보고 있었고 그 창에 활짝 피어난 벚꽃이 그림처럼 아른아른 내비쳤다. 지난번에는 길가에 면한 방에서 묵었기 때문에 상당한 소음을 감수해야 했었다. 물론 그때는 그런 것이 아무런 방해도 되지 않았다. 하지만 다시 이 여관을 찾으면서 그 이상의 기대도 품지 않았던 것이 사실이었다. 생각보다 훨씬 깨끗하고 조용한 방을 하룻밤 거처로 삼을 수 있게 되자 기분도 훨씬 맑아졌다. 다음에 할 일은 방을 나가서 때늦은 점심을 사먹어야 한다는 것도 확실하게 결정이 되었다. 이만큼의 확실함도 얼마만에 가져보는 것인가. 나는 가방에서 손지갑만 꺼내들고 허리를 꼿꼿이 편 채 여관을 나왔다. 나오면서 보니 여관의 뜰에도 무너질 듯 가득 꽃더미를 이고 있는 벚나무가 여러 그루 서 있었다. 낙화를 밟지 않으려고 애를 썼지만 날개를 달기 전에는 발밑에서 으스러지는 여린 꽃의 비명을 도저히 피할 수가 없을 지경이다.

밥집들은 모두 상가에 모여 있었다. 식당과 기념품 가게, 춤을 출 수 있는 술집이 상가에 있는 업종의 전부였다. 단풍놀이철도 아닌데 주차장에는 관광버스들이 줄지어 서 있다. 식당 여주인한테 물어보니 단풍보다는 일제 때 심어놓은 벚꽃나무가 더 장관이라는 것이었다. 그런 다음 덧붙이는 말이, 요즘 사람 놀러 다니는데 계절이 어디 있느냐는 반문이어서 나는 그만 할 말을 잃었다. 나 또한 그녀가 보기에는 계절에 구애 없이 놀러 다니는 사람일 것이고, 나 스스로도 소설쓰기의 연장으로 여기에 왔으니 이것도 노동의 하나라는 생각은 전혀 들지 않은 탓이었다. 소설이 창작 노동이라는 개념을 마음의 저항 없이 받아들이는 데 아직까지 서투른 사람이 나였다. 어깨가 뻐근하거나, 약국에 달려가 파스 따위를 사다 등에 붙이고 뒤척이는 날이나 되어야 저작 노동의 고단함을 얼굴의 화끈거림 없이 받아들일 수 있을까. 문학의 절대화나 신비화를 편들고 있지는 않으면서도 이 노동이 목숨 걸고 살아가는 우리 모두에게 제대로 '일용할 양식'이 되어본 적이 있었던가 하는 경계심 때문에 나는 이 뼛골이 빠지는 노동을 감히 노동이라고 부를 수 없는 것이다.

소설쓰기가 노동의 한 양상으로 분류되는 것의 미덕은 문학의 폐쇄화를 막아준다는 데 있을 것이다. 기꺼이 열어놓으며 기꺼이 받아들인다는 것, 이 말은 곧 문학이 어떻게 하면 한 시대의 진정한 동반자가 될 수 있는지를 일러주고 있는 것처럼 들리기도 한다. 또한 이 말은 기꺼이 열고자 하면서도 전부를 열어 보이려고 하지 않는 작가의 속성에 대한 질타처럼 내게 들린다. 내 마음의 저항은 이 열림과 닫힘의 반동에서 야기된다. 닫혀 있었기에 글쓰기의 품성을 배웠고 열어야만 했기에 끝없이 회의했었다. 그런데 어떻게 얼굴 화끈거리지 않고 나의 일을 노동이라고 말할 수 있을까. 지난 시대의 부채를 바라보면서 다른 이들은 또 어떻게 계급성에 대해 부끄러워하지 않을 수 있을까. 어떤 것이든, 그 일이 무언가를 창조하는 행위라면, 그 노동에 의미를 두는 순간부터 오류가 시작된다. 문학은, 그것의 무게를 강조하면 할수록 떨어지기 쉬운 무엇이다. 강조할 대목은 삶이지 문학이 아니다.

점심때가 지난 시간이어서인지 식당 안에는 나밖에 없다. 주인 아줌마는 학교에 돌아온 아들의 숙제를 봐준다고 언성을 높이며 열을 내고 있었다. 맨날 오락실이나 기웃거리니 이 모양이지, 하는 말이라든가 배달되어오는 학습지는 한 번도 제 날짜에 푸는 꼴을 못 보았다는 푸념 따위는 내가 사는 동네에서도 익히 듣는 내용들이다. 늘어뜨린 발을 대롱

대롱 흔들면서 마지못해 공부를 하고 있는 사내아이는 이제 국민학교 2학년이나 될까, 제 어머니의 꾸중을 건성으로 들어넘기며 자주 바깥을 내다본다.

"장사한다고 놀자판 동네에서 애를 키우니 되는 게 없이 엉망이라요."

컵에 물을 채워주며 아주머니가 하는 말이다. 이 땅에는 이처럼 맹모 삼천지교를 현모의 비결로 삼는 어머니가 많다. 강남의 8학군에 들어가 산들, 아니 이 땅의 어디에 터를 잡은들 맹모의 한숨이 사그라질 것인가. 밥값을 치르며 모자가 하고 있는 숙제를 들여다보니 문제집을 복사해서 나누어준 듯한 시험지 풀기다. 아이는 봄에 피는 꽃, 여름에 피는 꽃을 가려내는 문제 앞에서 제 어머니의 지시를 기다리고 있었다.

"꼭 보도 못한 꽃들만 맞춰내라고 하니, 지천으로 흔하게 널린 꽃이름이나 제대로 배워주면 그만이지, 무슨 수수께끼도 아니고."

말하다 말고 푸, 웃어버리는 여자 앞에서 나도 그만 싱긋이 웃고 만다. 공부도, 사는 것도 모두 수수께끼 같다고 생각하면 성마른 심정이 다소 누그러진다. 수수께끼 앞에서 무작정 화를 낼 수는 없다. 오늘 처음으로 밥다운 밥을 먹어서인지 식당에 들어오기 전보다 한결 안정이 된 상태다. 누군가 그랬다. 배가 고프면 우울증에 빠지니까 자꾸 먹어서 위를 빈 상태로 방치해놓지 말라고. 그 말도 일리가 있다. 기분 전환에도 에너지가 필요한데 에너지를 채워주지 않으면 우울에서 빠져나오기가 힘이 들 것이다. 우울, 혹은 우물.

이제는 산보삼아 귀신사(歸神寺)에 갔다 오면 해가 질 것이었다. 자동차를 이용하면 10여 분 만에, 걸으면 30분 정도의 거리에 귀신사가 있었다. 귀신사는 내일 아침에 들러도 상관은 없었다. 하지만 새로 단청을 입혀서 울긋불긋하기가 새색시 색동저고리 같은 금산사는 지난번 둘러본 것으로도 충분하다는 생각을 하고 나니 당장 가볼 만한 곳이 없었다. 아니, 이 말도 보다 정확한 진술로 바꾸어야 할 필요가 있겠다. 사실을 말하면, 이곳에 오면 제일 먼저 귀신사의 텅빈 적요[7] 속에서 두어 시간쯤 앉아 있고 싶었다. 무작정 떠남에 있어 가장 많은 유혹을 던졌던 곳도 귀신사였다. 귀신사, 거기에는 무언가 숨어 있을 것만 같았다. 그럼에도 나는 계획 속에서 자꾸 귀신사 행을 뒤로 미루기만 하였다. 내가 두려워하는 것은 먼저 부닥쳐서 먼저 실망하는 것일 수도 있다. 내 머릿속에 저장된 귀신사의 풍경 또한 어떤 모습으로 나를 배신할지 알 수 없는 일이었다. 기대가 무너질 때에 대비해서 나는 스스로를 단련시킬 셈인지도 몰랐다. 김제역에서 곧장 귀신사로 가지 않은 것도, 그러면 방을 구한 뒤라도 바로 귀신사를 찾지 않은 것도, 그곳에 가도 점심 요기쯤은 할 수 있을 텐데 굳이 이곳에서 허기를 때운 것도 나름대로는 아끼고 감춰둘 만한 이유가 있어서였다.

지난가을에 귀신사는 우선 이름으로 나를 사로잡았다. 영원을 돌아다니다 지친 신이 쉬러 돌아오는 자리. 이름에 비하면 너무 보잘것없는 절이지만 조용하고 아늑해서 친구는 아들을 데리고 종종 그 절을 찾는다고 했다. 단지 서울에서 멀리 왔다는 것만도 흔감해서[8] 애써 명승지를 찾아다닐 마음이 없던 일행은 여행의 구색을 맞춘다는 의미로 흔쾌히 귀신사를 찾았다. 확실히 그곳은 멀리서 일부러 들른 사람들에게 구경시켜줄 만한 아무것도 지니지 못한 절임은 분명했다. 본당의 문을 열

---

7) 적요(寂寥) 적적하고 고요함.
8) 흔감하다(欣感—) 기쁘게 여기어 감동하다.

어 빛이 사그라들기 시작한 금동불상을 보기 전에는 여느 여염집으로 여기고 지나치기 십상인 외양이어서 그때도 그 흔한 관광객 한 사람 보이지 않았다.

그러나 눈으로 보지 않고 마음으로 보면 상당히 많은 말을 하고 있는 절이 귀신사였다. 드러나는 아무것도 없으면서 모든 것을 다 가지고 있는 낡고 허름한 귀신사의 풍경은 여행 중의 온갖 화사한 기억을 다 물리치고 가장 오래도록 내 마음에 머물러 있었다. 경내도 좁고 볼 만한 석탑 하나 갖고 있지 않은 이유도 오랜 시간 마음으로 보고 마음을 채워가라는 속뜻을 담고 있는 것으로 여겨졌었다. 한 바퀴 휘 둘러보고 나와버리려는 자는 사절, 이라는 푯말을 어디선가 본 듯싶다는 황당한 착각도 얼마든지 품게 만드는 그런 절이었다.

아마도 나는 착각 속의 푯말에 충실하기 위해 여기에 다시 왔는지도 모를 일이었다. 그때는 단지 스쳐지났을 뿐이었다. 마음에 담을 것을 제대로 주워담지 못하고 왔다는 생각은 오래도록 남아 있었다. 시간이 흐르고, 점점 기억의 세부적인 영상들이 뭉그러지기 시작하자, 나중에는 아주 중요한 무엇을 거기에 놓아두고 와버렸다는 식으로 느낌이 굳어졌다. 빨리 가서 찾지 않으면 영영 사라져버릴 무엇, 시효가 지난 뒤에 가면 버려지고 말 무엇. 거기까지 생각하자 갑자기 서둘러야겠다는 다급함이 솟았다. 나는 삼거리를 돌아 좌회전하려는 택시 하나를 붙잡았다.

그때 절 마당에 피어 있던 이름 모를 가을꽃은 지금 뿌리로만 견디겠지. 위태위태한 아름다움 대신 넉넉하고 다정한 꽃송이가 참 푸근했었는데. 가을의 그 마지막까지도 꽃잎 한 점 뭉개지지 않고 송이송이 많이도 피어 있었지. 지금도 처마 끝에선 풍경이 바람 소리를 내며 흔들리고 있을까. 너무 낡아 단청 빛깔은 흔적도 없이 사라진 채, 그저 세월에 바랜 나무의 단아한 갈색만이 흔들리는 풍경과 그 위의 푸른 하늘을 받아내고 있었지. 절 뒤의 작은 동산에서 홀로 열매를 맺고 있던 오래된 감나무들은 이 봄에도 새잎을 틔우며 하늘 향한 해바라기에 골몰하고 있을 텐데. 꼭대기 가지에 열린 감들은 수십 년을 두고 산새들이나 입을 댈까. 사람의 손에 들어가본 적이 없었을걸. 그때 우리는 바닥에 버려진 대나무 막대기를 휘둘러 터질 듯이 익어버린 다디단 감을 땅에 떨구곤 했었지. 그 맛은 얼마나 달콤했던가. 도시로 돌아와 몇날 며칠을 찾았어도 그런 감은 구할 수가 없었다.

　반 년 전의 감 맛을 떠올리고 있는데 벌써 절 입구였다. 택시 기사는 횡하니 차를 돌려 오던 길로 달아나버리고 나는 인기척 없는 동네를 기웃거리며 절로 가는 길을 밟았다. 인기척은 없었지만 발걸음 소리에 내다보는 개들은 많았다. 사립문에 기대어 커다란 눈으로 낯선 얼굴을 물끄러미 쳐다보던 개들은 내가 가까이 가면 슬그머니 꼬리를 사리고 뒤로 물러선다. 길의 왼쪽은 단감나무 과수원이고 오른편으로 대여섯 채의 집을 지나 모퉁이를 돌면 절이 보일 것이다. 길에서는 절대 보이지 않는다. 길의 끝까지 가서 몸을 돌려야 비로소 절의 옆구리가 나타나는 것이다. 나는 흙에서 풍기는 향내를 맡으며 천천히 길을 올라갔다.

　바로 그때였다. 곧 보게 될 귀신사의 모습에만 몰두하고 있던 내 귀에 찢어질 듯한 여자의 비명이 들렸다. 그리고 이내 귀신사 쪽에서 죽어라고 달려오는 여자의 모습이 내 눈에 들어왔다. 택시에서 내려 여기까지 오는 동안 사람은 한 명도 보지 못하게 개들의 마중만 받았던 나는 눈앞에 나타난 여인이 실재인지 환상인지 구분을 못할 만큼 깜짝 놀랐다. 그

럴 만도 했다. 여자는 맨발에다가 목단꽃 무늬가 화사한 긴 치마를 펄럭
거리면서 달음박질을 치고 있었는데 쇳소리로 질러댄 비명의 주인공답
지 않게 얼굴에는 환한 목단꽃 웃음을 그려놓고 있었던 것이었다.

여자는 잽싸기도 흡사 산토끼 같아서 단숨에 내 곁을 스쳐 바람같이
어느 집으론가 사라져버렸다. 그 여자가 내 옆을 지날 때 나는 한 번 더
온통 흰 이빨이 드러난 팽팽한 웃음을 확인하였다. 소름이 돋던 그 비명
은 그럼 환청이었던가, 하는 의혹을 품을 사이도 없이 이번에는 또 한
남자가 여자가 왔던 길로 구르듯이 내달려오는 모습이 보였다. 남자한
테선 비명은 없었지만, 떡 벌어진 어깨와 흰 러닝셔츠 밑으로 뚜렷이 드
러나는 늑골[9]의 오르내림이 비명 이상의 거친 호흡을 선명하게 전달해
주었으므로 나는 다시 긴장하여 옆으로 비껴섰다.

남자는 여자와 달리 내 곁을 바람처럼 씽하니 지나치지 않았다. 두어
걸음 앞에서 우뚝 걸음을 멈추고 선 남자는 부리부리한 눈으로 나를 훑
어보았다. 나는 거의 본능적으로 주위를 둘러보았다. 그러자 기다렸다
는 듯이 여자의 새된 외침이 들려왔다.

"뭐 하는 거야! 빨랑빨랑 들어오지 않고 뭘 우물거려?"

여자는 내 뒤쪽의 어느 집 담장에 기대어 서 있었다. 치마에 새겨진
굵은 목단꽃이 어지러울 만큼 붉었다.

"이런, 쌍, 너 거기 가만 있어!"

남자는 이내 활처럼 흰 늑골을 내보이며 덮치듯이 여자에게로 가버렸
다. 남자가 여자의 어디를 어떻게 했는지 금방 아까의 찢어지는 듯한 비

---

[9] 늑골(肋骨) 흉곽을 구성하는 활 모양의 긴뼈, 좌우 12쌍임. 갈비뼈.

명이 들리고 그 위에 다시 숨넘어가는 여자의 깔깔거림이 겹쳐졌다. 나는 그때까지도 정신을 수습하지 못하고 멍한 시선으로 그들 남녀가 사라진 대문 없는 집을 쳐다보고만 있었다.

이 작은 소동 덕분에 나는 거의 무의식적으로 걸음을 빨리하여 귀신사를 향했다. 이제는 귀신사가 예전의 분위기와 같은가 다른가를 따져볼 기분도 아니었다. 회상 속으로 들이밀었던 내 발은 아까의 남녀에 의해 호되게 짓밟히고 말았다. 진실로, 메마른 황토를 걷고 있는 오른발의 발가락 어디가 한 순간 끊어질 듯이 아픈 것도 같았다. 따지고 보면 바로 그 남자와 여자가 나타난 순간부터가 이 여행의 첫 시작이었다. 이제까지는 반 년 전에 있었던 가을 여행의 연장이거나 그것의 반추10)에 불과했지 한 번도 새 경험에 마음을 후르르 떨어본 적이 없었다. 발가락 어디가 아팠다면, 그것은 꿈속인 줄 알고 여지없이 꼬집어봤다가 느닷없이 꺼안게 된 생살의 아픔일 터였다.

기억을 부숴버리는 또 다른 경험은 마음을 다스릴 새도 없이 연이어졌다. 내 눈앞에 펼쳐진 광경은 한 번 더 발가락을 꼬집어봐야 믿을 수 있거나 말거나 할 상황이었다. 귀신사는 거기 없었다. 아니, 귀신사는 거기 있었지만 내가 찾은 귀신사는 거기 없었다. 절은 뼈대만 남아 목하 보수 공사중이었다. 적요 속에 잠겨 있으리라던 경내는 허리춤에 더러운 수건을 찼거나 귀 뒤에 피우다 만 담배를 찔러둔 대여섯 명의 인부들로 온통 수선스러웠다. 작은 마당을 사이에 두고 나란히 마주보고 있던, 위패를 봉헌해둔 사당과 불상을 모신 본당은 커다란 기둥 몇 개만 남은

10) 반추(反芻) 소나 양 등이 먹은 것을 되올려 씹어 먹는 짓. 새김질. 되새김. 되풀이하여 음미하고 생각함.

채 홀랑 껍데기를 벗어던진 모습으로 나를 맞았다. 게다가 드러난 안의 모습조차 내용물을 보호하기 위해 뒤집어 씌운 거대한 너비의 누런 광목에 힘입어 불길한 느낌을 자아내기에 충분할 만큼 섬뜩했다.

아마도 볕에 바래지 않은 누런 광목이 주는 상갓집 분위기 탓이겠지만, 거기는 신이 지친 몸을 쉬기 위해 돌아오는 자리가 아니라 이제는 병들어 옴짝달싹도 못하는 신이 마지막 숨을 거두기 위해 돌아오는 음산한 자리라고나 해야 맞을 것 같았다. 그 생각은 두 채의 건물을 돌아가며 세워놓은 여러 개의 사다리들과도 묘하게 맞아떨어졌다. 신의 영혼들, 사다리를 타고 아득바득 하늘로 오르는 귀신들의 도포자락이 보였던가. 그제야 바라본 지붕은, 절망의 빛깔 같은 기와를 이고 기와 틈 사이로 가늘가늘한 풀포기도 숱하게 살려내고 있던 그 지붕은, 남김없이 벗겨져 흉측한 속살을 부끄럼도 없이 드러내고 있었다. 나는 지붕을 보고 완전히 정이 떨어져 경내에 들여놓았던 서너 걸음을 뒤로 물렸다. 말했듯이 서너 걸음만 절 안으로 들이밀었어도 볼 것은 다 볼 수 있을 만큼 귀신사는 작은 절이었다. 그렇게 좁은 공간 속으로 낯선 방문객이 들어왔건만 시멘트를 이기거나 널판지에 대패질을 하고 있거나 한 인부들은 아는 척도 하지 않았다. 차라리 왜 왔느냐고 물어주기나 했으면. 나는 돌아서지도 못한 채 어쩔 줄 몰라 서성거렸다.

모래를 걸러내는 체가 걸려 있고, 그 밑으로 수북하게 모래무덤이 솟은 자리가 큰누이의 얼굴처럼 아늑하고 포근한 꽃송이가 뿌리를 내리고 있던 바로 그 자리였다는 생각은 분해된 귀신사에 한껏 실망을 하고 난 다음에 떠올랐다. 실컷 기억에 배신을 당해놓고도 그때까지 나는 귀신사를 벗어날 마지막 한 걸음을 떼어놓지 않고 있었다. 아직 뒤안의 감나무 동산과 그 누이 같던 정다운 꽃송이를 기억과 비교하지 못했던 탓일지도 모를 일이었다. 아마도 나는 뒤안의 감나무를 불가(佛家)에서 말하는 만년과(萬年果)쯤으로 마음에 잡아두고 있는 모양이었다. 얼마든지 배불리 따먹어도 따낸 흔적도 없이 언제나 가지가 휘도록 다디단 열매가 주렁주렁 매달려 있다는 그 만년과. 그렇게 비유하자면 마당에 소복이 피어 보는 이의 마음을 편하게 해주던 그 누이 같던 이름 모를 가을 꽃은 우담바라화(優曇鉢羅花)¹¹⁾였다. 3천 년에 한 번씩 꽃을 피운다는 그것, 단 한 번만 그 향기를 맡아도 온갖 시름과 눈물이 다 사라진다는 우담바라꽃을 귀신사에서 보게 되리라고 기대했을 수도 있다. 하지만 우담바라는 흔적도 없었고 대신 그 자리에 모래무덤만 솟아 있는 것이었다. 나는 차마 눈을 돌리지 못하고 곱게 걸러져 나온 봉긋한 모래더미를, 그 속을, 한 치 아래의 땅속까지도 들여다보겠다는 듯이 바라보고 있었다.

만년과를 보려면 인부들 사이를 뚫고 본당을 거쳐 둔덕을 올라야만 했다. 거기에 주홍의 열매가 있지 않다는 것은 어린아이라도 알 수 있는 일이었다. 봄에 열매를 맺는 감나무는 없으니까. 그러므로 뒷동산에 올라야 할 이유는 만년과에 있는 것이 아니었다. 나는 기어이 거기에 가야 할 이유를 스스로에게 물었다. 그러자 또렷하게 절을 떠받들고 있던 예전의 적요가 떠올랐다. 그랬다. 나는 아직 적요를 만나지 못했다. 나는 교교한¹²⁾ 고요 속에 온몸을 담그고 싶다는 생각을 가지고 있었다. 목밑까지 흠뻑, 몸속의 모든 것을 다 증발시켜버리고 남을 만큼 오래.

---

11) 우담바라화(優曇鉢羅花) 행운과 행복을 가져다 준다는 불가의 상상 속의 꽃.
12) 교교하다(皎皎─) 희고 깨끗하다. 매우 조용하다.

마당을 가로지르는 나를 가로막는 사람은 없었다. 절 옆 어느 집의 낮은 담장 너머로 웬 백발의 할머니만 나를 예의 주시하고 있을 뿐 인부들은 갖가지 연장을 뛰어넘고 비껴가며 통과하는 나를 여전히 본 척도 하지 않았다. 불사(佛事)인 탓인가, 인부들은 묵묵히 자기 할 일만 했다. 그 묵묵함조차 저기 벌거벗은 건물 안의 누런 광목의 힘이 그렇게 시키는 듯하여 나는 광목으로 뒤덮여진 불상이며 죽은 자의 위패 따위를 보지 않으려고 애써 시선을 피했다. 그 다음에 내가 본 것은 가득 쌓여진 새 기왓장과 스티로폼들, 그리고 건물의 잔해로 짐작되는 뜯어낸 나뭇장들이었다. 뒷동산은 창고 역할을 하고 있음이 분명하였다. 나는 고개를 우러러 그래도 청청한 잎을 가지마다 가득 피우고 있는 해묵은 감나무들을 바라보았다. 녹색의 이 넓은 창고를 어우르고 있는 푸른 잡목들과, 잡초 사이에 끼어서도 숱하게 얼굴 내밀고 있는 하얗고 노란 이름 모를 풀꽃들도 바라보았다. 다행히 더 이상의 훼손은 없었다. 건축 자재는 뉘어진 대로 누워 있을 것이다. 움직이는 존재는 나밖에 없으므로 나는 기꺼이 이 푸른 창고에서 적요를 맛볼 것을 작정하였다. 어쨌거나 이제 나는 좀 쉬고 싶었다.

앉고 보니 벌거벗은 귀신사의 지붕이 환히 내다보이는 자리였다. 바람은 훈훈했고 이름 모를 작은 날것들은 분주히 숲덤불을 오가고 있었다. 나는 이대로 풀밭에 드러누워 한숨 달게 자고 싶다는 생각을 했다. 그때 그가 나타나지 않았더라면 아마 무릎 사이에 얼굴을 묻고, 감은 눈 속에서 귀신사의 평화를 회상하기라도 했을 터였다. 그런데 그때 인부 하나가 언덕을 올라와 쌓아놓은 헌 목재더미를 뒤적거렸다. 나는 그가 필요한 것을 찾아 이내 내려갈 것이라고 믿었다. 흰 러닝셔츠는 어쩐지 낯이 익었지만 미처 아까의 그 씩씩거리던 남자를 떠올리지는 못하였다. 길이와 너비가 제각각인 판자들을 뒤적이던 사내가 갑자기 나를 똑바로 쳐다보며 말을 던질 때까지도 나는 그 사내의 말을 받아야 할 사람이 왜 나인지 정녕 알 수가 없었다.

"틀림없네요. 어쩐지 낯이 익다 했더니, 맞지요?"

나는 별수 없이 내 뒤를 돌아다보았지만 거기 누가 있을 턱이 없었다. 남자는 분명 나한테 말하고 있었으니까.

"오산에서 국어선생했던 분이 아니냐구요. 오산을 잊었다면 고흥 밑의 거금도, 거금도는 아시겠지요."

거금도? 나는 중인환시[13]리에 내 일기장을 발각당한 기분으로 그를 쏘아보았다. 거기 거금도 오산에서 나는 첫 교직의 일년을 보냈었다. 물론 그가 말한 대로 국어를 가르쳤었다. 그런데 이 남자는 누구인가. 나는 그제야 남자가 아까 산발한 머리의 여자를 좇던 바로 그 사내인 것을 알아챘다. 그렇다 해도 이 남자는 누구인가.

"저로 말할 것 같으면, 에이, 그만둡시다. 애써 기억할 것도 없는 위인이니까. 뭐, 그냥 오산 사람이었다고나 합시다."

그래도 사내는 굉장히 반갑다는 표정을 조금도 감추지 않고 내 옆에 풀썩 주저앉아 담배를 한 개비 꺼내들었다. 담배를 들고 있는 오른손 엄지 한 마디가 뭉툭하다. 저 뭉툭한 손가락, 거기에 느닷없이 바다가 출렁거린다. 나는 의구심을 가질 새도 없이 그에게 숙자 오빠가 아니냐고 물었다.

---

13) 중인환시(衆人環視) 여러 사람이 에워싸고 지켜봄.

"용케 기억을 하십니다, 그려. 하기야 오산 사람치고 이 김종구를 모른다면 거짓말이지요. 그래서 나도 오산을 떠났지만서두."

사내는 볼이 움푹 파이도록 힘껏 담배 연기를 빨아들이면서 히죽 웃었다.

김종구라, 나는 이 느닷없는 옛 기억과의 조우[14]에 얼떨떨한 채로 남자의 얼굴을 뜯어보았다. 선이 뚜렷한 눈썹과 약간 각이 진 듯한 이마, 그리고 굵은 고랑의 긴 인중은 역시 낯이 익었다. 우리 사이에 가로놓인 15년의 세월에도 불구하고 나는 다시금 그의 얼굴에서 출렁이는 바다를 보았다. 15년 전의 바다가 거센 파도의 으르렁거림으로 다소 불안한 것이었다면, 지금 그의 얼굴에 새겨진 바다는 거칠기는 해도 폭풍의 징후는 없는 그런 것으로 내게 비쳤다. 그래도, 다시 말하지만, 그를 알아봄과 동시에 나는 그가 여전히 바다의 사람임을 알아보았다. 이 말은 그가 바닷가에서나 살아야 할 존재라는 뜻을 담고 있는 것이 아니다. 오히려 그 반대라고 할 수 있다. 한군데에 붙잡아둘 수 없는, 물결에 휩싸여 세상 곳곳을 다 굽이쳐 흘러야 하는 그런 운명의 생이 있다면 아마도 그것이 바다의 사람일 것이었다.

"제가 어떻게 금방 선생님을 알아보았는지 궁금하지 않습니까? 사실은 지난번에 선생님 사진을 몇 장 보았거든요. 숙자년이, 내 동생 말입니다, 잡지에 난 선생님 사진을 오려서 간직하고 있답니다. 하여간 뭐든 잡동사니 모으기를 좋아하는 그애 버릇은 여전합니다. 글쎄 초등학교 시절의 공책까지 싸짊어지고 시집을 갔다면 더 말할 게 없지요."

14) 조우(遭遇) 우연히 만남.

김숙자. 뒷자리에 앉아서 가늘은 목을 빼고 나를 쳐다보려고 애쓰던 아이. 조카아이를 업고 삶은 멸치에서 새우며 꼴뚜기 새끼를 골라내다 나를 만나면 얼굴을 새빨갛게 붉히고 고개를 푹 숙이던 숙자는 김종구의 누이동생이었다. 그러자 곧 이어서 그 시절의 김종구를 회상하게 해주는 몇 개의 삽화가 차근차근 떠오르기 시작했다. 하나, 둘, 셋, 그리고 넷. 지금 이 자리에서도 꺼내볼 수 있는 삽화는 모두 네 가지쯤 되었다. 그것들 모두가 하나같이 선명하다는 사실을 깨닫고 나는 적이 놀라지 않을 수 없었다. 실마리만 풀어주면 다시 되찾을 수 있는 기억이 얼마나 많은가. 기억은 사라지는 것이 아니고 헝클어지는 것이었다.

김종구에 대한 첫 번째 삽화는 내가 숙자의 담임이었으므로 만들어진 것이었다. 그 섬의 중학교가 나에게는 첫 발령지였다. 남녀 한 한급씩 전교 여섯 반의 단출한 섬 학교는 운동장 발치에 시퍼런 바다가 누워 있었다. 밤이고 낮이고 불어대는 바람에 성한 게 하나도 없던 교사(校舍)의 문짝들, 폭풍이 불면 바다가 갤 때까지 속수무책으로 갇혀 있어야 했던 우울한 나날들. 단지 바다 때문에 거기까지 갔으면서도 사방이 바다인 그곳의 일년은 극도의 우울과 조바심뿐이었던 것을 지금도 나는 명료하게 풀어낼 수가 없다. 젊은 날의 한때를 해석해야 하는 일처럼 난감한 게 어디 또 있을까. 젊음에서 멀어지면 멀어질수록 더욱 어긋나는 분석. 그것보다는 숙자의 무단 결석을 이야기하는 일이 훨씬 쉬울 것 같다. 삽화는 거기서부터 시작하니까.

그곳에서 나는 전학년의 국어를 가르쳤고 2학년 여자반의 담임을 맡게 되었다. 제 나이대로 진급을 할 수 없었던 낙도[15]의 사정으로 아이들은 모두 숙성했고 3학년쯤 되면 교사인 나보다 더 어른스럽게 세상을 굽어보는 아이들도 많았다. 실제로 그애들이 나보다 더 현실적으로 능력이 있었다는 것을 나는 부인할 수 없다. 교실에 뱀이 들어오면 아이들이 쫓았고, 가정 방문을 하게 되면 노를 저어서 이웃 마을로 나를 데려다주는 일도 그애들이 했다. 집에서도 어른 몫을 단단히 하는 아이들이어서 멸치잡이가 한창일 때나 김을 뜨는 겨울이 오면 학과 진도를 나가기 어려울 만큼 교실이 텅 비곤 했다. 숙자의 무단 결석도 그 때문이었다. 새학기를 두 달도 채우지 못하고 그애는 학교에 나오지 않았다. 아이들을 시켜 사정을 알아본즉 오빠가 살림을 맡으라고 윽박질러서 학교에 올 수가 없다는 것이었다. 아이들은 숙자 오빠를 "징허게 독한 사람"이라고 표현했다. 이 마을이 고향인 수산 선생도 "자칫하면 깡패로 풀렸을 망나니"라고 평했다. 뭍에서만 떠돌다가 숙자 큰오빠가 바다에서 실종된 작년에 어디선가 소식을 듣고 돌아와 늙은 어머니와 여동생을 거두는 시늉은 하고 있으니 그만해도 기특하지 않느냐는 것이 수산 선생의 설명이었다.

집으로 돌아올 때 만삭의 여자 하나를 데리고 왔다는 것, 그 여자는 몸을 풀자 이내 다시 뭍으로 도망을 쳤다는 것, 결국 숙자가 어미 없는 갓난 조카까지 돌봐야 한다는 것 등, 여러 가지 가정 형편들을 수소문한 다음 나는 직접 숙자네 집으로 찾아가기 시작했다. 그러나 번번이 허탕이었다. 세상 간난에 시달려 이미 기력이 다한, 늙고 병든 숙자 엄마는 눈곱이 잔뜩 낀 눈을 껌벅이며 "이 늙은 것이야 자식이 시키는 대로 헐 뿐이지요"라는 말만 되풀이할 뿐이고, 나만 보면 얼굴이 빨개져서 마당

15) 낙도(落島) 외따로 떨어져 있는 섬.

에 널린 멸치나 뒤적이며 고개도 못 드는 숙자한테는 무슨 말을 해도 소용이 없을 터였다. 나는 별수 없이 해변가의 멸치막으로 직접 숙자 오빠를 찾아가기로 마음을 먹었다.

바다에서 건져온 멸치는 멸치막에서 삶는 과정을 거쳐 햇볕에 말려진다. 마을 동편의 돌밭에는 커다란 가마솥을 걸어놓은 막이 여러 개 있었다. 데리고 온 숙자는 그중 새로 지은 듯싶은 하나를 가리키며 저기 오빠가 있다고 말했다. 김이 오르는 가마솥과 시뻘겋게 타고 있는 아궁이의 장작불 앞에 웃통을 벗어부친 한 사내가 보였다. 숙자가 먼저 가서 내가 왔음을 알리는 동안 나는 멀찌감치서 짐짓 바다를 보며 기다렸다. 김종구는 조금도 서두르지 않고 하던 일을 다 끝낸 뒤에야 어슬렁어슬렁 돌밭을 가로질러 내게로 왔다. 제 오빠와 서너 걸음을 차이 두고 잔뜩 오그라든 몸으로 뒤를 따르는 숙자를 보면서 나는 마음을 단단히 먹었다.

"귀찮을 것이라고 짐작은 했수다. 이해해요. 선생 경험이 없으니 교과서가 시키는 대로 할밖에."

수인사[16] 따위는 주고받을 시간도 없었다. 김종구는 다짜고짜 그렇게 말을 꺼냈다. 굵은 눈썹 아래의 부리부리한 두 눈은 나를 제대로 쳐다보지도 않았으며 내가 무어라 응수를 하기도 전에 돌밭에 침을 찍 뱉고 다시 말을 이었다.

"우리 집에 여자라곤 신경통으로 기어다니는 늙은 어머니하고 숙자 저년밖에 없어요. 보셨으니 그거야 알고 계실 테고, 또 무슨 할 말이 있

---

16) 수인사(修人事) 인사를 차림. 인사를 예법에 맞게 하는 일.

다는 거요?"

그 다음에 내가 할 말은 없었다. 얼굴에 칼자국이 두 군데나 그어져 있는 사내한테 나의 교사 체면이 어떻게 구겨지고 말 것인지 그것이 약간 불안할 뿐이었다. 이 학부형한테 교사의 학생에 대한 애정, 혹은 학생의 장래 따위를 말할 생각은 이미 사라지고 없는 판이었다. 그리고 김종구 본인이 그런 생각일랑 꿈도 꾸지 말라는 듯 단단히 못을 박고 있었다.

"왜들 이 뻔한 사실을 잊고 있는지 모르겠소만, 사는 일이 가장 먼저란 말이오. 사는 일에 비하면 나머지는 다 하찮고 하찮은 것이라 이 말입니다. 먹고사는 데 질서가 잡히면 선생이 말려도 숙자는 다시 학교에 나가요. 아마도 내년에는 숙자년이 교실에 앉아 있는 것을 볼 거요. 그럴 리는 없겠지만, 선생이 내년에도 여기에 있기만 하다면."

그리고 김종구는 괜한 장작불만 타고 있다면서 역시 인사도 없이 멸치막으로 돌아갔다. 오빠의 무례에 거의 사색이 되다시피 한 숙자는 얼굴을 손으로 가리고 어쩔 줄을 몰라했다. 그런데, 이상하게도, 나는 전혀 기분이 상하지 않았다. 처음의 초조함에 비하면 김종구가 보여준 행동은 오히려 예상에 훨씬 못 미치는 것이기도 했다. 그는 말로 자기를 이야기할 줄 아는 사람이었다. 그리고 그이 말 또한 새겨들을 만하다는 것이 나의 생각이기도 했다. 숙자의 손을 잡고 돌아오면서 잠깐 돌아보니 김종구는 다시 웃통을 벗어부친 채 끓는 가마솥에 멸치를 집어넣는 삽질을 하고 있었다.

두 번째 삽화는 초여름의 햇살이 따가운 바다를 배경으로 한다. 그는 바다에 누워 있었다. 정말이었다. 그는 한 치의 거짓도 없이 현실을 떠나 바다에 누워 있었다. 그때 나는 종선[17]에 옮겨타기 위해 금어호의 뱃전에서 대기중이었다. 아마도 주말을 맞아 고향의 집에 다녀오던 길이었을 터였다. 뱃길 두 시간에 버스 다섯 시간을 견뎌야 집에 닿았으므로 섬에서의 외출은 한 달에 한 번도 어려웠다. 그랬으므로 돌아오는 길에는 두 손에 다 들 수 없을 만큼 짐이 많았고 멀리 마을의 집들이 보일 무렵에는 차멀미 뱃멀미에 반죽음이 되어 있기가 십상이었다. 마을의 선착장은 위치가 썩 좋지 못하여 밀물 때나 겨우 선착장에 금어호를 댈 수 있을 뿐 그다지 크지도 않은 금어호는 대개 바다 한가운데에서 종선을 기다려 손님들을 하선시켜야 했다. 게다가 이 종선 또한 어찌나 칠칠치 못한지 저만큼 중학교 뒤로 금어호가 나타나면 대뜸 출동을 시작하는 것이 아니라 배가 바다 복판에서 기관을 끄고 있을 즈음에야 닻을 걷어 올리고 노를 삐그덕거리며, 수없이 옹송그리고[18] 있는 거룻배[19] 사이를 밀고 밀리며 느릿느릿 빠져나오는 것이었다.

바로 그러한 때에 나는 김종구를 보았다. 더 정확히 말하면 그를 싣고 있는 배를 보았다. 양수기를 단 통통배였다. 배는 엔진이 꺼진 채 일엽편주처럼 흔들흔들, 마침 알맞은 물때를 만나 저 멀리에서 우리 배를 향해 흘러오고 있었다. 배가 어느 정도 가까이 와서였다. 쌀가마 위에 올라앉아 늦은 종선을 타박하고 있던 마을 사람 하나가 기가 막히다는 듯 소리쳤다.

"워따메, 저기 종구놈 아녀, 잉?"

---

17) 종선(從船) 큰 배에 딸린 작은 배.
18) 옹송그리다 궁상맞게 몸을 옹그리다.
19) 거룻배 돛이 없는 작은 배.

"맞네, 종구여. 허어, 하여간 배포 하나는 클씨. 저 자슥 팔자 좋게 처자는 것 좀 보소."

"자가 해우[20] 말목 빼러 갔다가 정신 빼불고 오네 그랴. 얼메나 처먹었으면 조로콤 시상 모르고 자버린디야. 엥간히 자라고 소리 좀 쳐!"

"냅둬, 머할라고 깬디야. 지놈 알아서 허겄지. 저러다 북풍이나 불믄 저기 여우섬으로 떠내려갈꺼구만."

그가 타고 있는 배는 마을 사람들의 입방아에도 불구하고 잘도 흘러 금어호를 지척에 두고 스쳐갔다. 출렁이는 나뭇잎 배에 네 활개를 펴고 잠들어 있는 김종구의 모습도 똑똑히 내려다보였다. 시퍼런 바닷물이 밑그림이 되어 그는 영락없이 맨몸으로 바다에 누워 있는 듯이 보였다. 등짝 밑으로 험상궂은 파도가 으르렁거리고 있을 텐데도 잠들어 있는 그의 얼굴은 낙조에 물들어 그럴 수 없이 평화스럽게 보였다. 그 평화가 부러웠던가. 부럽고 아득해서 뱃전에 달라붙어 그리도 오래 흘러가는 배를 눈으로 좇았던가. 지금도 나는 그날 바다에 누워 있던 그의 얼굴과 팔뚝을 물들이던 황금빛 노을을 아주 선명하게 기억할 수 있다. 물결에 출렁일 때마다 사방으로 부서지던 그 눈부신 빛살. 요람 속의 평화를 가득 싣고 있던 그 통통배.

그러고 보면 지금도 서편 하늘에 투명한 노을이 걸려 있다. 그러나 여기는 바다가 아니다. 산이다. 나는 새삼 김종구의 외양을 관찰하기 시작한다. 기억이 정확하다면 이 남자는 지금 마흔을 훨씬 넘었을 것이다. 그러나 순간적이긴 하지만 쏘는 듯한 시선, 팔뚝에 드러난 굵은 힘줄,

20) 해우 '김'의 방언.

286

근육으로 뭉쳐진 상체의 단단함은 도저히 마흔을 훨씬 넘긴 그것이 아니다. 하지만 가끔씩은 쉰 살은 예전에 지냈을지도 모른다는 의심이 가기도 한다. 이마의 잔주름과 눈꼬리에 엉겨붙은 피곤함이 의심의 근거랄 수 있다.

"그렇게 한심한 눈으로 사람을 뜯어보지 맙시다. 선생님이 무슨 생각하는지 내 다 알지요. 늙어 죽을 때까지 공사판에서 하루 벌어 하루 먹고 살아야 하는 가련한 인생이구나 여기겠지만, 천만에요. 이건 내가 좋아서 하는 일입니다. 지붕 씌운 곳에서 갇혀 일하라면 차라리 죽는 게 나아요. 숨이 콱 막히거든요. 마흔 지난 지 몇 해가 되었지만 아직 이 몸 뚱어린 쓸 만하죠. 몸뚱어리 하나 믿고 하늘에 구름 가듯 떠도는 게 좋아요. 훌쩍 떠날 수 있으면 훌쩍 오는 거예요."

그랬다. 김종구에게는 예전부터 사람의 마음을 읽어내는 재주가 있었다. 그의 말에 언제나 가시가 박혀 있는 것처럼 들리는 것도 숨겨진 마음을 환히 보아버리는 자의 별수 없는 어투일 것이다. 섬에서의 요란한 싸움들도 대개는 그의 사정 봐주지 않는 야유가 발단인 경우가 많았다.

김종구는, 많이 달라진 것 같으면서도 가끔씩 전혀 변하지 않았다는 느낌을 내게 주었다. 그래서 나는 그에 대한 진전 없는 탐색을 멈추기로 했다. 또한 그는 이제 자신의 일터로 돌아가야 할 시간이기도 했다. 나는 시계를 보았다. 그러나 김종구의 생각은 그게 아니었다. 그는 잠시만 기다리라면서 내 대답은 듣지도 않고 벌떡 일어나 아래로 내려가버렸다. 기다리라는 말이 아니더라도 동산을 내려갈 생각은 없었지만, 기다리라는 말 때문에 동산에 더 남아 있으려던 원래의 마음에 갈등이 생기기 시작했다. 시간으로 봐서 김종구의 하루 일도 다 끝나갈 때였다. 일을 마감하고 돌아온 그와 마주앉아 특별히 더 할 이야기가 있던가. 김종구의 생에 대한 관심이야 없지는 않았지만 그것이 시간을 연장해 가면서까지 캐낼 만한 의미가 있는 것인지도 의심스러웠다. 설령 그럴 만한 가치가 있다 하더라도 15년 전에 잠깐 알았던 사람과 이 이상 시간을 함께 한다는 것이 내게는 못내 불편한 일이었다. 길어지면 외로움이 덤벼서 그렇지, 혼자의 시간이 편한 법이었다.

어쨌거나 그가 다시 돌아올 때까지는 기다려야 할 일이었다. 그저 바람이나 쐬려고 나선 여행이라는 말을 이미 해버린 터에 급작한 볼일이라도 있는 듯이 사라져버릴 수는 없었다. 나에게는 그래도 섬생활 일년의 의미가 묻어 있는 해후일 수 있지만 그한테는 거의 아무 의미도 없을 이 만남이 내가 원하지 않는 한 길어질 턱은 없을 것이었다. 15년 전의 기억을 더듬어도 김종구한테 그런 곰살맞음[21]이 있었던 것은 전혀 떠오르지 않았으니까. 그러기는커녕 내가 간직한 그에 관한 세 번째 삽화는 상당히 진저리쳐지는 구석도 없지 않았던 것이었다.

그 삽화는 소재부터가 섬뜩하다. 날이 새파란 손도끼, 염소의 골통[22], 그리고 이중(二重)의 죽음과 구역질. 그 속에 김종구가 있었다. 섬에서는 특별한 날이 돌아오면 곧잘 풀어놓고 먹이던 검정염소를 잡곤 했다. 학교에서 자취방으로 가는 길의 야산이 검정염소들의 방목장이었다. 육고기에 주려 있게 마련인 섬사람들한테는 염소나 잡아야 푸짐하게 고기 맛을 볼 수 있었다. 그리고 그런 날에는 열 명도 못 되는 중학교 선생들

21) 곰살맞다 성질이 싹싹하고 살갑다.
22) 골통 '골'의 비속어.

이 총동원되어 잔치의 상석을 차지하고 앉는 것도 관례였다.

염소를 식용으로 생각해보기는커녕 되려 그 짐승에게 강한 친밀감을 느끼고 있는 염소띠 인간인 나로서는 마지못해 가는 자리였지만, 다른 남자 교사들은 섬생활 서너 달이면 염소고기에 맛을 들이고 절대 사양을 하지 않았다. 마을 사람 거의가 고기 맛을 봤던 육성회장집 잔칫날, 그날 김종구도 거기에 있었다.

염소를 잡게 되면 죽인 직후의 생피를 마시는 것과 삶은 골통을 쪼개 골을 꺼내먹는 것이 제일 알짜라는 이야기는 누누이 들은 바가 있었다. 그러나 자리에 앉자마자 쟁반 3개가 동원되어 각각에 염소 머리 하나씩이 담겨져 나오는 광경은 너무 끔찍하고도 갑작스러웠다. 대개는 손님을 청한 쪽이 부엌에서 적당히 처리해 내오기 마련인데 머리가 3개나 되다보니 곧바로 쪼개 먹는 쪽이 편하다는 의견이 우세했던 모양이었다. 마루 한가운데 염소 머리 3개가 놓이자 사람들은 약속이나 한 듯이 김종구를 쳐다보았다. 마치 너 말고 누가 이 짓을 하겠냐는 듯이. 그리고 누군가 그에게 날이 새파랗게 선 손도끼를 건네주었다.

김종구는 사람들을 휘돌러본 다음 말없이 손도끼를 받았다. 그의 입가에 맴도는 냉소를 본 것은 나뿐이었을까. 그는 잔임함을 기대하는 사람들의 마음을 충분하게 읽어낸 것 같았다. 그렇지 않고서는 새삼스럽게 숫돌에 도끼의 날을 벼리는 일부터 시작할 이유가 없었다. 쓱싹쓱싹. 음산한 숫돌의 마찰음을 들으며 사람들은 침을 꿀걱 삼켰다. 긴장과 공포의 순간에도 사람들은 침을 삼킨다. 마치 기름진 음식을 상상하듯. 이윽고 숫돌 작업이 끝나자 그는 마술사들이 흔히 시도하는 시선 끄는 도입부도 실천해 보았다. 손바닥으로 슬슬 손도끼의 날을 쓸어보는 그 유혹의 순간들이 흐르는 동안 김종구 주위의 몇몇이 슬쩍 뒤로 물러섰다. 사람들은 김종구의 눈에서 살기를 읽었고, 나는 경멸을 읽었다.

마침내 털 뽑힌 염소의 둥근 두상 하나가 통나무를 큼직하게 반 잘라 만든 도마 위에 얹혀졌다. 반쯤 눈이 감겨진 염소 머리는 시장바닥의 좌판에서 흔히 보는 돼지 머리와는 사뭇 달랐다. 삶은 돼지 머리가 감은 눈과 위로 치솟은 콧구멍, 그리고 투정하듯 내밀어진 입으로 인해 희화된 모습이라면, 염소의 그것에는 비애가 서려 있었다. 죽음 앞에서 깜짝 놀란 모습이 어김없이 담겨 있기로는 염소를 따를 짐승이 없다. 염소는 유독 겁이 많은 짐승이었다. 김종구는 염소 머리를 이리 만지고 저리 만지며 도끼의 날이 박힐 자리를 신중하게 모색하였다. 그는 계속해서, 부러 그러는 게 분명한, 과장된 몸짓을 보여주며 잔뜩 시간을 끌고 있었다. 사람들이 그걸 원할 때까지는 얼마든지 보여줄 수 있다는 자세였다. 그리고 어느 순간 손도끼가 번쩍 허공을 가르며 솟아올랐다. 그와 동시에 김종구의 입에서 야릇한 기합 소리가 터져나왔다.

기합과 함께 땅, 하는 암팡진 소리가 울렸고 벌어진 골통 속으로 김이 무럭무럭 솟아나는 하얀 골이 드러났다. 젓가락을 들고 그 순간을 기다리던 남자들은 너나 할 것 없이 하얀 김이 피어오르는 골통 속으로 젓가락을 들이밀었다. 첫 번째 염소 머리가 상으로 올라간 지 몇 분, 눈 깜짝할 사이에 머리는 두개골로 변해 쓰레기통으로 던져졌다. 사람들 뒤에서 담배 한 대를 피고 난 김종구는 묵묵히 도마 위에 두 번째의 염소 머리를 얹었다. 이번에는 시선끌기 같은 광대짓은 없었다. 두 번째, 세 번째의 골통 또한 단 한 번의 도끼질에 어김없이 두 쪽으로 갈라졌지만 첫 번째 이후로는 사람들의 탄성도 들리지 않았다. 모두들 뜨끈뜨끈한 골이 식을까봐 정신없이 젓가락질에만 매달렸다. 그러나 내가 지켜본 바로는 그 손길 속에 김종구의 젓가락은 없었다. 내가 본 것은 3개의 염소 머리를 해치운 뒤 황급히 소주 한 잔으로 목을 적신 다음 말없이 육성회 장집을 빠져나가는 그 뒷모습이 전부였다. 둘러앉아 허겁지겁 염소의 골통을 파먹고 있던 사람들은 김종구가 사라지는 줄도 알아채지 못하고 있었다.

세 번째의 삽화는 진저리쳐지는 느낌 말고도 묘하게 비애를 깔고 있다. 그러고 보면 김종구는 그때 이미 위선과 타협할 수 없는 국외자로서의 비애를 깨닫고 있었는지 모른다. 그 뒤 15년의 세월이 그를 어떻게 변화시켰는지 장담할 수는 없지만, 만약 그렇다면 공사판에 떠도는 김종구의 지금 삶은 필연적인 것이리라. 삶의 비밀을 엿본 자에게 붙박이 삶이 가능하기나 할 것인가. 나는 조금씩 이 예기치 않은 조우에 관심을 가지지 않을 수 없다. 그의 15년은? 그리고 나의 15년은? 마침 그때 김종구가 말끔한 모습으로 다시 내 앞에 나타났다. 옷도 갈아입었고 세수도 한 모양이었다. 아직 물기가 남아 있는 머리칼에는 눈에 보이게 먼지가 끼어 있었지만 귀가하는 가장으로는 손색이 없는 차림새였다.

"갑시다."

그는 마치 사전에 약속이 되어 있었던 일이라는 듯 단호하게 나를 재촉했다. 나는 엉거주춤 일어났다.

"우리 집으로 가자는 겁니다. 아까 보신 팔팔 뛰는 잉어 같은 그 계집이 내 마누라예요. 일이 끝난 뒤에는 무슨 일이 있어도 내 황녀한테 먼저 문안을 드려야 한답니다. 갑시다, 황녀한테."

나중에 눈치로 알아차린 사실이지만, 성이 황(黃)가인 마누라를 그는 마치 황녀(皇女)인 듯이 호명했다.

"갑시다. 벌써 기가 막힌 찌개를 끓여놓고 담장에 매달려 나 오기만 기다리고 있을 겁니다. 황녀는 낮잠 자다가도 이 김종구 생각이 나면 맨발로 뛰어서 달려온답니다. 아주 화끈한 여자지요. 황녀는 손님 오는 것을 아주 좋아해요. 그래야 지가 왕년에 뽐냈던 솜씨를 보여줄 수 있거든요. 솜씨요? 아, 그거 별거 아녜요. 고게 단소를 좀 불어요. 단소, 아시지요? 황녀의 단소 가락, 그거 사람 죽여요."

자신의 말이 좀 많다 싶었는지 김종구는 거기서 자르듯이 말을 끊고 가만히 내 반응을 기다렸다. 나는 역시 의례적인 말로 그의 초대를 사양할 수밖에 없는 노릇이었다. 관심이야 있었지만 관심을 가로막는 것은 아무래도 관습이었다. 이제 와서 15년 전의 학부형을 만났다고, 그것도 서로간에 깜짝 놀랄 만큼 반가운 사이도 아닌 약간의 인연을 빌미로 남의 거처에 불쑥 뛰어들어 저녁을 얻어먹는 일이 관습적으로 영 어긋나는 것 같다는 것이 여태도 내 판단이었다. 김종구는 나의 사양에 굉장히 실망스럽다는 얼굴이었다. 그는 자신의 머리 한 뼘 위에서 찰랑거리는 감나무 줄기 하나를 확 나꾸어챘다. 그러곤 가지 끝을 입에다 쑤셔넣고 그것을 잘근잘근 씹으며 아주 잠깐 숨이 막힌다는 표정을 지었다.

"에이, 아직도 이조 시대 말을 사용하고 있어요? 아뢰옵기 황송하오나, 하는 식의 원님 동헌마루에서나 굴러 다니는 말뽄새라면 이가 갈리는 놈이 난데, 제길, 작가 선생까지 그러시깁니까? 제발 덕분에 그런 허깨비 같은 말씀일랑 고만두시고, 우리 집에 갑시다. 밥 한 끼는 대접해야지요. 우리 황녀 좋아하는 얼굴도 좀 보시고. 그거, 아주 괜찮은 계집입니다."

그러곤 두말도 없이 앞장서서 휘적휘적 걸어간다. 나는 별수 없이 김종구의 뒤를 따라 언덕을 내려왔다. 가족이나 허물없는 친구가 아니라면, 남하고 같은 상에서 밥을 먹어야 하는 일이 나에게는 이 나이 먹도록 몹시도 불편한 행위다. 다른 일이라면 적잖이 누그러진 구석도 없지 않으면서 밥은, 삼키고 씹어야 하는 식사는 잘 안 된다. 한 상에서 같이 밥을 먹어도 전혀 불편하지 않은 사이가 되기까지는 얼마나 같이 밥을 먹어야 할 것인가. 나는 그게 아득하다. 너무 아득해서 시작조차 하고 싶지 않다.

귀신사 뜨락은 그새 아무도 없이 텅 비어 있다. 인부들은 절담 너머, 아까 나를 주시하던 할머니 집에 다 모여 있었고 김종구는 절 앞에 이르자 또 한 번 나를 기다리게 하고 그 집으로 성큼성큼 들어갔다. 마당에 피어오르는 연기, 불꽃 위에 얹혀진 슬레이트 조각으로 미루어 인부들은 거기서 돼지고기를 구워먹을 모양이었다. 철판보다는 요철이 있는 슬레이트가 기름도 잘 빠지고 돌구이 맛을 낼 수 있어 공사장 같은 데서 곧잘 그런 모습을 본 적이 있었다. 김종구는 주머니에 무언가를 쑤셔넣으며 곧장 돌아왔다.

"오늘이 간조날[23]이거든요. 비 땜에 이번 간조는 형편없어요. 초파일 전에는 무슨 일이 있어도 끝내기야 하겠지만, 인부 구하기가 너무 힘들어요."

김종구는 품삯이 들어 있는 바지주머니를 보란 듯이 두들기다 말고 목소리를 낮추어 말했다.

---

23) 간조날 품삯을 받는 날. '간조'는 셈, 계산, 대금 지불, 품삯, 노임 계산이란 뜻의 일본어.

"웃기는 일입니다. 대체 뭐 하러 이 짓을 합니까? 목수하고 이 절에 처음 온 날이 마침 비 오는 날이었어요. 첫눈에 야, 이건 굉장한 절이다, 라는 느낌이 확 들었지요. 전국의 이름난 절들 나도 숱하게 봤지만 이런 절은 처음이었거든요. 작가 앞에서 문자 쓰기 거북하지만, 뭐 생사를 초월한, 그런 인생무상 같은 게 가슴을 찍어누르데요. 그런 절을 싹 뜯어서 울긋불긋하게 만들겠다니 얼마나 웃기는 짓이에요. 말도 안 되는 짓을 한다길래 첨엔 이 일에서 손뗄라고 그랬지요. 그런데 왜 마음을 바꾸었는지 아십니까. 조금이라도 덜 웃기게 만들기 위해선 내가 있어야겠다, 이런 생각이 들었지요. 이건 정말이지 순수한 내 충정입니다. 아무도 알아주지 않는 짓이긴 하지만, 그래도 그냥 두고 볼 수 없었다구요."

나는 놀라서 걸음을 멈추었다. 김종구도 그렇게 느꼈던가. 귀신사에 대해 그도 남다른 마음을 품고 있었던가. 그래서 기꺼이 제동 장치의 역할을 맡아 보수 공사에 참여하고 있다는 그의 말은 단숨에 나를 그에게로 끌어당겼다. 그 말은 김종구라는 인간을 재고 있던 나의 잣대를 사라지게 하였다. 그에게 잣대를 들이밀다니, 나는 얼마나 교활한 인간인가. 15년 전의 그와 지금의 그를 수시로 비교하며 인간을 저울질하는 나는 얼마나 편협한가. 다소 무참해진 나는 귀를 열어, 소위 청취(聽取)의 자세로 돌입하였다. 그리고 이 자세는 그와 헤어질 때까지 여일하였다.

"참, 한 가지 당부가 있는데 이건 꼭 유념을 하셔야 합니다. 우리 황녀의 단소 가락을 듣게 되면 무조건 입에 침이 마르게 칭찬을 하세요. 나야 황녀가 부는 단소 외엔 들어본 적이 없어 갈등 없이 마구 추켜세울 수 있지만 선생님은 혹시 아니올시다일지도 모를 일이잖습니까. 그러니 눈 딱 감고, 이것저것 따지지 말고, 황녀 입이 찢어지게 띄워버리세요.

황녀 고게 또 청중은 어지간히 가리는 못된 버릇이 있어서 아무한테나 단소 가락을 맛뵈주지도 않아요. 황녀가 제일 기뻐하는 일이 뭔 줄 아십니까? 내가 지 단소 소리를 헤아려 들을 만한 고급 청중을 데불고 집에 가면 그저 팔팔 뛰도록 기뻐하지요. 선생님을 데려가면 아마 까무라칠 것입니다."

자신의 집에 들어가기 전에 김종구가 내게 한 당부 또한 은근히 내 마음을 찌르는 것이었다. 말하자면 자기 마누라한테까지 세상의 잣대를 들이미는 허튼 짓은 말라는 것이었다. 그러고 보면 만나자마자 부득불 자기 집에 가자고 우기던 것이나, 그보다 더 거슬러 올라가서 나를 만나고 그토록 반가워했던 것도 모두 그의 황녀를 위한 헌신이었음이 분명했다. 그렇다면 이 서먹한 초대를 물리칠 어떤 방법이 없을까 거듭하던 궁리 따윈 홀가분하게 떨쳐내도 무방한 일이었다. 그의 황녀를 기쁘게 해줄 수 있는 일이 몇 마디의 격찬과 감동의 시늉으로 가능하다면 못 할 것도 없지 않은가. 게다가 이제는 나의 이 여행이 예상치 못한 국면으로 접어들고 있다는 기대도 적잖이 생겨 있는 판이었다. 그 증거로, 삭막한 공사 현장으로 둔갑한 귀신사를 마지막으로 이 여행에 은근히 기댔던 모든 것이 다 사라졌음에 나는 전혀 헝클어진 사념[24]에 발목을 묶이지 않았다는 사실을 들 수 있을 것이다. 그럴 새도 없이 김종구가 나타났고 그 다음부터는 완전히 김종구가 이끄는 대로 따라갈 뿐이었다.

그는 여전히 예측불허의 인간이었고 그 예측불허가 나를 생각의 진흙탕에서 구해주었다. 이 진흙 뻘밭에서 기어나올 수 있었다는 것만으로

---

24) 사념(思念) 마음속으로 생각함. 또는 그 생각.

도 김종구와의 만남은 수확이었다. 그러니 이제부터 또 뭔가를 그가 보여준다면 그것이야말로, 천박한 표현이긴 하지만, 보너스에 다름없는 것이었다.

미리 말한다면, 그는 그 이후에 더 많은 것을 내게 보여주었다. 사람에 따라서는, 그리고 같은 사람이라도 그가 처한 상황에 따라 보여지는 것에의 느낌이 다르겠지만 그때의 나한테는 그의 말 한마디가 새롭고 새로웠다. 설령 나의 막막한 상황이 새롭기를 희구해서 자기 최면으로 그렇게 받아들인 것이라 해도 아무 상관이 없다. 아니, 진실을 말하자면 오히려 그쪽에 가깝다는 것을 인정한다. 그러나, 나와 아주 다른 존재가 되고 싶다는 그 욕망 말고 다른 것으로 해명할 수 있는 진실이 세상에 어디 있던가.

3

김종구는 나와 황녀의 대면에 약간의 의식(儀式)이 필요하다고 생각한 모양이었다. 나를 집으로 데려간 뒤 그는 곧바로 여자를 부르지 않았다. 대신 마당에 나를 세워놓고 자기가 먼저 부엌으로 들어갔다. 여자가 부엌에 있다는 것은 새어나오는 불빛으로 금방 알 수 있었다. 바깥이야 아직 잔광으로 견딜 만하지만 안에서는 불을 밝혀야 할 시간이었는데 그 집에서 불빛이 있는 장소는 부엌뿐이었다. 나는 인기척이라곤 없는 그 집의 다른 문들을 살펴보면서 그녀와 정식으로 인사를 나눌 순간을 기다리고 있었다. 몇 시간 전에 우연히 마주쳤던 황녀의 맨발과 흐트러진 머리칼, 번쩍거리던 눈빛 따위를 떠올리면 그 기다림에 약간의 불안이 섞여 있는 것도 사실이었다. 그녀는 내가 알고 있는 방식으로 나를 맞아들이지 않을 것이라고 나는 생각했다. 나는 그게 어떤 것일지 짐작도 할 수 없었다.

　내 예상은 들어맞았다. 먼저 부엌으로 들어간 김종구가 어디를 어떻게 했는지 여자의 자지러지는 웃음소리가 들리더니 곧이어 반쯤 열려 있던 부엌문이 뒤로 발랑 나자빠지도록 거세게 열렸다. 그리고 내가 물러설 새도 없이 확 구정물이 뿌려졌다. 다행히 나한테까지 구정물이 튀긴 것은 아니지만 그제서야 나를 발견한 여자의 놀라는 시선을 받아내는 일은 좀 괴로웠다. 여자도 조금 전에 나를 본 걸 기억하는 모양이었다. 하기야 이런 시골에서는 낯선 사람을 구별해내는 일이 그리 어려운 일도 아닐 것이다.

　"이런, 누굴 데려왔잖아! 왜 말을 안 했어? 이 쓰레기 같은 인간. 언제나 날 속이기만 하고."

　여자는 남자를 돌아보며 냅다 소리를 지르더니 얼른 부엌문을 닫아버리고 만다. 물론 나한테는 한마디도 하지 않은 채였다. 황당한 일이었지만 예상은 한 것이라서 견디기 어려울 만큼은 아니었다. 이윽고 들려오는 김종구의 퉁명스런 목소리.

　"야, 싫으면 그만둬. 네 생각하고 일부러 귀한 손님을 모셔왔는데 싫으면 집어치라고. 제길, 괜한 수고를 했잖아."

　"누가 싫댔어? 근데, 누구야?"

　그 다음부터는 목소리가 낮추어져서 바깥에서는 들을 수가 없었다. 내가 누구일까. 김종구는 나를 어떻게 설명할까. 간간이 들려오는 여자의 "정말? 진짜야?" 하는 확인의 말은 왜 필요한 것일까. 초조하게 황녀(皇女)의 알현을 기다리는 신하처럼 나는 그들이 나누는 모든 말이 다 궁금하기만 했다.

황녀의 닦달이 어지간히 끝난 뒤에야 부엌문은 다시 열렸다. 치마는 여전히 큼직한 목단꽃 무늬의 그 치마였지만 맨발은 아니었다. 머리도 적당히는 간추려서 아까의 탱탱한 긴장은 거의 남아 있지 않은 모습이었다. 새롭게 등장한 여자는 완연히 수줍음을 타고 있었다. 마치 아까 보여준 모습은 다 잊은 것으로 믿겠다는 태도였다. 수줍어하면서 나를 방으로 안내하는 황녀의 뒤에서 김종구는 그것 보란 듯이 매우 당당했다.

그렇다고 황녀의 수줍음이 길게 가지는 않았다. 김종구가 그녀를 수줍어하게 내버려두지도 않았다. 황녀는 황녀다워야 한다는 것이 그의 지론이었고 그녀는 얼마 지나지 않아 조신함을 걷어치운 채 거들먹거리기 시작했다. 선술집에서 만나 그 밤으로 만리장성을 쌓고 단소 가락에 혼까지 앗기운 채 다음 날로 데리고 나와 같은 이불 속에서 자기 시작했다는 황녀와의 인연에 대해서 김종구가 하는 말은 이런 것이었다.

"난 저것의 야비함에 반했어요. 우리 황녀의 매력은 야만스럽고 교활하다는 것이지요. 그게 편해요. 난 베일로 얼굴을 가린 성처녀한테는 아무런 흥미도 없어요. 그짓 할 때 베일을 벗기는 수고나 한 가지 더해질 뿐 무슨 의미가 있겠어요."

김종구는 황녀가 자기의 여자인 것을 단숨에 알아보았다고 했다.

"정말 굉장한 여자였어요. 나는 저 여자를 보자마자 저 불룩한 가슴 밑에 내 갈빗대 한 짝이 들어 있다는 사실을 금방 눈치 챘어요. 이건 행운이에요. 마침내 잃어버린 갈빗대를 찾은 거라구요. 말도 마세요. 그거

298

찾겠다고 밤마다 계집들 눕혀놓고 맞춰보느라 힘깨나 뺐지요. 당분간은 힘 좀 아껴도 되겠으니 행운이 아니고 뭐겠어요. 아, 왜 당분간이냐구요? 글쎄, 그놈의 갈빗대가 계속해서 맞으라는 보장이 어디 있습니까. 뼈다귀도 자꾸 자랄 텐데. 그럼 다른 것을 찾아야지요. 얼마든지 또 다른 행운이 기다리고 있을 테니까요. 이거, 선생님 앞에서 별말을 다 하는군요."

김종구는 그러나, 조금도 별말을 다 했다는 표정이 아니다. 그의 말은 고해 투의 어조나 자기 변론의 투와는 정반대의 느낌을 준다. 그는 어떤 일이든 다 자신이 개입했고 통합했으며 조종하고 있다는 어투로 말하고 있다. 그런 자한테 해서는 안 될 별말이 있을 리가 없다. 별말을 하더라도 이미 조절이 끝난 뒤다. 그래서 나는 그가 만난 지 두 달만에 황녀를 버리고 훌훌 떠나버렸다는 말을 할 때도 의아해하지 않았다.

"문제는 바로 이 김종구한테 있었지만 다른 갈빗대를 찾아가느라 저걸 버렸던 것은 아니었어요. 계집 데리고 세 끼 밥을 꼬박꼬박 찾아먹고 살자니 숨통이 확확 막히고 가슴에선 열불이 치솟는 걸 어떡합니까. 황녀도 그런 날 잘 알지요. 저건 또 보통 계집입니까? 갈 테면 가라, 이런다구요. 그러다 몇 년 뒤에 술청마루에서 저걸 다시 만났지요. 그래 또 서너 달 같이 살다보니 이번엔 저게 먼저 튀는 거예요. 이젠 끝이다, 하고선 미련도 없었는데 작년에 저걸 또 만났지 뭡니까. 세 번째라구요. 이게 사람 힘으로 되는 겁니까. 도망갈 일도 아니구요. 그래서 요즘엔 아예 데리고 다닙니다."

황녀가 부엌에서 밥상을 차리는 사이 김종구는 많은 이야기를 들려줬다. 그는 한 곳에 일년 이상 머무르지 않는다고 했다. 한 고장의 봄과 여름, 가을, 겨울을 보고 나면 미련 없이 짐을 챙겨서 다른 일거리를 찾아 나서곤 했다. 그가 거금도를 떠난 것은 고흥에서 고등학교를 마친 아우가 돌아와 그에게 멸치 어장과 해우 농사를 떠넘기고 난 뒤였다. 그렇다면 내가 일년간의 섬생활을 청산하고 그곳을 떠난 다음 해였다. 그는 다시 돌아와서도 고작 3년을 다 채우지 못했던 모양이었다. 섬을 떠난 뒤에 그는 주로 산간 지방으로 맴돌았다고 말했다. 그래야 바다가 보고 싶어지고, 바다에 갈증이 나면 고향으로 갔다고 했다. 그렇지 않으면 영영 늙은 어머니와의 만남을 미루기만 할 것 같아서 그렇게 일부러 갯가는 피해다녔다. 일년 혹은 2년에 한 번씩 집에 들러 보게 되는 어머니는 언제나 그만큼만 늙은 채 그대로더란 말도 그는 했다. 젊어서의 풍상으로 앞당겨 미리 늙어버린 어머니한테는 남은 세월은 모두 덤인 모양이었다. 그래서 지금도 어머니는 방 안을 기어다니며 살아 있다고 했다.

산간 지방을 떠돌며 그는 많은 일을 했다. 지리산 노고단까지의 관광도로도 그가 참여한 공사 중의 하나였고 댐공사에도 여러 번 끼어들었다. 세상에 삽질이나 지게질이 필요치 않은 공사는 없었고, 따라서 그에게 일자리를 주지 않는 공사장도 없었다. 원하는 대로 구할 수 있다는 것이 이 직업의 재미라고 그는 말했다. 세 끼 밥과 누워 잠잘 자리만 해결되면 어디라도 관계가 없는 것이다. 꼬박꼬박 부어야 할 월부금이나 은행통장 같은 것은 한 번도 가져본 적이 없었다. 연락이 닿을 수 있는 주소나 전화번호 같은 것도 필요하지 않았다. 주민등록등본이나 신원증명을 요구하는 직장은 애당초 흥미도 관심도 없었다. 그는 자신을 읽어매려는 어떤 수작도 모두 거부했다. 그는 말했다.

"그렇게 살아서 벌써 내일 모레 오십인데 새삼스레 무얼 바꾸겠어요.

나는 이대로가 편해요. 난 계속 김종구로 지지고 볶고 할 테니까."

그 말끝에 그는 갑자기 눈을 빛내며 내게 말했다.

"재미있는 이야기 하나 해드릴까요? 어디라고는 말하고 싶지 않아요. 왜냐구요? 거기서 내가 이 년 가까이 살았거든요. 말씀드렸지요? 어디라도 일년 이상은 머무르지 않았다고. 근데 그곳은 도저히 일년 갖고는 모자랐어요. 그래서 이 년이나 썩었지요. 뭐, 짐작하시는 것 같은데, 그래요. 거기에 또 내 갈빗대가 하나 있었다구요. 그런데 문제가 있었지요. 그 여자는 자기가 내 갈빗대로 만들어진 여자라는 것을 도저히 인정하지 않는 거예요. 자기의 갈빗대는 도시에서 넥타이 매고 커피나 홀짝거리며 종이를 만지는 사람이라는 거예요. 여자가 그렇게 나오면 할 수 없는 거예요. 그걸 패겠어요, 업고 야반도주를 하겠어요? 난 절대 그런 짓은 안 해요. 그런데 하루는 한밤중에 그 여자가 내 숙소에 찾아와 훌쩍훌쩍 구슬피 우는 게 아니겠어요? 왜 그러느냐고 물으니 이건 참, 기가 막혀서. 지금 저 윗마을에 자기가 좋아하는 총각이 와 있는데 제발 좀 어떻게 해달라는 거예요. 서울로 유학가서 거기에 유망한 직장까지 잡아놓은 남잔데 한때는 그치도 자길 좋아하는 눈치를 보였다는 거죠. 그런데 이 친구가 서울 처녀 하나를 데리고 와서 부모님께 결혼할 사이라고 그런다는 겁니다. 시골에 형제가 득시글거리고 장남인데 부모님도 모셔야 할 형편에 그 여우 같은 서울 처녀하고 결혼하면 집안이 편할 리가 있겠느냐고 여자가 울면서 쫑알거리데요. 그래서 내가 그랬죠. 알았다. 그 친구가 너하고 결혼하겠다는 약속을 받아내마. 여기서 기다려라, 이랬답니다."

그런 뒤 김종구는 밤중에 풀숲의 이슬을 헤치고 윗마을로 올라갔다.

그리고 친구라고 속인 뒤 남자를 마을 뒷산으로 불러내 늘씬하게 두들 겨패줬다. 나는 그 처녀의 사촌오빠되는 사람인데 알고 보니 너, 내 동 생 책임져야겠더라, 안 그러면 오늘밤 내 손에서 쥐도 새도 모르게 죽을 줄 알아라, 그렇게 겁을 줬다. 그런데 남자는 몇 대 맞지도 않고 쓰러져 서 정신을 잃어버렸다. 아무리 흔들어도 정신을 못 차리길래 김종구는 그길로 자기 숙소에도 들르지 않고 그 마을을 떠났다. 얼마 후에 그 친 구가 죽었으면 죄값이나 받아야겠다고 어슬렁어슬렁 그 마을로 돌아가 보니 한 집에 잔치가 벌어져 있는데, 알고 본즉 자기가 좋아했던 그 처 녀와 죽은 줄 알았던 남자가 그날 결혼을 했다는 것이었다.

"그래서 또 뒤도 안 돌아보고 그 마을을 빠져나왔죠. 그런데, 한번 물 어나 봅시다. 그거, 내가 잘한 일이오, 못한 일이오? 암만해도 그것을 잘 모르겠단 말이오."

그게 잘한 일인지 못한 일인지 내가 어떻게 판단을 내릴 수 있을 것인 가? 꿈에서조차 삶의 다른 방식을 생각해보지 못하는 나 같은 위인한테 그 물음에 대한 답이 나올 수 있을 것인가. 그때 다행히도 황녀가 밥상 을 들여왔고 그와 나는 시침을 떼고 밥상 앞에 둘러앉았다. 황녀가 나타 남과 동시에 김종구는 다시 황홀한 시선으로 황녀를 더듬고, 나는 김종 구가 보여주는 수천 개의 얼굴에 거의 정신을 차릴 수가 없을 지경이었 다. 그가 사실은 단순한 인간이 아니라는 나의 해석은 그러나, 어떤 망 설임도 없이 그를 휘어잡는 황녀 앞에서 또 다른 해석을 새끼친다. 여자 는 남자를 단숨에 제압하고 남자는 투덜거리면서도 기꺼이 여자에 복종 한다. 때로는 여자가 끊임없이 그를 짓밟도록 은근히 유도하는 경향까 지 있다. 김종구는 그렇게 결코 간단히 해석되어지지 않는다.

"당신은 두부를 먹어야 해. 한 조각이라도 남겼단 봐라. 잘 때 입에 쑤셔넣을 테니까."

밥상을 가운데 두고 여자가 잔뜩 무례하게 명령하면 그는 꾸역꾸역 두부를 해치웠다.

"얼마나 처먹어야 이놈의 세상에서 두부가 사라지려나."

김종구의 탄식에도 아랑곳없이 두부접시가 비워지자 여자는 잽싸게 또 한 접시의 두부부침을 내왔다. 그의 고역은 다시 시작되고 황녀의 채찍질은 한 치의 동정도 용납되지 않았다.

"이 사람은 고기를 입에도 안 대요. 이이가 하는 일이 얼마나 고된 것인지 알면 선생님도 제 심정을 이해하실걸요. 글쎄, 콩으로 만드는 것까지 다 싫대요. 뭐래나, 식물성 고기라는 그 말이 구역질난대나, 그런 시시한 소리나 지껄이고."

"그 말은 정말 구역질나요. 어떻게 식물과 동물을 생피붙게 만드는 그런 말을 만들어내는지, 하여간 뭐 좀 배웠다는 사람들 잔인한 것은 알아줘야 한다니까요. 그 말 때문에 세상 모든 풀이 다 더럽혀지는 것 같잖아요. 제길, 먹고 싶은 놈은 동물성 고기나 실컷 먹으래지."

저녁상을 물리고 난 뒤에 황녀는 술상을 보겠다고 했다. 손님이 여자인 만큼 과일이나 차가 나와야 한다는 생각은 그들에게 들지 않는 모양이었다. 나는 술상은 그만두고 단소 소리나 한 가락 듣고 가겠다고 했지만 두 사람 모두 말도 안 된다는 표정으로 나를 가로막았다.

"선생님, 무슨 답답한 말씀을 하십니까. 우리 모두가 이렇게 즐거운데. 하긴 선생님 같은 분이 이런 기분을 알긴 뭘 알겠습니까. 우리 황녀라면 모를까. 머릿속에 생각이 많으면 행동이 굼뜨고, 그러기 시작하면 인생은 망하는 겁니다. 그럼요, 자신할 수 있어요. 뭐든 너무 많이 가지면 걸그적거린다, 이 말입니다. 따지기 시작하면 끝이 없어요. 죽을 수도 없다니까요."

그 사이 황녀는 잽싸게 술상을 들여왔다. 따로 차리고 말 것도 없이 먹던 반찬 몇 가지에 됫병으로 파는 막소주가 병째로 따라 들어왔다.

"평생 내가 변함없이 간직하고 있는 신조가 하나 있다면 그게 뭔 줄 아세요? 머릿속에 먹물 담아놓고 주위에 검정물 뿌려대는 인간하고는 길게 상종하지 말 것, 바로 그겁니다. 잠깐은 되지요. 하지만 길게는 안 돼요. 그런 부류들은 저밖에 모르거나 필경 주위에 불행만 옮기거든요. 이거 선생님 듣기에 섭섭해도 할 수 없어요. 머릿속에 뭐가 들어 있다는 것은 욕이에요. 그건 모두 쓰레기거든요. 머리는 즉시 즉시 청소를 해줘야 합니다. 그래야 진짜 알맹이를 발견했을 때 얼른 쓸어담지요. 곰팡이가 가득 차기 시작하면 정말 끝장이에요."

그의 격렬한 말에 나는 웃었지만, 그러나 속으로는 그의 말이 옳다는 것을 인정했다. 하지만 김종구 앞에서 그 말이 옳다는 것을 인정할 용기가 내게는 없었다. 나는 곰팡이 핀 머리를 가리고 싶었다.

"난 중학교 이학년 때 학교를 때려쳤어요. 도대체 뭘 배우라는 건지 답답하기만 하드라구요. 보세요, 그따위 자잘한 셈본이나 배우고 현미경으로 눈에 뵈지도 않는 벌레나 쳐다본다고 세상 사는 이치를 터득할 수 있겠어요? 아주 꽉꽉 막혔어요. 어떻게 해볼 수도 없을 만큼. 이러다 영 바보 되겠다 싶어서 그 당장 집어쳤지요. 그 뒤로 충고하기 좋아하는 사람마다 그러는 거예요. 검정고시라나, 뭐 그런 것도 있다구요. 젠장, 새삼스럽게 허섭스레기25)를 채워 죽도 밥도 안 되면 그 사람들이 내 인생 책임집니까. 지금 생각해도 아주 잘한 짓이에요. 넓은 세상 어디든 뛰어들어 북대기 치다보면 막힌 머리도 확 뚫리게 돼 있다구요. 그게 진짜예요. 살아 있는 거지요. 팔십을 산다 해도 못 해보고 죽을 일이 수두룩한데 끝도 안 보이는 그짓을 왜 하겠어요. 그거, 중독되는 거 아닙니까?"

그의 말은 당당하다. 조금도 야비하지 않다. 음해(陰害)의 의도도 없고 방약무인한 자의 무례나 열등감의 흔적도 보이지 않는다. 그의 얼굴을 보면 그걸 알 수 있다. 그의 말은, 그가 마시는 소주가 그렇듯 맑다.

김종구는 얼굴을 찡그리며 소수잔을 비웠다. 나야 술을 전혀 못하는 형편이었지만 다행히 황녀의 주량이 대단했다. 황녀는 남자의 얼굴을 홀린 듯이 바라보다가 한 번씩 자랑스럽게 나를 돌아보았다.

"그거 중독되면 평생 돌다리 두들기다가 인생 재미 하나 못 누리고 황천가는 거예요. 거기 가면 염라대왕이 뭐랠 줄 아십니까. 너 이놈들, 한평생 기회를 주었는데도 고작 그것만 맛보고 들어와? 에이, 뜨거운 맛 좀 봐라! 이러면서 화탕지옥에 빠뜨리는 겁니다. 펄펄 끓는 물에 집어넣는다 이 말이지요."

흡사 끓는 물에 손이라도 닿은 것처럼 흠칫 놀라면서 김종구는 또 한 잔을 성큼 입 안에 털어넣었다. 빈 잔에 철철 넘치도록 술을 채우면서 황녀는 말했다. 역시 자랑스러움을 감추지 않고.

"이까짓 한 되들이 가지고는 우리 두 사람, 입이나 겨우 축인답니다."

세상에 쉬운 것이 술에 맛들이는 것인데 그것도 못 하냐는 듯이 나를

25) 허섭스레기 좋은 것을 고르고 난 뒤에 남은 허름한 물건.

가엾게 쳐다보는 황녀의 얼굴은 그제서야 발그레하게 물들어 한층 싱싱하게 보였다. 밝은 불빛 아래 드러나는 황녀의 얼굴은 결코 미인은 아니었다. 눈은 가늘게 찢어졌고, 휘어진 매부리코는 여자의 인상을 몹시 강파하게 만들고 있기는 하나 오히려 그런 약점들 때문에라도 황녀는 황녀답게 보였다. 나는 이제까지 나와 연루된 모든 것들, 한마디로 뭉뚱그려 높은 도덕과 긴 역사의 문화라고 하는 것들이 이들 앞에서 얼마나 하찮게 무너지는가를 절감했다. 내가 영향받고 그에 의해 단련되던 것들이 사실은 아주 작은 세계에 불과하다는 것, 나는 평생 이 작은 세계 밖으로 한 발짝도 벗어날 수 없을 것이라는 예감은 절망이었다. 나는 비어 있는 황녀의 잔에 술을 채운 다음 이제는 단소 가락을 들어야 할 시간이 되었다는 것을 넌지시 일깨웠다. 나 같은 위인한테는 궁지에 몰렸을 때 어떻게 장면 전환을 해야 하는지 정도는 저절로 떠오르는 법이니까.

"가만, 악기를 꺼내오는 수고는 저한테 맡겨주시면 영광이겠나이다."

김종구는 그 큰 덩치를 흔들며 방의 윗목으로 갔다. 그들이 기거하는 이 방에 유일하게 가구가 있다면 그것은 낡은 텔레비전을 받쳐놓은 허름한 서랍장이었다. 그것 외에는 몇 개의 종이상자와 벽을 따라 주욱 걸린 옷들, 그리고 커다란 소쿠리에 담긴 황녀의 화장품 몇 개 외엔 볼 만한 세간이라곤 없었다. 단소는 서랍장의 맨 위칸 깊숙이에 소중하게 간수되고 있었다. 김종구는 서랍을 빼는 동작부터 이미 잔뜩 과장을 하고 있었다. 황녀는 남자의 흔들거리는 몸짓에 무릎 장단을 맞추었다. 그리고 나는? 나는 아직도 그들과는 겉도는 기름으로 거기에 있었다. 그런 스스로가 너무나 한심스러웠지만 다른 도리가 없었다. 용해될 수 없는 것도 할 말은 있는 법이니까.

"이 여자를 처음 만난 데가 어딘 줄 아세요? 아니, 언제, 어디서, 라고 말해야 선생님 같은 분은 금방 알아듣겠군요. 그해, 오월에, 나도 광주에 있었어요. 더럽게 걸린 거지요. 동생놈한테 멸치어장이랑 노모와 여동생까지 쓸어넘기고 갑갑한 세상 네 활개치고 살아볼까 나온 것이 우선 광주였던 거지요. 그런데 재수 옴붙게도 거기가 전쟁터였다구요. 거기서, 이 여자가, 술청에 턱 퍼질러 앉아 단소를 불고 있지 뭡니까. 그 난장판 속에서, 단소라니, 기가 막힐 노릇이었지요……."

김종구는 비단주머니에서 조심스럽게 단소를 꺼내며 절레절레 머리를 흔들었다. 그러고는 여전히 정중하고도 엄숙한 자세로 황녀에게 그것을 바쳤다. 반가부좌를 틀고 앉아서 황녀는 오만하게 단소를 받았다. 단소를 진상한 남자는 뒷걸음으로 물러나 벽에 등을 기대고 앉았다. 그리고 혼잣말처럼 "죽여주지, 암, 죽여줄 거야" 하고 말했다. 나는 김종구의 신호를 알아들었다. 지금부터 허튼 잣대를 대지 말 것. 무조건 죽어줄 것. 나는 입속에 몇 개의 칭송 어구들을 굴리며 소리가 울리기를 기다렸다. 황녀는 구멍에 입술을 대고 숨을 불어넣으며 한참 동안 소리를 골랐다. 저 여자가 아까 맨발로 동네 고샅[26]을 헤매며 비명 같은 웃음을 흩뿌리던 여자였던가. 심심하면 남자가 일하는 곳에 찾아와 돌멩이를 던지며 같이 놀자고 유혹하는 여자였던가. 나는 황녀의 단아한 자세와 지그시 감은 눈의 위엄에 미리 마음을 빼앗겼다.

피리가 남자의 성대를 닮았다면, 단소는 여자의 가늘고 맑은 음성에 더 가깝다. 그래서 때로는 요요(蓼蓼)하고[27] 때론 청청(淸淸)하다. 단소

26) 고샅 촌락의 좁은 골목길. 고샅길.
27) 요요하다(蓼蓼—) 고요하고 쓸쓸하다.

연주에 대해 내가 알고 있거나 느낀 바가 있다면 이것이 전부였다. 김종구가 걱정할 것도 없는 것이, 이만큼 알아가지고는 그저 찬사나 바치는 외에 논평은 할 수도 없고 해서도 안 된다는 것을 나는 알고 있다. 그렇다고 해서 내가 황녀의 소리 한 가락이 끝났을 때 동원할 수 있는 모든 어휘를 다 동원해서 표현한 찬사까지 의심할 수는 없다. 적어도 나는 이미 한 경지를 더듬은 여자의 소리를 느꼈던 것은 사실이니까.

"이건 천년만세라는 곡이었구요, 이제는 청성곡 가락을 불 겁니다. 나도 우리 황녀 덕분에 단소 가락에도 이름이 있다는 것을 알았지요. 그저 내키는 대로 불어젖히려니 했지 저것에도 정해진 음계가 있다는 것을 어찌 알았겠어요."

김종구가 내 청취 태도에 만족했다는 것은 그의 벌어진 입으로 짐작할 수 있는 일이었다. 비록 황녀에게 앙코르를 청하는 예의를 깜박 잊어버리는 실수를 저지르긴 했지만 〈천년만세〉라는 가락의 흥겹고 빠른 장단은 진실로 유쾌하고 화사했다.

"청성곡은 저 사람이 매일 밤 불어달라고 조르는 곡이랍니다. 소리가 잘 안 되는 날도 있는 법인데 그저 막무가내라구요."

"잔말 말고 빨리 불기나 하라고. 대가는 사설이 없는 법여. 구멍으로 말해야지."

"아이구, 언제 적부텀."

여자는 눈을 흘겼고 남자는 비스듬히 누워 눈을 감았다. 그것이 청송곡을 듣는 그의 고정적인 자세인 모양이었다. 황녀는 남자가 들을 준비가 다 되었다는 신호로 눈을 감자 고요히 구멍에 입술을 댔다. 닐닐리 삘릴리, 나니르 나니르. 음공(音孔)을 누르는 황녀의 손가락이 점차 춤을 추듯 빨라지고 그런가 하면 어느 순간 벼랑에 밀리듯 소리가 천 길 나락으로 툭 떨어지고 만다. 마치 격랑에 휩쓸리는 듯하다가 때로 깊은 바다으로 잠수하는 그 거침없는 소리들. 나는 김종구가 이 곡에 빠져버리는 이유를 어렴풋이 짐작할 수 있을 것 같았다. 지금도 그렇다. 감은 눈꺼풀이 파르르 떨리도록 그는 소리에 온몸을 싣고 소리 속으로 빨려 들어간다. 그는 지금 바다에 있다. 바다는 김종구에게 있다. 밀리고 밀려서 부숴지는 바다, 퍼내도 퍼내도 줄어들지 않는 바다, 멍들고 멍들어서 퍼렇기만 한 바다.

널니리 삘릴리, 나니르르 리르르르…….

마침내 긴 가락이 끝났을 때, 나는 아무런 말도 하지 못했다. 단소에서 고요히 입술을 떼던 황녀의 손짓이 나를 그렇게 하도록 했다. 여자는 대나무 악기로 막았던 입술에 손가락을 대고 아무 소리도 하지 말라는 주의를 주었다. 그제서야 나는 남자의 볼에 흐르는 한 줄기 눈물을 보았다. 눈물은 볼을 타고 흘러 이미 희끗희끗 흰머리가 터전을 이루고 있는 귀밑머리를 촉촉히 적시고 있었다. 못 볼 것을 본 것처럼 나는 아득했다. 지금 김종구가 소리에 실려 떠내려와 배를 댄 기슭은 어디일까. 아무도, 지금, 바로 이 순간, 그가 무슨 생각을 하고 있는지 알 수가 없다. 단소를 내려놓고 황녀는 무릎걸음으로 다가가 남자의 눈물을 닦아주었다. 나는 말없이 그런 그들의 모습을 지켜보았다.

그 밤, 나는 몇 번인가 내 손으로 내 잔을 채웠다. 그리고 우리는 가끔씩 서로의 비어 있는 술잔을 채워주기도 했다.

4

처음에는 시야를 부옇게 가리고 있는 그것이 무엇인지 몰랐었다. 눈을 뜨고 나서 한참 동안은 내가 누워 있는 이곳이 어디인지 알 수가 없어 멍한 상태였으므로 그것이 만개한 벚꽃이었다는 것을 알기까지는 상당한 시간이 지난 뒤였다. 창을 온통 가리다시피 한 벚꽃 무더기와 한짝짜리 이불장, 손잡이가 고장난 텔레비전들을 하나하나 확인해 나가면서 나는 비로소 내가 늦잠을 잤다는 사실을 깨달았다.

그러나 자리에서 일어나고 싶은 생각은 없었다. 머리의 무게가 천근만근인 양 고개를 들어올리기가 몹시 힘이 들었다. 어젯밤 김종구의 집에서 돌아온 시간이 몇 시였던가. 아무래도 자정은 넘지 않았을 것이란 추측만 있을 뿐 정확한 시간은 알 수가 없다. 김종구는 나를 경운기로 여관까지 데려다주었다. 물론 황녀도 함께였다. 우리는 경운기가 낼 수 있는 가장 최대의 속력으로 유쾌하게 시골길을 달렸었다. 깊이 잠든 산과 들이 경운기의 털털거리는 엔진 소리에 화들짝 잠을 깨어 미풍에 가지와 잎사귀를 흔들던 모습이 생각난다. 공기는 달콤했고 구름에 숨었다 나타나는 달은 신비로웠다.

머리는 깨질 듯이 아팠지만 달빛만이 따르는 적막한 시골길을 경운기로 달리던 어젯밤을 생각하면 저절로 미소가 번져온다. 황녀는 흥에 겨워 시종 노래를 불렀었다. 공동묘지 앞을 지날 때는 귀신들의 귀를 즐겁게 해주어야 한다며 김종구까지 흘러간 유행가들을 합창했었다. 그들과 함께 바라보는 공동묘지는 전혀 음산하지 않았다. 그것은 잘 다듬어진 둥근 나무들로 가득찬 아름다운 정원처럼 보였다.

삼거리의 느티나무 아래 나를 내려놓고 돌아가는 그들의 뒷모습도 선연히 떠오른다. 어둠 속으로 경운기가 사라진 뒤에도 얼마 동안 엔진 소리와 황녀의 흥얼거리는 노랫가락이 들려왔다. 방에 들어와서도 나는 멀어지는 노랫가락에 귀를 기울였다. 내 마음의 귀는 그들이 다시 공동묘지 앞을 지나 귀신사 근처의 자기 집에 다다를 때까지의 시간 동안 내내 그 소리들을 듣고 있었다. 소리가 스러질 무렵, 아마도 나는 불편한 베개에 얼굴을 묻고 뒤척이다 잠이 들었을 것이었다. 아니, 잠들기 전에 나는 하나의 옛 기억을 떠올렸었다. 15년 전의 김종구를 말해주는 네 번째의 삽화. 이 삽화에는 온통 안개만 자욱하게 묻어 있었다.

그날은 가을 들어 가장 짙은 안개가 몰려온 날이었다. 밤물을 보러 나간 십여 척의 배가 채 들어오기도 전에 이미 안개는 욱욱거리며 삽시간에 연안을 휩싸고 말았다. 그 섬에 살면서 나는 기척도 없이 숨어 들어오는 안개의 너울을 여러 번 보았었다. 비릿한 안개 냄새, 거대한 동굴에 갇힌 듯한 그 막막한 느낌. 바다의 안개는 육지의 안개와는 달리 또 얼마나 두텁고 깊던가. 잠깐 사이에 시야는 차단되고 눈감고도 다니던 뱃길을 30센티미터 앞조차 내다볼 수 없는 위험한 길로 만드는 것이 바다의 안개였다. 바로 코앞에 선착장을 두고도 배 댈 곳을 못 찾아 빙빙 돌며 쩔쩔매는 것도, 군데군데 자리잡은 자그만 돌섬들에 부딪혀 배가 전복되고 마는 사고도 모두 안개 바다에서 일어나는 일들이었다.

밤에 안개를 만나면 마을에서는 안개 길잡이를 벌였다. 길을 잃고 어쩔 줄 몰라하고 있을 배들을 불빛과 소리로 인도하는 길잡이판은 주로 마을 청년들에 의해 주도되곤 했다. 그날도 안개가 심하다는 이장의 방송이 있었고 마을 청년들은 모두 선착장으로 모여들었다. 그리고 이내 한쪽에서는 석유를 먹인 솜뭉치에 불을 댕겨 흔들어대고, 한켠에서는 징이며 꽹과리를 동원해 두드릴 수 있는 한 힘껏 두들겨대는 길잡이 잔치가 벌어졌다. 거기다 돌아오지 않은 배의 가족들이 총출동하여 식구의 이름을 부르거나 문자로 기록해낼 수 없는 괴성들을 질러대기 시작하면 좁은 선착장은 잠깐 사이에 용광로처럼 들끓게 마련이었다.

타오르는 횃불과 징, 꽹과리의 요란한 소리에 못지않게 가족들이 있는 힘을 다해 내지르는 육성 또한 안개를 뚫고 먼 바다까지 도달하는 힘이 있다고 했다. 안개 속에 길을 잃고 헤매는 배들은 어디선가 들려오는 아내와 자식의 목소리만은 반드시 가려듣게 돼 있다는 것이었다.

저녁밥을 먹고 난 뒤 나는 자취집 마당에서 소란스런 선착장을 내려다보았다. 꽤 높은 지대에 있었던 자취집에서는 선착장이 한눈에 들어왔다. 마당에 나오기 전에는 틀림없이 동네 어느 집에 왁자한 놀이판이 벌어진 줄 알았다. 그만큼 안개는 갑작스러웠고 생명을 구하는 횃불의 난무와 소리의 혼란은 축제일의 그것과 너무 흡사했다. 아른아른 흔들리는 수많은 횃불들과 목청이 터져라 불러대는 절박한 외침이 안개바다를 향하고 있다는 것을 알게 된 나는 겉옷을 찾아입고 선착장으로 내려갔다. 내가 할 수 있는 일은 없겠지만 배들이 무사히 포구에 닻을 내리는 순간에 나도 거기 함께 있고 싶었다.

선착장에 가까이 갈수록 소리의 혼란은 더욱 극심해져서 무슨 소리들이 한데 섞이어 들려오는지 전혀 구별을 할 수 없을 지경이었다. 게다가 마을의 스피커까지 합세해서 바다 쪽을 향해 최대한의 볼륨으로 조미미의 노래를 퍼부어대고 있었기 때문에 징소리, 꽹과리 소리, 울부짖음 같은 고함 소리, 그리고 천연덕스럽게 불러젖히는 스피커 유행가 가락의

합성음은 귀를 막지 않고서는 도저히 그냥 들을 수 없을 정도였다.

꿈 많은 내 가슴에 봄은 왔는데, 봄은 왔는데…… 애절한 호소 속에 시들어지던 그 구성진 노래는 지금도 내 귓전에 가늘게 들려온다. 그때도 나는 소리의 숲을 헤치고 간신히 그 가사를 가려 들었었다. 그리고 생각했다. 아득한 안개에 사로잡혀 어디쯤에선가 배의 키를 이리 돌리고 저리 돌리느라 이마에 구슬 같은 땀이 맺혀 있을 어부들은 아스라히 먼 곳에서 들려오는 '봄은 왔는데, 봄은 왔는데'에 온 희망을 걸고 한 번 더 힘을 내어 다시 시작해볼지도 모를 일이라고. 그래서 어느 한 순간 모든 소리들을 중단시킨 채 바다 저편에서 행여 구조를 요청하는 목소리가 들리는지 가늠하는 그 긴장된 시간에는 나 또한 숨도 크게 쉬기 힘들었다.

그날 선착장의 흥분과 열기는 유별났다. 안개가 워낙 짙었고, 배들이 먼바다에 있을 때부터 안개가 포위해 들어온 까닭에 그날의 길잡이는 한층 더 많은 소리와 불빛을 필요로 하고 있었다. 하지만 좀처럼 플래시 신호도 보이지 않았고 응답하는 구조의 외침도 들려오지 않아 사람들은 발을 동동 구르며 애를 태우는 중이었다. 그럴수록 횃불은 거세게 타올랐고 징과 꽹과리는 깨질 듯이 두들겨졌다. 그리고 나는, 그 가운데서도 유독 안간힘을 써가며 징을 두들겨대는 한 남자를 발견했다. 얼굴의 힘줄이 툭툭 불거져 나오도록 신들린 사람처럼 마구 징을 두들기는 남자의 곁으로 다가가던 나는 한순간 멈칫했다. 바로 김종구였다. 굳게 닫힌 입술, 뚫어질 듯 노려보는 두 눈, 제 가족 아무도 바다에 나가 있지 않은데도 불구하고 저처럼 전심전력으로 징을 두들기고 있는 이는 김종구였다.

소리의 혼란 속에서 나는 하염없이 그런 김종구를 바라보았다. 이제까지 보아왔던 그의 얼굴 중에서 그때처럼 진지한 얼굴은 본 적이 없었다. 이마를 적시는 땀방울은 횃불에 비쳐 다이아몬드의 광휘를 내고 있었고, 신명들린 어깨짓은 몰아의 자세가 흔히 그렇듯 더할 나위 없이 아름다웠다. 그가 내려치는 징소리는 땅 밑에까지 그 울림이 전해질 만큼 폭넓은 진동음을 가지고 있어서 주위의 다른 소리들을 다 제치고 저 멀리 바다로 내달리고 있었다. 김종구는 마치 자신의 징소리가 달려가야 할 길을 알고 있는 사람 같았다. 어디로 어떻게 소리를 보내야 먼바다의 길 잃은 배들한테 닿을지 그만은 알고 있다고 나는 믿었다. 나는 정말로 그의 징소리가 안개 한 겹을 뚫고 저 멀리 날아가는 것을 본 느낌이기도 했다. 이 느낌은 너무나 생생한 것이어서 그 순간 나는 분명히 두터운 안개 장막이 찢어지는 비명 소리를 들었었다.

그 밤, 김종구는 곁에 있는 나를 보지 못했다. 그는 다른 어떤 것도 보지 않고 있었다. 그는 단지 바다만 보고 있었다. 들어가서 보는 것만큼만 보여주는 바다, 어느 정도의 깊이를 넘기고 나면 수억만 년 침잠해 있는 심연의 세계도 가지고 있는 바다, 김종구는 오로지 그 바다만 보며 열심히 징을 내려치고 있었다. 그 징소리는, 안개 장막을 찢고 먼바다로 내닫던 그 징소리는 집에 돌아와 잠자리에 누웠을 때까지도 한결같은 폭으로 울고 있었다. 내가 선착장을 떠날 무렵에는 가족들과 몇 명의 마을 청년만 남아 있었다. 사람들은 초저녁부터 시작된 길잡이에 지칠 대로 지쳐 하나둘씩 집으로 돌아갔다.

안개는 여전히 두텁고 칙칙했지만 배들은 돌아올 기미가 보이지 않았다. 집으로 돌아가는 사람들은 말했다. 아마도 배들은 초저녁 일찌감치 근처 무인도로 대피했기가 십상이라고. 그러니 너무 걱정할 것은 없다고 서로를 위로했다. 그러나 김종구는 자신이 서 있는 자리에서 한 발자국도 움직이지 않았다. 나는 내 방에 누워 끊임없이 들려오는 그의 징소리에 잠을 설쳤다. 모든 소리와 횃불은 새벽이 되어서야 중단되었다. 마침내 배들이 돌아온 것이었다. 나는 징을 내던지고 지친 걸음으로 돌아가는 김종구의 모습을 되찾은 새벽의 정적 속에서 떠올렸다. 그는 어디로 가고 있을까.

다음 날 아침, 간밤의 지독한 안개를 화제삼는 사람들 사이에서 나는 그에 관한 이야기를 한마디도 듣지 못했다. 누구는 횃불에 손을 데었고 누구는 완전히 목이 잠겨 숨도 못 쉴 지경이라는 말들은 갖가지로 들려왔지만 마지막까지 울려대던 김종구의 징소리에 관한 언급은 스치는 말로도 나오지 않았다. 마치 그를 본 사람이 나 혼자이기나 한 것처럼, 그 영혼을 울리는 징소리는 아예 있지도 않았다는 듯이. 그토록이나 집요하고 그토록이나 땅과 바다를 울리던 그 징소리를 정말 아무도 듣지 못했던 것이었을까. 한 켠에 우뚝 서서 새벽까지 쉼없이 징을 울려대던 그의 모습을 정말 누구도 보지 못했던 것이었을까. 길 잃은 배는 돌아왔지만, 길 잃은 배를 이끌던 김종구와 그의 징소리는 두터운 안개 속으로 사라지고 만 이 일에 대해 나는 오랫동안 놀라움을 금치 못하였다. 대체 그는 어디로 숨어버렸을까. 아니, 사람들은 대관절 그를 어디에 숨겼을까…….

그리고 15년 후에, 그는 나한테 나타났다가 내가 잠들 때까지 경운기의 엔진 소리와 풍상에 젖은 노랫가락을 들려주며 사라져 갔다. 하지만 이렇게 잠에서 깨어나 생각해보면 어제 있었던 일들이 실제로 내게 일어난 일인지 나는 정말 믿을 수가 없었다. 황녀의 단소에 젖어 한 줄기 눈물을 흘리던 그 김종구를 진실로 내가 보았던가. 나는 일어날 생각도 없이 자리에 엎드려 눈물 이후의 시간들을 더듬어본다. 하지만 그 이후의 시간들은 제대로 정리되지 않는다. 그때부터 난 술잔에 입을 대었고, 덕분에 그 뒤론 더 이상 기름으로 맨송맨송 떠 있지는 않았던 까닭이었다. 지금 이렇게 머리는 아프지만 이 두통이야말로 어젯밤이 실재했다는 것을 분명하게 증거하고 있다.

나는 여관 앞에 약국이 있었다는 것을 기억해냈다. 두통을 참고 견디는 일처럼 미련한 짓이 없다는 것을 나는 경험으로 알고 있었다. 우선 약부터 사먹을 일이었다. 나는 자리에서 일어나 창문을 열었다. 늘어진 벚나무 가지 사이로 내다보이는 하늘이 충충하다. 비가 올 것 같다. 나는 습기를 머금어 무겁게 축 처진 벚꽃 한 송이를 따 손바닥에 올려놓는다.

"나이가 들면 하늘을 많이 보게 돼요. 젊어선 땅만 쳐다보고 살지요. 이제는 땅을 보더라도 풀이나 나무, 꽃이 무슨 말을 하는지 알아들을 수 있을 것 같아서 길을 가다가도 우뚝 멈춰 서곤 하지요. 생각해보세요. 산을 뭉개고 길을 뚫기 위해 산에 갔다가도 행여 풀포기를 밟을까봐 비칠거리는 이 김종구 꼬락서니를."

김종구는 풀이나 꽃이 하는 말을 알아들을 수 있을 것이다. 나는 그렇게 믿는다. 꽃송이 하나를 창틀에 얹어놓고, 약국에 다녀와서 짐을 꾸리고 있을 때도 김종구의 목소리는 들려왔다.

"내가 사람을 사귀는 방법은 간단해요. 냄새로 구분을 해버리지요. 진짜 인간의 냄새하고 가짜가 풍기는 악취하곤 엄청나게 다르거든요. 난 금방 알 수 있어요. 피한다 해도 소용없어요. 내 코가 더 빠르니까."

계산을 마치고 여관을 나와 근처의 식당으로 들어가 앉아 있는데도 김종구의 말은 계속해서 이어졌다.

"소설을 팔아 밥을 먹는다구요? 아니, 아직도 그런 것을 읽는 사람이 있답니까? 대체 무슨 소리를 늘어놓는 것이 소설인가요? 작가 선생님, 이런 말은 어떤지 한번 들어보세요. 하나님이 인간의 눈을 만들 때 흰자위와 검은자위를 동시에 만들어놓고도 왜 검은자위로만 세상을 보게 만들었는지, 그거에 대해서 선생님은 혹시 아십니까? 아, 이거야 나도 어디서 주워들은 이야긴데, 그게 말예요, 어둠을 통해서 세상을 보라는 신의 섭리라는 거예요. 세상을 보는 일이야 우리 같은 떠돌이들 말고 선생님 같은 분들한테 떠맡겨진 숙제 아닙니까. 그러니 애당초 편하게 앉아서 헤드라이트 비춰놓고 들여다보듯 그렇게 수월한 일은 아닐 거라 이 말씀이죠. 흰자위 놔두고 검은자위로 세상을 보랄 적에는 다 그만한 이유가 있어서 그랬을 것입니다."

삼거리 느티나무 아래서 시내로 나가는 차편을 기다리고 있을 때 마침내 후드득 빗방울이 돋았다. 바람에 밀려가는 구름장들을 올려다보지만 저 구름이 얼마나 많은 비를 숨기고 있는지는 내가 알 수 없는 일이다. 낮은 하늘과 습습한 바람 사이에서 나는 숙자의 등에 매달려 있던 동그란 눈의 어린아이를 본다. 낯선 사람이 말을 걸면 제 고모의 등에 납작 엎드려 한없이 까맣고 맑은 눈만 소리 없이 깜박거리던 김종구의 아들. 그 아들에 대해 왜 그는 한마디도 하지 않는가. 참고 참았으니 끝까지 묻지 말았어야 했을 것을. 그러나 어젯밤에 나는 기어이 그의 아들에 대해 묻고 말았었다. 김종구는 한동안 멍한 얼굴로 나를 보더니 "그 애를, 그애의 모습을 기억하세요?" 하고 되물었다.

"다섯 해를 살고, 그것도 많이 살았다고 하나님이 데려가버렸어요.

그게 처음이자 마지막이었는데. 그뿐이에요. 자식 하나 없이 죽어버린 다고 생각하면 정말 끔찍하죠. 그래요. 아직은 그게 끔찍해요. 난 이 세 상에 자식 하나는 남겨야 된다고 생각해요. 그래야 가끔씩 하늘에서 굽 어보면서, 내 자식아, 뭐가 걱정이냐, 아무 걱정 말고 그런 덜떨어진 놈 들은 좀 패줘라, 이렇게 일러도 주고 그럴 거 아닙니까. 그런데, 그 자식 을 데려가버렸어요. 정말 끔찍한 일이지요……."

버스가 왔다. 가을에는 단풍의 터널을 이루는 국도를 버스는 쉬엄쉬 엄 달렸다. 사람들은 우산을 받쳐들고 아무데서나 손을 들었다. 지금은 푸른 터널인 이 길, 황녀의 목소리가 들렸다. 우린 다음 달에 떠나요. 이 어서 김종구의 투덜거림도 들려온다. 제길, 뻔한 소리를 하고 자빠졌네.

초파일이 지나면 그들은 여길 떠난다. 어디로 갈지는 그들도 모른다. 나는 다시는 그를 만나지 못할 것이다. 시간이 지나면 내가 그를 만났다 는 사실조차 의심하게 될지도 모른다. 내가 그를 만났음을 어떻게 증명 할 것인가. 나는 다시 소인국으로 돌아가고 있다.

상행열차는 한 시간 뒤에 있었다. 그렇게 되면 어두워지기 전에는 집 에 들어갈 수 있을 것 같았다. 기차표를 사고 나서 생각해보니 좀 어이 가 없기는 했다. 나는 자리에서 일어나는 즉시로 약국에 들러 두통약을 사먹고 끼니를 에웠을 뿐 아무 일도 하지 않고 시내로 나와버린 것이었 다. 금산사까지 산책삼아 다녀올 수도 있는 일이었고 하다못해 기념품 가게에서 무언가를 사서 딸아이에게 갖다줄 생각쯤은 했어야 했다. 어 두워서 서울에 도착한다 해도 걱정할 일은 없었고 어쨌거나 오늘밤 안 으로 집에 들어갈 수 있기만 하면 되는데도 나는 골똘한 생각에 떠밀려 여기까지 와버린 것이었다. 나는 머리를 흔들었다. 김종구에 대해서, 나는 이제 그만 머리를 뒤적거리기로 했다.

좌석권도 겨우 얻은 것이어서 불평을 할 처지는 아니었지만 열차에 올라 확인해보니 내 자리는 맨 뒤쪽, 끊임없이 사람들이 드나드는 출입문 바로 옆이었다. 그것도 창가 좌석이 아니어서 홍익회 밀차라도 지나가면 옆으로 몸을 비켜주어야 할 그런 상황이었다. 차시간을 기다리는 동안 들어간 다방에서 나는 좌석을 구하지 못해 입석표를 끊은 몇 사람을 보았었다. 그들은 말하자면 나보다 일초 늦게 매표구에 도착한 사람들이었다. 주말도 아니고 평일에, 그것도 일부러 한 시간 전에 나왔는데도 좌석이 없다면 말이 되냐고 다방 아가씨를 상대로 불평을 털어놓는 그들을 보면서 나는 슬그머니 내 좌석표를 확인하지 않을 수 없었다. 분명히 내 것에는 좌석번호가 또렷이 찍혀 있었다. 그들과 나는 거의 엇비슷하게 다방에 들어왔는데도 그랬다. 매표구에서의 찰나가 그렇게 매정한 선을 그어버렸음을 깨달은 뒤에도 나는 행운보다 기묘한 두려움을 느꼈었다. 언제 어느 순간 내 앞에 선이 그어져버릴지 아무도 모른다. 우연히 행운이 왔다면 불행도 똑같은 모습으로 올 것이었다. 우리는 선택할 수 없고 마찬가지로 우리는 거부할 수도 없다. 어떤 것도 불확실하며 어떤 것도 전혀 보장 받을 수 없는 것이다. 기대하지 않은 행운으로 마지막 좌석을 차지하고 나서, 나는 어느새 처음의 질문으로 돌아간 나를 발견했다. 나는 아직, 스스로의 질문에 대답을 하지 않고 있었던 것이었다.

그리고, 칼릴 지브란[28]이 떠올랐다. 내가 생각하는 지브란은 1931년

---

28) 칼릴 지브란 철학자 · 화가 · 소설가 · 시인으로 유럽과 미국에서 활동한 레바논의 대표 작가.

4월에 영원히 잠든, 시인이고 화가였으며 철학자이기도 했던 칼릴 지브란이 아니다. 그는 아직 살아 있고 앞으로도 살 날이 많은 사람이다. 여고 시절 내가 속한 문학 서클에서 나는 그를 처음 만났다. 고향 도시에서는 소위 명문으로 칭해지던 남녀 고등학교 학생들이 중심이 되어 만든 그 서클에서 여학생들은 그를 '지브란'이라고 불렀다. 그가 『예언자』를 잘 외우고 다닌 것이 직접적인 빌미는 되었지만 사실은 문학 말고도 그림, 철학 등에 조예가 깊은 그의 천재성이 칼릴 지브란과 닮았다는 데서 기인한 별명이었다. 진정으로 그는 내가 만난 가장 뛰어난 천재였다. 학생 잡지의 문예 현상을 휩쓰는 그의 시, 진작에 실력을 인정받고 있던 그림, 막힘이 없고 거침이 없는 지독한 독서 편력, 이 모든 것을 다 갖추고도 그는 전과목에 늘 우등생이었다. 또한 그는 진지하고 겸손했다. 타고난 품성조차도 뛰어났던 것이다.

지브란으로 불리던 그는 당연히 수재들이 모인다는 서울의 명문 국립대학에 들어갔다. 내가 그를 다시 만난 것은 20년의 세월이 지난 뒤의 일이었지만 그동안에도 이 천재의 행적에 대해 전혀 몰랐던 바는 아니었다. 나는 주로 신문에서 그의 이름을 보았다.

신문은 그가 어떻게 온몸을 던져 역사 속으로 빨려들어가고 있는지를 우리에게 알려주었다. 또 신문은 그가 왜 수배되었으며, 어떤 불온 조직의 괴수인가도 소상하게 일러주었다. 70년대와 80년대에 걸쳐 얼마나 많은 순결한 정신들이 국가 권력에 유린[29]당했는지, 그것에 조금이라도 관심이 있는 사람이라면 아마 그의 이름을 한번쯤은 들어보았을 것이

29) 유린(蹂躪·蹂躙) 함부로 짓밟음.

다. 그래서 나는 그를 굳이 지브란이라고 부른다. 그와 함께 학생 운동을 시작해서 지금은 두루뭉술하게 물러앉은 한 친구는 대학에서도 그는 천재였다고 전한다. 사태를 파악하는 분별력이 명확하고 빨랐으며 지도력이 뛰어나 그는 늘 운동의 핵심에 있었다. 대학 제적 후 그와 함께 세상의 변혁을 꿈꾸며 일했던 한 인사가 그를 가슴이 따뜻했던 운동가라고 회고하는 글을 읽은 적도 있다. 그는 80년대의 종반까지 재야 조직에 몸담고 있었지만 한 번도 과격한 운동권이란 평을 받지 않았다. 그럼에도 긴장과 억압의 시대에 누구보다 과격하게 자신을 던져 일해온 운동가였다.

지금에 와서 나는 그에 대해 누누이 설명을 할 필요를 느끼지 않는다. 그의 진실한 헌신은 개혁의 의지가 급격히 쇠퇴한 90년대 들어서도 전혀 폄하되지 않은 채 순결한 운동의 전범으로 남아 있으니까. 만약 그를 다시 만나지 않았다면, 한 천재가 보여준 이 격렬한 생이야말로 불행한 시대를 만난 위대한 숙명이 아니었겠는가 정도로 그를 이해하고 말았을 것이었다. 운동에 있어서도 그는 분명 범인과는 달랐으니까.

그가 다시 지브란의 모습으로 내 앞에 나타난 것은 지난겨울이었다. 나는 그때 무슨 일로 한 화가를 만나고 있었다. 강남 어디에 있는 화가의 작업실에서였다. 화가와 일에 대해 이야기를 나누고 있는 도중에 그가 들어왔다. 나는 그때 끝내 그를 알아보지 못하였다. 그도 갈래머리 여고생 시절의 나를 기억할 리 만무했다. 격식도 없이 불쑥 들어온 이 방문객은 화가가 권하지도 않는데 의자 한쪽에 주저앉아 조용히 우리들의 이야기를 듣고 있었다. 이상하게도 집주인인 화가 또한 이 방문객에게 전혀 신경을 쓰지 않았다. 그들은 마치 서로가 서로의 얼굴이 보이지 않는다는 투로 행동했다. 아마도 불청객이었을 그 남자는 거기에 있는 동안 두 번 입을 열었다. 두 번 다 토씨 하나 틀리지 않은 똑같은 말이었다.

"청와대에서 왜 날 안 부르지?"

청와대? 아무데서나 들을 수 있는 말은 아니었지만, 방문객은 옷차림도 그런대로 깔끔했고 나직이 내뱉는 청와대 운운하는 말도 극히 고요한 어투여서 나는 그가 내가 모르는 다른 청와대를 말하고 있다고 여겼다. 그 두 번의 나직한 중얼거림을 남기고 방문객은 들어올 때와 마찬가지로 조용히 화가의 작업실을 나가버렸다. 방문객이 사라진 사실을 화가가 모르고 있는 것 같아서 나는 그에게 손님이 가버렸음을 일깨워주었다.

"손님? 아, 그 친구. 괜찮습니다. 사나흘에 한 번씩 와서 저러다 가니까요. 밥이나 한 번 사주려 해도 꼭 자기 있고 싶은 만큼만 있다 가는 친구라서 이젠 나도 신경 안 씁니다. 느닷없는 청와대 소리만 빼면 다른 정신은 멀쩡해서 실은 아까운 폐인입니다. 가만있자, 혹시 모르십니까? 저쪽에선 상당히 유명한 인사인데."

그 다음에 나온 것이 그의 이름이었다. 고문의 후유증으로 시름시름 앓는다는 말은 나도 들었었다. 하지만 그것은 이미 오래전의 일이었다. 그 뒤에도 민통련이나 전민련 간부 명단에서 나는 그의 이름을 보았었다. 나는 그가 불사신처럼 다시 일어났다는 것을 한 번도 의심해본 적이 없었다.

그는 불사신이 아니었다. 화가의 작업실에서 그를 만난 이후 나는 그를 알 만한 사람들한테 그의 소식을 물었다. 사실이었다. 아는 사람들은 다 그의 병을 알고 있었고 그가 하필이면 청와대를 들먹이고 있다는 것으로 그는 재기불능이었다. 사람들은 육체의 병에는 너그럽지만 정신의 병은 이유 없이 혐오한다는 것도 나는 알았다. 그들의 이해가 미치는 범위는 한 순결한 천재의 과대망상이 전부였다. 모두 거기서 멈춘다. 더 들어가려고 하지 않는다. 정신은 비바람에 뒤집혀지는 종이우산처럼, 그렇게 정반대의 방향으로 뒤집히며 잠재된 무의식을 드러내고 만다는 것이다. 속을 발랑 까보였으므로, 그건 수치다, 라고 그들은 말한다. 그런데 나는, 지브란의 그 한 말씀이, 청와대에서 왜 날 안 부르지? 하는 그것이, 어떤 은유 혹은 어떤 기호처럼만 여겨진다. 그날 화가의 작업실에서 아무 선입견 없이 그냥 들었을 때도 나는 그것을 하나의 암호로 이해했다. 그 뒤로도 오랫동안, 나는 그 암호를 입 안에 굴려보고 뒤집어보고 했지만 그것이 수치스런 뜻을 담은 기호거나 암호는 아니라는 것만 확인했을 뿐 풀어내지는 못하였다. 지브란의 암호는 일종의 꽃말 같은 것이었다. 세상에 불경스럽고 추악한 꽃말을 담은 꽃은 없다. 꽃말을 모르는 꽃이 있다 해도 우리는 그것에서 당연히 사랑이거나 그리움, 기다림 따위를 유추하지 않던가.

"청와대에서 왜 날 안 부르지……."

지브란은 무슨 말을 숨기고 있는 것일까. 나는 왜 그 말에 무언가 숨어 있다고 생각하는 것일까. 나는 지브란에게서 예언자의 잠언을 원하는지도 모른다. 그의 잠언이 난해하다는 것은 시대가 난해하다는 뜻이다. 그럴수록 나는 점점, 간절히, 그 꽃말이 알고 싶다.

그 꽃말을 알고 싶다. 한 천재가 온 힘을 다해 퍼뜨리고 다니는 꽃말의 비밀을 알고 싶다. 그걸 알 수 있다면 내가 빠져 있는 이 미로에서 헤어나올 수도 있을 것 같다. 미로는 사실 처음부터 미로였다. 그러나 전에는 출구를 찾을 수 있으리라고 믿었었다. 그 믿음은, 지금 생각하면, 작가에게 던져진 구명줄이었다. 차라리 안락의자였다. 거기에 편안히 (역시 지금 생각하면 편안히, 라고밖에 말할 수 없는) 앉아 밤이 새도록 쓰고 또 쓰면 언젠가는 출구에 닿는다는 가냘픈 희망이 있었다. 상처가 없이 어떻게 사람들이 다시 만날 수 있을 것인지, 소설은 또 상처 자국의 조명 없이 어떻게 가능할 것인지, 아무도 의심하지 않았다. 의자에 앉기만 하면 고인 물이 넘쳐나듯, 먼동이 트는 줄도 모르고 열정을 다해 써나갈 수 있었던 그때가 이토록이나 아득하게 느껴지다니, 믿을 수가 없다.

지금 내 앞에 주어진 미로는 너무 교활하다. 지식과 열정을 지탱해주던 하나의 대안(代案)이 무너지는 것을 신호로 나의 출구도 봉쇄되었다. 나는 길찾기를 멈추었다. 길찾기를 멈추었으므로, 나는 내 소설의 새로운 주인공을 찾을 수 없게 되고 말았다. 작은 꿈, 작은 눈물, 그런 것들로 무찌르기에 이 세계는 너무나 거대하고 음흉하다. 문학은 곧 폐기 처분될 위기에 몰린 듯하다는 글쟁이들의 엄살은 결코 엄살이 아닌 현실이 되어버리고 진실이나 희망이란 말은 흙더미에 깔려 안장되었다. 그 순간 나의 출구도 파묻혔다. 나는 두 팔을 묶였다. 지브란 같은 이의 위대한 헌신조차 낭비되고 말았는지 거기에 생각이 이르면 두 다리까지 꽁꽁 묶인 절박감을 느낀다. 기립 박수는 아니더라도 그를 숨게 만드는 세상은 믿을 수 없다. 그토록이나 상처가 많던 시절에도 그들은 우리의 숨통이었고 짐승으로의 추락을 막는 유일한 대안이었다. 그래서, 나는, 지브란이 무슨 꽃말을 간직하고 있는지 알고 싶다.

기차는 달린다. 비는 그쳤다. 빗물 머금은 라일락이 담장 너머로 뭉게 구름처럼 피어 있는 동네를 지나 기차는 달린다. 라일락 뒤로 굽은 길을 달리는 기차의 꼬리가 보였다. 나는 쏠리는 몸을 바로 추스르기 위해 더욱 꼿꼿하게 앉아 있다. 등산복 차림의 젊은 처녀가 내 옆을 지나다 흔들하며 잠시 균형을 잃는다. 미리 굽은 길을 알아채고 꼿꼿하게 힘주어 앉아 있었던 덕분에 나는 그녀를 받아낼 수 있다. 처녀가 말한다. 죄송합니다.

그 말이 예쁘고 살짝 붉어지는 얼굴도 예쁘다. 전에는 스물 두어 살의 그 또래 처녀들을 보면 지나간 나의 젊음을 떠올리곤 했다. 하지만 지금은 내 딸이 자라면 저런 모습이 될지 그런 것을 생각한다. 나는 이제 나를 포기했다. 나는 과거의 사람이라는 것을 수긍한다. 그래도 미래가 이토록 중요한 것은 자식이 있기 때문이다. 자식은 희망의 담보물이다. 희망이 경매 처분되는 것을 한사코 막아야 하는 것은 자식을 맡겨놓은 인간의 업보다. 내가 『희망』이란 제목의 장편을 펴냈을 때 사람들은 제목의 미미함을 지적했다. 이해할 수 없는 일이었다. 희망이, 자식이, 그런 것이 미미하다면 대체 무엇이 강렬한 것인가. 끓기도 전에 퍼져버려 설익은 밥처럼, 이해되기도 전에 진실은 쓰레기통으로 처박힌다.

등산복 차림의 처녀는 내 자리에서 대각선으로 건너다보이는 곳에 앉아 있다. 일행은 서너 사람, 그들은 북쪽의 산을, 어쩌면 설악쯤을 목표로 하는 듯했다. 선반 위에 얹혀진 팽팽한 배낭과 진흙 한 점 묻지 않은 등산화가 그런 짐작을 하게 해준다. 스스로를 산에 미쳤다고 평하는 한 의사가 있다. 그는 신경외과 의사이고 동시에 소설가인 사람이다. 의학이란 학문이 결코 수월한 연구가 아님을 감안하면 그가 의사이면서 소설가이고 또한 전문 산악인에 겨룰 만한 산행 경력을 지녔다는 것은 나

같은 위인한테는 늘 놀라운 경이로 다가온다. 내 삶은 그에 비하면 삼분지 일이다. 나는 요즘 분수의 분자로 삶을 계산하는 버릇이 생겼다. 모두 초조함 때문이다. 나는 대개 셋이나 다섯의 분모를 두고 하나로 쪼개진다. 나는 누군가의 몇 분지 일이다. 나는 전생애를 소설에 투자했다. 문학 증발의 시기에 초조하지 않다면 거짓말이다.

산에 푹 빠진 의사 소설가는, 아니 소설가 의사는, 틈만 나면 산에 가지 못해 애를 태운다. 그 애태움은 소설을 향해서도 똑같이 나타난다. 그에게 산과 소설은 같은 말의 다른 표현이다. 새벽까지 술을 마시다가도 플래시 하나 없이 그대로 산으로 달려간다. 힘든 수술을 끝낸 날에도 휘청거리는 걸음으로 산에 오른다. 가다 날이 저물어도 아무 상관이 없다. 그는 환부[30]의 실핏줄이 어디로 뻗어 있는지 상세히 알듯이 산에서 어떻게 행동해야 하는가를 환히 알고 있는 사람이다. 내가 부천 원미동에서 그가 살고 있는 북한산 가까이로 이사 오면서 나도 그와 함께 근처의 산을 오를 기회가 몇 번 생겼다. 그는 산에서 절대로 서두르지 않는다. 계곡의 물소리나 이름 모를 꽃들에 마음을 뺏기지 않고 무턱대고 급하게 산을 타는 사람을 그는 가장 경멸한다. 산 중턱의 소나무 가지가 오른쪽으로 뻗었는지 왼쪽으로 뻗었는지까지 다 외우고 있는 그는 마치 산의 비밀을 송두리째 알아내려고 작정을 한 사람처럼 내게 보인다.

그는 의사이면서 부자도 아니다. 의사라고 다 부자라는 법은 없지만 적어도 마음만 먹으면 부자일 수 있는 것이 이 땅의 현실이다. 부자이기를 한사코 피한다는 인상을 줄 수 있는 것이 가난한 의사의 모습인

---

[30] 환부(患部) 병 또는 상처가 난 곳.

것이다.

그는 늘 산에 대해 이야기한다. 산이 그에게 준 위안들, 산으로 갈 수밖에 없는 허기진 정신, 이런 것들을 나는 그의 말로, 그의 소설로 끊임없이 듣고 읽는다. 그에겐 산만이 대답해줄 수 있는 해묵은 숙제가 있다. 대답해줄 수 있는 무엇을 하나 꽉 붙들고 있는 그가 때로는 행복하게 보이기도 한다. 내 해답지는 아직 인쇄되지 않고 있으니까.

그가 한 말 중에서 내게 가장 오래, 가장 깊게 남아 있는 것은 그러나 산에 대한 이야기가 아니다. 그것은 의사였기 때문에 경험한 이야기다. 아직 산 어귀의 사람 사는 마을에서 발을 빼내지 못하고 있는 나로서는 그럴 수밖에 없기도 하다. 이야기는 수술에 관한 여러 불가사의를 주제로 한다. 흰 가운을 입고 수술실에 들어가 환부를 열면 의사로서 오는 직감이 있다. 이 수술은 성공이다, 혹은 무의미하다. 직감에 관계없이 어떤 수술이든 최선을 다하고 나서 운명에 맡기는 것이 의사의 진심이지만 살릴 수 있다는 믿음이 있으면 수술 마지막의 환부 봉합에 이르기까지 말로 표현할 수 없는 정성이 들어간다. 회복 후의 삶을 생각해서 촘촘히, 가능한 한 자국이 적게 남도록, 치밀하게 바늘을 움직이는 것이다. 그리고 그 환자를 영안실에서 만날 때 그는 절망한다고 했다. 예쁘게 꿰맨 수술 자리를 보면 더욱 할 말이 없어진다고 했다.

반대로, 도저히 살아날 것 같지 않은, 사망 진단 직전의 형식상의 수술을 받은 환자가 며칠 후 눈부시게 회복해서 침상에 앉아 웃고 있을 때도 그는 말을 잃는다고 했다. 거의 시체나 다름없는 환자의 환부에 무슨 흥으로 봉합 바느질이 세심했겠는가. 삐뚤삐뚤 듬성듬성 지나가버린, 자신이 남긴 환부의 실자국을 보면 등에 식은땀이 난다고 했다. 드러나지 않는 이 힘, 그러나 분명히 작용하고 있는 이 힘이 보여주고자 하는 뜻은 무엇인가. 그런 날에는 산에 가지 않고는 도저히 배길 수 없다는 것이 그의 고백이었다.

촘촘한, 혹은 삐뚤삐뚤한 봉합 바느질의 이야기는 지금 이 순간, 서울로 향하는 기차 안에서 떠올려도 큰 떨림을 안겨준다. 이 떨림을 나는 설명할 수 없다. 설명되어지지 않는다. 그것은 뚫고 나가라고만 말한다. 단지 그렇게만 말한다.

어떻게?

미로에서 출구를 잃은 나, 아침저녁으로 먹히고 아침저녁으로 우는 시인의 뜸부기, 안개 속으로 사라진 김종구, 자신의 꽃말을 암호로 만든 지브란, 그리고 의사의 바느질, 설명되어지지 않는 이 모든 것들을 어떻게 뚫으라는 것인가. 어디서부터 어디를. 나는 짓밟힌 귀신사에서 본, 모래더미에 파묻힌 이름 모를 꽃을 생각한다. 그 숨어버린 꽃 속으로 삼투해 들어간다……

기차는 자꾸 달린다. 아직도 부엿기는 하지만, 서울에 닿으면 그래도 나는 기계 앞에 앉기는 할 것이다. 나는 아마도 한 거인을 그리려고 덤빌지도 모르겠다. 와해된 세계의 폐허 어딘가에 숨어 사는 거인, 결코 세상에 출몰하지 않는 거인의 초상. 그리고 숨어 있는 꽃들의 꽃말찾기. 그러다보면 언젠가는 이 세상살이가 돌아가는 이치의 끝자락이나마 만져볼 수 있을지 모른다. 그리고 아직, 거기까지는 생각하고 싶지 않지만, 영원히 설명되어지지 않는 부분도 있을 것을 나는 안다. 하지만 그것은 거인의 초상을 그린 후, 그때 생각해도 늦지는 않을 것이다.

1 주인공은 왜 귀신사로 여행을 떠나게 되었나요?

이 작품에 등장하는 주인공은 바로 작가 자신이라고 할 수 있습니다. 치열하고 어려웠던 1980년대를 살아오면서 한 시대를 지탱하던 무겁고 진지한 주제들은 이제 그 빛이 바래버렸습니다. 어려운 사람들의 삶을 성찰하며 세상의 슬픔을 노래하던 작가는 이제 그 슬픔마저 힘이 되지 못한 가벼운 시대와 만나게 됩니다. 이러한 시대의 변화 속에 방황하던 주인공은 새롭게 글을 쓰기 위해 여행을 떠납니다. 정확히 말하면 앞으로 자신이 써나가야 할 글의 방향과 의미를 되찾기 위해 무작정 여행을 떠나게 된 것입니다.

그런데 주인공이 목적지로 정한 '귀신사(歸信寺)'란 이름이 재미있습니다. 귀신사는 '영원을 돌아다니다 지친 신이 쉬러 돌아오는 자리'라는 의미를 가진 조그마한 절입니다. 이 절을 택한 이유 속에는 귀신처럼 끝없이 방황하며 지쳐 있는 주인공이 편안하게 쉬고 싶다는 바람과 함께 자신의 영혼을 들여다보며 진정한 자신을 새롭게 만나고 싶은 간절한 염원도 함께 담겨 있음을 살펴볼 수 있습니다.

2 시인이 사다준 앵무새 인형과 시골에 내려가서 새롭게 시작한 뜸부기 사업이 의미하는 바는 무엇일까요?

귀신사로 가는 도중 주인공은 자신이 알던 시인에 대해 회상하게 됩니다. 시인은 본래 이 세상의 아름다운 진실에 대해 노래하는 사람입니다. 이 시인이 딸에게 사다준 앵무새 인형은 테이프를 내장하고 있어 사람들이 녹음시킨 말을 그대로 재생할 수 있게 되어 있었지만, 번번이 '사랑해'라는 말을 '날랄해, 날리레'로 재생시킵니다. '난 너를 사랑해'라는 말을 '얼레리 꼴레리'로 조롱하는 소리로 바꿔서 들려주는 고장난 앵무새 인형은 급속도로 발달된 기계문명 속에서 가장 아름다워야 할 진실까지 조롱당하는 현실을 말해주고 있습니다.

주인공이 알던 시인은 그러한 현실 앞에 절망하고 도시를 탈출하여 시골에 정착해서 뜸부기를 기르게 됩니다. 뜸부기는 '뜸북뜸북' 노래하는 낭만적인 분위기를 자아냅니다. 그러나 시인이 뜸부기를 기르는 진짜 이유는 오염되지 않는 자연의 노래를 듣기 위해서가 아니라 사람들에게 식용으로 팔기 위해서입니다. 이러한 시인과 관련된 회상은 상업성이 판치는 세상에서 본연의 가치를 지켜야 하는 시인마저 세상과 타협해버렸고, 아름다운 글마저 힘없이 타락해버렸음을 말해주고 있습니다.

3 주인공이 도착한 귀신사는 온통 파헤쳐져서 대대적인 보수공사를 하고 있지요. 그것이 의미하는 바가 무엇일까요?

1990년대는 조용한 시골의 절마저 변화시켜 놓습니다. 과거의 기억 속에 귀신사는 화려한 외양으로 사람들의 시선을 끌었던 것이 아니라 마음으로 조용하게 대화할 수 있는 단아한 절이었습니다. 현란한 색채로 위장하고 사람의 눈을 혼란시키고 있는 세상과 대비된 조용한 절, 드러나는 것은 볼품없어도 한 사람의 지친 영혼을 위로하고 마음의 대화를 나눌 수 있었던 귀신사마저 1990년대에 맞춰 요란하고 화려한 외양으로 탈바꿈하기 위해 한창 보수공사 중이었던 것입니다. 결국 황폐하게 파헤쳐진 절에서 주인공은 어떤 위로와 휴식을 느끼지 못한 채 오히려 상업적으로 타락해가는 초라한 현실을 재확인하며 다시금 절망에 빠져들게 됩니다.

4 귀신사에서 만난 김종구는 이 소설에서 어떤 의미를 가지고 있나요?

이 소설에서 가장 중요한 역할을 하는 김종구는 주인공이 거금도라는 섬에서 교사생활을 할 때 학급 제자였던 숙자의 오빠입니다. 다시 만난 김종구는 막노동을 하고 살아가는 인물로서 현대의 문명과 정반대에 속해 있습니다. 주민등록증과 의료보험도 없이 어느 한 곳에 정착하지 못하고 막일로 살아가지만 누구보다 삶에 대해 진실하고 세속과 위선을 일찌감치 벗어버린 인물입니다.

주인공은 김종구에 관련된 과거의 회상들을 차례로 풀어내며 그가 갖는 원초적인 생명력과 진실함에 대해 말해줍니다. 첫 번째 만남에서 김종구가 주인공을 향해 던진 '사는 일이 가장 먼저란 말이오. 사는 일에 비하면 나머지는 하찮고 하찮은 것이란 말이오'라는 말에서는 어떤 관념보다도 산다는 것이 가장 우선임을 깨우쳐주며, 아늑하게 노을지는 바다 위에서 흘러가는 배에 잠들어 있던 김종구의 모습을 통해 자연 속에서 얻을 수 있는 금빛 평화를 전해줍니다. 염소 머리를 자르는 모습에서는 실제로는 염소골을 탐내면서 고고한 척 위선적인 모습으로 앉아 있던 사람들에게 경멸을 보낼 줄 아는, 세상의 허위를 간파하고 있는 김종구를 그려냅니다.

이러한 김종구의 삶이 가진 의미는 원초적 삶에 대한 강한 생명력과 세상과 타협하지 않는 건강함입니다. 그래서 주인공은 김종구의 삶을 거인적 삶이라고 말합니다. 세상의 잣대로는 천한 막노동꾼일 뿐이지만 혼란한 세상과 타협하지 않고 대결하며 순수성을 지키고 있는 한 거인의 삶을 보게 된 것입니다.

5 황녀가 부는 단소 소리의 의미는 무엇일까요?

황녀는 김종구의 아내입니다. 황녀는 김종구의 분신과 같은 존재로 가식과 위선이 없이 타고난 본성대로 건강하게 살고 있는 여인입니다. 이러한 황녀가 우연히 그 집을 방문하게 된 주인공에게 들려준 단소 소리는 매우 중요한 의미를 갖고 있습니다. 황녀의 거침없고 아름다운 단소 소리에 단단한 김종구마저 조용히 눈물을 흘리는데 이 부분은 진정한 예술의 감동과 힘을 말해주고 있는 장면입니다. 지친 영혼의 고통을 보듬고 세상 사람들의 고달픔과 억울함을 녹여내면서 진정한 쉼터 역할을 하는 것이 예술임을 깨닫고, 주인공은 자신의 글쓰기 또한 그런 정신에서 출발해야 함을 말해주고 있는 것입니다.

6 주인공의 친구였던 지브란과 산악인 의사의 삶은 이 글 속에서 어떤 의미를 가지고 있나요?

지브란은 학창시절 천재로 불렸던 뛰어난 사람입니다. 진지하고 겸손하며 재능이 뛰어났던 지브란은 대학에 들어가 학생운동을 했고 그 와 중에 치른 고문의 후유증으로 정신이상자가 되었습니다. 그 증상으로 '청와대에서 왜 날 안 부르지' 라는 말을 되풀이 하는데 그 말을 들은 사람들은 정신이 이상해진 상황에서도 권력에의 집착을 버리지 못하는 어리석은 인간이라고 지브란을 조롱합니다. 주인공은 진실한 과거의 헌신조차 비웃음거리로 전락시키는 이 시대를 거부하며 지브란의 언어를 일종의 암호를 갖고 있는 '꽃말' 로 받아들이고 싶어합니다. 그래서 자신의 글쓰기가 이러한 꽃말의 의미를 밝히는 작업이 되기를 간절히 바라고 있습니다.

산악인 의사의 '촘촘하고 삐뚤삐뚤한 수술 봉합 바느질' 의 일화는 세상은 당장 한 치 앞도 정확히 알 수 없다는 사실을 말해주고 있습니다. 우리의 삶은 설명하기 어려운 불가사의로 가득 차 있는데, 이 설명되지 않는 모든 것을 뚫고 앞으로 나아가야 하는 것이 글을 쓰는 작가의 일임을 스스로 자각합니다.

바로 두 사람의 일화를 통해 주인공은 글쓰기의 의미를 비로소 되찾게 된 것이라고 볼 수 있습니다.

7 이야기의 제목인 '숨은 꽃'이 의미하는 바가 무엇일까요?

이것은 김종구에 대한 회상과 연관이 됩니다. 안개 속에 길을 잃은 배들을 위해 한밤내 신들린 듯이 징을 쳐서 헤매고 있던 배들이 무사히 돌아오게 하지만 김종구는 말없이 숨어버림으로써 사람들은 그를 전혀 의식하지 못합니다. 바로 이 회상처럼 거인적 삶을 살고 있는 김종구가 새로운 방향을 제시하고 있지만 사람들 사이에서 숨어서 보이지 않음과 같이 이 시대의 '희망'도 어딘가 보이지 않는 곳에 숨어 있다고 생각하고 있습니다. 그래서 숨은 꽃은 거인적 삶을 살고 있는 김종구를 가리킴과 동시에 어딘가에 숨어 있는 삶의 희망을 말한다고 할 수 있습니다.

찻집 여자

젊음과 열정을 가족과 사회에 다 빼앗기고
바스라져가는 생활인들의 서글픔을 그린 작품.

"까마귀는 어디에 있어도 까마귀예요"

유부남과 찻집 여자의 이루어질 수 없는 눈물겨운 사랑

이 소설은 가정이 있는 유부남인 행복사진관 엄씨와 찻집 여자와의 불륜을 소재로 다룬 소설입니다. 하지만 이 작품을 읽다보면 겉으로 드러난 불륜의 불경스러움으로 이들을 쉽게 매도할 수 없습니다. 이 작품은 현실에서 이루어질 수 없는 연인의 짧은 만남과 이별을 통해 인간으로서 벗어날 수 없는 삶의 구속과 자유로운 영혼으로서의 갈등을 다루며 삶의 속박과 현실의 아픔을 진실하게 그려내고 있기 때문입니다.

인간은 누구나 유년의 꿈을 갖고 있습니다. 그것이 나이가 들어가며 남들이 보기에 하찮고 의미 없다 할지라도 그 사람에게는 삶을 관통하여 자신의 정체성을 말해주는 경우가 많습니다. 그러나 그러한 꿈은 대개 일상의 생활에서 빛을 발하지 못하고 내면에 숨어 있기 마련입니다. 각박하고 삭막한 현실은 그러한 꿈을 용납하지 못하고 냉엄한 현실은 꿈보다는 생활에 충실하길 강요합니다.

행복사진관 엄씨는 딸이 셋이나 되고 소문난 공처가답게 성실한 가장으로 살아온 사람입니다. 하지만 이 편안하고 무난한 일상은 엄씨가 사진예술가로서의 꿈을 접고 얻게 된 불안정한 것입니다.

술집을 전전하다 마지막으로 한강인삼찻집을 개업한 찻집 여자 홍마담도 주위에 자신의 모든 것을 빼앗기고 마지막 정착지로 원미동을 찾은 여자입니다. 그래서 홍마담은 자신의 젊음과 열정을 가족과 이 사회에 다 빼앗기고 조금씩 조금씩 바스러져가는 자신의 삶을 마지막으로 움켜잡고 원미동에서 새로운 삶을 꾸려보려는 꿈을 갖고 있습니다.

자신의 꿈을 묻어둔 채 성실하게 살아가던 사진관 엄씨와 홍마담은 서로의 내면에 다가서며 잠시 만남을 갖게 되지만, 현실은 냉혹하여 두 사람의 관계는 주변에 곧 알려지게 되고 맙니다.

누구보다 보살핌이 필요했던 찻집 여자는 이제 자신의 마지막 정착지라고 믿었던 원미동에서조차 쫓겨나 가난과 어둠이 가득한 낯선 곳으로 떠나야만 됩니다.

이 소설은 이러한 두 사람의 만남과 이별을 통해 고독한 인간의 숙명과 스스로 운명을 선택하지 못하고 냉혹한 현실에 충실해야 하는 인간의 아픈 삶의 단면을 잘 보여주고 있습니다.

찻집 여자

택시는 광장의 한가운데에다 그들을 내려놓았다. 언제라도 그렇지만 세밑[1]의 역광장은 출렁거리는 인파로 발 디딜 틈이 없었다. 차들은 제 멋대로 진입해 들어오고 사람들은 아슬아슬하게 차들을 비켜 지나갔다. 광장 왼편에 백화점이 들어선 뒤로는 복잡함이 더했다. 역에서는 쉴새 없이 경인선 전철이 도착했다가 떠나곤 했으므로 쏟아져 나오는 승객들과 차를 타려는 사람들만으로도 광장은 이미 초만원이었다. 넘쳐흐르는 군. 엄씨는 혼잣말로 중얼거리면서 정해진 것처럼 망설임 없이 대합실을 향했다. 여자는 한 발짝쯤 뒤에서 따라왔다. 대합실도 복잡하기는 마찬가지였다. 이제서야 부천을 떠나는 행렬들이 매표구 앞에 세 겹 네 겹으로 줄을 만들어놓았다. 어디를 보아도 사람들은 들떠 있고 함부로 웃

[1] 세밑 한 해의 마지막 때. 섣달 그믐께. 세만. 세말. 세모. 연말.

어댔다. 누구나 할 것 없이 연말 분위기에 감염되어 종종걸음을 치고 바쁜 척 설쳐대면서 사실은 뭐 재미있는 일이 없나 사방을 두리번거리고 있었다.

어디로 가볼까. 그는 제물포, 송내, 구로, 종각 등의 글씨를 눈으로 훑어나가면서 또 한편으로는 그런 이름말고 다른 곳은 없는지 생각했다. 대합실 전체를 와르릉 울리면서 전동차는 끊임없이 달려가고 사람들은 개찰구를 빠져나가기 무섭게 뛰기 시작했다. 떠나는 사람들답게 그들은 눈밭에 뒹굴어도 춥지 않을 만큼 단단히 껴입고 있었다. 그는 옆에 서 있는 여자를 돌아보았다. 낡은 바바리코트에 손을 푹 찌르고, 역시 진작 새것으로 갈아신었어야 할 남루한 구두코로 바닥을 쿵쿵 찧고 있던 여자가 "멀리 나가지는 말아요" 하고 말했다. 어차피 돌아와야 할 것이라면 전철을 타고 멀리 나갈 생각은 말자는 뜻이었다. 매표구에서 들려오는 동전 소리에 귀를 모으면서 그는 다시 운행 구간표를 보았다. 왼쪽으로 가면 바다가, 오른쪽으로 가면 휘황찬란한 도시가 나타날 것이었다.

그때 개찰구에서 표를 받고 있던 집표원이 버럭 소리를 질렀다. 너 이놈, 이리 못 와! 다리 사이에 조그만 전기난로를 끼고 앉아 있었던 탓에 집표원은 민첩하게 움직이지 못하고 손만 휘저었다. 나일론 점퍼의 소년 하나가 뒷걸음을 치다 말고 냅다 대합실 밖으로 튀어 달아났다. 그럴 줄 알았다는 듯 집표원은 이내 소년을 포기하였다. 소리 지르던 위세에 비하면 싱겁기 짝이 없었다. 그냥 목청을 시험해봤다는 투였다. 달아난 소년만큼의 나이 때 그 역시 멀리서 기적이 울리기만 하면 해진 운동화 뒤축을 세우고 벌어진 앞단추를 여몄다. 산골마을을 지나는 기차를 보기 위해 종일을 역의 철책에 매달려 보냈었다. 개찰구가 조용해지자 이번에는 매표구에서 작은 실랑이가 벌어졌다. 잔돈이 적게 나왔다고 주장하는 사내와 분명히 제대로 내보냈다고 고집하는 역무원 사이의 입씨름을 지켜보다가 그는 여자 쪽으로 돌아섰다.

"인천쯤으로 가서 회를 먹어보는 것도 좋을 텐데……."

말은 그렇게 하였지만 여자를 데리고 바다에 가고 싶지는 않았다. 그랬다간 도저히 감당 못 할 어떤 일이 벌어질 것만 같았다. 여자를 위로하고 싶어서, 그래서 무작정 시내로 나온 것이긴 하지만 이 이상 더 난처한 처지에 빠지고 싶지는 않았다.

"저녁이나 먹고 빨리 들어가요."

여자 또한 말은 그렇게 하였지만 식욕이 생겨날 것 같지 않은 얼굴이었다.

"그러지. 뭐 먹을 만한 게 있는지 찾아보자고."

그는 애써 미소를 지어보였다. 여자가 그를 보았고 그는 여자의 눈길이 한결 다소곳해진 것을 확인하였다. 두 사람은 다시 광장의 인파에 휩쓸렸다. 광장의 왼편은 백화점, 오른편은 택시 주차장이었다. 어느 쪽이든 늘어진 전선을 잇대어 백열구를 밝힌 노점상들이 진을 치고 있었다. 덤핑 테이프를 리어카에 진열해놓고 스피커만은 진국으로 매달아놓았는지 쿵짝쿵짝 노래를 들려주고 있는 테이프장수 곁으로는 포장마차의 행렬이 있었다. 코스모스 피어 있는 정든 고향역, 이뿐이 곱분이 모두 나와 반겨 주겠지……. 스피커가 시드러지게 노래를 뽑아내면 포장마차 손님들이 젓가락 장단을 맞추었다. 먹을 만한 음식을 파는 곳을 찾자면 로터리 저편으로 나가야 될 것이었다. 신호등을 기다리면서 그는 저만큼 앞에서 반짝이고 있는 불빛 글씨를 보았다.

"저것 좀 봐."

엄씨의 말에 여자도 글씨를 보았다. 부천예식장이란 다섯 글자에 네모로 테두리를 해놓고 있는 네온사인은 5층 건물의 꼭대기 벽면에서 명멸하고 있었다. 순서는 일정했다. 먼저 글자 하나하나가 차례대로 깜박이고 나면 이번엔 부천 두 글자와, 예식장 세 글자의 순으로 불이 꺼졌다가 들어왔다. 그 다음엔 네모 테두리가 깜박이고 다시 글자 하나하나에 불이 나간다. 두 사람은 오랫동안 그것을 쳐다보았다. 일곱 번의 깜박이가 끝나고 나야 비로소 네모 테두리 안의 다섯 글자가 소롯이 밤하늘에 떠오르는 것이다.

"마음에 안 들어."

일곱 번씩을 기다려 일곱 번의 완성된 네온을 보았을까 했을 때 그녀가 혼잣말처럼 내뱉었다.

"재미있잖아."

그는 사라져버린 네모 테두리가 온전히 되살아나는 것을 보고 미소를 지었다.

"맨 처음 부천에 왔을 때부터 저놈의 시건방진 네온사인이 마음에 안 들었어요."

그녀는 앞장서서 횡단보도를 건너기 시작했다. 기분이 완전히 회복된 것은 아닌 모양이군. 그는 여자의 완강한 뒷모습을 지켜보며 금세 상심한 얼굴이 돼버렸다. 두 번째 신호 대기에서 여자가 마음에 안 든 이유를 설명했다.

"약올리는 것도 아니고 저게 뭐예요? 면사포 쓰고 결혼식을 올리지 못한 사람들이 보면 신경질날 거야. 가만히 있어도 속이 아픈데 왜 자꾸 깜박거리는지 몰라······."

그는 할 말을 잃었다. 가만히 있어도 속이 아픈데. 엄씨가 지난밤 내내 그의 아내를 다독거리던 말과 똑같지 아니한가. 가만히 있어도 마음이 아픈 사람을 건드릴 게 뭐야. 생각해봐. 내가 그 여자한테 새장가를 들 것도 아니고, 그 여자하고 밤보따리를 싸서 도망갈 사람도 아닌데 당신이 그 여자한테 쫓아가서 어쩌겠다는 거야. 그 여자 말야. 낯선 동네에 와서 정붙일 곳이 없으니 내가 좀 도와준 것뿐이야. 당신을 얼마나 사랑하는지 알지. 밤을 꼬박 새우며 달래고 빌고 했는데도 아내는 기어이 인삼찻집으로 쫓아가서 한바탕의 야료[2]를 부린 것이다. 그게 오늘 낮의 일이었다. 동네가 부끄럽다고 드러누운 아내를 놓아두고 하릴없이 시내를 배회하다가 엄씨는 아까서야 여자의 가게를 찾아갔었다. 누워 있을까, 아니면 여전히 붉은 조명등 아래서 손님을 맞고 있을까. 어스름이 깔려오자 도저히 참을 수가 없었다.

한강인삼찻집은, 그러나 불이 꺼져 있었다. 밤 8시만 되면 셔터를 내리고 퇴근하는 서울미용실의 경자도 아직 분주하게 일을 하고 있는 때였다. 시간을 보니 겨우 7시 남짓인데도 어둠은 먹물처럼 진했다. 환하게 불이 내비치는 미용실에 비하면 그 옆의 찻집은 폐가처럼 스산했다. 어둠 속에서 보는 선팅의 푸른색도 죽음의 빛깔만큼이나 칙칙했다. 낮에 그만큼 당했으니 어디론가 나가버린 거겠지. 그는 동네 사람들 눈에 뜨일 것을 염려해서 얼른 형제슈퍼 쪽으로 발길을 돌렸다. 저녁 찬거리를 사러 김반장네 가게를 들락거리곤 하던 여자들도 추운 날씨를 겁내

2) 야료 생트집을 하고 함부로 떠들어댐.

344

모두 아랫목에 파묻혔는지 원미동 거리는 한산했다. 살얼음이 깔린 정육점 앞길에 웬 낯선 개만 어정거리고 있을 뿐이었다. 그는 다시 어두운 찻집 앞으로 다가갔다. 갑작스레 기온이 내려간 탓에 서울미용실의 유리문에는 허옇게 성에가 어려 있었다. 일부러 내다보지 않는 한 경자가 그를 발견할 수는 없을 것이었다. 엄씨는 조금 망설이다가 찻집의 문을 밀어보았다. 분명 잠겨져 있을 것이므로 무의식중에 손에 힘을 주었던 탓이리라. 문은, 완고하게 닫혀 있을 줄 알았던 문은 거짓말처럼 활짝 열렸다. 그 바람에 엄씨는 어이쿠, 소리를 내며 얼른 문에서 손을 떼었다. 그러나 한번 젖혀진 문은 다시 제자리로 오지 않고 열려진 채 그대로 있었다. 찻집 안의 먹물 같은 어둠을 꺼림칙하게 여기면서 그는 문을 닫으려고 손을 내밀었다. 그때 먹물 같은 어둠을 헤치고 사람의 목소리가 두둥실 떠올랐다. 오늘 장사 안 해요. 내일 오세요. 분명 그녀의 목소리였다. 그가 어둠 속에 앉아 있는 여자를 발견하기 전에 그녀가 먼저 그를 알아보았다.

"놀이터 쪽에 가 계세요. 문 잠그고 나갈게요."

울고 있지는 않은 모양이라고, 여자의 변함없는 목소리에 안도하면서 그는 여자가 시키는 대로 하였다. 놀이터 쪽으로 가면서 얼핏 돌아보니 그의 사진관 진열장에도 불이 켜져 있었다. 한창때의 문희와 남궁원의 얼굴이 거리를 향해 활짝 웃고 있다. 행복사진관에서는 그 두 사람만이 유일하게 행복할 것이라고, 엄씨는 남들처럼 자신의 가게를 바라보았다.

두 사람은 부천예식장을 지나서 얼마큼 걸었다. 음식점이 몇 군데 보이긴 했지만 두 사람 다 알은체하지 않았다. 그로서는 최후의 만찬이 될 장소를 닥치는 대로 고르고 싶지는 않았다. 여자는 식사 따위엔 관심이 없어 보였다. 허연 입김을 뿜어내는 다른 이들을 따라 무작정 걷기만 하였다. 구둣가게 앞을 지나면서 엄씨는 여자의 낡은 구두를 외면하였다. 구둣가게 다음에는 영국 기마병 복장을 한 사내가 쉬임 없이 절을 하고 있는 지하 스탠드바의 입구가 입을 벌리고 있었다. 그것 역시 그는 외면하였다. 밥 생각이 없다면 값싼 맥주집이나 들어가 어두운 구석에 처박혀 있어도 좋을 것이다. 하지만 그녀에게 술집에 가자고 할 수는 없었다. 술집에 들어서는 순간부터는 여자를 똑바로 쳐다볼 수 없을 것 같아서였다. 여자는 꼬박 8년 동안 술집의 부대시설과 다름없이 살아왔다. 언젠가 여자는 이렇게 말했다. 설령 남자라 하더라도, 한평생을 걸려도 다 못 마실 많은 술을 8년 만에 해치워버렸다고. 지나온 이야기를 할 때면 그녀는 언제나 씩씩했다. 할 수 있는 한 당당하지 않으면 잘난 척하기 좋아하는 인간들에게 말꼬리를 잡히기 일쑤라고 했다. 진작에 새 생활을 시작해보지 그랬느냐고, 마음만 먹으면 언제라도 시궁창을 벗어나는 것인 줄 알고 있는 점잖은 무리들의 야코를 죽이기 위해서는 용감하게 과거를 털어놓는 방법이 제일이라고 말했다.

여자의 이름은, 그녀의 과거만큼이나 다양했다. 옥선이, 경아, 성미, 연주 따위의 이름에 그녀의 편력이 켜켜이 쌓여 있었다. 명륜동의 일심정에서 옥선이로 불릴 때, 그녀는 하룻저녁에도 세 번씩 버선을 바꿔 신어야 할 만큼 이 방 저 방으로 날아다녔다. 일심정 시절을 말하는 순간이 여자가 가장 행복한 때였다. 천만금을 줘도 몸을 팔지 않는다는 게 일심정의 권번 수칙[3]이었다. 권문세가의 신사들이 일심정의 여자 하나

[3] 권번 수칙 일제 강점기에 있었던 기생들의 조합에서 행동·절차에 관하여 지켜야 할 사항을 정한 규칙.

를 차지하기 위해 다투어 수표를 끊어대었어도 일심정은 결코 여자들을 내돌리지 않았다. 일심정을 끝으로 팔자를 고칠 수도 있었는데 그렇게 하지 못한 것이 아쉽다고 여자는 말하곤 했다. 호스티스로서 완벽한 경력을 쌓은 곳은 퇴계로의 맥주홀 '역마차'에서였다. 자립을 해보겠다고 명동의 혹성스탠드바에서 성미코너를 맡기도 했다. 성미라는 이름을 가졌던 그 당시에는 주먹 좀 쓰는 사내하고 뜨거운 연애 끝에 동거를 한 적도 있었다. 그리고 변두리의 뭇 룸살롱들, 나이를 먹으면서 귀퉁이로 빠져 청량리의 한 대폿집[4]에서 작부로 전락했다. 어쨌거나 상머리에 붙어 앉아 웃음을 팔 수만 있다면, 젊은 웃음이 언제까지라도 샘솟듯 솟기만 한다면야 걱정할 게 무에 있을까 할 만큼 이력도 붙었다. 몇 년 해온 가락이 있어 작부 짓도 그닥 괴롭지는 않았는데 그나마도 후배들에게 자꾸 떠밀리다보니 퇴기 대접이 너무 역겨워서 그녀는 서울을 뜨기로 결심했다. 그 동네 나이로는 환갑 진갑[5] 다 보낸 거나 다름없는 꽉찬 서른까지 버틴 것만도 대단한 일이긴 했지만 아직 화장발이 받을 때 한 푼이라도 더 벌지 않으면 누가 밥 먹여줄 것인가. 이름을 바꿀 때마다 화장은 자꾸 짙어지고 스물일곱부터는 나이를 먹지 않고 지냈다면서 여자는 요새도 걸핏하면 스물일곱이라고 우기곤 했었다.

그녀에게 진짜 이름은 뭐냐고 묻는 것처럼 어리석은 일은 없을 것이다. 처음에 그가 "홍마담이랬지? 홍, 뭐요?" 하고 물었더니 오히려 "뭐가 좋을까요?" 하고 되물었다.

"이름만 바꾸나? 장씨, 김씨, 윤씨 닥치는 대로, 편리한 대로 성도 갈

4) 대폿집 술을 별 안주 없이 큰 그릇으로 마시는 대폿술을 전문으로 파는 집.
5) 진갑(進甲) 환갑의 다음 해 생일.

아치우는데……. 아직 홍씨 성은 안 써봤거든요. 당신한테는 주희라고 불리고 싶은데, 어때요? 홍주희."

극장 앞을 지나고 나니 소아과 병원, 가구점, 자전거 대리점 등이 나타났다. 어느새 불빛은 잦아들고 거리는 한산했다. 벌써 여기까지 내려왔던가. 그들은 오던 길을 되짚어 올라가기로 했다. 그럴싸한 음식점이 나타날 기미가 없었다. 부천은 어느 쪽으로 가든 이 모양이었다. 번화가는 짧고 황량한 거리는 길었다. 역을 중심으로 퍼져 있는 짧은 번화가에 몰려든 사람들은 휘황한 불빛이 끝나는 곳으로 나동그라지지 않기 위해 불빛 앞에서 웅성거리고 있다. 다시 영국 기마병의 인사를 받았고 구둣가게의 푹신한 양털 깔개 앞을 지났다. 구둣가게 바로 옆에 전주비빔밥을 파는 집이 있었다. 여자의 발길이 멎었다. 먹어야 한다면, 그러면서 여자가 갑자기 목소리를 높였다. 기분이 엉망진창이니까 비빔밥을 먹읍시다. 비빔밥을 먹어야 하는 이유를 그렇게 댈 수 있다는 것은 여자의 기분이 이미 엉망진창을 지나 있다는 뜻이 아닐까. 기껏 비빔밥을 먹으려고 추운 거리를 헤맸느냐고, 더 나은 것을 찾아보자고 말하려다가 그는 입을 다물었다. 최후의 만찬이란 생각은 어쩌면 그만의 것인지도 몰랐기 때문이었다. 그는 말을 아끼고 있는 여자의 속마음을 확연히 짚어낼 수가 없었다. 전주회관이란 간판도 다시 보니 그럴싸했다. 싸구려 식당은 아닐 것이다. 그는 식당문을 열고 여자부터 들여보냈다. 여자는 꼿꼿하게 어깨를 펴고 걸어갔다. 밝은 불빛을 환히 받아내기론 여자의 머리가 너무 부스스하였다. 긴 머리칼을 되는대로 틀어올린 것은 좋은데 비어져나온 머리칼들이 어수선하였다. 그는 아내가 여자의 머리를 쥐어뜯는 모습을 상상해봤다. 설마 그럴 리가. 자리에 앉고 나서 엄씨는 꼼

꼼꼼하게 여자의 얼굴을 살펴보았다. 닥치는 대로 때려부쉈다고 차가운
눈초리로 보고하더니 혹시 여자에게 손찌검은 하지 않았을까.

"뭘 봐요?"

뜨거운 물을 마시고 있다가 여자가 퉁명스럽게 내쏘았다.

"아니, 그냥……."

사실대로 물을 수가 없어서 그는 주춤했다.

"할퀴었을까봐 그래요?"

그러면서 여자가 얼굴을 엄씨 앞으로 바싹 내밀었다. 얼굴에 생채기
는 없었다. 손톱은 내가 더 긴걸 뭐, 그렇게 중얼거리면서 그녀는 문득
정색을 하였다.

"난 함부로 싸우지 않아요. 하지만 일부종사[6]를 자랑으로 내세우는
여자들하고 싸워선 져본 적이 없다구요. 당신 마누라, 별로 힘도 없는
것 같아서 내가 봐줬어요."

내가 봐줬어요, 라고 말할 때는 장난감을 친구에게 양보한 악동처럼
득의만만한 표정이다. 아니, 애써 그렇게 보이도록 하고 있다. 그렇지만
생각하기에 따라서는 참혹하기조차 한 낮의 일을 그런 식으로 넘겨주는
여자가 엄씨는 한없이 대견하고 고마웠다.

"등심이라도 좀 구워 먹을까?"

그는 여자의 초췌한 모습이 꼭 육고기의 부족 때문이란 듯이 서둘러
본다. 그러나 여자는 고개를 흔들었고 엄씨는 더 이상 등심을 굽자고 말
하지 않았다. 고기를 먹인다고 해서 아내에게 당했던 일들이 상쇄[7]되지

6) 일부종사(一夫從事) 한 남편만을 섬김.
7) 상쇄 상반되는 것이 서로 영향을 주어 효과가 없어지는 일.

는 않을 것이었다. 대가를 지불하는 것이라고 여기게 될까봐 걱정이 되기도 하였다. 그때 방에서 식사를 하고 있던 한 떼의 사내들 속에서 느닷없이 원미동이 어쩌구 하는 소리가 튀어나왔다. 비빔밥을 기다리고 있던 원미동 남녀는 똑같이 어깨를 흠칫 떨었고 시선을 떨구었다.

여자가 원미동 사람이 된 것은 지난가을이었다. 원미동 23통의 모양새를 알기 쉽게 이야기하자면 그것은 흡사 장터 객줏집의 국자와 같은 꼴이었다. 국자의 손잡이 부분에 원미지물포, 그의 행복사진관, 써니전자, 강남부동산, 우리정육점, 서울미용실 등이 한 켠으로 촘촘히 박혀 있고 맞은편에는 강노인이 푸성귀를 일궈먹는 밭과 무궁화연립, 그리고 김반장의 형제슈퍼가 자리 잡고 있었다. 손잡이가 끝나고 종구라기 모양의 몸통이 시작되는 부분은 노상 이것저것 잡다한 종류의 가게가 문을 열었다가는 슬그머니 사라지고 또 누군가가 새로운 가게를 열었다가는 이내 문을 닫곤 하는, 말하자면 원미동 23통의 사각 지대였다. 그도 그럴 것이 허투루 문을 열었다가는 원래 주택보다 잡다한 점포가 더 많은 이 동네에서, 게다가 공터를 앞에 두고 있는 그 자리에서는 달리 불러모을 고객이 없는 탓이었다. 문제는 바로 그 자리에, 서울미용실을 지나 모퉁이를 끼고 도는 세모꼴 가게터에 한강인삼찻집이란 이름의 가게가 개업을 하고부터 일어났다. 원미동 아낙들 말대로 별 볼일 없이 가게에 죽치고 앉아 있는 사내들을 꼬드겨서 인삼차 한 잔에 천 원씩을 부르는 불여우 같은 계집이 등장한 것이다. 원미동 여자들은 약속이나 한 것처럼 모두 그 여자를 싫어하였다.

여자는 한강인삼찻집을 개업한 이후 시도 때도 없이 원미동 거리에 모습을 나타내었다. 긴 머리칼이 찰랑찰랑 어깨를 덮고 있는 것으로 봐서는, 말하자면 백 미터 전방에서 보았을 때는 틀림없이 처녀로 보이는 여자였다. 그녀를 가까이서 보았을 때, 그리고 여자가 수줍은 듯이, 적어도 빤빤한 시선은 아닌 게 분명한 미소를 보이며 지나칠 때는 노처녀라고 생각되었다. 처녀거나 노처녀거나 아무튼 그런 호칭으로 부를 만한 나이에서는 이미 비켜난 지 한참 되었을 것이라는 확신은 비로소 여자를 자신의 렌즈 안에 잡아두고 요모조모 뜯어본 다음이었다. 처음 여자가 사진관 문을 비긋이 열고 들릴 듯 말 듯한 목소리로 계세요, 하고 인기척을 내었을 때 행복사진관 엄씨는 느닷없이 마누라가 이 자리에 없음을 천만다행이라고 여겼다. 왜 그랬는지는 몰랐다. 인삼찻집에는 아직 가보지 못했으나 하여간 얼마 전부터 원미동 거리에 등장한 여자는 그를 여러 번 보았으므로, 그리고 여자의 긴 머리칼이 꽤 인상적이었으므로 여자가 그의 사진관에 찾아온 일을 범상히 넘겨버릴 수 없었다. 물론 여자는 사사로운 일이 있어 그를 찾아온 게 아니었다. 여자는 단순히 증명판 사진을 찍고자 하였다. 몸에 밴 애교나 눈웃음쯤은 있으려니 미루어 짐작했으나 여자는 함부로 입을 열지 않는 편이었다. 어지간하면 인삼찻집을 개업한 누구누구이니 한번쯤 찾아와주시라는 인사말쯤 던질 만도 하련만 여자는 그렇게 하지 않았다. 그것이 또 엄씨의 마음에 들었다. 보글보글 지저올린, 물들인 노란 머리칼에 짙은 색의 매니큐어, 푹 꺼진 눈두덩을 화폭 삼아 온갖 색의 아이섀도를 칠해놓은 무리들 속에 끼어 있는 여자치고는 대견하지 않으냐는 게 엄씨의 느낌이었다. 그가 촬영 준비를 하는 동안 여자는 여느 고객들과 다름없이 머리를 추슬러올리고 블라우스의 깃을 바로잡는 일에 열중해 있다가는 혹간 한번씩 검은 괴물처럼 버티어선 사진기를 흘낏 쳐다보았다.

여자를 의자 위에 앉히고 그는 필요 이상으로 오랫동안 렌즈를 통해 비치는 그녀의 얼굴을 세밀하게 살펴보았다. 긴 머리를 뒤로 깡똥하니 묶어버린 탓에 여자의 얼굴만 렌즈 가득 확대되어 있어서 그는 유감없이 눈이며 코, 입 따위를 뜯어볼 수 있었다. 얼핏 스쳐지났을 때보다는 훨씬 나이 들어 보이는 얼굴이었다. 그래서 미인인가 아닌가를 따져보는 일도 무의미한 것처럼 여겨졌다. 그 나이 또래의 다른 아낙들에 비해서 여자의 얼굴은 오히려 깨끗하고 날카롭게까지 보였다. 그러나 자세히 보면 두드러지는 광대뼈와 눈 밑 그늘의 예사롭지 않은 연륜이 여자의 겁내하지 않는 동그란 눈 때문에 한결 누그러져 있을 뿐임을 알 수 있었다.

촬영용 백열등을 남김없이 켜놓은 뒤 사진기의 검은 너울을 뒤집어쓰고서 그는 여자의 잘생긴 코에다 초점을 맞추었다. 그 검은 너울 속에서 마른침을 한번 삼켰기도 했을 것이었다. 그는 이유도 없이 긴장하고 있었다. 조금 숙여진 듯 보이는 얼굴을 추켜세우기 위해 여자의 머리통에 손을 대었을 때, 또 여자의 어깨에 손을 대어 기우뚱해 있는 자세를 고쳐주었을 때, 그 모든 지시를 열심히 따르고 있는 그녀와 함께 그는 작품 촬영에 임하고 있다고 느꼈다. 정말이지 오랜만에 느끼는 기분이었다. 누가 뭐래도, 비록 지금은 누추한 모양의 동네 사진관을 열고 있지만 엄씨는 한때 사진 예술가로서의 미래를 꿈꾸던 적도 있었다. 기와를 덮은 푸른 이끼, 나무의 둥근 나이테, 들바람에 휘청거리는 야생화 등을 찾아서 몇 날이고 낯선 지방을 헤매던 젊음이 있었다. 기차역 부근에 살면서 늘상 어디로 떠날까를 궁리하던 소년은 훗날 원 없이 어디론가 떠났다. 형편이 어려워 대학에 들어가 체계적인 공부를 하지는 못했지만 녹빈홍안[8]의 고운 모델도, 벽계산간[9]의 그럴싸한 풍경도 마다하는 스스로의 안목을 그는 소중히 여겼었다. 지금은 마구잡이로 아무 얼굴이나 찍어대는 삼류 사진사에 불과하다 해도 그에게는 견장[10]처럼 한시절의 예술적 혼이 어깨에 걸려 있었다.

"사진 찍는 일도 쉽지는 않군요."

증명사진 한 장을 그렇게 오랜 시간에 걸쳐 찍어본 적이 결코 없었을 여자가 촬영의 어려움에 놀랐다는 표정을 지으면서 이렇게 말했을 때 그는 여자에게 남다른 재주가 있음을 발견하였다. 그녀는 벌써 사진사라는 직업의 애환을 속속들이 알아버렸다는 투로 말을 했던 것이다. 다른 이들도 종종 이런 말을 던져오기는 했었다. 그것은 인사치레 이상도 이하도 아니었지만 여자는 맨얼굴 그대로, 진심으로 말했을 뿐이었다. 밤마다 인삼찻집의 붉은 조명등 아래서 위스키를 따르고 헤픈 웃음으로 돈을 벌어야 하는 여자한테 맨얼굴의 속마음이 있다는 게 신기로웠다. 어쩌면 오랜 세월 고통 속에서 살아온 사람들만이 가질 수 있는 마음의 눈인지도 모른다는 생각이 들기도 하였다. 간혹 시청 앞을 지나노라면 검은 승용차 안에 앉아 있는 사람들을 보는 수가 있었다. 그들은 절대로 걸어서 들어가지 않았다. 청사 앞에까지 차를 탄 채 들어가 기사가 열어주는 문을 통해 번쩍이는 구두부터 내밀어 차에서 내렸다. 그런 사람의 얼굴은 아무리 해도 알 수 없는, 짐작조차 할 수 없는 두꺼운 가면으로

---

8) 녹빈홍안(綠鬢紅顔) 윤이 나는 검은 귀밑머리와 발그레한 얼굴이라는 뜻으로, 곱고 젊은 여자의 얼굴.
9) 벽계산간(碧溪山間) 푸른 시내가 흐르는 산골.
10) 견장(肩章) 군인·경찰관 등의 제복 어깨에 붙이는 표장.

덮여 있었다. 설령 웃고 있다 하더라도 화가 난 듯한 표정, 사실이 화를 내고 있다 하더라도 미소 짓는 듯한 얼굴은 그에게 수수께끼 같은 느낌만 던져 주었다. 그런 이의 얼굴은 렌즈를 통해 들여다보아도 살가죽의 질감밖에는 더 이상 알아낼 게 없을 것이었다.

이제 머지않아 사십을 바라보는 나이에 이르기까지 살아오는 동안 그에게는 2개의 세상이 존재해온 셈이었다. 각막을 통해 들어오는 세상과 렌즈 속의 세상, 두 가지는 거의 언제나 그의 내부에서 각각의 목소리를 내고 있었다. 하기야 언제부턴가 그는 렌즈 속의 세상을 포기한 채로 지내온 게 사실이었다. 하나의 목소리를 눌러버린 것이었다. 세 번째 딸을 낳았고 이제는 자식들을 위한 삶만 남은 게 아니냐는 깨달음은 나이가 들면서 저절로 다가왔다. 태평한 시대는 지난 것이다. 처음 부천에 왔을 땐 한 집 건너 하나씩 복덕방이 생기더니 얼마 가지 않아 한 집 건너로 미용실이 문을 열었다. 그리고 이제는 두어 집 건너로 사진관이 생겼다. 비디오테이프를 갖추어놓고 대여를 시작한 것은 살아보자는 안간힘 중의 하나였고 필름 한 통을 현상하는 데 확대 사진 한 매를 선물하는 것은 이웃 가게들이 모두 그렇게 하기 때문이었다. 백일사진이나 돌사진 손님도 많이 줄었다. 다른 동업자 탓만은 아닐 것이다. 강남부동산 박씨 말대로 예전처럼 네댓씩 아이를 낳는 것도 아니고 하나 아니면 둘이 고작이니 수요가 준 것은 당연할지도 몰랐다.

그나마라도 행복사진관이 유지되고 있는 것은 큰길 쪽에 있는 샛별유치원 덕분이었다. 아이들 이모가 유치원 보조교사로 취직이 되던 올봄부터 엄씨는 샛별유치원의 전속 사진사가 되었다. 유치원에서 좀 색다른 행사가 있다 하면 그는 달려가서 아이들의 사진을 찍어댔다. 필름값에 출장비까지 포함에서 한 장에 3백 원씩 하는 사진값은 밀리는 법 없이 제때제때 수금되었다. 엄지 엄마가 기회만 있으면 샛별유치원 홍보역을 자청해서 맡는 것도 그쪽 수입이 만만치 않은 탓이었다. 아이들 꽁무니를 쫓아다니며 거푸거푸 셔터를 눌러대면서, 견학이나 소풍을 가는 아이들과 함께 봉고차에 실려가면서, 때로는 우는 아이를 업어 달래주면서 엄씨는 자신의 예술적 영감이 찌그러지고 녹슬고 삐걱거리는 소리를 들었다. 같이 살고 있는 아내조차 아주 우습게 여기고 있는 것을 알고 있기는 하지만 자신에게는 특별한 예술적 혼이 있다는 것을, 그 믿음을 버릴 수 없었다.

아내는 예전에는 그러지 않았는데 점차 그에게 맞서고 있는 느낌이었다. 긴 머리칼을 매만지던 연애 시절의 추억쯤은 잊었는지, 그렇게도 긴 머리로 기르라고 성화를 대었건만 짧게 잘라서 오그라붙여놓은 퍼머도 마뜩지 않았다. 미적 조화는 염두에 두지 않고 오직 처발랐다는 것만 시위하는 제멋대로의 화장 솜씨를 보노라면 서른네 살의 늙지도 젊지도 않은 모호한 나이의 아내가 무엇을 꿈꾸는 여자인지 짐작도 할 수 없었다. 아내는 이미 예전에 그가 알아왔던 아내가 아니었다.

오랜 시간 기다린 끝에 마침내 비빔밥이 나왔다. 방을 차지하고 앉아 고기 연기를 피워올리는 술손님 시중 때문에 종업원들은 무척 바쁜 듯이 보였다. 돌그릇은 손을 댈 수 없게 뜨거웠고 밑바닥의 밥이 눌어붙는 소리가 들려왔다. 갖가지 고물을 빙 둘러놓은, 보기 좋은 내용물은 돌그릇이 주는 중후한 느낌으로 한층 돋보였다. 그다지 초라한 식사는 아니라고 생각될 만큼의 소박한 식탁이었다. 두 사람은 묵묵히 밥을 비볐다. 밥숟갈을 뜨기도 전에 그는 다 먹은 뒤를 생각했다. 그것은 아마 여자도 마찬가지일 것이다. 돌아가지 않을 수 있는, 다만 한두 시간이라도 늦출 수 있을 만한 적당한 일이 어딘가에서 기다리고 있을지도 모른다는 심정. 세밑의 밤장사는 모처럼 만의 활기로 수입이 좋을 텐데 하루 장사를 거르게 해서 여자에게 미안한 생각도 들었다. 집세를 물기에도 벅찰 만큼 한강인삼찻집은 손님이 없었다. 장소도 워낙 한적하고 지나다니는 행인도 동네 사람 외엔 별로 없는 곳이었다. 가지고 있는 돈을 탁탁 털어보니 맞춤해서 세를 얻었다지만 엄씨보다 더 태평한 쪽은 그녀였다. 여태 뜯기면서 살아왔으나 이제는 뜯어갈 사람도 없으니 홀가분하다고, 한 입 먹고사는 일이야 이만해도 감당할 수 있다고 여자는 뜨악한[11] 손님들을 조르지도 않았다. 그럴 때 간혹 그녀의 머나먼 옛 시절 이야기가 흘러나오곤 했다. 갓 상경했을 때의 엄청난 두려움이 사라지고 나자 다음에는 길을 잘못 들었다는 절망감으로 시달렸다고 했다. 인간답게라느니 진실이 어쩌구 하는 고상한 낱말들을 멀리하면 훨씬 편안하다는 것을 깨닫기까지 절망은 깊고도 아득했었다. 나이가 들면서 그녀는 점차 아등바등한 삶이 지겨워졌다고 했다.

"니도 물장수로 돈 벌라 카먼 안즉 새까맣다. 사람들이 들어오면 날래 달려들어갖꼬 이리 앉아라 저리 앉아라, 쓰다듬어주고 보듬아줘도 인삼차 한 잔 먹어줄 똥 말 똥 한데 그래 느려터져갖꼬는 파이라 이 말이다."

주씨는 자칭 오라비라면서 찻집에 한 번씩 들를 때마다 목청을 돋우었다. 지물포 주씨는 누구에게라도 이만한 말쯤은 예사로 하는 사람이

11) 뜨악하다 마음이 선뜻 내키지 않다. 마음에 끌림이 없다.

었다. 단칸방에 끼여 샛잠을 자고 있는 지물포 심부름꾼 소년인 선구에게도 매일같이 장사 철학을 강의하곤 하였다. 가을이사 일감이 밀려 그렇다 하지만 지금처럼 일이 없는 겨울철에도 선구를 잡아두는 까닭이야말로 훈계하는 재미를 놓치기 싫어서인지도 몰랐다. 그런 주씨를 익히 알고 있음에도, 또한 주씨가 그들 두 사람 사이를 알지 못한다는 사실을 다행스럽게 생각하면서도 그런 말을 듣는 게 엄씨는 매우 껄끄럽고 화가 났다.

"이런 장사를 해보지 그래……."

말은 찻집이지만 밤에는 공공연히 술을 파는 그런 장사말고 이런 먹는 장사도 있지 않느냐는 그의 말이었다.

"안 하던 소리를 하구 그래요? 왜요? 내가 이런 장사를 하면 나하고 결혼해줄 거예요?"

냅킨으로 입을 문지르면서 여자가 시큰둥하게 뒤물었다.

"안 하던 소리는 누가 하는데……, 화난 거야?"

"대답 못 하잖아요. 까마귀는 어디에 있어도 까마귀예요."

여자가 두고 쓰는 말 중의 하나였다. 그러다 공격적인 어투로 까마귀로 태어나고 싶어 태어났나요, 하는 것도 그녀의 말버릇이었다. 망년회 손님들이 들이닥치는지 회사원으로 보이는 젊은 남녀들이 무리를 지어 들어오면서 식당 안은 시장바닥처럼 소란스러워졌다. 그들이 방에 들어가 좌석을 정하여 앉고 나서부터는 간단없이 터져나오는 웃음소리가 홀을 진동시켰다. 어디를 가든 무리 중에는 우스갯소릴 잘하는 사람이 몇 명씩 끼여 있게 마련이었다. 그런 재주도 없으니, 그는 자신의 싱거운 말솜씨가 원망스러웠다. 그녀를 위로할 수 있다면, 잠시라도 우스갯소리로 즐겁게 해줄 수 있다면 좋으련만. 여자는 흐트러진 머리를 다시 틀어올리고 자리에서 일어났다. 아까보다는 훨씬 단정하게 보였다.

바깥으로 나오자 잊고 있었던 추위가 재빠르게 달려들었다. 밤이 깊어지면서 수은주는 한층 더 곤두박질한 모양이었다. 여자가 입고 있는 홑겹 가을 코트로 막아낼 성질의 추위가 아니다. 어디로 갈까. 그는 사방을 휘둘러본다. 이대로 돌아가버리면 여자한테 변변한 위로 한마디 못 한 것이 두고 두고 마음에 걸릴 텐데. 동네에 소문이 나버렸다면 내일부터는 마음놓고 만날 수 있는 형편이 아니었다. 어차피 길게 끌고 갈 관계는 아니었지만 이런 식으로 빠른 파국[12]이 올 줄은 미처 몰랐었다. 왜 이렇게 돼버렸지. 그는 새삼스레 여자를 돌아보았다. 추위에 내맡겨진 채인 얼굴은 고스란히 여자의 나이를 드러내고 있다. 서른하나랬던가, 둘이랬던가. 한물갔어요, 하면서 나이를 말하는 여자에게 같이 있던 주씨가 얼른 날샜네, 하고 맞받아치는 바람에 다시는 나이 소리를 입에 올리지 않았다.

두 사람은 잠시 어정쩡하게 서 있으면서 지나가는 이들의 발길에 차이고 있었다. 여자가 먼저 가요, 하고 말했지만 어디로 가라는 말은 없었으므로 그는 내처 머뭇거렸다. 세 딸들은 초저녁잠이 많으니 지금쯤 하나둘씩 잠이 들었겠지만 아내는 아직도 씨근덕거리며 분을 삭이지 못해 어쩔 줄 몰라 하고 있을 것이다. 여자는 또 한 번 가요, 하고 말했다. 어디로? 그는 말 대신 눈으로 물었다. 그녀가 가리킨 곳은 역광장의 택시 주차장이었다. 길만 건너면 원미동을 지나는 버스들이 줄을 잇고 있

12) 파국 일이나 사태가 결딴이 남. 또는 그 판국.

었지만 귀가하는 사람들로 발 디딜 틈이 없었다. 사람이 너무 많다고 그는 생각했다. 어디든 사람들로 북적이고 있는 것이 마땅치 않았다. 대목을 맞은 택시들은 서슴없이 합승을 하고 있고 인도의 가장자리를 메우고 있는 노점상들은 지치지도 않고 손님을 불러모았다. 상인들은 두르고 있는 옷의 무게에 눌려 땅 밑으로 꺼질 것처럼 보였다. 여자가 광장의 택시 주차장을 향해 걸었다. 별수 없이 그도 여자의 뒤를 따랐다. 이번엔 돌아가서 아내를 위로할 차례인가. 여자가 자꾸만 빨리 돌아가자고 저러는 것도 아내를 의식해서일 것이다. 오늘 같은 날 두 사람이 이렇게 버젓이 시내를 돌아다니고 있는 줄을 알게 되면 아내는 어쩌면 최후 선언을 해버릴지도 모른다. 결국은 아내와 세 딸들 곁으로 돌아가겠지만, 어차피 여자 몫은 없었지만 그래도 아내가 두려운 게 사실이었다.

머리를 내리지 않고서. 그는 하얗게 드러나는 여자의 목덜미가 안쓰러웠다. 겨울 외투 하나 갖고 있지 못한 여자의 주변머리[13]없음이 안타깝기도 했다. 그는 얼굴도 보지 못한 그녀의 가족들을 원망하였다. 고향에는 아무도 없지만 서울에는 여자의 오빠도 있고 동생도 있었다. 진작에 세상을 떠난 부모 대신 곁에서 보살펴주던 이모도 성남시 어딘가에 살고 있었다. 그녀가 원미동으로 오기 전까지 몇 안 되는 피붙이들이 번갈아가며 돈을 뜯어갔다. 그녀가 술집을 전전하며 지내는 동안 가족들은 당연히 살기가 수월했다. 돈이 좀 모아지면 그 돈을 필요로 하는 사람이 꼭 나타나더라고, 어차피 남 좋은 일 시키려고 태어난 팔자는 다른 모양이더라고 여자는 말했다. 젊음을 바쳐 그들을 도왔지만 그들 중 누

13) 주변머리 일을 주선하거나 변통함. 또는 그 재주.

구도 잘살고 있지는 못하였다. 한 여자의 젊음만으로는 역부족인 게 가난의 끈질김이었다. 서른을 넘기니까 가족들도 그녀를 단념하였다. 말라버린 샘이요, 수명이 다한 기계라는 것을 알아준 탓이었다. 한강인삼찻집을 차리면서 수중에 있는 돈을 다 털어넣었다는 것을 알고는 있었지만 처음으로 그녀의 방에 들어섰을 때의 놀라움을 그는 잊지 않고 있었다. 서로가 서로를 좋아한다는 눈치쯤은 채고 있었으나 지척에 집을 둔 그로서는 감히 여자의 방에 들어갈 생각은 하지 못하던 때였다. 손님도 없을 모양이니 일찌감치 문을 닫겠다는 그녀의 말을 따라 방으로 들어가지만 않았더라면, 그 쓸쓸하고 추운 방을 보지 않을 수만 있었더라면 오늘 같은 일은 벌어지지 않았을 텐데. 신호 대기에 걸린 여자 옆에서 그는 막연한 후회를 하고 있었다.

같은 건물인 서울미용실과 인삼찻집의 가게에는 방이 딸려 있지 않았다. 그래서 경자도 따로 방을 얻어 출퇴근을 하였다. 아내를 언니처럼 따르고 있는 경자는 방이 없어서 여간 번거롭지 않다고 말하곤 했었다. 방이 생긴 것은 인삼찻집 전에 분식센터를 차렸던 젊은 부부에 의해서였다. 실컷 방만 들여놓고 몇 달 만에 가게문을 닫은 그 젊은 부부는 그 뒤로 남부역 어디에서 포장마차를 한다고 했다. 어쨌거나, 가스레인지가 놓여 있는 가스대와 개수대가 한 짝씩 자리잡고 있는 협소한 주방의 맞은편이 방이었다. 더할 나위 없이 비좁은 방이 그만큼 썰렁하니 비어 있는 꼴도 놀라웠지만 천장이라 해야 엄씨의 키를 반듯이 세울 만한 높이도 못 되었으니 차라리 개집이라고 해야 옳은 꼴이었다. 삭막한 풍경에 놀라 앉지도 못하고 엉거주춤 서 있는 그를 흘겨보며 그녀는 아랫목에 깔려 있는 전기장판의 코드를 꽂아주었다. 그러고 보니 방구들은 그대로 냉골이었다. 연탄 아궁이를 아예 만들지 않은 모양이었다. 그 방의 유일한 가구는 커다란 화장품 가방이었다. 베이지색 화장품 가방조차 호사스럽게 보이던 방에 쪼그리고 앉아서는 그는 밖에 있는 여자가 들어오면 무릎맞춤을 하여야 할 형편임을 딱하게 여기었다. 두루마리 화장지, 뚜껑 없는 휴지통, 머리칼 한 올이 길게 묻어 있고 얼룩투성이인 분홍 베개 위엔 은박지 속의 알약이 올려져 있었다. 나중에는 여자는 그 약을 맥주와 함께 삼키면서 간장약이라고만 말했다. 여자가 가지고 있는 옷도 한쪽 벽을 다 채우지 못할 만큼이었다. 걸려 있는 옷마저도 색깔만 회사했지 값비싼 것은 보이지 않았다.

그날 밤에 여자는 그에게 맥주 3병을 대접했다. 홀을 치장하다보니 방이 좀 어설픈 것 같다고, 그래도 살기에는 부족한 게 없다고 말은 그러하였지만 여자는 아무래도 민망한 모양이었다. 홀에 있던 커다란 스테레오 녹음기를 들고 와서 테이프의 노래를 고르다가 그것 때문에 비좁은 방이 더 좁아 보인다며 다시 들고 나가기도 했다. 당신한테는 주희라고 불리고 싶다던 말도 그 밤에 했었다. 텅 빈 방에 여자를 홀로 남겨두고 돌아올 수 없어서 조금만 더, 조금만 더 머무른다고 하는 게 소주까지 마시게 되었다. 상당한 술을 마신 여자의 어깨가 자꾸만 그에게로 무너져온 것은 방의 협소한 면적 탓이었다. 기울어지는 여자의 어깨를 받아 안았을 때 그는 여자의 야윈 몸이 서러웠다. 장난감처럼 가늘고 둥근 어깨뼈가 한순간 오롯이 그의 가슴에 닿았다가 떨어졌다. 서른 해가 넘도록 그 여자를 받쳐온, 험난한 질곡의 세월을 떠받들고 견뎌온 여자의 어깨를 그는 다시 한 번 품에 안았다. 그래라. 나에게 너는 홍주희일 뿐이다. 그러면서 그는 여자의 긴 머리칼을 몇 번이고 쓰다듬었다.

머리를 내리면 덜 추울 텐데. 그는 또 한 번 여자의 훵하니 드러난 목덜미에 눈을 주었다. 원미동 구석에 인삼찻집을 열어가지고는 저 여자가 어느 세월에 코트를 장만하랴 싶으니 참 막막하였다.

"약국에 갔다 올게요."

택시를 기다리는 행렬 쪽으로 가다 말고 그녀가 맞은편의 약국을 가리켰다.

"속이 안 좋아?"

"아녜요. 먹던 약이 다 떨어졌어요."

그는 은박지에 싸여 있던 알약을 떠올렸지만 다시 묻지는 않았다. 그것말고도 약국에서 사먹는 약의 종류가 많았으나 여자는 그저 간장약이라고만 말해왔다. 얼마 전에 고등학교 동창들과 만난 자리에서 그가 지나가는 말처럼 여자가 먹는 약에 대해 물어본 적이 있었다. 약국을 개업하고 있는 친구한테였다.

"호스티스 말야. 늙으면 술병 안 걸리나?"

"왜 안 걸려? 남자들도 못 삭이는 술을 여자가 매일 밤 마시는데 무슨 수로 배기냐. 늙기까지 기다릴 것도 없다. 그 짓 몇 년이면 벌써 얼굴이 노랗게 뜨는걸 뭐. 겉은 멀쩡해도 속은 칠십 노파보다 더 삭은 게 저런 여자들이야. 이 약 저 약 사먹으면서 견뎌보는 거지만 평생 골골하다 가는 거지."

약국의 환한 불빛 속으로 들어가는 여자를 쳐다보면서 엄씨는 동창녀석의 말을 되새겨보았다. 여자가 약사에게 무어라고 말을 건네는 게 보였다. 흰 가운의 포켓에 손을 푹 찌르고 선 채 약사는 이마의 주름을 모았다. 다시 그녀가 손을 처들어올리며 무슨 말을 했다. 그제서야 느릿

느릿 몸을 움직이며 약사는 진열장에서 작은 상자갑 하나를 꺼내었다. 여자가 돈을 치르고 되돌아섰다. 약사는 다시 주머니에 손을 찌르고 무표정하게 거리를 내다보았다. 이 세상에서 일어나는 일을 다 알 수가 있겠냐는 듯이, 설령 알고자 하더라도 다 알 수야 있겠느냐는 듯이.

그 또한 다가오는 여자에게 약사처럼 무표정한 얼굴을 내보이려 했었다. 그러나 여자는 얼른 그를 찾아내지 못하였다. 무심코 주차장 쪽으로 가려다가 그녀는 걸음을 멈추었다. 손에 들고 있는 약봉투를 호주머니 안에 쑤셔넣으면서 그녀는 주위를 두리번거렸다. 수십 개의 과일 리어카가 양쪽에 도열해 있고 사람들은 그 사이를 빠져나오느라고 뒤범벅이었다. 아무래도 그녀는 쉽게 그를 알아보지 못할 모양이었다. 먼 곳만 보고 있는 그녀를 잠시 더 지켜보다가 그는 천천히 여자에게로 갔다. 그를 발견한 여자의 눈에 순간 반가움과 안도의 빛이 떠올랐다가 이내 스러졌다. 그때 낡은 중절모의 사내가 그림자처럼 나타났다. 때 묻은 목도리를 친친 두르고, 발등을 덮을 듯이 치렁거리는 외투는 10년 전쯤에 사람들이 내다버렸을 깃이 넓은 구식이었다.

"정자를 내놔! 정자가 어딨어?"

여자가 사내의 움켜쥔 주먹을 손으로 밀쳐냈다.

"미친 영감이야. 빨리 가요."

여자의 뒤를 따르면서 그는 몇 번씩 뒤를 돌아보았다. 중절모의 사내가 처녀애들을 놀라게 하였고 여자들의 비명이 소란스러웠다. 사내는 외투 자락을 끌면서 광장의 이곳저곳으로 뛰어다녔다. 택시를 기다리고 있던 사람들이 저마다 혀를 끌끌 찼다. 생불여사(生不如死)[14]라, 사는 게 죽느니만 못해. 앞줄의 어딘가에서 지긋한 음성이 탄식했다. 택시들은 끊임없이 승객을 실어날랐고 또 그만큼의 사람들이 줄의 꼬리에 달라붙었다. 한 발짝씩 앞으로 나가는 사이에도 삭풍은 모질게 달려들어 여자의 비어 있는 목을 할퀴었다. 뒤에 있는 줄도 길었지만 앞의 줄도 만만치 않았으므로 그는 택시를 타기로 한 것을 후회하였다. 차라리 만 원버스 속에 끼어들어 여자의 추위를 녹여줄 것을.

　그나마 주머니 하나에는 약봉투가 들어 있어 그녀의 한 손은 서릿발 같은 추위에 방치되어 있었다. 그는 슬그머니 여자의 손을 잡았다. 얼음장 같은 손가락이 그의 손 안에서 꼼지락거렸다. 역 구내에서는 땅을 구르며 전동차가 지나갔고 과일행상들은 천 원에 서른 개짜리 귤을 비닐봉투에 주워 담으면서 연신 손님들을 불러모으고 있었다. 그도 다른 날 같으면 저들에게서 귤이며 사과 따위를 사들고 집으로 갔을 것이었다. 역광장을 지날 때는 운집해 있는 과일 리어카의 유혹을 물리치기가 어려웠다. 어쩌다 한 번씩의 서울 나들이를 끝내고 귀가하는 손에 먹을 것이 담긴 봉투가 들려 있지 않으면 세 딸들이 입을 비죽거렸다. 아들만 둘을 키우고 있는 지물포 주씨와 딸만 셋을 두고 있는 그는 서로서로 자식 키우는 재미를 자랑하였다. 쓰레기차가 오면 무거운 연탄재는 언제나 그가 들고 나가 버려주었고 아내가 바쁠 때는 딸들의 머리도 묶어주었다. 딸들에게만큼은 아직 그의 희망대로 긴 머리를 유지시키고 있었으므로 그는 즐거이 봉사하였다. 아내가 찻집 여자의 일을 알아버리기 전인 어제 오후까지도 그는 아내의 심부름으로 시장까지 뛰어가서 고등어 자반을 한 손 사가지고 왔었다. 여자를 만나고 그 여자를 보통 이상

14) 생불여사(生不如死) 형편이 몹시 어려워서 삶이 죽느니만 못하다는 뜻.

의 감정으로 대하였다 하더라도 그는 언제나 세 딸과 아내를 우선으로 생각했다고 믿었다.

추측이지만 그러나 거의 확실히, 아내에게 여자의 일을 전해준 것은 경자일 것이다. 서울미용실의 유리창으로 경자는 그가 찻집에 드나드는 것을 눈치 챘을 것이다. 경자는 아내에게 말하기 전에 또 누구에게 귀엣말을 하였을까. 앞의 줄이 점점 짧아지고 점차 그들이 탈 차례가 가까워지면서 그는 자신의 난처한 처지를 떠올리고 있었다. 미용실을 들락거리는 동네 여자들에겐 진작부터 소문이 퍼져 있는지도 모른다. 그로서는 한껏 조심한다고 세 번 갈 것을 한 번 가는 정도로 주위의 눈치를 살펴왔지만 어리석은 일이었다. 소문이 나기로 하면야 풍선처럼 부풀어오른다 해도 어쩔 수 없을 만큼의 불씨들이 그간 쌓여왔기도 했다. 한강인삼찻집이 문을 열자마자 동네 여자들은 알게 모르게 남편들을 단속했다. 아가씨도 두지 않고, 이미 젊은 여자로 불릴 수 없는 나이의 마담만 가게를 지키는 것을 보고는 여자들이 먼저 혀를 찼었다. 구석진 곳에 처박혀 있는 찻집의 시들한 운명을 그네들이 먼저 알아차렸다. 점포 주인은 인삼찻집이 밤에는 칸막이 술집으로 변하는 것을 알고부터 동네 사람들 눈총에 시달린다고 하였다. 술집이라면 시청을 끼고 즐비한 판에 굳이 주택가에까지 쳐들어올 것은 무어냐고 김반장도 제법 분개하는 척했다. 근처에 행여 구멍가게가 새로 들어설까봐 가게자리만 비면 강남부동산을 뻔질나게 드나드는 김반장이었다. 여자의 찻집에 음료수나 맥주를 대고 있는 김반장은 생각보다 물량이 소소하여서 일찌감치 김이 새버린 터였다.

눈만 뜨면 마주 대하고 사는 그들 모두를 대할 일이 막막하여서 엄씨는 맥이 풀렸다. 택시를 기다리는 동안 한마디 말도 하지 않고 있는 여자의 속마음을 알고 싶기도 하였다. 무슨 생각을 하고 있을까. 여자의 꼿꼿한 등 너머로 문득 호루라기 소리가 들려왔다. 사람들은 일제히 소리 나는 쪽을 쳐다보았다. 털모자를 눌러쓴 소년 하나가 입에 물고 있던 호각을 얼른 등 뒤로 감추었다. 역광장에 버티어서 있는 철망을 두른 국방색 호송버스를 사람들은 불안한 시선으로 바라보았다. 지하도 입구에서 그도 한번 불심 검문을 당한 적이 있었다. 대학생 차림의 젊은이들은 책가방 속까지 보여줘야 했다. 그는 문득 여자가 찍었던 증명사진을 떠올렸다.

"증명사진 어디다 쓰시려구요?"

사진을 찾으러 왔을 때 그가 물었다. 정성을 쏟은 만큼 잘 나온 사진이라고 자부하였으나 여자는 사진이 어떻게 나왔는가에 대해선 별로 관심이 없는 듯이 보였다.

"주민등록증을 새로 발급받을까 해서요."

"아, 주민등록증을 잃어버리셨군요. 그게 한번 잃어버리면 동사무소에 서너 번은 걸음해야 되고 여간 귀찮지 않아요."

그의 말에 여자가 모호하게 웃었다.

"잃어버린 것은 아녜요. 그냥 새것이 갖고 싶어서……."

그리고 여자는 사진값을 내놓은 뒤 곧바로 돌아갔다. 방에서 여자를 지켜보고 있었던지 아내의 비아냥거리는 목소리가 들려왔다.

"할 일도 되게 없는갑다. 주민등록증이 새거면 어떻고 낡았으면 어때서……."

그는 새 주민등록증이 나왔느냐고 물어보려다가 그만뒀다. 여자가 왜

새 주민등록증을 갖고 싶었는지 알 수 있을 것도 같았다. 뒷면의 너절한 주소란이 보기 싫었던 게지. 떠돌아다닐 때마다 족쇄처럼 발을 묶어놓던 주소지를 지우고 싶었던 거라고 그는 짐작했다. 언젠가 그녀가 말했었다. 원미동 23통이 마지막 주소였으면 좋겠다고 다른 낯선 곳으로 떠나기에는 기운이 모자란다면서 시들하게 웃기도 하였다. 어린 시절의 그는 기차만 보면 늘 올라타고 싶었다. 사진에 빠지고부터는 피사체[15]를 찾아 노상 어딘가로 떠날 궁리만 했었다. 지금에 와서는 행복사진관을 이끌고 좀더 장사가 잘되는 곳으로, 가능하면 목이 좋은 서울의 어딘가를 향해 떠날 꿈을 키우고 있는 그였다. 여자도 아마 같으리라. 어딘가를 향해 매일매일 떠났다가 실패하고 다시 떠나고 또 실패하고, 마지막으로 그녀가 떠나온 곳이 원미동 23통이 아닐까. 한 사람에게는 멍에 같은 곳이 또 다른 누구에게는 새로운 내일의 출발점이 되기도 하는 것이다. 그는 여자에게 끝내 새 주민등록증에 대하여 물을 수가 없었다. 발이 참을 수 없을 만큼 얼어붙었다고 느껴졌을 때 이윽고 택시 한 대가 그들 앞에 멈추었다.

택시 안은 훈훈했다. 미터기를 꺾는 기사에게 그는 원미동으로 가자고 말하였다. 여자가 차가운 볼을 감싸쥐고 있다가 비로소 입을 열었다. 훈훈한 기운에 얼어붙은 입이 녹았다는 듯이.

"아까 말예요. 지하도 앞에서 거지를 보았어요."

여자의 말은 엉뚱했다.

"어떤 거지? 여태 거지 생각만 하고 있었군그래."

15) 피사체 사진에 찍히는 물체.

여자가 되물었다.

"못 봤어요?"

"모르겠는데……."

"등에다가 종이를 붙여놓고 있길래 읽어봤지요. 읽어보니까……, 거지였어요."

그가 무얼 읽었느냐고 물었다.

"이렇게요. 나는 참 불쌍한 사람입니다. 도와주세요."

어이가 없어서 그는 피식 웃고 말았다. 여자가 다시 한 번 또박또박 말했다. 나는 참 불쌍한 사람입니다. 도와주세요.

"뭐가 어떻게 되어서 불쌍하다는 설명도 없이?"

그때 기사가 말을 거들었다.

"그 사람 바보예요. 정신박약이라나 뭐라나. 등에 써 붙이고 다니는 종이쪽지도 누가 써줬대요."

"그런 말을 누가 제정신으로 써 붙이고 다니겠어요. 아무리 거지라 해도……."

말끝을 흐리면서 그녀는 창밖을 보았다. 차는 우회전 신호를 보내다가 원미동 쪽으로 접어들고 있었다. 시청 앞을 지나는데 여자가 차를 세웠다. 집까지는 조금 더 가야 했지만 그는 요금을 치르고 차에서 내렸다. 여자는 시청 뒷담을 끼고 있는 어두운 길로 접어들었다. 뒷길로 갈 모양이었다.

"여기서 헤어져요."

여자가 작별 인사를 대신하여 웃어 보이는 척했다. 그는 먼 곳의 어둠을 보았다. 추운 밤거리를 쏘다니기만 했을 뿐 정작 두 사람에게 닥친 일에 대해서는 서로 간에 말을 나누지도 않았잖은가. 그는 한꺼번에 떠오르는 많은 생각 때문에 입을 열지 못하였다.

"큰길로 가세요. 나는 이쪽으로 가겠어요."

여자가 그의 등을 돌려세웠다.

내일은? 그는 무심코 내일은, 이라고 말하려다가 입을 다물었다. 두 사람이 같이할 내일이 없다는 사실을 확인하고 싶지 않았다. 아니, 여자의 확인을 받고 싶었던가. 그는 여자의 담담함이 마음에 걸려서 어떤 말도 자유롭게 나오지 않았다. 일이 터져버려서 곤란한 쪽은 여자가 아니라 그였다. 여자가 한동네에 있는 한은 언제까지라도 동네 사람들의 입방아에서 벗어나지 못하리라. 그에게 씌워진 굴레를 알은체하지 않는 그녀가 야속하다는 생각도 들었다. 원미동에서 벗어나 있을 때는 아내에게 한바탕 휘둘렸을 그녀의 처지가 안쓰럽기도 했었다. 그러나 원미동에 돌아와서는 바위처럼 단단한 여자의 위로를 받고 싶기도 하였다.

"엄지 엄마한테 또 당하고 싶지 않으니까 앞으로 알은체도 맙시다."

그녀는 말을 마치기가 무섭게 달려가기 시작했다. 그는 잠시 어지러운 여자의 발소리를 듣고 있다가 이내 그녀의 뒤를 따랐다. 여자가 벌써 저만큼 앞서 뛰어가고 있는 게 보였다. 서울미용실의 아크릴 간판은 불이 꺼져 있었다. 건너편의 형제슈퍼에서 새어나오는 흐릿한 불빛에 의지해서 여자가 열쇠를 꽂았다. 그는 어둠에 몸을 감추고 있다가 아무도 없음을 확인한 뒤 내처 찻집 안으로 들어섰다.

"불 켜지 말아요."

따라올 줄 알았다는 듯이 바로 옆에서 여자가 나지막이 말했다. 발길에 차이는 것들을 치우면서 그는 더듬더듬 주방의 휘장을 걷어냈다. 등

뒤에서 여자가 가게문을 잠갔다.

아무래도 그녀 쪽이 어둠에 익숙했다. 별로 지척거리지도 않고 그녀는 방문을 열고 들어가 스위치를 올렸다. 그도 망설이지 않고 방으로 들어갔다. 방문을 닫고 나면 불빛은 아무 데로도 새어나가지 않았다. 들창하나 없는 궤짝 같은 방. 낮은 천장 때문에 두 사람은 구부정하니 서서 서로를 마주보았다. 밖에서 안으로 들어왔는데도 후드득 몸이 떨렸다. 여자가 잠자코 전기장판의 코드부터 꽂았다. 그 손이 눈에 보일 정도로 흔들렸다. 추웠다. 오히려 바깥 추위보다 더한 것 같았다. 귓바퀴를 시리게 하는, 사방의 벽에서 뿜어나오는 냉기가 자꾸만 그의 어깨를 떨게 했다. 여자는 바닥에 깔린 담요 위에 쭈그리고 앉아 차가운 손을 무릎이 굽혀진 곳에 찌르고 있다. 결국 이 방에 다시 들어왔구나. 그는 담요 자락을 들어올려 여자의 등을 덮어주었다. 그리고 담요째 여자를 껴안았다.

"조금만 있으면 따뜻해질 거야."

그는 좀더 세게 여자를 끌어당겼다. 여자가 그의 어깨에 얼굴을 묻으면서 무어라고 중얼거렸다. 돌아가라는 말이겠지. 그는 여자를 안은 손에 더욱 힘을 주었다.

"이리 들어와요. 한결 나은걸."

그녀가 담요 자락을 펼쳤다. 그는 여자와 함께 나란히 담요를 두르고 앉았다. 조금씩 조금씩 전기장판 위로 온기가 번져왔다. 여자의 입김이 그의 목덜미 근처에 닿았다. 그가 다시 여자의 어깨에 팔을 둘렀다. 그 바람에 담요가 스르르 미끄러져내렸다. 조금 있다가 여자는 앉은 채로 외투를 벗어 윗목으로 던졌다. 보랏빛 스웨터 차림의 그녀는 따뜻한 그의 품으로 바싹 다가앉았다. 여자의 차가운 입술을 더듬으면서 그는 불을 꼈으면 좋겠다고 생각했다. 방을, 사방으로 버티어선 누추한 벽을, 낮은 천장을 보고 싶지 않았다. 여자의 이마가 그의 볼에 닿았다. 여자는 눈을 감고 있었다. 눈을 감은 여자는 갓난아이처럼 편안하게 보였다.

두 사람은 나란히 누워서 멀리서 들려오는 개 짖는 소리를 듣고 있었다. 여자가 입을 열었다.

"늦었을 거예요. 어서 돌아가세요."

내어놓은 얼굴은 찬바람이 할퀴어서 쓰릴 지경이다. 그는 몸을 일으키기가 두려웠다. 여자가 엄씨 쪽으로 돌아누우면서 나지막이 한숨을 쉬었다.

"엄지 엄마가 뭐랬는 줄 아세요?"

그는 대답할 수가 없다.

"나보고 이 동네를 떠나래요. 넓고 넓은 서울바닥에서야 물장사를 하든 술장사를 하든 상관치 않을 테니 빨리 가게를 내놓고 떠나랬어요."

아내는 그렇게 말할 수 있으리라. 당장 보따리를 싸서 떠나라고, 한 번만 더 내 남편을 만났다간 그때는 죽고 살기로 덤벼서 끝장을 보고야 말겠다고 으르렁거렸으리라. 여자는 아내의 요구대로 떠날 것인가. 그는 비로소 현실적인 해결책 앞에 마주선 것을 깨달았다. 둘 중의 누군가 떠나야 한다면 당연히 여자 몫임을 그는 의심하지 않고 있었다. 그때 여자가 말했다.

"내가 왜 떠나요? 난 가지 않아요. 나 같은 여자가 남자와 어쩌구저쩠다고 겁날 게 뭐 있어요. 죽을힘을 다해서 벌여놓은 장사인데 걷어치우고 떠날 수는 없어요. 정말이에요. 난 절대 못 떠나요."

그렇지만, 하고 말을 이으려다 말고 그녀는 잠시 생각에 잠겼다. 여자가 다시 입을 열기까지 그는 숨을 죽이고 있었다. 동네 사람들의 수군거림이, 아내의 끝없는 감시가, 간단없이 들려올 여자에 관한 이야깃거리들이 그의 머릿속에 펼쳐졌다. 그러고보면 여자가 떠날 것이라고, 아마 그렇게 될 것이라고 기대했던 것은 아닐까. 떠나겠다는 확실한 언질[16]을 받아내려고 밤거리를 서성였고 여기까지 쫓아온 것은 아니라고 스스로를 변명하면서 그는 잠자코 여자의 다음 말을 기다렸다.

"원미동에서 밀려나면 갈 곳이 없다고는 말하지 않겠어요. 어디든 갈 수는 있어요. 하지만 이런 생활 이하로는 떨어져내리고 싶지 않아요. 이만큼 살 수 있다는 것을 얼마나 감사하며 지내왔는데요……. 다신, 이곳에 얼씬도 마세요."

여자는 결단코 지금 생활을 포기할 수 없다고 말하는 것이다. 여자가 옳다, 라고 그는 애써 여자의 결정을 수긍하였다. 아무도 그녀를 필요로 하지 않을 것이다. 한때는 그녀를 붙잡아두지 못해 안달을 하던 많은 사람들도 이제 와서는 그녀를 모른 체할 것이 분명했다. 이름도 모를 갖가지 알약을 삼켜가면서, 할 수 있는 일은 오직 웃음을 팔며 술을 따르는 게 전부인 여자에게 한강찻집을 포기하라면 다음은 불을 보듯 뻔한 것이다. 얼마 되지 않은 보증금마저 까먹고 여자는 추한 까마귀가 되어 거리에서 연명할지도 모른다. 그게 아니면 병이 깊어져 어느 집 뒷방에서 뒹굴다가 죽어갈지도 모른다. 그는 결연히 몸을 일으켜 옷을 주워입었다. 담요 속을 벗어나자 일제히 온몸에 소름이 돋았다. 벗어놓은 여자의 외투를 담요 위에 덧씌워주고, 전기장판의 온도 눈금을 한껏 높여주고

16) 언질 나중에 증거가 될 말.

나서도 그는 선뜻 문을 열고 나갈 수 없었다. 황량한 들판에 여자를 팽 개쳐두고 그냥 떠나는 기분이었다.

어떻게, 무엇으로 방을 따뜻하게 해줄 수는 없을까. 그때 홀에 있는 석유난로가 떠올랐다. 어둠에 눈이 익기를 기다렸다가 그는 홀 안을 더 듬거렸다. 홀이랬자 한 3평 남짓 될까. 세모꼴 터를 이용하여 탁자 4개 를 간신히 들여놓고 그 탁자마다를 칸막이로 가려놓고 있었는데 칸막이 들이 모두 쓰러져 있고 탁자며 의자도 주르르 밀려나 있는 게 어슴푸레 하게 보였다. 아내가 한 짓일 것이다. 불을 켜지 말라고 몇 번씩이나 단 속하던 것도 이 때문이었을까. 구석에 박혀 있는 석유난로를 찾아내기 까지 엄씨는 펄떡거리는 가슴을 어쩌지 못하고 있었다. 방 안에 난로를 들여놓고 그는 심지부터 돋우었다. 여자는 꼼짝도 하지 않고 누워서 그 가 하는 양을 바라만 보았다. 매캐한 석유 그을음이 좁은 방 안을 가득 채우고 나서야 낡은 난로는 제 기능을 시작할 낌새였다. 반짝이고 눈부 신 새것은 하나도 가지고 있지 못한 여자였다. 불꽃이 살아나기를 기다 렸다가 그는 손잡이를 돌려 불꽃을 키웠다. 오래되어 뻑뻑한 손잡이는 한 바퀴 돌아갈 때마다 쇳소리를 내질렀다. 여자가 벽을 향해 돌아누우 면서 말했다.

"빨리 가요."

서로 등을 돌린 채 밤을 새우고 나니 아침에는 세 딸들마저 엄씨 앞에 서 쌀쌀하게 굴기 시작했다. 제 엄마 뒤만 따라다니면서 그에게는 알은 체도 않는 딸들의 하는 짓이 섭섭했지만 어쩔 수 없었다. 모래알 같은 밥을 몇 숟갈 뜨고 그는 이내 가게로 나와버렸다. 아내는 공연히 아이들 을 울렸고 몸에서 찬바람이 나도록 얼음장 같은 표정으로 일관했다. 하루쯤 돌보지 않았다고 가게도 썰렁하기가 나간 집같이 보였다. 연탄난로의 뚜껑을 열어보니 불붙은 탄이 들어 있긴 했다. 난로 앞에 앉아 불을 쬐면서 그는 유리창 밖으로 환하게 내비치는 바깥을 보았다. 어제와 다름없이 추운 날씨였다. 지나다니는 이들도 많지 않고 햇볕도 오락가락해서 음산하기조차 한 날이었다. 여느 때 같으면 가게문을 활짝 열어놓고 환기도 시키고 물걸레도 쳤을 테지만 엄씨는 오늘만큼은 섣불리 가게 밖으로 나갈 수 없었다. 안에서는 세 딸과 아내가 차가운 눈초리로 노려보고 있고 밖에서는 이웃들이 조소를 보낼 것이다. 그는 너무도 막막하여 차라리 울고 싶어졌다. 그때 지물포 주씨가 벌컥 문을 열고 들어왔다. 입가에 얄궂은 미소가 어려 있고 잔뜩 서두르는 품이 첫새벽부터 쫓아오려는 것을 여태 참았던 게 분명했다. 아니나다를까.

"보래이, 니 그게 사실이가? 홍마담과 니캉 보통 사이가 아니란기 사실이가?"

엄지 엄마에게 들릴까봐 목소리는 낮추었지만 그에게는 천둥 소리만큼이나 커다란 목소리로 들렸다.

"왜 이러세요. 형님까지……."

"야 봐라. 안즉도 잡아떼면 될 줄 아는갑다. 어제 엄지 엄마가 어쩌고저쩌고 여자들이 지금 쑥덕이고 난리 아이가."

엄씨는 그냥 입을 다물었다.

"언제부터 그리 되얐노. 엄지 엄마 뒤집어쓰고 누웠제? 허참, 소문난 공처가 신세 우습게 되얐다."

조금 있으려니 놀러 온 것처럼 부동산 박씨가 사진관으로 들어섰다.

"어따메. 자네 재주도 좋소잉. 언제 그러코롬 만리장성을 쌓았등가?

하여간에 재주는 재주시."

"왜들 이러십니까……."

"재주는 좋은데 한 가지가 빠졌능기라. 마누라한테는 와 들키노?"

주씨가 한쪽 눈을 찡긋 감았다. 박씨의 목소리가 은근해졌다.

"그나저나 자네도 몹쓸 사람이시. 그런 재미가 있었으면 우리 헌티도
쬐깐 맛을 보여줘야지 혼자만 살살 즐겼당가?"

"아저씨 그게 아니고……."

"그게 안이면 바깥이라 말가 뭐꼬? 니 총각 때 바람핀 야그는 바로 니
입으로 했으이께 모른다 못 할 끼고 그 버릇이 어데 가겠노? 그렇긴 해
도 야야, 좀 추접다. 안 그렇습니꺼, 형님. 초원다방에 가믄 펄펄 나는
젊은 처녀가 쎄고 쎘는디 니는 하필이모 홍마담을 찍었노? 그 여자, 술
집 찌끄래기 아이드나?"

아무래도 주씨의 말은 너무했다. 여자를 위해서는 응당 화를 냈어야
옳았지만 엄씨는 두 사람의 놀림에 속수무책일 수밖에 없었다.

"어쩌끄나. 내일 모레가 섣달 그믐인데 우리 인삼찻집에 가서 망년회
나 한판 벌려보재이. 애인이 왔는데 설마하니 바가지야 씌우겠노? 엄
가, 니가 한턱 쓰는 기다. 알겠제?"

"너무 그러지들 마세요."

그가 정색을 하자 다행히도 주씨는 그쯤 해두고 먼저 갔다.

"엄지 엄마 등쌀에 자네가 그날까지 견뎌내겠능가? 시방도 영 얼굴이
안되부렸구만그려."

츳츳 혀까지 차면서 박씨도 물러났다.

오후가 되면서 하늘이 심상찮았다. 간간 내비치던 해도 구름 속으로

영 사라져버리고 북풍이 몰아쳤다. 와랑와랑 유리문을 흔드는 바람 소리를 들으며 엄씨는 자꾸만 바깥을 내다보았다. 여자는 지금 무얼 하고 있을까. 낮손님은 좀 들었는지. 손님이나 와야 난로의 심지를 돋우고 찬 기운을 몰아낼 텐데. 그는 고적하게 홀로 앉아 여자를 근심하였다. 아내는 시위라도 하려는 듯 세 딸을 거느리고 외출을 해버렸다. 애들 이모가 방을 빌려 자취하고 있으니까 아마 거기에 갔을 것이다. 아니면 서울미용실에 버티고 앉아 오가는 사람들을 지켜보고 있을지도 모른다. 아침에 다녀간 뒤 무얼 하는지 주씨는 얼굴도 비치지 않고 있다. 짓궂게 놀려대기는 하겠지만 주씨라도 놀러 오면 형벌 같은 이 시간이 이처럼이나 더디 가지는 않을 텐데. 지물포에 가볼까 하다가 그는 얼른 생각을 고쳐먹는다. 주씨 마누라의 눈초리를 어찌 견디겠는가 말이다. 여자만 떠나준다면 금세 찻집 일은 잊어들 주겠지만 여자가 거기에 있는 한은 가망 없는 채찍의 시간만 남을 것이다. 그는 여자를 이해하면서 동시에 여자를 원망하였다. 그는 또한 스스로의 마음 약함을 한없이 혐오하였다. 여자를 좋아했으면 보다 떳떳해도 되지 않을까. 주씨가 함부로 내뱉은 말에도 항의를 했어야 옳았다. 하필이면 술집 찌끄래기를, 늙고 병든 술집 찌끄래기를 고를 건 뭐 있노. 아내 말도 떠올랐다. 체면도 없이 그 더러운 계집이 뭐 좋다고, 못된 짓만 해처먹으며 굴러다닌 더러운 년을 손대다니⋯⋯.

왔으면 했던 주씨 대신 부동산 박씨가 다시 얼굴을 내밀었다.

"날씨가 영 지랄 같네그려."

난로를 껴안을 듯이 바싹 다가서서 박씨가 고개를 설레설레 흔들었다.

"맹랑혀. 참말이지 맹랑한 여자여."

보나마나 그녀의 이야기지 싶어서 엄씨는 얼른 대꾸를 하지 못하였다.

"인삼찻집 자리에 화장품 할인코너를 하겠다는 임자가 나섰단 말이시. 그러고 본께 화장품 장사가 그 자리엔 딱 맞는다 말이여."

"그게 누군데요?"

"경자 친구라드만. 눈치를 보아하니 경자 돈도 합쳐갖고 열 모양인디 당최 홍마담이 말을 들어줘야 말이지."

그러면서 박씨는 또 혀를 끌끌 찼다. 난 못 떠나요. 그녀의 말이 생각났다.

"암만혀도 자네가 한번 나서봐야 쓰겄어. 안 그려도 내가 인자 막 말은 다 했제. 내가 시방 찻집에서 오는 길이랑게. 사진관 엄씨도 홍마담이 한동네에 있으면 사람꼴이 우습게 될 건 뻔헌게 이참에 보증금 빼갖고 딴 데로 가라고 혔지. 그랬더니 뭐라고 했는지 들어볼랑가?"

엄씨는 고개를 떨어뜨리고 말았다.

"엄씨하고 저하고 무슨 상관이냐는 거여. 지가 좋아서 쫓아다녔지 자기는 눈 하나 꿈쩍 안 했다는 거여. 그런디 왜 내가 떠나야 하느냐고 댑대로 성깔이지 뭐여. 머리를 꼿꼿이 쳐들고 말여, 눈에다가는 퍼런 불을 쓰고 달라드는디 워메, 보통이 아니드랑게."

"계약 기간이 아직 남았는데 나가라니까 그러겠지요."

엄씨는 겨우 한마디의 변명을 내어놓았다.

"계약 기간이 중요하간디? 동네에 소문이 나쁘게 돌면 저도 별수 없는거여. 주인도 인삼찻집 내보내고 화장품 코너를 들였으면 좋겠다니께 쫓겨나는 건 시간 문제고 점잖게 말헐 때 나가주면 여러 사람 좋은 일시킬 것인디 끝내 애를 먹일 판이구먼그려."

몇 푼 안 되는 구전[17] 먹기도 이렇게 힘들다면서 박씨는 이마를 찡그렸다. 새 임자가 나섰고 박씨가 끼어들었으니 여자가 쫓겨나는 것은 정말 시간 문제일 것이다. 내가 왜 떠나요. 나 같은 여자가 남자와 어쩌고저쩠다고 겁날 게 뭐 있어. 여자의 단호한 얼굴이 떠올랐다. 강남부동산 박씨가 구전을 먹겠다고 덤벼들었으니 이미 승부는 명백했다. 이제여자는 어떻게 될 것인가. 이런 생활 이하로는 떨어져내리고 싶지 않다는 그녀를 벼랑 끝으로 밀어붙이고 있는 손의 임자는 박씨가 아니었다. 여자의 등을 떠밀고 있는 자신의 검은 손을 엄씨는 두려움 속에서 떠올렸다.

"자네가 한번 말이라도 혀봐. 아, 솔직히 말혀서 자네 존 일 시키겠다고 내가 나선 거 아녀. 어차피 저런 여자는 빨리 내보내는 게 상책이구말여. 알겠제? 그럼 난 가네."

문을 밀고 나가려던 박씨가 참, 하면서 몸을 돌이켰다.

"아까 보니께 이 집 간판에서 뭐가 하나 떨어지드만. 그러코롬 코만빠치고 있지 말고 나와서 간판이나 손보고그려."

박씨가 밀고 나간 문으로 바람이 우르르 몰려들어왔다. 아직 어둠이몰려오려면 멀었는데도 사진관 안은 어두컴컴했다. 뭐가 어떻게 되었다는 말인지. 그는 조심스레 문을 열어보았다. 쓰레기 뭉치가 밀려다니고헐벗은 나무들조차 몸을 비벼대며 울부짖는 소리를 내고 있었다. 그는간판을 올려다보았다. 행보사진관. 행복의 '복' 자에서 기역 받침이 날아가버리고 없었다. 한시라도 빨리 받침을 찾아 제자리에 붙여놓지 않

17) 구전 입으로 돈을 버는 행위.

378

으면 영영 달아나버릴 행복이기나 한 것처럼 그의 가슴이 서늘해졌다.

행보사진관. 받침이 있던 자리에는 본드 자국만 얼룩덜룩 남아 있다. 어디로 가버렸지. 그는 떨어져나간 아크릴 조각을 찾아보려고 사방을 두리번거렸다. 뒹굴어다니는 쓰레기들을 일일이 들쳐보기도 했다. 엉겨 있는 먼지 뭉치들이 나비 떼처럼 공중에 떠다녔다.

센 바람에 그깟 받침 하나는 이미 십 리 밖으로 날아갔을 것이었다. 받침 조각 찾는 것을 포기하고 그는 다시 한 번 자신의 간판을 올려다보았다. 행보사진관. 글자들 사이로 여자의 얼굴이 다가왔다. 여자가 떠나거나 떠나지 않거나 간에, 날아가버린 기억 받침을 다시는 찾을 수 없으리라. 그는 어깨를 늘어뜨린 채 기운 없이 사진관 안으로 들어갔다. 바람은 억세게도 불어댔다.

1 이 소설에 등장하는 가게들—한강인삼찻집, 행복사진관, 서울미용실, 강남부동산—의 지명이 의미하는 바가 무엇일까요?

원미동 23통에 있는 가게들의 상호명에 한강과 서울, 강남 같은 서울과 관련된 단어가 들어가는 것은 단순한 우연이 아닙니다. 원미동이 부천에 소재하면서 서울에서 밀려난 소외된 사람들이 살아가는 거주지임을 감안할 때 '서울'이라는 공간은 경제력을 회복해서 진입해야 할 물질적인 풍요로움을 상징하는 공간입니다. 그래서 한강이 흐르는 서울을 그리워하고, 물질적 행복을 담보하고 있는 강남을 꿈꾸는 소시민들의 못다 이룬 소망이 집약되어 위와 같은 상호명에 반영된 것입니다.

2 찻집 여자가 사진관으로 처음 증명사진을 찍으러 왔을 때 사진관 주인 엄씨는 여자에게 맨얼굴의 속마음이 있다는 것을 신기해합니다. 이 말이 의미하는 바는 무엇일까요?

맨얼굴은 가면과 상반되는 말로서 대상을 대할 때 반응하는 방식을 말하고 있는 것입니다. 말하는 사람이 진심을 가지고 어떤 계산도 하지 않은 채 자신의 속마음을 내비칠 때 우리는 그가 맨얼굴로 대하고 있다는 것을 느끼지요. 다시 말하면 사람들이 자신의 아름다움을 의도적으로 돋보이게 하려고 화장을 하는 것처럼 현대인들은 자신도 모르게 타인을 대할 때 그 사람에 맞게 의례적인 태도로 대하는 경우가 많습니다. 그러한 얼굴은 진정한 자신의 얼굴이 아니라 꾸며진 얼굴이지요. 오랫동안 술집 여자로 생활하며 닳고 닳아진 홍마담이 사진관에서 증명사진을 찍을 때 타인의 반응에 전혀 신경을 쓰지 않고 순수한 영혼의 빛깔이 그대로 드러나고 있습니다. 그 모습을 맨얼굴이라고 표현하는 행복사진관 엄씨는 그런 홍마담에게 호감을 갖고 그것이 사랑으로까지 발전했음을 알 수 있습니다.

3 행복사진관 엄씨는 그에게는 2개의 세상이 존재하고 있다고 말합니다. 각막을 통해 들어오는 세상과 카메라 렌즈를 통해 들어오는 세상이 각각의 목소리를 내고 있다고 말하는데 이 2개의 세상을 분석하고 현실의 세계와 대비하시오.

행복사진관 엄씨는 사진사의 직업을 선택할 때 단순하게 돈을 벌기 위한 직업으로만 선택한 것이 아닙니다. 누구보다 예술가로서의 기질이 있었고 섬세하고 풍부한 감성의 소유자였습니다. 가난한 집안사정 때문에 대학의 꿈을 접고, 생계를 이어가기 위해 유치원을 들락거리며 아이들 사진을 찍어주고는 있지만, 가슴속에는 못다 이룬 예술가의 꿈과 열정이 살아 있습니다. 각막으로 보는 세상은 자신이 발을 딛고 있는 현실의 세상이며 끊임없이 자신이 살아내야 하는 각박한 세상입니다. 그러나 렌즈로 보는 세상은 자신의 예술적 안목과 감각으로 보는 세상으로 정신적인 행복과 만족감을 가져다주는 이상적 세상입니다. 이 두 세계가 엄씨의 내면에 늘 상충되고 있었음을 알 수 있는 부분입니다.

4 찻집 여자가 떠나도록 여자의 등을 밀고 있는 손은 자신의 검은 손이
라고 말하는 부분의 의미는 무엇일까요?

찻집 여자는 23통에서 한강인삼찻집을 개업한 홍마담입니다. 다른 원
미동 사람들에게는 원미동이 더 나은 곳으로 가기 위해 잠시 머무르는
공간이라면 찻집 여자에게는 마지막으로 정착한 종착역 같은 장소입니
다. 이곳에 살고 싶어하는 홍마담은 행복사진관 엄씨와의 사적인 관계
가 알려지면서 이제 원미동에서 떠나야 하는 처지가 되고 맙니다. 겉으
로는 여자를 떠나라고 윽박지르는 사람들은 엄씨의 아내나 구전을 챙
기고 싶어하는 강남부동산의 박씨지만, 그의 등을 진짜로 떠밀고 있는
것은 엄씨 자신인 것을, 자신에게서 모든 일이 비롯되었다는 것을 알기
에 엄씨가 자책하며 하고 있는 말이라고 볼 수 있습니다.

5 이 소설의 마지막 장면에서 바람에 행복사진관 간판, '행복'이라는 글자에서 'ㄱ'받침이 날아가 '행복'사진관이 아닌 '행보'사진관이 되었다는 의미를 분석하시오.

행복사진관을 꿈꾸며 살았던 엄씨는 자신의 꿈을 알아주는 찻집 여자를 진정으로 연민하고 있지만, 그 여자 때문에 자신의 생활을 포기할 수는 없는 처지입니다. 그의 행복사진관 간판에서 행복의 'ㄱ'받침이 바람에 날아가버렸듯이 그 여자와의 이별로 자신의 꿈과 사랑이 상실되어도 계속해서 현실을 살아내고 인생의 긴 길을 걸어나가야 합니다. 사진관의 간판이 '행복'에서 '행보'로 변한 것은 행복할 수는 없어도 계속해서 걸어가야 하는 인생이 '행보'처럼 피할 수 없는 고단한 여정임을 잘 보여주고 있는 것이지요. 문학적 상징성이 매우 돋보이는 부분입니다.

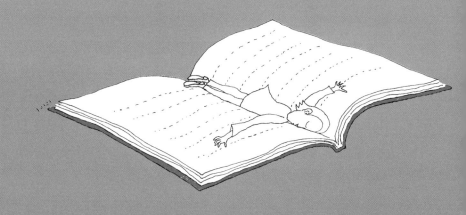

냉엄한 현실과 나약한 인간

냉엄한 생활의 논리 속에서 파괴되어가는
인간의 모습에 절규했던 양귀자.
척박한 현실 속에서도 끈질기게 살아남으려는 소외된 이들을
그는 따뜻한 시선으로 되살려냈다.

양귀자(梁貴子)는 1955년 전라북도 전주에서 5남 2녀 중 여섯째로 태어났다. 5세 때 아버지가 돌아가시자 어머니와 함께 큰오빠가 실질적인 가장이 되어 생계를 꾸려 나갔다. 이 어린 시절의 경험은 작품 「유황불」에 자세하게 그려져 그녀 작품의 중요한 세계를 형성하고 있다. 이후 전주여중을 거쳐 전주여고에 다니면서 백일장과 문예 현상공모에 참가하였고 본격적으로 소설을 습작하였다. 고등학교를 졸업하고 1년을 쉬었으며 원광대학교 문예작품 현상모집에 소설이 뽑혀 문예장학생으로 국문과에 입학하였다. 대학시절 1학년 수습기자부터 4학년 편집장에 이르기까지 대학생활의 태반을 학보사에서 활동하였다. 1978년 『문학사상』 신인상에 「다시 시작하는 아침」 「이미 닫힌 門」이 당선되어 등단했다. 1979년 전남 광양여중에 부임하고 1980년 「무언극 I」 「무언극 II」를 발표하며 11월 초하루 결혼과 함께 거처를 서울로 옮겼다.

1985년 단편 「유황불」 「밤의 일기」 「이웃들」 「다락방」 「녹」 「匣」 「쥐」 「의치」 「流水」 「귀머거리새」 「희망」 「좁고 어두운 거리」 「1980년의 사랑」 「들풀」 「얼룩」 「덩굴풀」 들을 모아 『귀머거리새』라는 첫 창작집을 발표하였다. 이 책의 단편들은 '만원버스거나 출퇴근 전철 속의 그 특징 없는 얼굴, 살아가기 위해 진땀을 흘리지 않을 수 없는 이웃들이 나로 하여금 이런 소설을 쓰게 한 사람들이다'라고 고백한 작가의 말처럼 대개가 봉급생활자와 도시 변두리 사람들의 삶을 그리고 있다. 작가는 이 작품집을 통해 거대한 도시의 냉엄한 생활의 논리 속에서 하루하루 힘겹게 살아가는 사람들의 바스라지고 마멸되어가는 무력한 소시민들의 일상을 치밀하게 그려내고 있다.

작가는 1982년 부천 원미동으로 이사한다. 그리고 그곳에서의 생활을 바탕으로 연작소설집인 『원미동 사람들』을 1987년에 발표한다. 작가의 작품세계를 가장 잘 보여주고 있는 『원미동 사람들』에는 「멀고 아름다운 동네」 「불씨」 「마지막 땅」 「원미동 시인」 「한 마리의 나그네 쥐」 「비 오는 날이면 가리봉동에 가야 한다」 「방울새」 「찻집 여자」 「일용할 양식」 「지하 생활자」 「한계령」이 들어 있다.

작가가 실제 원미동에서 살았던 경험을 토대로 쓰인 이 연작소설집은 작가가 원미동에서 살면서 만난 이웃들의 삶을 바탕으로 서울의 외곽지역에 정착해서 살아가는 가난한 소시민들의 애환과 척박한 현실 속에서도 끈질기게 살아가고자 하는 그들의 힘겨운 삶의 이야기들을 따뜻하고 애정 어린 시선으로 그려내고 있다. 이 소설집 속에 등장하는 인물들은 그들에게 닥쳐오는 이해 관계들에 민감하고 이기적으로 반응하고, 서로에게 끊임없이 상처를 주고받으면서 소시민적 삶의 안락함을 보장해줄 세속적 욕망들에 매달려 살아가지만, 인생살이의 훈훈함과 진실함을 잃지 않는다. 작가는 고단한 삶의 풍경들을 과장 없이 그려내면서도 그 슬픔과 비애의 끝에서 여전히 포기할 수 없는 세상과 인간에 대한 희망을 건져올린다. 그래서 그의 소설에는 서글픈 현실과 희망에의 믿음, 절망적 비애와 희망적 낙관, 어둠과 밝음, 한숨과 가슴 저미는 훈훈함이 교차한다.

『원미동 사람들』 이후부터 작가는 적극적으로 장편소설의 세계 속으로 뛰어들어 1990년 『희망』을, 1992년 『나는 소망한다 내게 금지된 것을』이라는 작품을 발표한다. 『희망』은 대학입시에 실패한 삼수생을 일인칭 작중화자로 내세워서 그를 둘러싸고 있는 사람들과 그들 속에서 일어나는 여러 사건들을 다루고 있다. 이 작품에서 작중화자가 속해 있는 세계는 '나성여관'과 그 여관에서 살고 있는 그의 가족들, 그 여관의 투숙객들과 그와 함께 대학입시를 준비하는 친구들로 이루어진 세계이다. 이 작품에서 '나'를 둘러싸고 있는 인물들의 훼손되어가는 삶은 나에게 부조리한 현실에 대한 자각을 불러오는 고통스러운 성장기적 체험으로 작용한다. 결국 나성여관을 중심으로 한 세계는 이 시대의 삶을 살아가는 사람들의 모든 회환과 고통과 눈물을 축소시켜놓은 세계이고, 그 축소된 세계를 떠받치고 있는 것은 고통과 눈물이 아니라 오히려 사랑과 희망인 것이다. 철없지만 때 묻지 않은 시선으로 인해 각박한 절망감 속에서도 불행한 삶을 감싸안고 있는 간절한 희망은 인간의 가장 밑바탕인 사랑과 믿음 속에서 꺼질 수 없는 것임을 보여주고 있다. 여성문제의 람보식 접근을 보이고 있는 『나는 소망한다 내게 금지된 것을』이라는 작품은 독자들에게 커다란 반향을 일으켜 베스트셀러가 되고, 영화로까지 만들어진 작품이다. 이 소설에서 페미니즘을 람보식의 단선적인 논리로 밀어붙이면서 영웅적인 해결사의 모습을 보인 철혈여인 강민주라는 캐릭터에 대해서는 많은 논란을 낳기도 했다.

1993년 발표된 『슬픔도 힘이 된다』에 실린 작품들은 대부분 특정한 시대적 상황이 만들어낸 사건들, 그리고 그 사건들이 개인의 삶에 가하는 다양한 억압과 균열의 양상들을 세밀하게 그려내는 데 몰두하고 있다. 이 작품집에 실린 「천마총 가는 길」은 고문으로 대표되는 1980년대의 폭력적인 현실과 매우 긴밀한 연관을 맺고 있으며, 「기회주의자」는 1980년대 후반 산업현장에 몰아닥친 노동조합 결성의 회오리바람을 배경으로 노조결성을 둘러싸고 일어나는 출판사 직원들 사이의 갈등을 그리고 있다. 또 「슬픔도 힘이 된다」에서는 전교조 해직교사들의 애환이 작품의 주 내용을 이루고 있고, 「숨은 꽃」에서 주인공인 소설가가 겪는 내면적 갈등은 소련을 비롯한 동유럽권 사회주의 체제의 붕괴라는 사건을 배경으로 하고 있다. 따라서 이 작품집에 실린 작품들은 1980년대부터 1990년대 초에 이르는 사회적 상황의 변화에 대한 작가의 민감한 문학적 대응의 결과물들이라고 할 수 있다.

그 밖의 대표적 작품으로 『지구를 색칠하는 페인트공』(1989) 『길모퉁이에서 만난 사람』(1993) 『천년의 사랑』(1995) 『모순』(1998) 등의 소설, 에세이집 『따뜻한 내 집 창밖에서 누군가 울고 있다』(1988) 『삶의 묘약』(1996), 장편동화 『누리야 누리야 뭐하니』(1994), 육아 에세이집 『엄마 노릇 마흔일곱 가지』(1995) 등의 책을 펴냈다. 1988년 『원미동 사람들』로 '유주현문학상'을, 1992년 「숨은 꽃」으로 '이상문학상'을, 1996년 「곰 이야기」로 '현대문학상'을, 1999년 「늪」으로 '21세기 문학상'을 수상했다.

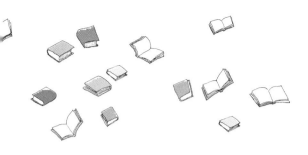

현대 자본주의에 나타난 인간소외의 문제점을 분석하고, 그것에 대한 극복방안을 제시하라

1. 주제 파악

현대사회는 자본주의 체제에 기초한 사회입니다. 겉으로 보기에 현대인들은 부를 추구하고 물질 문명의 풍요와 혜택을 맘껏 향유하면서 자못 만족스럽게 살고 있는 듯하지만, 보편적인 현대인의 내면적 삶의 모습은 어떠할까요? 잔잔한 행복과 여유 있는 풍요 속에서 자유와 평화를 만끽하고 있을까요? 아니면 끊임없는 불안과 긴장, 탐욕과 질투, 경쟁과 갈등, 반목과 질시 속에서 그 무언가를 상실했거나 혹은 빼앗긴 듯한 박탈감과 포기할 수 없는 강한 희구(希求)로 가득 차 있는 것은 아닐까요? 만약 많은 현대인들이 문명의 이기를 누리고 자유를 만끽한다고 생각하면서도 동시에 자신들의 삶 속에서 지워버릴 수 없는 불안과 이것으로부터 고통을 겪고 있다면 과연 이것을 어떻게 설명할 수 있을까요?

　이러한 문제는 한 개인의 내면의 문제로만 치우쳐 볼 수 없습니다. 그것은 바로 현대사회를 이루고 있는 근간들에 대한 문제에서 비롯된 것이기 때문입니다. 그래서 이러한 모순을 잘 들여다보기 위해서는 현대사회의 근간을 이루는 자본주의 체제를 비판적으로 검토해야 합니다. 그리고 자신의 삶을 외면하지 말고 냉철하게 볼 수 있는 용기와 진술한 지적·감성적 반성이 요구됩니다. 결국 자본주의의 기본 원리와 그 속에서 제기되는 다양한 삶의 문제들에 대해 어떻게 이해하고, 어떻게 극복해 나갈 것인지는 우리 자신의 자유로운 삶의 추구와 관련하여 외면할 수 없는 중요한 과제입니다.

2. 논술 문제

　다음 제시문을 읽고 현실에서 나타나는 소외의 문제를 분석하면서 이것을 어떻게 극복해나갈 수 있는지에 대한 자신의 견해를 논술하시오.

　(가) 도대체 무슨 일일까. 호기심을 이기지 못한 나는 가게 옆구리의 샛문을 통해 안을 들여다보았다. 그새 사내의 발길에 차여버린 도망자가 바닥에 엎어져 있었고 김반장이 만약을 위해 사내 주변의 맥주박스를 방 안으로 져 나르면서 뭐라고 소리치고 있었다.

　"김형, 김형…… 도와주세요."

　쓰러진 남자의 입에서 이런 말이 가느다랗게 흘러나온 것은 그 순간이었다. 그와 동시에 빨간 셔츠의 사내가 다시 쓰러진 자의 등허리를 발로 꽉 찍어눌렀다.

"이 새끼, 아는 사이요? 그러면 당신도 한번 맛 좀 볼 텐가?"

맥주병을 거꾸로 쳐들고 빨간 셔츠가 소리 질렀다. 김반장의 얼굴이 대번에 하얗게 질려버렸다.

"무, 무슨 소리요? 난 몰라요! 상관없는 일에 말려들고 싶지 않으니까 나가서들 하시오."

그때 바닥에 쓰러져 버둥거리던 남자가 간신히 몸을 비틀고 일어섰다. 코피로 범벅이 된 얼굴이 슬쩍 드러나 보였는데 세상에, 그는 몽달씨임이 분명하였다. 그러고 보니 빛바랜 바지와 물들인 군용 점퍼 밑에 노상 껴입고 다니던 우중충한 남방셔츠가 틀림없는 몽달씨였다. 아까는 워낙 눈 깜짝할 사이에 가게 안으로 뛰어들었기 때문에 얼굴을 볼 겨를이 없었다.

"이 짜식, 왜 남의 집으로 토끼는 거야! 너 같은 놈은 좀 맞아야 돼."

흰 이를 드러내며 빨간 셔츠가 으르렁거렸다. 순간 몽달씨가 텔레비전이 왕왕거리고 있는 가겟방을 향해 튀었다. 방은 따로이 바깥쪽으로 난 출입구가 있었기 때문이었다. 그러나 몽달씨보다 더 빠른 동작으로 방문을 가로막아버린 사람이 있었다. 바로 김반장이었다.

"나가요! 어서들 나가요! 싸우든가 말든가 장사 망치지 말고 어서 나가요!"

—「원미동 시인」 중에서

(나) 현대사회에서 소외와 익명성의 개념

소외란 인간이 인간을 만들어낸 피조물에 의해 거꾸로 지배를 받게되거나 또는 인간활동에 있어서 인간의 본질이 상실되어가는 과정을 말한다. 현대 산업사회의 인간은 사회 조직으로부터 소외되고 기계와 기술에 의해 소외되고 인간관계에 있어서도 다른 인간으로부터 소외되고 심지어 자기 자신으로부터도 소외되어진다고 지적되어 왔다.

현대인은 거대한 사회 조직의 한 대체 가능한 부품으로 전락하고 있으며 기계화되고 자동화되는 생산 과정에 있어서 노동으로부터 소외되고 있다. 현대인은 인격적 유대를 갖는 공동체를 상실하였으며 한 사람 한 사람이 원자화된 대중으로 군중 속에서도 고독하게 소외된 인간이 되었다. 현대인은 주체적인 인간으로서 본질을 잃고 자동 인형과 같은 인간이 되고 있으며 거대한 조직이나 다수의 대중문화에 무조건 순응하는 인간이 되어가고 있다.

이러한 인간소외의 현상, 또는 비인간화 현상은 기본적으로 산업사회가 거대화되어지고 효율적이고 합리적으로 조직화되면서 개인은 그 내부에서 익명적인 하나의 무의미한 부속품으로 살아가게 되면서 일어난다고 볼 수 있다.

(다) 다음 날 아침, 그가 조간을 펼쳐들고서 먼저 만화부터 쳐다본 것은 다른 날과 다를 바가 없었다. 그 다음에는 일단 기사들이 도열해 있는 아래쪽을 훑어보는 것도 정해진 순서였다. 달라진 것은 바로 그 뒤였다. 그는 오랫동안 아홉 줄로 아로새겨져 있는 그 작고 초라한 일단 기사를 읽고 또 읽었다. 김윤호 본사 광고국 사원, 차륜사고로 순직. 그 한 시간쯤 후 그는 자신의 차에 올랐다. 그리고 뻐근한 목덜미를

주무르기도 하고 가려운 코끝을 문지르기도 하면서 출근준비를 하기 시작했다. 다른 날보다 더 오래 지체된 워밍업이 끝난 뒤 마침내 그는 시동키를 돌리고 차를 출발시켰다.

—「녹」중에서

3. 논술의 길잡이

1) 주제 설명
현대사회의 소외와 자아실현

현대인의 삶이 올바른 가치를 추구하지 못하고, 물질적 가치에 매몰되어 있는 현상을 가장 잘 드러내주는 단어가 바로 '소외'입니다. 또한 '소외'는 현대인들이 자신의 삶의 주인이 되지 못하고 거대한 사회 조직의 노예처럼 살아가고 있는 현실을 묘사하기 위해 가장 적절한 개념으로 사용되고 있습니다.

(1) 소외의 다양한 이해

소외는 현대사회에서 일상적인 용어로 다양한 맥락에서 사용되지만, 특히 사회 집단이나 사회의 기본 체제 속에서 배제되었을 때를 가리키는 경우가 많습니다. 예를 들어 친구들에게 따돌림을 받은 경우 친구들이 나를 소외시켰다고 말하거나 또는 대중매체 등에서 사회에서 소외된 사람들에 관심을 갖자는 캠페인을 할 경우, 가진 것이 없다거나 피부색이 다르다거나 혹은 여성이라는 이유로 피해 받은 사회 내의 힘없는 소수자들을 지칭하는 경우들이 있습니다. 그러나 소외는 여러 상황과 학문적 입장에 따라 대단히 다양한 의미로 쓰입니다.

　　노동으로부터 소외　생산 주체에 의한 노동 생산물의 소외, 생산 과정에서의 노동의 소외, 노동의 실현에 의한 인간의 소외.

　　인간 관계의 소외　인간 관계가 인간 대 인간의 관계로서가 아니라, 그 관계를 물화시키는 상징, 예를 들면 화폐라는 상징에 의해 대체됨에 따라 발생하는 사물화 현상.

　　자기 소외 주체성의 상실　인간 이성의 도구화 · 수단화, 사상의 노예가 되어버린 인간, 도구적 이성에 의한 인간의 매몰화 현상, 도구적, 기술적 합리성의 강화.

　　거대 사회에서 소외된 현대인　자동화된 기계의 부속품으로서의 인간, 거대한 기계 장치와 거대한 관료 조직, 강력한 권위주의 확립, 기술 정치(technocracy).

　　개인의 느낌으로서의 소외　무력감, 무의미성, 무규범성, 가치상의 고립, 자기 소원, 사회적 고립.

　　이와 같이 다양하게 쓰이는 소외라는 표현들의 공통점은 소외가 일부 사람들의 문제가 아니라 현대사회를 살고 있는 우리들 모두의 일반적인 문제라고 볼 수 있습니다.

(2) 자본주의와 소외

소외는 때로 소외 받는 사람들의 개인적 잘못이나 주변의 악의에 의해 만들어지는 현상이 아닙니다. 현대사회에서의 소외는 자본주의적인 사회적 관계 및 제도에 의해 발생한다는 점에서 일반적이기 때문에, 어느 누구도 소외에서 자유로울 수 없습니다. 현대사회의 자본주의적 경제 체제는 소외 현상의 가장 주된 원인으로 지목되는데, 이것은 자본주의가 인간의 노동 행위를 비정상적인 것으로 전도시켰다는 인식에 근거를 두고 있습니다.

첫째, 노동자가 임금을 받고 단지 생산 과정에 결합하면서, 노동이 인간의 자기실현 수단으로써가 아니라, 생계를 유지하고 자신을 재생산하기 위한 수단으로 전락했다는 점.

둘째, 자본가가 상품 생산을 통해 이윤을 추구함에 따라서, 자본가의 역할과 기능을 자본의 입장에 종속시키고, 결국 스스로 이윤 추구를 위한 자본의 노예로 전락한다는 점.

셋째, 자본주의의 물질 만능주의나 화폐 물신성은 화폐 자체가 인간과 인간 간의 사회적 관계를 상징하고 매개함으로써 사회 관계들의 성격을 전화시켰다는 것. 이러한 화폐의 특성은 모든 대인 관계를 화폐 관계로 환원시켜, 합리적인 계산의 대상으로 만들었을 뿐만 아니라, 다른 한편으로는 불평등하고 예속적 관계에 있는 사람들에게 조차도 현실적으로 평등한 관계인 것처럼 착각하게 만든 것.

넷째, 소유자로서 자유롭고 평등한 주체로 인식되고 있으며, 이러한 권리와 자유를 국가와 사회 통념에 의해 보장받고 있다고 생각하는 개인들이 자신의 삶을 주도적으로 이끌어가기보다는 다양한 사회적 관계들에 예속되어 수동적으로 살아가고 있다는 자괴적인 정서들, 그리고 점점 치열해지고 있는 경쟁 체계 속에서 탈락하거나 도태될 수 있다는 불안감, 경쟁 능력의 순수성보다는 부패와 비리가 통용되는 사회에서의 무기력함. 그리고 권력자들 및 부자들에 대한 경제적, 문화적 거리감과 박탈감 등은 개인적인 노력으로 극복되거나 치유될 수 있는 것.

이러한 의미에서 자본주의 사회에서의 소외는 현대에 이르러 거의 모든 인간 관계에 걸쳐 확대되고 심화되고 있습니다. 부자이든, 가난한 사람이든, 여성이든 남성이든, 노인이든 청년이든, 흑인이든 백인이든, 소외는 현대를 살아가는 모든 사람들에게 공통으로 나타나는 현상이 되었습니다. 소외 문제는 특정 개인이나 특정 집단의 전유물이 아닌, 현대 사회의 보편적인 문제인 것입니다. 특정 개인이나 집단에서 볼 수 있는 구체적이고 개별적인 소외 현상들은 바로 그러한 보편적인 문제가 서로 다른 조건들 속에서 개별적인 양상을 띠고 나타난 것에 지나지 않습니다.

(3) 자아의 실현과 일의 보람

어떤 삶이 가치 있는 삶이고, 어떤 가치가 가장 중요한 것인가에 대한 정답은 없습니다. 일례로 누군가가 큰 부자가 되는 것이 삶의 목표이고 그 과정이 자아의 실현이라고 주장한다면, 어떤 절대적인 기준과 가치도 그에게는 무의미할 것입니다.

그러나 적어도 분명한 것은 우리 인간에게 물질은 인간의 욕구를 충족하는 수단이며, 물질 그 자체가 목적이고 인간 자신이 그 수단이 될 수는 없다는 것이다. 부자가 되는 것은 여유롭게 살기 위한 것이지, 통장의 액수를 늘리는 것이 궁극적인 목표가 될 수는 없습니다. 그러나 현대사회에서 통장의 액수를 늘리는 것이 삶의 최고의 환희가 되어, 죽을 때까지 모든 인간 관계를 해치면서 돈에 집착하는 모습을 보는 것은 어렵지 않습니다.

물질이 목표가 되는, 전도되고 소외된 삶이 아니라 인간 자신을 목표로 하는 정상적인 삶을 추구할 때, 이를 실현하는 과정과 방법이 일을 통한 자아의 실현입니다.

개인의 생애를 예술가의 작품에 비유한다면 화가가 한 폭의 그림을 그리는 행위를 통하여 비로소 화가가 되듯이, 살아가면서 하는 모든 행위, 특히 삶의 많은 부분을 할애하게 되는 노동을 통해서 인간은 자기 자신을 만들어 나갑니다. 오늘 내가 하는 일 또는 행위는 오늘 하루만을 위한 일 또는 행위가 아니라 나의 전 생애를 구성하는 부분으로서의 의의를 갖는 일로 볼 수 있습니다.

이에 비하면 타인을 위해 봉사하는 삶이냐, 자기 자신을 위해 사는 삶이냐 하는 문제는 자아 실현의 방향의 문제일 뿐입니다. 자기 자신이 물질의 노예가 되어 일생 동안 돈을 담는 금고로서 살아간다거나, 거대한 기계의 나사 한 조각이 되어 살아간다는 것은 얼마나 슬픈 일인가 하는 생각을 해보게 됩니다.

4. 예시 답안

과학문명의 발달과 더불어 현대사회는 유사 이래 경제적 풍요로움을 만끽하고 있다. 그러나 대량 소비와 엄청난 물질의 풍요 속에서도 현대인은 거기에 비례된 정신적인 만족감을 느끼지 못하고 오히려 공허감과 헛된 욕망속에서 정서적인 불안이 커지고 있다. 현대 자본주의 사회가 인간을 주체로 세우지 못하고 인간성을 회복하는 데 실패하고 있다면 그 이유는 무엇일까? 누구나 삶의 궁극적 목적인 자유와 행복을 꿈꾸지만, 오히려 탈선, 자살, 폭력 등의 사회문제가 급증하고 있는 이유는 무엇일까? 이러한 문제의 이면에는 물질적인 가치가 정신적인 가치보다 우선시되는 현대사회의 왜곡된 가치관에서 그 해답을 찾아볼 수 있을 것이다.

찰리 채플린의 1929년도 작품인 〈모던 타임즈〉는 대공황 이후 산업화된 사회에서 살아가는 노동자의 모습을 실감나게 그려내고 있다. 공장의 물건을 찍어대던 주인공은 그 일을 되풀이하다 어느새 자신의 몸이 자기 의지대로 움직이지 않고 기계의 리듬에 지배되는 상황을 희극적으로 보여주고 있다. 이런 모습은 그 이전의 시대와는 달리 자본주의로 진입하면서 인간이 스스로 주체가 되지 못하고 산업사회에 기계의 부속품으로 전락해버렸음을 풍자하고 있는 것이다. 이와 유사한 상황은 제시문 (다)에서도 찾아볼 수 있다. 대기업 샐러리맨으로 살고 있는 주인공은 여성지 기자로 취직시험을 보고 입사하지만, 힘 있는 자에 밀려 기자가 아닌 광고국에서 일하고 있다. 자본주의의 꽃이라고 불리우는 광고업계에서 살아남기 위해 무한경쟁의 시스템 속에 몸을 맡기고 있지만, 자신의 의지가 배제된 삶에는 어디에서고 희망을 찾아볼 수 없다. 급기야는 동료의 죽음을 일간지를 통해 알게 되는 부분에서 인간관계마저 기계적인 힘에 의해 지배받는 자본주의 소외의 극치를 확인할 수 있다.

　　그리고 이런 소외의 문제는 제시문 (가)처럼 물질만능주의가 팽배한 현대사회에서 자신의 이익이 되지 않으면 고개를 돌리는 인간관계에서도 나타난다. 진실하고 성숙한 관계를 맺지 못하고 이익에 따라 움직이는 현대인들은 더욱 내면의 상처를 감싸안고 살아갈 수밖에 없는데, 요즘 들어 급변하는 사회의 흐름에 편승하여 이러한 소외 현상은 새로운 양상으로 나타나기도 한다. 기계문명이 첨단화 되면서 빠르게 대중에게 보급된 컴퓨터와 휴대폰은 타인과의 관계를 적극적으로 맺고 소통하는 도구로 인식되지만, 실제로는 사람들을 사회로부터 개인을 고립시키고 현실세계로부터 멀어지게 하는 문제를 낳아 오히려 소외의 문제를 심화시키고 있는 실정이다.

　　인간은 본래 자기를 둘러싼 세상에 대한 관심과 사랑을 닫아버렸을 때 자기 자신마저 사랑하기 어렵게 된다. 현대인들이 느끼는 소외감이 사회나 경제의 구조적인 문제나 계층적인 문제에서 빚어진다고 할지라도 자신의 주체적인 삶을 위하여 개인의 의식이 깨어 있는 것에서부터 해결의 실마리를 찾을 수 있다. 이리 저리 휩쓸리는 종속적인 삶을 걷어내고 스스로 삶의 주체가 되기 위해서는 자신을 사랑하고 긍정하는 자세를 가져야 한다. 이러한 자신에 대한 이해와 긍정이 자신의 삶을 여유 있게 되돌아보게 만들기 때문이다. 그리고 현실의 모순을 극복하고 행복한 삶을 되찾기 위해서는 타인과의 관계를 배제할 수 없다. 인간이 사회경제구조와 무관하게 자신의 인간성을 실현한다는 것은 현실적으로 불가능하기 때문이다.

　생텍쥐페리의 『어린왕자』에서도 왕자와 여우가 처음 만나 대화를 나누는 부분에서 소외의 문제와 극복방안을 찾아볼 수 있다. 왕자가 지구에서 발견한 수천 송이의 장미는 현대사회에서 진실한 관계를 맺지 못하고 무위미한 타자로서 존재하는 대상들을 가리킨다. 왕자가 수천 수만 명의 무의미한 타자(他者)관계를 벗어날 수 있었던 것은 자신의 관심과 애정으로 장미 한 송이에 정성을 들임으로써 가능했다. 이 부분에서 한결같은 정성을 가지고 대하는 방식이 무의미한 삶을 변화시키고 소외에서 벗어날 수 있는 원동력임을 알 수 있다.

　결국 무한대의 경쟁 시스템과 현란한 자본의 그늘에서 자아가 매몰되지 않고 진실한 인간성을 회복하기 위해서는 끊임없는 내면의 성찰과 아울러 자신의 현실에서 의미 있고 건강하게 타인과의 관계를 개선하고 건강하게 사회와 관계를 맺으며 공동체의식을 회복시켜가는 지속적인 노력이 필요하다.

유황불

1판 1쇄 인쇄 2006년 7월 24일
1판 1쇄 발행 2006년 7월 27일

지은이 | 양귀자
펴낸이 | 정중모
펴낸곳 | 도서출판 열림원
등록 | 1980년 5월 19일(제406-2003-026호)
주소 | 경기도 파주시 교하읍 문발리
　　　　출판문화정보산업단지 513-15
전화 | 031-955-0700
팩스 | 031-955-0661
홈페이지 | www.yolimwon.com
이메일 | editor@yolimwon.com

* 책값은 뒤표지에 있습니다.
* 저자와 협의하여 인지를 생략합니다.

ISBN 89-7063-515-7　04810
ISBN 89-7063-510-6　(세트)